中國語言文字研究輯刊

十一編

許錟輝 主編

第 8 冊

漢越語和漢語的層次對應關係研究（上）

阮青松 著

花木蘭文化出版社

國家圖書館出版品預行編目資料

漢越語和漢語的層次對應關係研究（上）／阮青松 著 ── 初
版 ── 新北市：花木蘭文化出版社，2016〔民 105〕
目 10+242 面；21×29.7 公分
（中國語言文字研究輯刊 十一編；第 8 冊）
ISBN 978-986-404-735-2（精裝）
1. 漢語 2. 比較語言學
802.08   105013766

中國語言文字研究輯刊
十一編　第八冊　　　　　　　ISBN：978-986-404-735-2

漢越語和漢語的層次對應關係研究（上）

作　　者　阮青松
主　　編　許錟輝
總 編 輯　杜潔祥
副總編輯　楊嘉樂
編　　輯　許郁翎、王筑　美術編輯　陳逸婷
出　　版　花木蘭文化出版社
社　　長　高小娟
聯絡地址　235 新北市中和區中安街七二號十三樓
　　　　　電話：02-2923-1455 ／傳眞：02-2923-1452
網　　址　http://www.huamulan.tw 信箱 hml810518@gmail.com
印　　刷　普羅文化出版廣告事業
初　　版　2016 年 9 月
全書字數　434860 字
定　　價　十一編 17 冊（精裝）　台幣 42,000 元

漢越語和漢語的層次對應關係研究(上)

阮青松 著

作者簡介

阮青松（Nguyễn Thanh Tùng），來自越南，目前就讀台灣國立中興大學中文所博士班。留台以前，曾在越南農業部國際合作司外資處擔任副處長。由於熱愛中華文化，於中興大學應用經濟系碩士畢業後轉向中文所。對聲韻方面特有興趣，欲利用越南語的優勢，以它作為基礎研究漢語和越南語之間的關係，希冀對學術界有小小的貢獻。碩論題目為《漢越語和漢語的層次對應關係研究》，內容談及漢越語以外，亦探討古漢越語，初步彌補了國內外在這方面的研究空白。

提　要

　　漢越語和現代漢語雖然都來源於中古漢語，但是在時空的影響下除了保留一部分中古漢語的特點以外，各有不同層次的音變。本文透過統計法，選擇了 8091 個漢字作為研究對象，分別進行了漢越語和現代漢語對應關係、漢越語和中古漢語對應關係以及古漢越語和中古漢語對應關係等三大方面的研究，發現了其間在聲韻調上的一些對應規律。掌握了漢越語和現代漢語之間對應關係有助於漢語教學和漢字字音的記憶。通過漢越語和中古漢語的對應關係，我們可以進一步了解漢語在晚唐時期的原貌，為中古漢語的研究工作提供了重要而可靠的證據。至於古漢越語和中古漢語的對應關係，本文繼承王力、阮才謹、王祿等學者的研究成果，繼續鑽研，發現了更多的語料並指出古漢越語不但與上古漢語有關而且還有一部分留痕於漢越語之中。從古漢越語的一些層面，本文也讓大家窺見了上古漢語語音特點，為語言學界提供了寶貴的語音資料。但是由於古漢越語語料的限制，在聲調對應關係的部分，本文沒有得到可觀的進步，只能有待於未來的研究補足。

誌　謝

　　這本論文的完成，最先要感謝的就是我的父母，他們無怨無悔的付出是我順利完成學業最大的支柱。我留台進修碩士這麼多年，雙親不斷地給我精神上的鼓勵與支持，令我無後顧之憂，全心全意投入學業，而能獲得今天這部論文的問世。在此，謹向我最敬愛的父母，獻上我最深摯的謝意。

　　在中興大學中國文學系求學期間，承蒙指導老師丘師彥遂的關懷，教學有方，引領學生進入學術研究的領域之中，於學術、生活多所照顧，並在本論文寫作期間，以無窮的耐心，給予諸多的指點與教誨。師恩浩瀚，終身難忘，在此特爲致意，以表達學生無盡的感謝。

　　文稿草成，復蒙國立中正大學的江俊龍教授和國立台北教育大學的周美慧教授費心修正，指點補足，令本論文得到進一步的改善。謹此致上最誠摯的謝忱。

　　修改論文期間，又承黃志正師兄於百忙之中，撥冗詳予潤飾；論文格式與電子處理則有陳美絲學姐協助幫忙。他們實亦完成論文的幕後功臣，在此同表萬分的謝意。

　　修業期間，蒙受系上諸多老師、學長姐和同學的課業以及見識上的教導與切磋，特此一併致謝。

阮青松

誌於中興大學中文系

民國 104 年 6 月

目

次

第一章 緒 論

　　漢語在世界上被認爲是很難學的一種語言。對於西方人來說，漢語、越南語等有聲調的語言很難發音。一百年前，越南人還以漢字爲正式文字，但自從用拉丁字母做爲國語字以來，漢字的使用就慢慢消失了。隨著社會、經濟和文化的發展，最近有很多越南人要學習漢語，以此作爲謀生、交流、研究等方面的一種工具。但是，要學好漢語和提高讀寫能力，對學習者來說比較困難，尤其是漢字的記憶。漢字與其他文字最大不同之處在於要記憶其字形、字聲、字義三個方面。筆者認爲，漢語和越南語都是有聲調的語言，而且具有千年接觸的歷史，所以在聲韻調等方面會產生互相影響的關係。本文將對越南語和漢語的各層次進行研究其間的對應關係，一方面探討其間的對應規律，另一方面爲漢語學習者在發音和記憶上，提供一個較爲有效的學習方法。

第一節　研究動機與目的

　　越南語在其發展過程中，曾經與很多其他語言接觸過，並借用其他語言的詞彙，將借用詞納入自己的詞庫。其中，漢語借詞（主要爲漢越語）在越南語佔有極其重要的地位，幾乎每個領域都用到漢越語。漢字傳到越南時，每一個漢字都有相應的漢越語（漢越音）。但是，越南人並非將全部漢越語運用到日常口語和書面語裏去，而是有選擇性、變化性的吸收。至於漢越語佔

越南語總詞彙的比例，各家說法不一。法國漢學家馬伯樂（H. Maspero 1882～1945）認為越南語中的漢語借詞約佔越南語詞彙的 60%。廖靈專在其博士論文《雙音節漢越語及其對越南學生漢語詞彙學習的影響研究》曾說明：「馬伯樂可以算是最早對漢源詞進行系統研究的學者。他是第一位對越南語詞彙進行統計的人。他意外發現：存在於越南語中並被廣泛使用的漢源詞佔越南語詞彙總量的 60%。」〔註1〕大陸學者劉亞輝在〈越語中的漢語音與漢語的語音對應規律淺談〉一文認為越南語中的漢語借詞約佔其詞彙總數的 60%，在某些領域，這一比例甚至高達 70～80%。〔註2〕還有越南學者高春浩主張漢越詞在越南語詞彙裏所佔的比例超過 70%〔註3〕。范宏貴、劉志強在《越南語言文化研究》一書曰：「漢越語詞究竟有多少，沒有精確的統計，各說不一。有人說佔越南語詞彙量的 60%，有人說佔 70%，甚至有人說佔 80%。 有人從 4500 個詞統計出漢越語詞佔 67%。」〔註4〕

　　漢越語在越南日常生活具有重要的地位，所以掌握漢越語的形成與發展對學習漢語者會有所幫助。其中，漢越語的聲母、韻母、聲調起了一個非常重要的作用，可以幫助漢語初學者容易記住對應漢字的發音。

　　在研究方面，一百多年前曾經有馬伯樂、王力（1900～1986）等國外學者對漢越語進行研究過，為日後漢語和漢越語研究奠定基礎。但是由於受到語言的不同、研究時間不多所以研究結果有一定的限制。後來，越南的學者也開始對漢越語和漢語進行更深入的研究，成果頗為可觀，其中最為優秀者就是阮才謹先生（1926～2011）的《漢越讀音的起源與形成過程》一文，在學界上具有非常大的影響力。其他學者雖然也有相關的研究，但是至今還沒有一個完整、具有系統性的研究，尤其是對古漢越語聲韻調之研究。

　　本論文針對以上的一些問題，透過漢越語和漢語聲韻調各層次統計和分析，一方面找出其中規律性的聲韻調對應及其例外，另一方面為漢語教學者和

〔註1〕廖靈專：《雙音節漢越語及其對越南學生漢語詞彙學習的影響研究》（北京師範大學博士學位論文，2008 年），頁 9。

〔註2〕劉亞輝：〈越語中的漢語音與漢語的語音對應規律淺談〉（《梧州學院學報》，第 17 卷，第 1 期，2007 年），頁 68。

〔註3〕高春浩：《越南語－越南文學－越南人》（河內：年輕出版社，2001 年），頁 113。

〔註4〕范宏貴，劉志強：《越南語言文化研究》（北京：民族出版社，2008 年），頁 33。

漢語學習者提供一個簡便、有效的記憶法。再者，本文深入地調查與分析古漢越語和中古漢語之間的關係，爲當前學界進一解。

第二節　文獻回顧

　　越南語和漢語在歷史、文化、政治、宗教等方面都有極其密切的關係，因此引起了不少國內外語言學家對兩種語言進行了各方面的研究。每個學者都從不同的角度來探究越南語和漢語之間的關係，例如聲韻調的形成與發展，借詞的層面，詞語的構造，詞彙的來源等等。由於語言的範圍非常廣泛，想作全面性的研究相當困難。在聲韻方面，有的學者也只能作了其中的一部分。例如，阮庭賢先生於 2009 年發表了一篇題爲〈中古漢越音的韻尾〉的文章，他指出中古漢語一般都被認爲只有雙唇、鼻音、舌根三種韻尾，但是也有學者認爲中古漢語也可能存在一個舌面韻尾。阮庭賢從漢越語的形成與發展之角度，否定了這個看法，同時指出舌面韻尾只在越南語內部發生，與中古漢語的韻尾無關。〔註5〕

　　至於漢越語和漢語的比較或對應關係之研究方面，也有很多學者進行了部分或者幾個層次的探討。在漢越語和現代漢語的對應關係部分，最近范宏貴和劉志強所撰的《越南語言文化探究》〔註6〕一書中也特別談及漢越語和現代漢語的對應規律。這些對應規律對於漢語學習者來講是一個非常寶貴的學習方法，讓他們在最短的時間內儘快融入漢語語音的特點，有助於漢語發音和詞彙的記憶。但是，該書有一個缺點，就是做比對的時候，作者主要依靠自己所學的詞彙經驗來判斷其間的對應規律。這樣的做法令研究結果缺漏了一些規律，或者有一些規律沒有分主次（對應比例的大小）導致部分結果不太正確。

　　在漢越語和中古漢語對應關係的研究方面，馬伯樂可算是提出漢越語形成於晚唐時代的第一學者。他在《越南語語音史研究》一文認爲漢越語語音系統裏出現 f-、v- 等輕唇音，而這些字母到晚唐宋初時期才從重唇音徹底地分

〔註 5〕阮庭賢：〈中古漢越音的韻尾〉（《河內國家大學科學雜誌》，2009 年，第 25 期），頁 118～126。

〔註 6〕范宏貴、劉志強：《越南語言文化探究》（北京：民族出版社，2008 年）。

化出來的。〔註7〕馬伯樂之後，王力就是很有突破的越南語研究者。他將越南的漢語借詞很清楚地分爲漢越語、古漢越語和漢語越化三個部分，其中漢越語的研究部分最有價值，包含了聲韻調三方面。他在〈漢越語研究〉一文中說：「本文的主要研究對象是漢越語，其次是古漢越語，其次是字喃。至於漢語越化，是最難研究的一部份，只能附在古漢越語的後面隨便說說。其實古漢越語和漢語越化是頗難辨別的，以性質而論，前者是比唐代更古的語言殘跡，後者是比唐代音更多走一步了，二者絕不相同。但是，在表面上，它們二者之間有最相同的一點，就是越南人已經不把它們當做漢越語，而認爲純粹的越語了；因爲他們已經不用漢字去表示它們，而是用字喃（如果不用羅馬字）去表示它們了。」〔註8〕王先生幾乎把漢越語的語音系統全部整理出來，同時更發現漢越語裏沒有 r-和 g-兩個聲母，因爲他認爲中古漢語沒有此類的聲母導致漢越語所無。王力雖然沒有將漢越語聲調分開討論，但他也注意到漢越語聲調與中古漢語的清濁具有密切的關係，這是很有價值的觀察。王力主要從基本的統計提出漢越語和中古漢語聲韻調的對應規律，但對於形成過程及其原因等論述則較少。王力身爲一個中國語言學者，能爲越南語研究奠定如此基礎，不但學術成就可敬，研究精神更是可佩。

繼王力先生研究成果而起的學者是阮才謹先生。他被尊稱爲越南語言學界的北斗星。於 1979 年，他所發表的〈漢越讀音的起源與形成過程〉〔註9〕一文轟動了國內的語言學界。這篇文章幾乎針對每個漢越語的聲韻調闡述其形成原因以及形成條件，唯有入聲韻則稍微略過，因爲它與同類的韻母情況相同。阮先生所觀察到的越南語只有一個元音/-a-/、只有一個介音/-u-/而沒有介音/-i-/、清濁聲母與聲調的關係、聲母齶化的條件等語言現象已經有說服力地解釋聲韻調的形成過程，補足了王力的研究。這篇文章已經成爲後代學者研究越南語以及漢語借詞時必備的參考資料。阮才謹研究成功的原因之一，就是他與同事建立了相當齊全的統計語料。可惜的是他沒有公佈過這個語料

〔註7〕H.Maspéro（馬伯樂）：《越南語語音史研究》（Etudes sur la phonetique historique de la langue annamite, Les initiales） BEFEO, T , 12. No 1, 1912.

〔註8〕王力：〈漢越語研究〉（《嶺南學報》第九卷第一期，1948 年），頁9。

〔註9〕阮才謹：〈漢越讀音的起源與形成過程〉，本文所參考的版本是收錄於阮才謹的《漢喃工程選集》（河內：（越南教育出版社），2011 年），頁 259～562。

庫，後來也沒有以這個語料庫再進行漢越語和現代漢語對應關係的研究。

於 2005 年，花玉山學者在他的博士論文《漢越音與字喃研究》〔註10〕裏也論及漢越語的部分。其中，他所採用的語料，限於 2600 常用漢越語，研究結果基本上與阮才謹的相同。唯有一個特色就是他將研究成果運用於漢語教學中去，讓學習漢語者可以舉一反三，快速掌握漢越語的特徵，增加了字音、字義的記憶力。

最近，臺灣學者江佳璐在她的博士論文《越南漢字音的歷史層次研究》〔註11〕也廣泛地論及漢語借詞的各種層次。她收錄了 8378 個越南漢字音以及 1300 個越南漢字音異讀字作為研究對象。江氏的主要想法是以越南漢字音（內容相當於漢越語）為中心，先提出越南漢字音和中古漢語聲韻調的規律，再討論越南漢字音的歷史層次。基本上，她已經指出越南漢字音的上古、中古早期、中古晚期、近代等四種層次，值得讓研究漢語借詞者要參考的資料。但是，由於越南語不是江氏的母語，所以在匯集語料和論證時，不免發生了一些誤會或者錯解。第一，語料看起來較為龐大（比本文的語料更多，甚至可以說是至今收集最多的越南漢字音），但是內容多有重覆，主要是一字多音的結果所致，即以一個漢字為準，進行收集不同的越南漢字音。例如，「絲」字有 dây、sợi、tơ、ty 四個讀音，又如「離」有 li、lìa、rẽ、rời 四種讀音。這樣的做法雖然得到大量的越南文語料，但是她卻沒有將各字的差別或者層次分得清楚，全部混在一起。語料中除了漢越語、古漢越語、漢語越化相混以外，江氏還收錄了一些方言、異讀音和純越南語放進去，甚至將一般常用的漢越語誤以為是罕見音，放在異讀音增補表，如：籠 lung、連 liên、煉 luyện 等。第二，江氏提出對應關係之後，比較少討論對應關係的特點或來源，而主要針對規律以外的讀音進行論證以求其層次，若數量太少就認為不是音韻層次的表現。換句話說，她主要討論例外讀音的各種來源及其形成過程。雖然她可以理解一些例外的原因（誤讀偏旁、越南語清音濁化的影響）值得讓我們參考，但是也有很多地方重覆，不成系統亦不太合理。例如：「膽」字的漢越語是 Đảm，另一個異讀音是 Đởm，主要的意思是指人體內的膽囊，但在

〔註10〕花玉山：《漢越音與字喃研究》（南京師範大學博士學位論文，2005 年。）

〔註11〕江佳璐：《越南漢字音的歷史層次研究》（國立臺灣師範大學博士學位論文，2011 年。）

論證 đ 和 t、d 的來源和關係時，江氏則主要論及引申義，包括 Tợn、Dạn 兩音，表示大膽之意。雖然在聲母方面可以採用各種說法來解釋，但是這種說法，令人感覺這個字的義項都來自漢語，而越南語本身沒有相當的詞義。其實，越南語的 Tợn 是 Táo tợn 的簡稱，表示橫行、目中無人、含貶義的行為；Dạn 是大膽、不怕、含褒義的性格，基本上是純越南語，與漢語無關，因此沒有層次關係可言。同樣，她也將越南方言 Chừ、Giừ（止攝字念成 ư）視為「時」字漢越語 Thời（止攝字念成 ơ）的兩個不同層次。第三，在結論部分這種誤解顯示得更明顯。江學者把金 Kim＞Kim、及 Kịp＞Cập、急 Kíp＞Cấp、心 Tim＞Tâm、沉 Chìm＞Trầm、望 Mong＞Vọng、印 In＞Ấn、蓮 Sen＞Liên、力 Sức＞Lực 等許多語言學者都認為是古漢越語的詞解釋成越南漢字音近代的層次。可以說這些誤解的主要原因，是語料的內容和來源沒有分清楚，使分析的結果不夠邏輯或者顛倒。

在古漢越語和中古漢語對應關係的研究方面，王力雖然研究不多，但仍然為古漢越語研究奠定了基礎。這一直以來是一個非常困難的工作，很少學者對古漢越語進行專門的研究。主要的原因是國內學者們缺乏中古漢語以及上古漢語的發展史知識，再者從來沒有足夠的語料。王力先生在〈漢越語研究〉一文先後提出了總共 113 個古漢越語，雖然其中也有重覆或者尚未正確，但他仍然是早期研究古漢越語最多的學者。後代的學者談及古漢越語的時候莫不引用他的資料。雖然他們也發現了一些新的古漢越語，但是也沒有一個學者能收集超過王氏的語料。阮才謹對古漢越語研究也有相當的見解，但從未撰寫過有關古漢越語的專書。他只在〈漢越讀音的起源與形成過程〉、〈喃字——李陳時代的文化成就〉〔註 12〕、〈就有關喃字出現時期問題補充一些歷史語音資料〉〔註 13〕、〈喃字演變情形的若干評論〉〔註 14〕、〈對阮忠彥詩中的詩法和語言之略考〉〔註 15〕、《越南語語音歷史教程（初稿）》〔註 16〕等文章中

〔註 12〕阮才謹：〈喃字——李陳時代的文化成就〉（《李——陳兩朝時代越南社會的了解》，河內：社會科學出版社，1980 年。）

〔註 13〕阮才謹：〈就有關喃字出現時期問題補充一些歷史語音資料〉（河內：《綜合大學科學通報》，第五集，1972 年。）

〔註 14〕阮才謹：〈喃字演變情形的若干評論〉（河內：《語言雜誌》，第四期，1983 年。）

〔註 15〕阮才謹：〈對阮忠彥詩中的詩法和語言之略考〉（《漢喃工程選集》，河內：越南教

偶爾談及一些古漢越語來說明他的論點，缺乏明確的系統。其他的如花玉山、
廖靈專、阮文康等語言學家對古漢越語的研究少之更少，唯有王祿學者頗有
研究成果。他曾寫了〈古漢越詞考察的一些初步結果〉一篇文章，文中主要
談及古漢越語研究情況並討論他與王力對古漢越語的一些不同觀點。最後王
祿宣佈他已經初步認識了 332 個古漢越語。可惜的是直到現在他還沒有在任
何專書、期刊上公佈過這些古漢越語的名單。因此，古漢越語研究工作仍然
處於暗淡、沉默的狀態之中。

　　總而言之，漢越語和中古漢語對應關係的研究相當有成就，而漢越語和現
代漢語對應關係，以及古漢越語和中古漢語對應關係的研究，則比較少學者進
行全面性的探討，尤其後者至今仍然是一片潛力十足、而開墾不多的的田地。

第三節　研究方法

一、統計法

　　本論文將採取統計和分析兩個主要方法。首先，製作一個數量足夠的漢字
資料庫，再來對漢越語和漢語的聲韻調各層次進行分析，找出兩者之間對應關
係的重覆次數。得到統計數目之後，本論文將針對一些主要對應關係進行分析
其原因與演變的條件，讓讀者更容易了解對應關係背後的面目，有助於漢語學
習和教學以及進一步的研究。與此同時，筆者也套用文獻研究法和比較法來補
助本文的一些看法，指出學者之間對某些問題的意見異同，令研究內容更加完
整、更具有系統性。

　　因針對漢語和漢越語聲韻調各層次的對應關係，所以本文會使用現代漢語
和中古漢語兩個主要語料，需要時，另外援引上古漢語的材料進行分析，作為
研究依據。中古漢語則採用代表性的《廣韻》為語料。從上所述，每一個漢字
都有對應的漢越音。目前，越南語都以拉丁字母來表示其讀音。至於越化漢越
語、喃字等語音系統均不列在本文所研究的範圍內。

　　本文的資料庫來自茗帚（Thiều Chửu）（1902～1954）居士的《漢越字典》

育出版社，2011 年。）

〔註16〕阮才謹：《越南語語音歷史教程（初稿)》（河內：教育出版社，1995年。）

電子版。這部字典的紙版於 1942 年由河內慧炬出版社初版,七十多年來在越南語研究和使用方面一直佔有極其權威的地位。至今,茗帝居士的《漢越字典》仍然經由信息文化出版社(1999、2005、2007 年)、胡志明市出版社(1993、1998、2002 年)等出版社多次再版。

《漢越字典》電子版收錄了總共 10651 個漢字。因漢字一字多音現象和一個漢字對應多個漢越語音等問題相當普遍,所以筆者必須對此進行整理,在與《廣韻》作參考的同時,將所收集的漢字處理成一個漢字對應於一個漢越語的語料。

表 1.1:漢語一字多音導致漢越語多音的一些例子

No	漢字	漢語拼音	漢越語	越語聲調	No	漢字	漢語拼音	漢越語	越語聲調
1	中	zhōng	Trung	平聲	11	難	nàn	Nạn	重聲
2	中	zhòng	Trúng	銳聲	12	強	qiáng	Cường	弦聲
3	行	xíng	Hành	弦聲	13	強	qiǎng	Cưỡng	跌聲
4	行	háng	Hàng	弦聲	14	分	fēn	Phân	平聲
5	行	xìng	Hạnh	重聲	15	分	fèn	Phận	重聲
6	長	cháng	Trường	弦聲	16	少	shǎo	Thiểu	問聲
7	長	zhǎng	Trưởng	問聲	17	少	shào	Thiếu	銳聲
8	推	tuī	Thôi	平聲	18	為	wéi	Vi	平聲
9	推	tuī	Suy	平聲	19	為	wèi	Vị	重聲
10	難	nán	Nan	平聲					

此外,為了避免因重覆現象而導致不正確的結果,筆者還將所有的簡體字刪除掉。但是有一些漢字本來就有而後來又擔任其他漢字的簡體字,因其義項乃至發音不同,所以本文仍然保留,例如:适 / 適、云 / 雲、宁 / 寧、后 / 後等等。再有一些字只有一個義項,但另有別字卻涵蓋此義項,使得兩者可以通用,如:鄦 / 許(國名),夭 / 殀(早逝),夭 / 妖(美麗可愛)等等,本文將兩者都保留,作為研究對象。

異體字也會影響到統計結果,因為在漢字裏,同一個字義可能有兩個或兩個以上的字形,所以本文將選擇較為普通的字形作研究對象,其他少用的異體字都刪掉。例如(最前者是採用的漢字):Kỳ 棋碁棊榛棋,Kỳ 期朞,Chử 煮煑,Vi 為為,Tích 舄舃,Quần 裙帬裠,Lí 裏裡,Sấn 趁趂,Thể 體躰,Hương

鄉鄉鄉，Thừa 乘榮，Khoái 膾鱠等等。

　　最後，在語料庫裏，一些漢字雖然有其對應的漢越音，但是《廣韻》卻沒收錄。這樣的情形會直接影響統計結果。因此，本論文也不將這些漢字列入語料庫內。例如：她、志、咱、氧、您、萵、鈣、鉑、鈾、嬋、瑪、鑫、癱、鱷等。

　　經過仔細的篩選，本文總共經整理了共有8091個漢字的語料作爲研究的對象。

　　關於越南語聲調的漢語名稱，學者們眾說紛紜。其中，主要對第一聲和第二聲有不同的翻譯。越南語沒有調號的第一聲，有學者翻譯成橫聲、有的譯成空聲，大部分學者譯成平聲，因爲其發音與現代漢語的第一聲一樣，只不過是兩者的調值不同而已。越南語的第二聲則有弦聲、玄聲等譯法。其原因的是弦、玄兩字的漢越語是同音而現代漢語則不然。其他越南語聲調都按照其發音特點來命名。本文以王力先生《漢越語研究》所使用的漢越語聲調名稱系統爲標準。

二、分析法與比較法

　　本文透過統計結果將進行分析，找出共同的特點和規律可循及其例外。此外，由於漢越語來自中古漢語，所以爲了分析漢越語聲、韻、調形成原因，本文將採納前人的「古無輕唇音」、「古無舌上音」等已成定論的理論來做論證的依據。

　　同樣的道理，在古漢越語方面，本文也利用前人「舌上古歸定」等已成定論的研究結果來分析古漢越語聲、韻、調的形成和特點。爲了讓學者們容易了解古漢越語的語音特點，除了採納《廣韻》韻目、字母、等第、清濁等資料以外，本文還利用王力、高本漢、董同龢等學者的擬音來進行分析與比較。

　　最後，本文將所分析的結果與前人的研究結果進一步作比較，指出異同之處。在現代漢語和漢越語部分，本文主要與范宏貴、劉志強所撰的《越南語言文化探究》做對比，在中古漢語和漢越語的對應部分，本文主要與阮才謹的〈漢越讀音的起源與形成過程〉和花玉山的《漢越音與字喃研究》進行比較，其中也採納王力對漢語語音的研究作爲主要依據。至於中古漢語和古

漢越語部分，本文主要對王力、阮才謹、王祿等學者的研究進行探討並提出一些新的發現和看法。

　　本文希望透過這個研究方法，加以肯定前人所研究的結果，同時討論前人還沒解決的問題，彌補這個研究方面的空白，提出自己的看法與意見，為後人提供一個較有價值的參考資料。

第二章 越南語音系

第一節 越南語的所屬語族

一、越南語的來源

　　對於越南語屬於哪一種語族的問題，至今主要有四個看法。其一，越南語是漢語的一分支。早在 1838 年，法國學者 Jean Louis Taberd（1794～1840）神父曾經認爲：「越南語只是漢語所退化的一支語族」〔註 1〕。Taberd 之所以這麼認爲是因爲他發現越南語詞庫裏大多數都是與漢語對應的詞語。之後，法國海軍軍官 Louis Gabriel Aubaret（1825～1894）於 1867 年在《安南語文法》一書的前言部分也同樣認爲：「安南王國的平民語言是中國語的一個方言。」〔註2〕不過，雖然這些具有漢語來源的詞語佔越南語的 60%至 80%，但是它們都是表示文化、政治、哲學、技術等代表社會發展的詞語，而雙方的基本詞彙截然不同。因此，我們可以斷定，這些具有漢語來源的漢越語都是漢語借詞。此錯誤的觀點大多來自西方學者，因爲他們對越南語以及歷史背景並不完全了解。

〔註 1〕Jean Louis Taberd：*Dictionarium Annamitico- Latinum*（Serampore：1838 年）

〔註 2〕G. Aubaret：*Grammaire annamite*（Paris：Imprimerie impériale, 1867 年），原文："La langue vulgaire parlée dans le royaume d'Annam est un dialecte chinois".

　　其二，越南語屬於南島語族。此說法的代表人是平原祿學者。他在《越南民族的馬來來源》、《揭開越南語》二書對越南語和南島語族各種語言的詞彙進行比較後，提出結論：「在越南語詞彙中大約有 40%馬來語的詞彙」〔註3〕。不過，在這兩本書裏面，他所提出的實例只有幾十詞而已。因爲地理的關係，越南語曾經與很多民族語言接觸過，也借用不少其他語言的詞彙，所以詞彙的對應關係在某程度上是可以理解的。因此，這個說法只能是尙未證明的一個假說。

　　其三，越南語是屬於台語系的語言。這是馬伯樂早在 20 世紀初（1912 年）所提出的看法。他以歷史比較法，從基本詞彙、語法及聲調等方面進行嚴謹的分析，所提出的結論令當時的研究學者無法反駁。馬伯樂認爲，在詞彙方面，越南語和台語系各種語言和孟－高棉語族都有對應關係。在語法方面，越南語與台語更接近而與孟－高棉語族相差太遠。在聲調方面，越南語和台語以及漢語都是有聲調的語言，而至今孟－高棉語族仍然是無聲調的語言。其實，馬伯樂的說法並非沒有破綻，但是直到半個世紀後，奧德裏古爾（A.G. Haudricourt）才有說服力地將這些破綻指出來。

　　其四，越南語是屬於南亞語系孟－高棉語族越－芒語支的語言。奧德裏古爾（1911～1996）在《越南語聲調的起源》一文專門討論馬伯樂的觀點，並提出新的說法。這個主張其實早在 1924 年，普祖魯斯基（Jean Przyluski, 1885～1944）曾提過，認爲越南語應該歸入孟－高棉語族。奧德裏古爾引他的文章說：「只要我們對某個語言聲調系統存廢的具體情況還不了解，在確定語言的系屬時，爲謹慎起見，就不要考慮該聲調系統的存廢。」〔註4〕普祖魯斯基之後還有科厄德（G. Coedès, 1886～1969）於 1948 年在《印度支那的語言》一文發表：「在我看來，既然我們不能否認越南語在詞彙上具有孟－高棉語的基本特點，它的聲調系統具有台語的基本特點，那麼問題就在於弄清楚究竟哪一種情況更有可能：是一種單聲調的孟－高棉語採用了台語的聲調系統，

〔註3〕平原祿（Bình Nguyên Lộc）：《越南民族的馬來來源》（西貢：1972 年）、《揭開越南語》（西貢：1973 年）。

〔註4〕梅耶與科恩（A. Meillet et M. Cohen）：《世界的語言（Les langues du Monde）》（Paris：Librairie Ancien Édouard Champion，1924 年，第一版），頁 395～396。這段話引自法國東方學家讓‧普祖魯斯基爲該書寫的《越南語》（L'annamite）條。

還是一種台語吸收了大量的孟－高棉語詞匯。」〔註5〕

　　奧德裏古爾繼承了普祖魯斯基、科厄德兩位學者的啓發，採用相關語言的基本詞彙進行比較，論及越南語聲調的來源，推翻了馬伯樂的觀點。奧德裏古爾認爲，越南語起初是一種沒有聲調的南亞語。換句話說，南亞語系的孟－高棉語族和原始越南語具有密切的關係，後來因越南語與其他語言（包括侗台語族的泰語）相接觸以及自己語言的自然變化就開始產生了三個聲調（即平聲、弦聲和銳聲），而孟－高棉語至今仍然保留無聲調的原始面貌。

　　奧德裏古爾的主張以及越南語聲調起源的發現影響甚深。許多越南學者後來繼續研究，將奧德裏古爾的看法推到最高峰。可以說，至今大部分國內外學者對於越南語的系屬達成了共識。阮才謹、阮善甲、阮玉珊、韋樹關等語言學者都一致認爲越南語屬於南亞語系孟－高棉語族越－芒語支的語言。

二、越南語的分期

　　越南語具有悠久的歷史，大約經過 7 個發展階段，大致的情形如下：

（一）孟－高棉語階段

　　大約 6000～7000 年前，越南語是南亞語系孟－高棉語族之一的語言。在此階段，越南語和其他孟－高棉語族的語言尚未分化。此時，越南語最突出的特徵是一種無聲調語言。其詞彙中還存在單音節詞和多音節詞。在此階段，孟－高棉語族的各種語言尚未與漢語接觸過。

（二）前越－芒語階段

　　語言學者認爲前越－芒語由孟－高棉語發展出來，從公元前 2 千、3 千年至公元第 1、2 世紀，相當於東山文化和紅河文明，尤其是水稻文明。在該階段，越南語仍然沒有聲調〔註6〕。此時，前越－芒語多少與南島語和泰 Kadai 語有初步的接觸。在研究越南語史的過程中，越－芒語被視爲越南語的始祖。據各學者的研究成果，越－芒語詞彙中多數爲雙音節詞，佔 65%～70%總詞

〔註 5〕這段引自法國考古學家科厄德的《印度支那的寓言》（Les langues de l'Indochine）一文，收錄於《巴黎大學語言研究所會議論集》（Conférence de l'institut de linguitique de l'université de Paris），1948 年，VIII，頁 63～81。

〔註 6〕至今，越－芒語群中的現存 Arem 語也是無聲調語言。

彙，其餘的是單音節詞。其詞彙還保留著孟－高棉語族的痕跡。借詞來源是南島語和泰語的一部分。

前越－芒語後期，因與漢族有初步的接觸，所以開始形成了一種（上）古漢語借詞，即古漢越詞（又稱前漢越詞、前漢越音）。此時，甚至也不排除有漢語借用越南詞彙的現象。古漢越詞的形成過程比較零星，不成系統。

（三）古越－芒語

古越－芒語的階段從公元第1、2世紀至第10世紀初。在此階段，越南語與漢語接觸時間最長。前越－芒語從此開始有了明顯的分化。一部份居民不願意接受漢文化的影響，所以想盡辦法遠離漢文化，結果或是跑到山上去，或是南進，成為現今的 Arem、Ruc、Ma Lieng 語，其語言仍然保留雙音節詞的原始特點。在北部和平原各地的另一部分居民或是願意，或是被強迫與漢語接觸，成為古越－芒語。因受漢語的影響，古越－芒語開始進入單音節化的過程。

古越－芒語已經有三個聲調。據奧德里古爾的研究，這是因為擦韻尾和塞韻尾消失的結果所致。無韻尾的成為平聲，擦韻尾消失的成為弦聲，塞韻尾消失的成為銳聲。〔註7〕

古越－芒語後期，在盛唐時期，因越南大量接受漢文化的影響以及行政管理的需要，所以在語言方面開始形成了漢越詞（漢越音）。漢越詞是漢語借詞，即越南人所使用的越南音讀的漢語。

（四）共同越－芒語

共同越－芒語是越南人擺脫漢族的統治後進入獨立時期所使用的越南語，從第10世紀初至第14世紀。在這個階段，漢越詞越來越系統化。之所以有漢越詞的定名是因為要與前越－芒語時代的所謂古漢越（上古漢越）區分開來。

在古越－芒語進化成共同越－芒語的過程中，越南語歷經更徹底的單音節化的階段。結果是共同越－芒語中只有單音節以及帶有輔音（聲母）的音節。前越－芒語和古越－芒語素有的雙音節結構不存在於共同越－芒語中了。不過，至今越南語史研究者們尚未一致認為共同越－芒語是真正的單音節語言。

〔註 7〕奧德里古爾（A.G. Haudricourt）：《越南語聲調的起源》，原題 *De l'origine des Tons en Viêtnamien*，載於《亞洲雜誌》（Journal Asiatique）1954 年，242 期，頁 68～82。

在語音方面，共同越－芒語已經形成完整的聲調系統，共有 6 個聲調。這個聲調系統的形成基於音值的對立（高低）和音調的對立（平與非平。在非平中又分曲折－不曲折的對立。）

（五）上古越南語

上古越南語的階段從第 14 世紀初至第 15 世紀末。各語言學家一致肯定越南語與芒語分開並各自發展。上古越南語中的漢越詞完整地定形下來，延長至今。與此同時，有一部分漢越詞因受到越南語音系的影響，為符合於越南人的習慣用語而變成越化漢越詞，其語義同於漢越詞，但語音有異。此階段的上古越南語詞彙來源如下〔註8〕：

圖 1

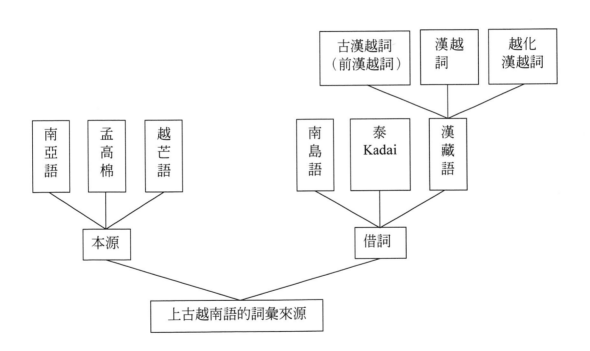

上古越南語的階段有一個最重要的語音變化，那就是前鼻音的消失（是共同越－芒語中本有的音）。這就是區分越語和芒語的基本特點。前鼻音與前越－芒語原有的鼻音混在一起，成為越南語真正的鼻音。反之，芒語的前鼻音成為對應的濁音。

─────────────

〔註 8〕此圖參考於 http://ngonngu.net/index.php?p=298

上古越南語的階段還標誌著喃字（𡨸喃）的問世。喃字即南方人的字，借用漢語的六書造字法來造成表示越南語義而漢族人無法看懂的文字。喃字形成的時間至今還存在著很多異議，各家說法不一。有的認爲從第 6 世紀已經有喃字的萌芽，甚至也有學者認爲喃字與漢字同時或更早地問世。然而，不可否認的是此階段（14～15 世紀）是喃字大量出現的時期，它可以與漢字肩並肩地促進民間文學的蓬勃發展。

（六）中古越南語

中古越南語的階段從第 15 世紀末（或 16 世紀初）至第 19 世紀初，是越南語相當完整的時期，形成如今的各地方言並往南猛進。在此階段中，越南語先後與西班牙、法國等歐洲語言接觸。1651 年標誌著一件重大事情，即由 Alexandre De Rhodes（亞歷山大‧羅德 1591～1660）神父編撰的《安南－葡萄牙－拉丁詞典》的問世。這是越南語第一次用拉丁字母書寫。

在這個階段，越南語得到領先地位即越南普通話，甚至有一段時間成爲國家行政管理的語言。這也是喃字文學最發達的時期，在一定的程度上還較漢字文學更發達。

在語音方面，越南語走向最徹底單音節化的道路。這意味著前越－芒語時代的輔音聲母組合或前音節成分到此階段都變爲只有單輔音的音節。

（七）現代越南語

從第 19 世紀中葉至今的越南語就是現代越南語的階段。在此階段初，越南語深受法國文學語言及其文化的影響。在這個社會條件下，越南語再次體現其猛烈的活力，一方面不接受法語所帶來的負面影響，另一方面主動地選擇文法和詞彙上的好處來完善自己。因此，到第 20 世紀初，越南語已經成爲一個如今完整的語言。

越南國家於 1945 年 9 月 2 日的宣言獨立讓越南國語字第一次成爲國家正式文字，在政治、社會、教育、科技等所有活動廣泛地使用。

上述是大部分語言學家以越南語的起源及其發展過程的特徵進行分期。筆者將之製成如下的簡單表格：

表 2.2

	階段	時間	基本特徵	聲調	音節結構	例 字
1	孟－高棉語	大約 6 千至 7 千年前	具雙（多）音節詞和單音節詞。未與漢－藏語交流。	無		
2	前越－芒語	公元前 2 千～3 千年至公元第 1、2 世紀	保留孟－高棉語的詞彙。雙（多）音節詞為主（60～70%）。開始與南島語和泰語接觸。未與漢－藏語交流。	無	CVC 和 CvCVC	ti（Đi 走）kuh（Củi 柴）pichim（Chim 鳥）kơchơng（giường 床）（同時期的現有 May、Ruc 語）
3	古越－芒語	第 1、2 世紀至第 10 世紀初	開始單音節化、輔音擦化。多與漢語交流。借用南島、泰和漢藏語。形成古（前）漢越詞。	3 個	CvCVC 和 CCVC / T^3	Mlầm（Nhầm 錯）Blời（Trời 天）Mùa（Vụ 務）Bùa（Phù 符）
4	共同越－芒語	第 10 世紀初至第 14 世紀	形成漢越詞。濁音清化。多有輔音擦化。	6 個	CVC / T^6 和 CCVC / T^6	Hán（Hán 漢）Ngô（Ngô 吳）
5	上古越南語	第 14 世紀初至第 15 世紀末	越南語與芒語分開。漢越詞及漢越文學完善。形成越化漢越詞。前鼻音變成鼻音。喃字問世。	6 個	CVC / T^6 和 CCVC / T^6	
6	中古越南語	第 16 世紀初至第 19 世紀初	越南語與歐洲語言接觸。單音節化過程完成。	6 個	CVC / T^6 和 CCVC / T^6	Cao（Cao 高）Tlâu（Trâu 牛）
7	現代越南語	第 19 世紀中葉至今	深受法語的影響，大量出現法語借詞。成為國家正式的語言。	6 個	CVC / T^6	

基於漢越詞的形成、明代著名古籍《安南譯語》（公元 14 世紀～15 世紀初）、Alexandre De Rhodes 編撰的《安南－葡萄牙－拉丁詞典》，馬伯樂將越南語的發展過程分期如下 〔註9〕：

〔註 9〕 H.Maspéro（馬伯樂）：《越南語語音史研究》（Etudes sur la phonetique historique de la langue annamite, Les initiales） BEFEO, T , 12. No 1, 1912.

表2.3

	階　　段	時　　間
1	原始越語	第 10 世紀以前
2	前上古越語：形成漢越詞	第 10 世紀
3	上古越語：（據《安南譯語》）	第 15 世紀
4	中古越語：（據《安南－葡萄牙－拉丁詞典》）	第 17 世紀（1651 年）
5	現代越語	第 19 世紀

　　阮才謹學者於 1988 年則基於每個歷史階段的語言和文字的相互影響，將越南語的發展過程分期如下〔註10〕：

表2.4

	階　段	語　言　和　文　字	時　間
1	原始越語	語言：漢語（統治者的口語）和越語。 文字：漢字	第 8、9 世紀
2	越南語	語言：越語（統治者的口語）和漢文言文。 文字：漢字	第 10、11、12 世紀
3	古代越語	語言：越語和漢文言文。 文字：漢字和喃字	第 13、14、15、16 世紀
4	中古越語	語言：越語和漢文言文。 文字：漢字、喃字、國語字	第 17、18 和 19 世紀前半葉
5	近代越語	語言：越語、漢文言文和法語。 文字：法文、漢字、喃字、國語字	法國殖民地時期（1861 年～1945 年）
6	現代越語	語言：越語。 文字：國語字。	1945 年至今

　　由此可見，每一個學者對越南語發展的分期各有不同的看法。然而，不可否認的是，早在公元初漢語和越南語已經發生了初步的接觸，從此以後漢語幾乎被連續使用，尤其是書面文字直到二十世紀初爲止（於 1917 年阮朝才停用漢字寫作的各種考試）。不過，在口語方面，漢越語在越南的生活、教育、文化、經濟、政治、技術、外交等領域上仍然被廣泛、持續地使用著。

　　值得注意的是，阮氏的分期有近代越語階段而其他學者所無。其實基本

〔註10〕阮才謹：《越南語 12 世紀歷史的試分期》（河內：《語言雜誌》，第 10 期，1998年。）

上大家都將從 19 世紀至今的越南語視爲現代越語，唯有阮才謹學者也許深受革命主義的影響，以越南於 1945 年宣布獨立爲轉折點將現代越語分成近代越語和現代越語。這種分期法依於政治歷史而定，與語言的形成和發展幾乎沒有關係。

第二節　漢語借詞層次

　　越南和中國是鄰國，經過兩千多年的接觸與交流，互相影響，互相吸收彼此的文化精華，爲兩國人民留下了龐大、不可磨滅的文化遺產。其中，語言的影響是最深刻的。由於歷史、政治、宗教等因素的關係，越南人在兩千多年前開始由強迫性到後來的自願性的學習漢語和漢字，並由此接受了漢族文化。經過漫長時間的接觸與運用，已經形成了一個漢語借詞系統，融入了越南語本身的詞彙裏去，生根發芽，成爲越南語中不可或缺的一部份。不管兩國處於建交還是斷交時期，這種漢語借詞依然被廣泛的使用著，甚至漢字曾經成爲越南各朝代的國字，而越式漢語讀音則佔有極其重要的地位。漢語借詞在越南詞庫中基本上保留了漢字的本義和對應的漢語讀音，但並不是一成不變、死板地使用。在字義方面，越南人也創造性的運用，將漢字的本義或多或少進行改變、拼湊、套用，使得只有越南人聽得懂。在字音方面，除了保留漢音之外，由於越南語在聲韻調上的種種特徵，所以有時候得將漢語讀音進行改變，爲的是符合於越南人發音的特點。在字形方面幾乎沒有改變，但是出於越南知識分子的民族自尊心，想要擺脫漢文化的影響，所以在某些時段，越南人借用了漢字六書的造字法發明出越南獨有的所謂「喃字／𡦂喃」，以此新創的奇特文字將越南語言記錄下來。而這種文字與日本人所發明的片假名（Katakana）、平假名（Hiragana），韓國人的漢字（Hanja）一樣，中國人無法看得懂。

　　漢語借詞經過兩千多年的形成與發展，基本上可以分成古漢越語、漢越語和漢語越化等三個主要層次。之所以說是「三個主要層次」是因爲在古漢越語層次裏，由於形成的時間最長而且零星、不成系統地進入越南語，所以有時候又可以細分成兩三個小層次。

　　本節將針對這三個層次以及越南獨有的喃字進行介紹以利於下文的解讀。

一、古漢越語

古漢越語，簡單而言就是漢越語形成之前的漢語借詞。王力在〈漢越語研究〉說：「所謂古漢越語，指的是漢字尚未大量傳入安南以前，零星傳到安南口語裏的字音。這個時代大約是在中唐以前。」〔註11〕

上文介紹漢越語時，本文認爲漢越語形成時期大約在中唐至宋初時期。換句話說，古漢越語形成於中唐以前，即贊同王力的說法。但是也有學者將古漢越語形成時期延到晚唐時期。花玉山學者在他的博士論文《漢越音與字喃研究》云：

> 古漢越音是與漢越音相對而言的，漢越音形成於晚唐時期，古漢越音則產生的更早，即在晚唐以前。上文我們討論漢越語語音，可以看出漢越音反映中古後期的漢語語音狀態。相反，古漢越音則反映唐代以前的漢語語音狀態。漢字在中唐時期大批傳入越南，漢字讀音（漢越音）系統較爲完整。唐代之前，漢字零零散散傳到越南，越南語中的古漢語借詞（古漢越音）爲數不多。〔註12〕

花氏的這個觀點與馬伯樂、王力的研究成果不太一樣。通過對漢語借詞的研究，馬伯樂早就知道古漢越語沒有輕唇音，而在中唐輕唇音已經與重唇音分流了。目前，我們已經確定了十幾個仍然保留著重唇音的古漢越語。下面就是從王力的〈漢越語研究〉一書所摘下來的例子，擬音部分則參考自王力的《漢語語音史》〔註13〕一書：

漢語	古漢越語	漢越語	王力擬音	漢語	古漢越語	漢越語	王力擬音
飛	Bay	Phi	pǐwəi	販	Buôn	Phiến	pǐwɐn
房	Buồng	Phòng	bǐwaŋ	幅	Bức	Phúc	bǐuk
斧	Búa	Phủ	bǐu	帆	Buồm	Phàm	bǐwɐm
縛	Buộc	Phọc	bǐwak	放	Buông	Phóng	pǐwaŋ
煩	Buồn	Phiền	bǐwɐn	婦	Bụa	Phụ	bǐəu
佛	Bụt	Phật	bǐuɐt	霧	Mù	Vụ	mǐu
務	Mùa	Vụ	mǐu	舞	Múa	Vũ	mǐu

〔註11〕王力：〈漢越語研究〉（《嶺南學報》，第九卷第一期，1948年），頁58。

〔註12〕花玉山：《漢越音與字喃研究》（南京師範大學博士學位論文，2005年），頁77。

〔註13〕王力：《漢語語音史》（北京：中國社會科學出版社，1985年）。

　　因此我們認為古漢越語的形成時期如果下拉到晚唐真的是太晚了。至於古漢越語何時誕生的問題，本文認為早在公元前已經有古漢越語的萌芽了。那時候，越南人的甌雒國曾與漢人交戰，後來被趙佗的南越國吞併。南越國的年代是公元前 207 年至公元前 111 年，而趙佗本身是漢將，因此在統治甌雒國時期一定會帶北方的漢族人來當刺史。當時的越南人被強迫性地接受漢語和漢文化，古漢越語也隨之而誕生。

　　范宏貴和劉志強二位學者在《越南語言文化探究》一書通過對人名、地名等研究也曾經談到這個問題：

> 我們還可以從交趾的郡縣地名、官名和人名（學名）得到證明。越南早期的地名都是用漢字寫的，讀漢越語，我們可以從以下的史實得到漢越語出現自秦漢至三國時期的佐證。漢武帝元鼎 5 年（公元前 112 年）設立海南、蒼梧、郁林、合浦、交趾、九真、日南、珠崖、儋耳 9 個郡，次年設立縣。交趾郡有 10 縣（中略）……九真郡有 7 縣（中略）……日南郡有 5 縣（中略）……至今，越南的縣以上的地名絕大多數是漢越語詞。追溯其歷史時期，是在漢代，即公元前 1，2 世紀，換句話說，**漢越語詞**在這個時期已開始出現。

〔註 14〕

　　這段文章裏的「漢越語詞」應該是古漢越語。該書除了談到漢語對越南語和文化的影響以外，在第十二章還論及漢語普通話與漢越語語音的對應規律，但幾乎沒有涉及古漢越語的情況，因此，他們用「漢越語詞」一詞是一概而論的。（至於該書所提出的對應規律，在下文會進行比較）。

　　這樣，我們可以看到，古漢越語的形成時期很長，從公元前第 2 世紀到第 8 世紀，將近一千年，相對而言，漢越語的形成時期只有兩個世紀左右。因此，我們雖然承認古漢越語是零星地、不成系統地進入越南語，那麼也應該承認古漢越語裏也含藏好幾個層次，絕對不可以認為古漢越語只有一個層次。但是如何將古漢越語分成幾個層次是一個很大的問題。單在研究一般的古漢越語也是一個難題了，何況細分幾個層次呢。目前，所發現的古漢越語數量不多。王力的〈漢越語研究〉只發現 113 個古漢越語，其中還有很多字

〔註 14〕范宏貴、劉志強：《越南語言文化探究》（北京：民族出版社，2008 年），頁 42。

需要重新討論。花玉山從奧德裏古爾的《越南語上調研究》認為古漢越詞總數量不超過 200 個詞。花氏在其博論說：「根據目前所考察的古漢越南語詞大約有將近兩百詞。考察詞源是語音學中的一項極為困難的事情。歷來大家主要依照語音知識探索詞源問題。雖然現在越南語所保留下來的常用古漢越南語詞為數不多，而且它們不是從同一個時期傳入越南語的，但古漢越南語從語音的角度去看還是值得研究的。」〔註 15〕值得注意的是，近期（1985 年）越南學者王祿在《考察古漢越詞的一些初步結果》〔註 16〕一文曾經說他已經確定了 332 個古漢越詞，可惜至今他尚未將此研究結果公開示眾。可見，要確定哪個詞是古漢越語是個艱難的事情，但是這也是很有趣的工作。筆者在下文會細談古漢越語的問題，希望可以找出約三百五十多個古漢越語。

二、漢越語

所謂「漢越語」指的是越南人在中唐至宋初時代大量借用漢語，將之融入於越南語中並以越南口語形式來表現的詞語。換句話說，漢越語主要形成於第 8 至第 10 世紀初，系統性地進入越南口語裏，幾乎完整地保留唐代的漢音。這套漢越語主要反映文化、政治、哲學、技術等方面的詞語。

馬伯樂被認為是研究漢越語最早的學者。他在《越南語語音史研究》〔註 17〕一書針對「漢越南語 Sino-annamite」進行較為系統性的研究，認為「漢越南語」中有大量的輕唇音 / f / 和 / v /，而這些輕唇音是在唐代所產生的聲母。

繼承馬伯樂的研究，中國學者王力所著的《漢越語研究》論及越南漢語借詞聲韻調三個方面。王力將越南語裏的漢語借詞分成古漢越語、漢越語和漢語越化三個部分：

> 傳入越南的漢語可分為 3 類：第一是古漢越語。這是漢字零星輸入
> 時期就有了的。我們假定它們到了唐代還在安南保存著它們的漢
> 音。等到唐字傳來，安南人被迫著學習唐音（長安音），於是白話音

〔註 15〕花玉山：《漢越音與字喃研究》（南京師範大學博士學位論文，2005 年），頁 77。

〔註 16〕王祿：〈考察古漢越詞的一些初步結果〉（河内：《語言雜誌》，第一期，1985 年），頁 27～31。

〔註 17〕H.Maspéro：《越南語語音史研究》（Etudes sur la phonetique historique de la langue annamite, Les initiales）BEFEO, T , 12. No 1, 1912。

和文言音就分歧了。這種一般人不認爲漢語而實際上是古代漢語的殘留的字，我們稱爲古漢越語。第二是漢越語，這是整個系統的漢字，如果拿切韻系統來比較，它們是最整齊有趣的。第三是漢語越化，這本來是漢語的成分，但它們跟著越南口語變化，已經脫離了漢越語的常軌了。〔註18〕

　　基於馬伯樂和王力兩位外國學者的研究成果，後來有杜有朱（1962）、阮文修（1968）、阮才謹（1979）、阮善甲（1999）等越南學者也根據漢越語的來源及其傳入越南的時間將漢越語分成古漢越詞、漢越詞、越化漢越詞、漢越詞借詞。至於漢越語的名稱，還有人稱之爲「漢越音」。本文除了參考王力所著的〈漢越語研究〉以外，還主要探納王氏的擬音系統，因此在名詞方面會用到他的說法。

　　根據馬伯樂的統計，漢語借詞佔越南語詞彙總量的 60%，但那只是日常生活用語。如果涉及哲學、技術、政治等較爲專業的領域，這時漢語借詞使用頻率可高達 80%。此外，在運用漢語借詞過程中，越南人也將之加以變化、互換，使其義項更加豐富多彩。漢語借詞各種運用的情況大概如下：

（一）直接使用漢語的詞義

　　這種用法最多，漢語的詞義和漢越語的詞義完全相同，只是發音上的不同，因此可以用來做筆談。只有一些偏正結構的詞語在語義上正好相反，但是用習慣了就不需解釋。

● 文化用語：phong tục（風俗）、hôn nhân（婚姻）、lễ phục（禮服）、bồi táng（陪葬）、ẩm thực（飲食）、sinh hoạt（生活）、phong thủy（風水）、dịch kinh（易經）、tổ tiên（祖先）、luân lí（倫理）等。

● 藝術用語：vũ đạo（舞蹈）、ca dao（歌謠）、thư pháp（書法）、trà đạo（茶道）、điêu khắc（雕刻）、hội họa（繪畫）、ca kịch（歌劇）等。

● 醫藥用語：châm cứu（針灸）、tâm tạng（心臟）、nhân sâm（人參）、huyệt đạo（穴道）、thảo dược（草藥）、ngưu hoàng（牛黃）、bào chế（炮製）、trúng độc（中毒）、giải độc（解毒）、trị bệnh（治病）、thống phong（痛風）、thiên đầu thống（偏頭痛）、linh chi（靈芝）等。

〔註18〕王力：〈漢越語研究〉（《嶺南學報》第九卷，第一期，1948 年），頁 9。

- 軍事用語：hỏa dược（火藥）、đại pháo（大炮）、cung tiễn（弓箭）、địa lôi（地雷）、chiến xa（戰車）、công thành（攻城）、chiến thắng（戰勝）、chiến bại（戰敗）、thất thủ（失手）等。

- 思想用語：tinh thần（精神）、cảm ứng（感應）、tư duy（思維）、vũ trụ（宇宙）、càn khôn（乾坤）、đạo đức（道德）、âm dương（陰陽）等。

- 政治用語：trung nghĩa（忠義）、ái quốc（愛國）、trị quốc（治國）、thiên tử（天子）、pháp trị（法治）、triều đình（朝廷）、quân tử（君子）、thống trị（統治）、lưu vong（流亡）、nô lệ（奴隸）等。

- 技術用語：chế tạo（製造）、canh tác（耕作）、chỉ nam châm（指南針）、la bàn（羅盤）、súc mục（畜牧）、ngư thuyền（漁船）等。

- 宗教用語：Bồ Tát（菩薩）、Phật tử（佛子）、tự viện（寺院）、Phật giáo（佛教）、Đạo giáo（道教）、đắc đạo（得道）、chính quả（正果）、thế giới（世界）、thiền định（禪定）等。

（二）改變漢語借詞的詞義

漢語	漢越語	越南語語義	漢語	漢越語	越南語語義
究竟	cứu cánh	幫助	對頭	đối đầu	對立、敵對之意。
麻醉	ma túy	毒品	默念	mặc niệm	默哀
明白	minh bạch	清楚，引申為透明之意。	困難	khốn nạn	形容詞，只品格低劣或面對難題時表示唉聲嘆氣。

（三）保留詞義並顛倒詞語秩序的用法

主要是雙音節詞，詞語的意義相同，但漢字的位子剛好相反。

漢語	漢越語
例外＝lệ ngoại	ngoại lệ＝外例
釋放＝thích phóng	phóng thích＝放釋
善良＝thiện lương	lương thiện＝良善

（四）拼湊漢語詞義造新詞的用法

漢源詞	漢越語	漢語意義	漢源詞	漢越語	漢語意義
憑級	bằng cấp	文憑	充暢	sung sướng	大快人心
鬨	hống hách	橫行霸道	舒泰	thư thái	舒服
像台	tượng đài	塑像	美品	mỹ phẩm	化妝品

（五）使用漢日－日越詞

所謂「漢日－日越詞」指的是越南人借用由日本人採納西方文明時所翻譯、造新詞的漢源詞語。例如：dân chủ（民主）、kinh tế（經濟）、cộng hòa（共和）、chính trị（政治）、xã hội（社會）、trường hợp（場合）、giai cấp（階級）、tư sản（資產）、nghị viện（議院）、quản lý（管理）、tổ chức（組織）、kỷ luật（紀律）、phục vụ（服務）、cách mạng（革命）、chính phủ（政府）、phương châm（方針）、chính sách（政策）、lí luận（理論）、khoa học（科學）、triết học（哲學）、giải quyết（解決）、cán bộ（幹部）、pháp luật（法律）、văn học（文學）、tiểu thuyết（小說）、mỹ thuật（美術）、trừu tượng（抽象）、chủ nghĩa（主義）、tự nhiên（自然）、tự do（自由）、văn minh（文明）、đại biểu（代表）、cảnh sát（警察）、tư bản（資本）、thương nghiệp（商業）、thượng tá（上校）、thiếu tá（少尉）等。

（六）保留唐代漢音而不運用於越南口語

每一個漢字都有對應的漢越音，但不是每一個漢越音都用得到。如果用這些漢越音而沒有另加解釋，讀者或聽者都不懂其意思。

chẩm ma（怎麼）、đả khai（打開）、ngật phạn（吃飯）、hát thủy（喝水）、già cái（遮蓋）、thống khoái（痛快）、chi phương（脂肪）、phưởng chức（紡織）等。

（七）使用漢語舊詞而現代漢語裏不再出現的詞語

這些詞語在漢越語仍然被使用著，且很常見，但是現代漢語裏就沒有人在用了。

bình minh（平明）、thường xuyên（常川）、thực đơn（食單）、thông gia（通家）、cam kết（甘結）、đồng hồ（銅壺）、khởi hành（起行）、quận（郡）、sinh viên（生員）、nhuận bút（潤筆）、phong trào（風潮）、khuyến nông（勸農）、đào ngũ（逃伍）等。

在漢語借詞的語義方面當然也有很多要討論的問題，如語義擴大、語義縮小、語義轉移等等，但這不是本文打算研究的對象，所以暫時不多談。

三、漢語越化

漢語越化就是漢越語通過越南語音規律演變而來的一種漢語借詞。因此，

可以說，古漢越語、漢越語和漢語越化是同母兄弟，古漢越語是老大，漢語越化則是老么。只不過，古漢越語和漢語越化一前一後分別混入越南語裏去，被越南人徹底地接受與運用，成為現代的越南語的一部份，使得現代越南人幾乎沒有人知道這些詞語是漢源詞了。

王力在〈漢越語研究〉一文對古漢越語和漢語越化作了很清楚的分辨：

> 所謂古漢越語，指的是漢字尚未大量傳入安南以前，零星傳到安南口語裏的字音。這個時代大約是在中唐以前。所謂漢語越化，和古漢越語恰恰相反，它們的產生是在整套的漢越語傳入了之後，但是，前者和後者有一個共同之點：它們是脫離了漢越語，混入日常應用的越語裏去了的。

> 古漢越語好比中國人在安南住了十幾代，現在已經沒有人知道他們是漢族的血統了。越化漢語好比中國人和安南人結婚生的孩子，事實上他們已經不是純粹的漢族了。

> 古漢越語能傳到現在，也就是和越化漢語的性質相似。撇開歷史不論，二者的價值是一樣的。正因為它們的性質相似，有時候頗難分辨。再說，它們和那些道地的安南字也不是容易分辨的。〔註19〕

正因為古漢越語和漢語越化的情形相似，所以也不容易斷定哪個詞是古漢越語，哪個詞是漢語越化。但是通過嚴謹的研究，我們大約可以確定漢語越化形成的一些規律。從王力的研究成果，我們可以看到漢語越化的演變過程需要經過清音濁化、匣母越化、唇音越化等越南語的語音規律。對於清音濁化的規律，王力說：「依馬伯樂的研究，安南古代沒有濁音聲母的。他拿芒語及其他方言來比較，他的證據頗為確切可信。我們根據這一點來判斷清音字之讀入濁音是漢語越化的結果。這種字大約都是見群母字。」〔註20〕王力所提出的一些例子如下：

漢語	漢越語	漢語越化	漢語	漢越語	漢語越化
鏡	Kính	Gương	強	Cưỡng	Gượng

〔註19〕王力：〈漢越語研究〉（《嶺南學報》第九卷第一期，1948 年），頁 58。

〔註20〕王力：〈漢越語研究〉（《嶺南學報》第九卷第一期，1948 年），頁 71。

閣	Các	Gác	肝	Can	Gan
鋼	Cang	Gang	近	Cận	Gần
錦	Cẩm	Gấm	筋	Cân	Gân
急	Cấp	Gấp	記	Kí	Ghi
寡	Quả	Góa	寄	Ký	Gửi
薑	Khương	Gừng	劍	Kiếm	Gươm

以上所述，王力曾承認：「正因爲它們的性質相似，有時候頗難分辨」，所以有時候他本身也搞不清楚，何者是古漢越語、何者是漢語越化。阮文康在《越南語裏的外來詞》一書曾發現：「王力所列出的古漢越語和漢語越化名單裏有些例子需要斟酌一下，尤其是漢越語與古漢越語之間或者古漢越語和漢語越化之間的『重覆』。譬如，古漢越語和漢語越化之間的『重覆』有 Dời 移、Dừng 停、Liền 連、Mày 眉、Ngờ 疑、Mùi 味等。漢越語與古漢越語之間的「重復」有 Bức 幅、Địa 地、Hứa 許、Miếu 廟、Nghĩa 義、Thìn 辰等。」〔註21〕

在確定哪個字音是漢語越化時，不僅王力有所誤解，最早的馬伯樂、近期的廖靈專等學者都曾經有錯誤的判斷。廖靈專雖然知道漢語越化是如何形成的，但是舉例時卻不正確。他在博士論文《雙音節漢越語及其對越南學生漢語詞彙學習的影響研究》認爲 Vuông 方、Rồng 龍、Sen 蓮等字是漢語越化（見下文）。至今，阮才謹、花玉山等大多數語言學家都一致認爲這些字都是古漢越語而不是漢語越化。

目前，所找到的漢語越化跟古漢越語的情形一樣，爲數不多，甚至還混在一起，無法辨清。但是，漢語越化這個部分屬於越南語的語音，已經脫離漢越語語音的範圍，並不是本文要研究的對象，因此不再多談。需要時，才舉例說明，與古漢越語進行比較以利於認清古漢越語的面貌而已。

四、喃字

所謂「喃字」指的是越南人模仿漢字六書造字法創造出一種能記錄越南語的文字。王力在《漢越語研究》也有這樣的解釋：「在法國人沒有統治越南以前，越南只有兩種字：一種是『儒字（chy⁴ nho¹）』就是中國字（漢字），另一種是『字喃 chy⁴ nom¹』或『喃字』，就是依照漢字的造字方法替越南土話造

〔註21〕阮文康：《越南語裏的外來詞》（河內：教育出版社，2007年），頁 241。

出來的字。」〔註22〕

「喃字」的意思就是越南人的字，其中「喃」是會意字，口旁表示語言、說話之意，南旁表音兼表越南人之意。說是按照「六書」，其實喃字沒有象形、指事、專注三種造字法。按照越南語文法，「喃字」應該寫成「字喃」，字形方面又可以寫作𡨸喃或𡦂喃。喃字大約有下列的幾種造字方法〔註23〕：

（一）直接借用漢字的字音和字義

越音主要是漢越語，次要是古漢越語，再其次是漢語越化。例如：

- 漢越語：成功（thành công）、幸福（hạnh phúc）、順利（thuận lợi）、才（tài）、命（mệnh）、精神（tinh thần）等。

- 古漢越語：斧（búa）、鐘（chuông）、燭（đuốc）、墓（mả）、爐（lò）、車（xe）等。

- 漢語越化：得（được）、肝（gan）、劍（gươm）、鏡（gương）、急（gấp）等。

（二）借用漢字的字音，不借字義

- 漢越語：些（ta，只的是我，我們）、沒（một，一的意思）等。

- 漢越語的音近：故（có，有的意思）、這（gió，風的意思）、坦（đất，土地的意思）等。

- 古漢越語：膠（keo，吝嗇的意思）、斧（búa，市場的意思）等。

（三）會意字

𡗶 trời：天的意思，表示天在上。

全 trùm：遮蓋或黑社會的頭領的意思，「人」表示遮蓋，「上」表示高貴在上。

（四）形聲字〔註24〕

渃 nước：水的意思，水旁表義、若旁表音。

〔註22〕 王力：〈漢越語研究〉（《嶺南學報》第九卷第一期，1948 年），頁 78。

〔註23〕 有一些喃字參考自 Wikipedia：http://vi.wikipedia.org/wiki/Ch%E1%BB%AF_N%C3%B4m

〔註24〕 有一些喃字參考自在線喃字字典，網址：http://nomfoundation.org/vn/cong-cu-nom/Tu-dien-chu-Nom

塊 khói：煙的意思，火旁表義，鬼是塊的簡寫，表音。

蹎 chân：足的意思，足旁表義，眞旁表音。

䄒 năm：年的意思（亦可直接用「年」），年旁表義，南旁表音。

㐩 năm：五的意思，五旁表義，南旁表音。

（五）假借字

尜 chín：九的意思，假借爲「煮熟」之意。

嫩 non：山丘、山峰的意思，假借爲「嫩草、嫩菜」之意。

除了以上的造字法以外，還有漢字簡寫讀原音、漢字簡寫讀近音、越南語形聲字的簡寫、喃字加記號（ㄅㄑ）等造字法。可見，喃字造字法很複雜，並不是很完整的系統。要看懂喃字，其前提是先掌握好漢字，再來具有紮實的越南語背景才能判斷其讀音。

至於喃字的形成時期，直到現在學者之間眾說紛紜。有人認爲應該從 14 世紀開始，有的認爲自從越南脫離唐朝的統治之後開始，與漢越語形成時期稍晚些。但是也有學者根據幾個喃字而推到第 6 世紀，甚至 1，2 世紀等。

但是，不管喃字什麼時候形成，它在越南歷史和越南語裏曾經佔有重要的地位，不但提高民族自尊心，促進佛教經典、儒家經典等翻譯進程，還幫助文人將越南的民謠、神話、歷史、本土專名等記錄下來，廣泛地推動文學創作等等。喃字有一段時間在胡代（1400～1407）和阮代（1788～1802）曾經作爲越南的國字，所有的行政文件都用喃字書寫的。雖然喃字的影響力遠低於漢字、漢越語，但是它在越南史上的貢獻永不磨滅。

第三節　現代越南語的音系

現代越南文字使用拉丁字母來標音，叫做「國語字」。早在十七世紀，很多西方傳教士來越南傳教。爲了傳教之順利，他們開始學會越南語並想辦法用他們所熟悉的拉丁字母系統來記錄越南語。經過幾十年研究、學習的時間，就形成了一個較爲完整的標音系統。Alexandre De Rhodes 神父是第一傳教士將這個標音系統歸納起來，於 1651 年，在羅馬出版了《安南－葡萄牙－拉丁詞典》〔註25〕（簡稱《越葡拉詞典》）。當時，越南還在使用漢字和喃字作爲正

〔註25〕此字典電子版可以查在 http://purl.pt/961/4/#/30

式的文字。19 世紀末 20 世紀初，因受法國殖民地的統治〔註26〕，所以越南阮朝開始兼用漢字、法文和越文。直到 1945 年，越南宣佈獨立後，以拉丁字母標音的「國語字」爲越南民主共和國的正式文字，沿用至今。

一、聲母系統

一般而言，越南語有 25 個聲母，包括：b[b]、c（k）[k]、ch[tʂ]、d[z]、đ[d]、g（gh）[ɣ]、gi[ʑ]、h[h]、kh[x]、l[l]、m[m]、n[n]、ng（ngh）[ŋ]、nh[ɲ]、p[p']、ph[f]、qu[kw]、r[ʑ]、s[ʂ]、t[t]、th[tʰ]、tr[tʂ]、v[v]、x[s]、ø[ʔ]（喉音）。其中，c 與 k、g 與 gh、ng 與 ngh 的音值相同，只是書寫形式有異。這是源於 17 世紀的書寫形式，由西方傳教士們所造，後人習慣使用，不過它們之間不可以隨便互換，而需要按照一些規則（條件）來書寫。但是，也有學者將這幾對聲母分開算，所以聲母系統增加到 28 個。

喉音／ʔ／也比較特殊，它相當於中古漢語的影母，在書寫形式上從未出現，所以也有學者主張不將喉音列入越南語聲母系統。但是，從語言學的角度來講，這是眞實存在的一個聲母，因此不妨將它列入聲母系統，使其更加完美。

值得注意的是，大部分學者都認爲越南語只有 25（或 28）個聲母，否認聲母 p-的存在。這是因爲越南語中本來沒有聲母 p-，只是記錄（拼音）外國語的時候爲了求較爲正確的發音，所以才採用拉丁字母 p-作聲母。例如：pa-tanh（英語：patin）、pin（電池）、Sa-Pa（越南景點地名）等等。但是，也有很多越南人不習慣發 p-這個音，所以將 p-改爲與其發音接近的 b-。因此，將 đèn pin（電筒）發成 đèn bin，pa-tê（法語：pâté）發成 ba-tê 等。其實，這種情況不是近期才發生，早在 1000 多年前曾經發生過。在唐朝的統治下，越南人學習漢語時，首先也得講 p-，但是因爲越南語沒有這種發音，爲了讓 p-容易融入越南語，所以一律將發音 p-的字改讀爲 b-（參見第三章第二節）。

對於這個問題，筆者主張將 p-列入越南語聲母系統，因爲下列的兩個主要原因：

● 其一，朝著時代發展的趨勢，這是一個眞實存在的聲母。100 多年前，爲了吸納西方人的文明和技術，越南人已經採用聲母 p-來發音新的名

〔註26〕法國攻佔越南，設立殖民地制度，全時間長達 96 年（1858～1954）。

詞。過去曾經接受，現在、未來更要接受，這樣在將越南詞彙豐富化，儘快與國際文化交流和技術接軌。近期，學者們還在爭論，是否將 f-列入越南語聲母系統。雖然 f 的發音，越南語口語用 ph-來代替，但新主張的依據與 p-的情況同理（數學、物理學、電腦、樂譜等方面都在廣泛使用 p-和 f-）。

● 其二，除了用聲母 p-來拼音外國語以外，我們還用 p-來發音和書寫越南少數民族的語言，包括姓名、地名等。例如：Bánh Pía（Pía 餅）、Plâyku（市名）、hang Pǎc-Pó（Pǎc-Pó 洞）、Pa-Kô（族名）、Pịa（荣名）等等。越南共有 54 個少數民族，雖然語言不同，但每個民族都是越南國家不可分割的一部份。他們都要學會越南語（京族的語言），反過來越南人也要尊重、善護、發揚少數民族的語言和文化。因此，將聲母 p-列入越南語聲母系統是完全合理的。

此外，還有一個較少人注意到的問題。那就是聲母 qu-的書寫形式。目前大部分學者認爲 qu-是一個特殊的聲母，因爲沒有單獨成立的聲母 q-，它一定需要與圓唇元音-u 配在一起才能當作聲母。學者們基本上站在 q-和-u 一定相配的表象，默然公認它的存在而幾乎沒有談到其背後的原因。本文認爲其實 c，k，q 都是同一個聲母，只是書寫上有分別而已。從本文的統計結果可以知道它們是同源的，都來自中古漢語的見母和群母。之所以它們在越南語用三種形式來書寫是因爲其背後的條件，就是與韻母和介音具有密切的關係。其中，q-與 c-和 k-的不同之處在於它只能與帶有圓唇介音的韻母相配，導致漢越語 qu-的書寫形式。（詳見下文）

當然也有人會認爲，如果我們將聲母 qu-還原成 q-，與 c-的發音無異時，在越南語裏會造成一些困擾。例如，Quả[kwa:^{3}]（果）和 Của[kuo^3]（財產或所屬之意）相混，Qua[kwa:^{1}]（過、瓜）與 Cua[kuo^1]（蟹）相混等。其實，這裡的一些字，我們需要分清楚。Quả（果）和 Qua（過、瓜）都是漢越語，而 Của（財產或所屬之意）和 Cua（螃蟹）是純越南語。它們之間的聲母是一樣，但是韻母有異。漢越語的 Quả（果）、Qua（過、瓜）是有圓唇韻母，但是純越南語的 Của（財產或所屬之意）和 Cua（螃蟹）的韻母-ua 是-uo 的一種變體（見下文），它的音值與 Quả（果）和 Qua（過、瓜）的韻母之音值完全不一樣。從國際音標可以發現它們發音上的不同。

因此，本文認爲越南語聲母系統歸納起來只有 24 個，並將之製成如下的表格（以越南語河內音爲例）：

表 2.5：越南語 24 聲母音位表

發音部位 \ 發音方法	塞 音				擦 音		鼻音	邊音
	清		濁		清	濁	濁	濁
	不送氣	送氣						
雙脣音	p [pʼ]		b [b]				m [m]	
脣齒音					ph [f]	v [v]		
舌尖前					x [s]	d [z]		
舌尖中	t [t]	th [tʼ]	đ [d]				n [n]	l [l]
舌尖後	tr [tʂ]				s [ʂ]	r, gi [ʐ]		
舌面音	ch [tʂ]						nh [ɲ]	
舌根音	c（k, q）[k]		g（gh）[ɣ]		kh [x]		ng（ngh）[ŋ]	
喉 音		ø [ʔ]			h [h]			

說明：

● 聲母 p-用來記方言、外來語的音。漢越語沒有聲母 p-。

● 在過去的越南語裏，tr-和 ch-有區別的，前者捲舌，後者不捲舌，但是現在的河內音，tr-和 ch-已經混在一起，發音一樣，只是書寫上還有分別，所以國際音標都寫成[tʂ]。

● 河內音的 r-和 gi-不分，所以國際音標都寫成[ʐ]，但是在漢越語只有 gi-而沒有 r-。

● g-和 gh-只出現於純越南語（包括古漢越語在內），漢越語裏沒有這些聲母。

● ng-和 ngh-雖然發音一樣，但是由於其韻母有不同的元音和介音所以用兩種書寫形式來分別（詳見下文）。

● 聲母 ø[ʔ]通常不出現於書面上，但是在語音上仍然存在，所以需要列出來，表示其存在。

以上的聲母系統與王力先生所認定的稍有不同。王力在〈漢越語研究〉認爲越南語聲母系統只有 22 個。第一，王力沒有將 ø[ʔ]和 p-列入聲母系統。第二，王力雖然將 qu-列入舌根音裏，但是不認爲 q-能獨立作聲母，一定要與

-u-配在一起。他說：「舌根音四個：k（在 i，y，e 前寫作 k，在 a，o，u 之前寫作 c，在代表 kw 時寫作 qu），kh，g（在 i，y，e 前寫作 gh，其餘寫作 g），ng（在 i，y，e 前寫作 ngh，其餘寫作 ng）。」〔註27〕可見，他認爲越南語裏有一個「另類」的圓唇舌根音，令隨後的學者都這麼認定，沒有懷疑。對於存不存在這個圓唇舌根音的問題，本文在下一章會進一步討論。

二、韻母系統

韻母系統裏面又分元音（韻腹）、介音（韻頭）、韻尾三類。基本的內容如下：

（一）元　音

越南語共有 11 個單元音，包括：a[a:]、ă[a]、â[ɤ]、e[ɛ]、ê[e]、i（y）[i]、o[ɔ]、ô[o]、ơ[ɤ:]、u[u]、ư[ɯ]。這些元音又可以相配成雙元音或者三合元音。

其實，在越南語中，只有 3 個眞正的複合元音（全響雙元音），即 iê、ươ、ua。之所以將這些組合叫做複合元音是因爲他們都是同音位的元音。但是，在書寫上，需要注意一些規則：

- 複合元音 iê 有 yê、ia、ya、iê 四種書寫形式，國際音標是[ie]。iê 在以上的三合元音 uya、uyê 就寫成 yê、和 ya（前面的 u-就是介音。）當 -iê-後面沒有韻尾時就寫成／-ia／。
- 複合元音 ươ 有 ươ、ưa 兩種書寫形式，國際音標是[ɯɤ]。當-ươ-後面沒有韻尾時就寫成／-ưa／。
- 複合元音 uô 有 uô、ua 兩種書寫形式，國際音標是[uo]。當-uô-後面沒有韻尾時就寫成／-ua／。

其他的雙元音則分成前響雙元音和後響雙元音兩種，這種情況是由不同音位的元音之配合所致（詳見下文）。

至於三合元音，在形式上是由 3 個不同元音組合，但其實最前面和最後面的元音都是由半元音 u 或 i 擔任，不是眞正的元音了（詳見下文）。

值得注意的是，在 11 個元音中，元音 i 和 y 混在一起，因爲它們的發音一樣，書寫的時候也可以混用，例如：Lí＝Lý（李姓）、Mĩ＝Mỹ（美）、Kỉ＝Kỷ

（紀、己）等等。但是也有學者認為 y 是一個元音，主要的理由是 y 可以單獨成韻。阮麟學者的《越南詞與語詞典》對元音的定義是：「從咽喉發出成聲音，在口腔裏不受阻礙的音」，並確定越南語中有 12 個元音，即 y 包括在內，例如在 ý（意）、quỳnh（瓊）、quýt（橘子）等字裏，i 不能代替 y。

　　本文認為，在發音方面，i 與 y 無別，但是在書寫方面有異，因此越南人才將 i 叫做「短 i」，將 y 叫做「長 i」以免發生誤寫。現代越南文字（即國語字）用拉丁字母來標音，而且這種標音由西方傳教士所發明的，所以在書寫方面並不是很完善的。在書寫方面有很多矛盾、重復、很不一致。有一些不合理的書寫方式在使用過程中已經被淘汰，但有一些書寫方式在漫長時間習慣使用著，久而久之定型下來成為固定的寫法；也有一些書寫方式還在混合狀態。y 與 i 的情況就是典型的例子，除了可以混用的情形之外也有不可混用的之處，這是約定俗成的寫法。大概的情況如下：

- 在以 h、k、l、m、qu、s、t、v 等聲母開頭的開音節尾音，i 和 y 可以混用當元音，但 y 較少與 s、和 v 相結合。例如：hi／hy（希）、kĩ／kỹ（技）、lí／lý（理）、mĩ／mỹ（美）、qui／quỷ（鬼）、sĩ／sỹ（士）、ti／ty（司）、vi／vy（薇）。

- 在以 b、d、đ、n、g、gh、kh、ngh、r、th、x 聲母開頭的開音節尾音，y 不能代替 i 當元音。例如：bí（秘）、di（移）、đi（走路）、ni（尼）、gì?（何物？）、ghi chép（記錄）、khi（欺）、nghi（疑）、rỉ（漏水）、thi（詩）、xí（廁）。

- 在陽聲韻和入聲韻字裏，若沒有介音 u-時，則用-i-不用-y-，反之有介音 u-時就寫-y-，不寫-i-。例如：kích（擊）、kim（金）、đinh（丁）、huynh（兄）、nhuyễn（軟）、khuếch（擴）等等。

- 當介音時，若是有聲母的字就用 i-不用 y-，若是有漢語來源的零聲母字就寫 y-，不寫 i-，若是純越語的零聲母字就寫 i-，不寫 y-。例如：kiêu（驕）、khiêu（跳）、kiệt（傑）、thiếp（貼）、yêu（要）、yết（揭）、im ắng／im phăng phắc（寂寞、鴉雀無聲）、iu xìu（掃興）、ụt ịt（豬的一般叫聲）等等。只有 in（印）是例外，「印」的漢越語是「Ấn」，古漢越語是「In」。如上所述，古漢越語已經被納入純越語詞庫中，一般越南人不認為它是漢語借詞了。

- 當陰聲韻尾時，在短元音 ǎ 後面寫 y-，在其餘的元音寫 i-。只不過，現在大家都把-ǎy 寫成 ay，因此與-ai 造成困擾，不知如何分辨（40年前-ǎy 和-ai 還分得很清楚。這也證明如上所說的越南語標音系統不完善之處）。例如：Tay（手）、Tai（耳）、Bay（飛）、Lai（來）、May（縫紉、幸運）、Mai（梅、明日）、Say（醉）、Sai（差）等等。

- 單獨出現成音時，若是漢越語就寫／y／，若非就寫／i／。例如：ý（意）、y（衣）、y（依）、y（醫）、ỷ（倚）、âm ĩ（喧嘩）、ì ạch（指胖人的走樣）、í a（指民謠、音樂中的虛詞）等等。

茲將現代越南語的元音系統歸納成如下的音位表：

表 2.6：越南語 11 個單元音音位表

		舌　　面		
舌位前後		前	後	
唇的狀態		展	展	圓
舌位高低	高	y，i [i]	ư [ɯ]	u [u]
	半高	ê [e]	ơ [ɤ:] â [ɤ]	ô [o]
	半低	e [ɛ]		o [ɔ]
	低		a [a:] ǎ [a]	
同音位的雙元音當主要元音		iê（yê、ia、ya）[ie]	ươ（ưa）[ɯɤ]	ua（uô）[uo]

其中，11 個單元音中有 2 對為長短音對立（a[a:]和 ơ[ɤ:]為長音，ǎ[a]和 â[ɤ]為短音）。ǎ[a]和 â[ɤ]不能單獨成韻，需要和尾音結合才能成韻或構成音節。其它元音均可充當韻母或自成音節。

越南語的單元音都是舌面音，前元音中沒有圓唇音。

（二）介　音

越南語裏只有一個介音，但以 o 和 u 兩種書寫形式來表現，國際音標為／w／。o 和 u 雖然是圓唇元音，但當它在其它元音前面時，會使主要元音的音值稍微改變，起了辨義作用。因此發音時，不可以停留在介音而須快轉到主要音。介音 o 和 u 的書寫規則如下：

- 在元音-ê-、-ơ-、-ya-、-yê-前寫成 u-。例如：huệ（慧）、quở（指責、責罵）、đêm khuya（深夜）、khuyết（缺）等。

- 在元音-a、-e 前寫成 o-。注意：越南語聲母裏有 qu-，與元音 a、e 組合時就直接寫成 qua、que，不寫 koa、koe（發音不變）。例如：hoán（換）、hoè（槐）、loa（螺）、qua（戈）、quản（管）等。

- 介音 o 或 u 不出現於唇音後面（b、ph、m）而圓唇元音 o、ô、u（-uô-除外，因為這是複合元音，其變體是-ua）以及元音 ư、ươ（即-ưa）。介音 o 或 u 也不能出現於聲母 g-後面，但 góa（寡）除外。若 o 或 u 出現在元音-i 前面，屆時 o-或 u-當主要元音，-i 當韻尾。

（三）韻尾

與中古漢語音韻系統一樣，越南語有陰聲、陽聲、入聲等三種韻尾。

陰聲韻尾指的是以元音收尾的韻，但是在越南語又分成以下兩種：

- 以零韻尾收尾，即在 a、e、ê、i（y）、o、ô、ơ、u、ư 等主要元音後面不加任何成分（主要元音前可以加介音／w／）。元音 ă、â 不可以零韻尾收尾，須與其他輔音結合才能成韻。例如：ca（歌）、tre（竹子）、kê（雞）、phi（飛）、phó（赴）、cổ（古）、cơ（機）、tù（囚）、cự（距）、căn（根）、cấm（禁）。

- 以半元音-u [-w]或-i [-j]收尾，即此兩個半元音前面須加一個主要元音。其，-u 的變體為-o，-i 的變體為-y。例如：bưu（郵）、bao（包）、tội（罪）、túy（醉）。

陽聲韻尾指的是以鼻音收尾的韻，即-m、-n、-ng、-nh 四種。例如：cam（甘）、lan（蘭）、hoàng（黃）、thanh（清）。

入聲韻尾指的是以塞音收尾的韻，即-p、-t、-c、-ch 四種。例如：pháp（法）、nguyệt（月）、ngọc（玉）、bích（碧）。

陰聲韻尾的存在較為清楚，不過在一般的情況下都不寫出來。但是從學術的方面來說就應該提到它。梁遠和祝仰修學者在《現代越南語語法》一書雖然說明：「可以作韻尾的輔音有 6 個，在書寫形式上體現為 8 個字母：c、ch、m、n、ng、nh、p、t。」〔註28〕但沒有提及陰聲韻尾，實為可惜。

〔註28〕梁遠、祝仰修、黎春泰：《現代越南語語法》，（廣州，世界圖書出版廣東有限公司，2012

以下是現代越南語韻尾系統的示意圖：

表2.7

發音部位　　發音方法	雙　唇	舌　　頭		
		舌尖	舌根	舌面
清塞音	p [p]	t [t]	c（k）[k]	ch [tʃ]
濁鼻音	m [m]	n [n]	ng [ŋ]	nh [ɲ]
半元音	u [-w]	i [-j]		
零韻尾	zero [Ø]			

注意：當半元音收尾時，／u／的變體爲／o／，／i／的變體則爲／y／。

（四）韻母的各種組合

上文已經對越南語韻母的內容與特點進行介紹與分析，今將韻母的各種組合歸納起來，附有國際音標以便參考和下文的標音：

表2.8：韻母各種類型

雙元音23個 VV 型	全響雙元音 3 個	iê（yê，ia，ya）[ie]，ưσ（ưa）[ɯɤ]，ua（uô）[uo]
	前響雙元音 15 個	ai [a:j]，σi[ɤ:j]，oi[ɔj]，ôi[oj]，ui[uj]，ưi[ɯj]，ay[aj]，ây[ɤj]，ao[a:w]，ưu[ɯw]，eo[ɛw]，êu[ew]，iu[iw]，au[aw]，âu[ɤw].
	後響雙元音 5 個	ua（oa）[wa:]，uσ[wɤ:]，ue（oe）[wɛ]，uê[we]，uy[wi].
三元音13個 VVV 型	前響三元音 4 個	iêu（yêu）[iew]，uôi[uoj]，ưσi[ɯɤj]，ưσu[ɯɤw].
	中響三元音 8 個	oai[wa:j]，oao[wa:w]，oay[wa:j]，uau[wa:w]，uây[wɤj]，oeo[wɛw]，uêu[wew]，uyu[wiw].
	後響三元音 1 個	uyê（uya）[wie]
單元音韻母後附輔音 63 個 VC 型		雙唇韻尾：am[a:m]，σm[ɤ:m]，om[ɔm]，ôm[om]，um[um]，em[ɛm]，êm[em]，im[im]，ăm[am]，âm[ɤm]，ap[a:p]，σp[ɤ:p]，op[ɔp]，ôp[op]，up[up]，ep[ɛp]，êp[ep]，ip[ip]，ăp[ap]，âp[ɤp]。
舌尖韻尾：an[a:n]，σn[ɤ:n]，on[ɔn]，ôn[on]，un[un]，

年），頁 11。

		en[ɛn]、ên[en]、in[in]、ăn[an]、ân[ɤn]、at[a:t]、ơt[ɤ:t]、ot[ɔt]、ôt[ot]、ut[ut]、ưt[ɯt]、et[ɛt]、êt[et]、it[it]、ăt[at]、ât[ɤt]。 舌根韻尾：ang[a:ŋ]、ăng[aŋ]、âng[ɤŋ]、ong[ɔŋ]、ông[oŋ]、ung[uŋ]、ưng[ɯŋ]、eng[ɛŋ]、ac[a:k]、ăc[ak]、âc[ɤk]、oc[ɔk]、ôc[ok]、uc[uk]、ưc[ɯk]、ec[ɛk]。 舌面韻尾：anh[a:ɲ]、ênh[eɲ]、inh[iɲ]、ach[a:tʃ]、êch[etʃ]、ich[itʃ]。
雙元音韻母後附輔音韻母 41 個 VVC 型	前響韻母 17 個	雙唇韻尾：iêm[iem]、iêp[iep]、uôm[wom]、ươm[ɯɤm]、ươp[ɯɤp]。 舌尖韻尾：iên[ien]，iêt[iet]，uôn[won]、uôt[wot]、ươn[ɯɤn]、ươt[ɯɤt]。 舌根韻尾：iêng[ieŋ]、iêc[iek]、uông[woŋ]、uôc[wok]、ương[ɯɤŋ]、ươc[ɯɤk]。
	中響韻母 24 個	雙唇韻尾：oam[wa:m]、oap[wa:p]、oăm[wam]、uăp[wap]。 舌尖韻尾：oan[wa:n]、oat[wa:t]、oăn[wan]、oăt[wat]、uân[wɤn]、uât[wɤt]、uên[wen]、uêt[wet]、uyn[win]。 舌根韻尾：oang[wa:ŋ]， oac[wa:k]、oăng[waŋ]、oăc[wak]、uâng[wɤŋ]。 舌面韻尾：oach[wa:tʃ]、oanh[wa:ɲ]、uênh[weɲ]、uêch[wetʃ]、uynh[wiɲ]、uych[witʃ]。
三元音韻母後附輔音韻母 2 個 VVVC 型	中響韻母	舌尖韻尾：uyên[wien]、uyêt[wiet]。

三、聲調系統

　　現代越南語共有 6 個聲調，分別是平聲、弦聲、問聲、跌聲、銳聲和重聲。聲調的性質有高低、曲折、平仄，因此起了辨義作用。梁遠和祝仰修所著的《現代越南語語法》裏對越南語 6 個聲調有較爲完整的描寫，具體如下：

　　1 聲：稱爲無標誌聲調（thanh không dấu），又稱 thanh ngang（平聲），無標號，聲調高而平穩。

　　2 聲：稱爲玄聲（thanh huyền），標號爲「＼」，聲調低於 1 聲，緩慢下降，結束點低於起始點。

3 聲：稱為問聲（thanh hỏi），標號為「ʔ」，屬於不均衡低聲調，起始點高於玄聲，然後短暫下降，再上升，結束點高於起始點。

4 聲：稱為跌聲（thanh ngã），標號為「~」，屬於不均衡高聲調，起始比 1 聲稍高，而後突然快速降低，再迅速升高，到高於起始點時結束。

5 聲：稱為銳聲（thanh sắc），標號為「／」，屬於不均衡高聲調，起點低於 1 聲，先持平再升高，結束點明顯高於起點。

6 聲：稱為重聲（thanh nặng），標號為「·」，屬於不均衡低聲調，起點低於玄聲，然後突然降低，結束點低於起點。〔註29〕

至於調值部分，馮玉映在〈從『切韻』入手尋找漢越語聲調與中古漢語聲調的對應關係〉一文認為越南語平聲、弦聲、問聲、跌聲、銳聲、重聲的調值分別為 33、31、214、545、35、121。〔註30〕

為了更了解越南語聲調的本質，我們可以用 2 種形式進行分類：

其一，按照聲調的音值，可以將聲調分成高聲調和底聲調：

● 高聲調有：平聲、跌聲和銳聲。

● 低聲調有：玄聲、問聲和重聲。

其二，按照聲調的音調，可以將聲調分成平聲和仄聲兩類。值得注意的是，越南語的聲調受漢語聲調的影響，表現在漢越語的聲調上（見下文），因此這裡的聲調平仄標準是來自中古漢語的。

● 平聲有：平聲和玄聲（因兩者都來自中古漢語的平聲）。

● 仄聲是剩下的 4 個聲調，又可以細分成曲折聲調和不曲折聲調兩類。曲折聲調有問聲和跌聲兩種，不曲折聲調有重聲和銳聲兩種。

聲調分類的情形可用以下的示意圖來形容：

〔註29〕梁遠、祝仰修：《現代越南語語法》（北京：民族出版社，2008 年），頁 12～13。

〔註30〕馮玉映：〈從『切韻』入手尋找漢越語聲調與中古漢語聲調的對應關係〉（《東南亞縱橫》，2003 年），頁 29。

圖 2

音調 音值	平	仄	
		曲折	*不曲折*
高	平聲	跌聲	銳聲
低	弦聲	問聲	重聲

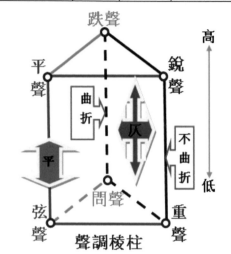

越南語聲調和漢語聲調具有密切的關係而這種關係也就是本文想要闡述、解釋的問題。

第三章　漢越語和漢語聲母之層次對應關係

漢越語和現代漢語有一個共同的特點，即皆源於中古漢語。從第十世紀起，越南宣佈獨立，脫離了中國千年的統治，因此在語言方面漸與漢語各奔前程了。由於越南深受漢文化和漢語的影響，所以基本上越南語仍然保留晚唐時代的語音系統之特徵。此外，也有一部分中古漢語傳入越南語時，不能維持其原來的讀音而有所改變，例如在漢越語產生了舌尖後濁擦音 gi-、舌面鼻音 nh-等。中古漢語發展到元代以後就發生了很大的語音變化，例如入聲韻完全消失、韻尾 m-和 n-合一、聲母 ng-[ŋ]變為零聲母等等，形成了如今的現代漢語。越南人隨著新時代的經濟、文化、歷史等發展和學術交流趨勢，近幾十年來有很多人開始學習華語，也有不少語言學界人士專門研究兩國語言之間的關係。本章以漢語借詞（漢越語、古漢越語）為中心，針對現代漢語、中古漢語以及少部分的上古漢語進行統計和比較，提出兩種語言在聲母方面的對應關係，為語言學界提供一些觀點與想法。

第一節　漢越語和現代漢語聲母的對應關係

現代漢語聲母總共有 21 個（零聲母不記）。竺家寧學者在《聲韻學》〔註1〕

〔註 1〕竺家寧：《聲韻學》（臺北：五南圖書出版股份有限公司，2010 年），頁 75。

一書將現代漢語聲母歸納成如下的表格：

表 3.9：現代漢語聲母系統

	塞音	塞擦音	鼻音	清擦音	濁擦音	邊音
唇　音	b[p]，p[pʻ]		m [m]	f [f]		
舌尖音	d [t]，t [tʻ]	z [ts]，c [tsʻ]	n [n]	s [s]		l [l]
捲舌音		zh [tʂ]，ch [tʂʻ]		sh [ʂ]	r [ʐ]	
舌面音		j [tɕ]，q [tɕʻ]		x [ɕ]		
舌根音	g [k]，k [kʻ]		（ng[ŋ]）	h [x]		

　　塞音和塞擦音裏的聲母都有送氣和不送氣之分，拉丁字母上加一個小撇表示送氣音。竺家寧先生還特別解釋：「舌尖音中，（t）、（tʻ）、（n）、（l）發音時舌尖較高，接觸上齒齦；（ts）、（tsʼ）、（s）舌尖較低，接觸上下齒的背後。兩類稍有不同。國語唯一的濁擦音是（ʐ），這個音對南方人來說，比較不容易念得準。」

　　眾所周知，漢越語是一種漢語借詞。而現代漢語（簡稱普通話）雖然與過去的漢語有較大的變化，但還保留一些中古漢語的特點，因此在聲母上與漢越語也保留一些對應關係。通過統計法，我們先看漢越語的聲母對應於哪些普通話的聲母。

　　本文除了用越南語舉例之外，還將使用國際音標來表示越南語的實際發音。至於越南語聲調部分，本文採納王力先生在〈漢越語研究〉的說法，用數字來代表調號，具體如下：

　　平聲：[1]　　玄聲：[2]　　問聲：[3]

　　跌聲：[4]　　銳聲：[5]　　重聲：[6]

一、雙唇音

　　漢越語的雙唇音 b-[b]主要對應於漢語普通話的 b[p]和 p[pʻ]。據本文的統計，漢越語雙唇聲母 b-[b]共有 416 個字，對應於現代漢語的 273 個不送氣清塞唇音 b[p]和 131 個送氣清塞唇音 p[pʻ]，對應比例分別為 65.62%和 31.49%。

　　例外比較少，都來自現代漢語唇音 m[m]和 f[f]。唯有「郵」字漢語讀 yóu，漢越語卻念 bưu[bɯw¹]。下面是一些例子：

漢字	漢越語	IPA	拼音	漢字	漢越語	IPA	拼音
百	Bách	[ba:tʃ⁵]	bǎi	平	Bình	[biɲ²]	píng
步	Bộ	[bo⁶]	bù	朋	Bằng	[baŋ²]	péng
寶	Bảo	[ba:w³]	bǎo	盆	Bồn	[bon²]	pén
輩	Bối	[boj⁵]	bèi	盤	Bàn	[ba:n²]	pán
病	Bệnh	[beɲ⁶]	bìng	疲	Bì	[bi²]	pí

漢越語的雙脣鼻音 m-[m]共有 291 個字，主要對應於普通話的 279 個雙脣鼻音 m[m]，對應比例達 95.87%。其餘的都是例外。例如：

漢字	漢越語	IPA	拼音	漢字	漢越語	IPA	拼音
木	Mộc	[mok⁶]	mù	盟	Minh	[miɲ¹]	méng
命	Mạng	[ma:ŋ⁶]	mìng	滿	Mãn	[ma:n⁴]	mǎn
美	Mĩ	[mi⁴]	měi	墨	Mặc	[mak⁶]	mò
募	Mộ	[mo⁶]	mù	朦	Mông	[moŋ¹]	méng
貿	Mậu	[mɤw⁶]	mào	麵	Miến	[mien⁵]	miàn

二、脣齒音

漢越語的脣齒擦音 ph-[f]共有 374 個字，主要對應於普通話的 257 個脣齒擦音 f[f]，其次是 98 個清塞脣音 p[p']，對應比例分別爲 68.71%和 26.2%。其餘的視爲例外。例如：

漢字	漢越語	IPA	拼音	漢字	漢越語	IPA	拼音
方	Phương	[fuɤŋ¹]	fāng	品	Phẩm	[fɤm³]	pǐn
斧	Phủ	[fu³]	fǔ	珀	Phách	[fa:tʃ⁵]	pò
風	Phong	[fɔŋ¹]	fēng	普	Phổ	[fo³]	pǔ
佛	Phật	[fɤt⁶]	fó	配	Phối	[foj⁵]	pèi
憤	Phẫn	[fɤn⁴]	fèn	派	Phái	[fa:j⁵]	pài

漢越語的脣齒音 v-[v]共有 162 個字，主要對應於普通話的 91 個零聲母 w[Ø]和 65 零聲母 y[Ø]，對應比例分別爲 56.17%和 40.12%。剩下的 6 個字視爲例外。例如：

漢字	漢越語	IPA	拼音	漢字	漢越語	IPA	拼音
亡	Vong	[vɔŋ¹]	wáng	永	Vĩnh	[viɲ⁴]	yǒng
文	Văn	[van¹]	wén	宇	Vũ	[vu⁴]	yǔ

王	Vương	[vɯɤŋ¹]	wáng	炎	Viêm	[viem¹]	yán
物	Vật	[vɤt⁶]	wù	院	Viện	[vien⁶]	yuàn
問	Vấn	[vɤn⁵]	wèn	越	Việt	[viet⁶]	yuè

三、舌尖前音

　　漢越語的舌尖前清擦音 x-[s]共有 117 個字，主要對應於普通話的送氣舌尖塞擦音 ch-[tʂʻ]（75 個字），少部分與舌尖擦音 sh-[ʂ]對應（17 個字），因為 ch-與 sh-的發音方法很相近。對應比例分別為 64.1%和 14.5%。其他的算是例外。例如：

漢字	漢越語	IPA	拼音	漢字	漢越語	IPA	拼音
川	Xuyên	[swien¹]	chuān	釧	Xuyến	[swien⁵]	chuàn
出	Xuất	[swɤt⁵]	chū	稱	Xưng	[sɯŋ¹]	chēng
沖	Xung	[suŋ¹]	chōng	社	Xã	[sa:⁴]	shè
臭	Xú	[su⁵]	chòu	射	Xạ	[sa:⁶]	shè
處	Xử	[sɯ³]	chǔ	蛇	Xà	[sa:²]	shé

　　漢越語的舌尖前濁擦音 d-[z]共有 353 個字，最主要對應於現代漢語的 304 個零聲母 y-[Ø]，對應比例可達 86.11%。剩下的都視為例外，其中有一部分對應於雙唇鼻音 m-[m]，共 13 個字。這個情況較為特殊，在下一節會進一步分析。例如：

漢字	漢越語	IPA	拼音	漢字	漢越語	IPA	拼音
用	Dụng	[zuŋ⁶]	yòng	搖	Dao	[za:w¹]	yáo
羊	Dương	[zɯɤŋ¹]	yáng	演	Diễn	[zien⁴]	yǎn
盈	Doanh	[zwa:ɲ¹]	yíng	民	Dân	[zɤn¹]	mín
寅	Dần	[zɤn²]	yín	名	Danh	[za:ɲ¹]	míng
異	Dị	[zi⁶]	yì	面	Diện	[zien⁶]	miàn

四、舌尖中音

　　漢越語的舌尖中清塞音 t-[t]共有 888 個字，主要對應於現代漢語的舌面擦音 x-[ɕ]（203 個字）、舌尖擦音 s-[s]（161 個字）、舌面塞擦音 j-[tɕ]（158 個字）以及舌尖塞擦音 z-[ts]（157 個字）四個聲母，其對應比例分別為 22.86%、18.13%、17.79%和 17.68%。其次對應於舌尖塞擦音 c-[tsʻ]（68 個字）、雙唇音

b-[p]（59 個字）和舌面塞擦音 q-[tɕ]（48 個字）三個聲母，對應比例分別是 7.65%、6.64%和 5.4%。剩下的都是例外。例如：

漢字	漢越語	IPA	拼音	漢字	漢越語	IPA	拼音
小	Tiểu	[tiew³]	xiǎo	足	Túc	[tuk⁵]	zú
仙	Tiên	[tien¹]	xiān	匠	Tượng	[tuɤŋ⁶]	jiàng
巡	Tuần	[twɤn²]	xún	俊	Tuấn	[twɤn⁵]	jùn
相	Tương	[tuɤŋ¹]	xiāng	必	Tất	[tɤt⁵]	bì
三	Tam	[ta:m¹]	sān	標	Tiêu	[tiew¹]	biāo
思	Tư	[tɯ¹]	sī	才	Tài	[ta:j²]	cái
喪	Táng	[ta:ŋ⁵]	sàng	詞	Từ	[tɯ²]	cí
左	Tả	[ta:³]	zuǒ	全	Toàn	[twa:n²]	quán
早	Tảo	[ta:w³]	zǎo	情	Tình	[tiɲ²]	qíng

漢越語聲母 t[t]之所以與很多現代漢語聲母對應是因爲從中古漢語到現代漢語已經發生了很多語音變化，令聲母因此分化出來。在下一節，會更具體地分析這種分化現象。

漢越語的舌尖中清塞音 th-[tʻ]共有 592 個字，主要對應於普通話的舌尖後擦音 sh-[ʂ]（210 個字）、舌尖中塞音 t-[tʻ]（126 個字）兩個聲母，對應比例分別爲 35.47%、21.28%。其次對應於舌面塞擦音 q-[tɕ]（79 個字）、舌尖塞擦音 c-[tsʻ]（78 個字）和舌尖後塞擦音 ch-[tʂʻ]（49 個字）三母，對應比例分別是 13.34%、13.17%和 8.2%。其他的是例外。例如：

漢字	漢越語	IPA	拼音	漢字	漢越語	IPA	拼音
上	Thượng	[tʻuɤŋ⁶]	shàng	取	Thủ	[tʻu³]	qǔ
水	Thủy	[tʻwi³]	shuǐ	妻	Thê	[tʻe¹]	qī
舌	Thiệt	[tʻiet⁶]	shé	村	Thôn	[tʻon¹]	cūn
天	Thiên	[tʻien¹]	tiān	促	Thúc	[tʻuk⁵]	cù
兔	Thố	[tʻo⁵]	tù	臣	Thần	[tʻɤn²]	chén
脫	Thoát	[tʻwa:t⁵]	tuō	城	Thành	[tʻa:ɲ²]	chéng

漢越語的舌尖中濁塞音 đ-[d]共有 542 個字，主要對應於普通話的舌尖不送氣塞音 d-[t]（353 個字）、舌尖送氣塞音 t-[tʻ]（177 個字）兩母，對應比例分別爲 65.12%和 32.65%。例外比較少，大約有 12 個字。例如：

漢字	漢越語	IPA	拼音	漢字	漢越語	IPA	拼音
刀	Đao	[da:w¹]	dāo	田	Điền	[dien²]	tián
代	Đại	[da:j⁶]	dài	投	Đầu	[dɤw²]	tóu
多	Đa	[da:¹]	duō	唐	Đường	[duɯŋ²]	táng
苗	Địch	[ditʃ⁶]	dí	陶	Đào	[da:w²]	táo
洞	Động	[doŋ⁶]	dòng	團	Đoàn	[dwa:n²]	tuán

　　漢越語的舌尖中鼻音 n-[n]共有 144 個字，主要對應於普通話的舌尖中鼻音 n[n]（134 個字），對應比例達 93%，剩下的 10 個聲母都是例外。例如：

漢字	漢越語	IPA	拼音	漢字	漢越語	IPA	拼音
女	Nữ	[nɯ⁴]	nǔ	納	Nạp	[na:p⁶]	nà
內	Nội	[noj⁶]	nèi	能	Năng	[naŋ¹]	néng
尿	Niệu	[niew⁶]	niào	瑙	Não	[na:w⁴]	nǎo
念	Niệm	[niem⁶]	niàn	農	Nông	[noŋ¹]	nóng
耐	Nại	[na:j⁶]	nài	寧	Ninh	[niɲ¹]	níng

　　漢越語的舌尖中邊音 l-[l]共有 527 個字，主要對應於普通話的舌尖中邊音 l-[l]（519 個字），對應比例高達 98.48%。例外很少，屈指可數。例如：

漢字	漢越語	IPA	拼音	漢字	漢越語	IPA	拼音
力	Lực	[lɯk⁶]	lì	柳	Liễu	[liew⁴]	liǔ
令	Lệnh	[leɲ⁶]	lìng	律	Luật	[lwɤt⁶]	lǜ
老	Lão	[la:w⁴]	lǎo	料	Liệu	[liew⁶]	liào
牢	Lao	[la:w¹]	láo	留	Lưu	[lɯw¹]	líu
兩	Lưỡng	[lɯɤŋ⁴]	liǎng	略	Lược	[lɯɤk⁶]	luè

五、舌尖後音

　　漢越語的舌尖後塞音 tr-[tʂ]共有 353 個字，主要對應於普通話的舌尖後不送氣塞擦音 zh-[tʂ]（236 個字），其次是舌尖後送氣塞擦音 ch-[tʂʰ]（76 個字），對應比例分別為 66.85%和 21.52%。其他的視為例外。例如：

漢字	漢越語	IPA	拼音	漢字	漢越語	IPA	拼音
中	Trung	[tʂuŋ¹]	zhōng	池	Trì	[tʂi²]	chí
兆	Triệu	[tʂiew⁶]	zhào	沉	Trầm	[tʂɤm²]	chén
助	Trợ	[tʂɤ:⁶]	zhù	程	Trình	[tʂiɲ²]	chéng

| 竹 | Trúc | [tʂuk⁵] | zhú | 嘲 | Trào | [tʂa:w²] | cháo |
| 妝 | Trang | [tʂaːŋ¹] | zhuāng | 徹 | Triệt | [tʂiet⁶] | chè |

　　漢越語的舌尖後清擦音 s-[ʂ]共有 292 個字，主要對應於普通話的舌尖後送氣塞擦音 ch-[tʂʻ]（116 個字）和舌尖擦音 sh-[ʂ]（92 個字），其次是舌尖前擦音 s-[s]（38 個字），對應比例分別爲 39.72%、31.5%和 13%。剩下的都是例外。例如：

漢字	漢越語	IPA	拼音	漢字	漢越語	IPA	拼音
初	Sơ	[ʂɤ:¹]	chū	生	Sinh	[ʂiŋ¹]	shēng
抄	Sao	[ʂa:w¹]	chāo	帥	Soái	[ʂwa:j⁵]	shuài
恥	Sỉ	[ʂi³]	chǐ	殺	Sát	[ʂa:t⁵]	shā
崇	Sùng	[ʂuŋ²]	chóng	瑟	Sắt	[ʂat⁵]	sè
士	Sĩ	[ʂi⁴]	shì	所	Sở	[ʂɤ:³]	suǒ

　　漢越語的舌尖後濁擦音 gi-[ʐ]共有 132 個字，主要對應於現代漢語的舌面擦音 j-[tɕ]（98 個字），對應比例爲 74.24%。其餘的算是例外。例如：

漢字	漢越語	IPA	拼音	漢字	漢越語	IPA	拼音
加	Gia	[ʐa:¹]	jiā	姦	Gian	[ʐa:n¹]	jiān
交	Giao	[ʐa:w¹]	jiāo	教	Giáo	[ʐa:w⁵]	jiào
戒	Giới	[ʐɤ:j⁵]	jiè	監	Giám	[ʐa:m⁵]	jiàn
佳	Giai	[ʐa:j¹]	jiā	諫	Gián	[ʐa:n⁵]	jiàn
降	Giáng	[ʐa:ŋ⁵]	jiàng	覺	Giác	[ʐa:k⁵]	jué

六、舌面音

　　漢越語的舌面塞音 ch-[tʂ]共有 255 個字，主要對應於普通話的舌尖後不送氣塞擦音 zh-[tʂ]（224 個字），對應比例高達 87.84%。其他的可視爲例外。例如：

漢字	漢越語	IPA	拼音	漢字	漢越語	IPA	拼音
主	Chủ	[tʂu³]	zhǔ	眞	Chân	[tʂɤn¹]	zhēn
正	Chính	[tʂiŋ⁵]	zhèng	針	Châm	[tʂɤm¹]	zhēn
制	Chế	[tʂe⁵]	zhì	專	Chuyên	[tʂwien¹]	zhuān
枝	Chi	[tʂi¹]	zhī	眾	Chúng	[tʂuŋ⁵]	zhòng
祝	Chúc	[tʂuk⁵]	zhù	掌	Chưởng	[tʂɯɤŋ³]	zhǎng

漢越語的舌面鼻音 nh-[ɲ]共有 196 個字，主要對應於現代漢語的舌尖後濁擦音 r-[z]（115 個字），其次是零聲母 y-[Ø]（42 個字），再其次是零聲母 er[ɚ]（18 個字），對應比例分別爲 58.67%、21.42%和 9.1%。剩下的可視爲例外。例如：

漢字	漢越語	IPA	拼音	漢字	漢越語	IPA	拼音
入	Nhập	$[ɲɤp^6]$	rù	岳	Nhạc	$[ɲa:k^6]$	yuè
肉	Nhục	$[ɲuk^6]$	ròu	雁	Nhạn	$[ɲa:n^6]$	yàn
染	Nhiễm	$[ɲiem^4]$	rǎn	雅	Nhã	$[ɲa:^4]$	yǎ
然	Nhiên	$[ɲien^1]$	rán	耳	Nhĩ	$[ɲi^4]$	ěr
讓	Nhượng	$[ɲɯɤŋ^6]$	ràng	二	Nhị	$[ɲi^6]$	èr

七、舌根音

漢越語的舌根音表現爲 c-、k-、q-三個聲母，它們的發音相同，國際音標爲[k]。

漢越語的舌根塞音 c-[k]共有 414 個字，主要對應於普通話的舌面後塞音 g-[k]（209 個字）、舌面前不送氣塞擦音 j-[tɕ]（140 個字）兩母，其次是舌面前送氣塞擦音 q-[tɕʻ]（45 個字），對應比例分別爲 50.48%、33.81%和 10.8%。之所以將 q-視爲對應關係是因爲 j-和 q-的發音很接近，差別在於送氣不送氣而已。剩下的 20 個字純爲例外。例如：

漢字	漢越語	IPA	拼音	漢字	漢越語	IPA	拼音
工	Công	$[koŋ^1]$	gōng	巨	Cự	$[kɯ^6]$	jù
弓	Cung	$[kuŋ^1]$	gōng	極	Cực	$[kɯk^6]$	jí
更	Cánh	$[ka:ɲ^5]$	gèng	舅	Cữu	$[kɯw^4]$	jiù
革	Cách	$[ka:ʧ^5]$	gé	乾	Càn	$[ka:n^2]$	qián
崗	Cương	$[kɯɤŋ^1]$	gāng	強	Cường	$[kɯɤŋ^2]$	qiáng

漢越語的舌根塞音 k-[k]共有 189 個字，主要對應於現代漢語的舌面前不送氣塞擦音 j-[tɕ]（136 個字），其次是舌面前送氣塞擦音 q-[tɕʻ]（48 個字），對應比例分別是 71.95%和 25.39%。例外數量很少，只有 5 個字。例如：

漢字	漢越語	IPA	拼音	漢字	漢越語	IPA	拼音
今	Kim	$[kim^1]$	jīn	其	Kì	$[ki^2]$	qí

堅	Kiên	[kien¹]	jiān	僑	Kiều	[kiew²]	qiáo
結	Kết	[ket⁵]	jié	杞	Ki	[ki³]	qǐ
擊	Kích	[kitʃ⁵]	jí	虔	Kiền	[kien²]	qián
驕	Kiêu	[kiew¹]	jiāo	鉗	Kiềm	[kiem²]	qián

　　漢越語的舌根塞音 q-[k]共有 207 個字，主要對應於普通話的舌面後塞音 g-[k]（102 個字）、舌面前不送氣塞擦音 j-[tɕ]（66 個字）兩個聲母，對應比例為 49.27%和 31.88%。其次是舌面後送氣塞音 k-[kʰ]（19 個字）、舌面前送氣塞擦音 q-[tɕʰ]（15 個字），對應比例分別是 9.1%和 7.2%。

　　現代漢語 k-和 q-兩個聲母的數量不多，但是本文仍然將它們算進去，因為 k-也是舌根音，q-和 j-的發音相近。若往上推至中古漢語，它們之間具有密切的關係，大多數來自見母和群母。這個問題在下一節本文會進行詳細的分析。剩下只有 5 個字純為例外。例如：

漢字	漢越語	IPA	拼音	漢字	漢越語	IPA	拼音
光	Quang	[kwa:ŋ¹]	guāng	君	Quân	[kwɤn¹]	jūn
果	Quả	[kwa:³]	guǒ	娟	Quyên	[kwien¹]	juān
括	Quát	[kwa:t⁵]	guā	訣	Quyết	[kwiet⁵]	jué
鬼	Quỷ	[kwi³]	guǐ	愧	Quý	[kwi⁵]	kuì
國	Quốc	[kwok⁵]	guó	窟	Quật	[kwɤt⁶]	kū

　　漢越語的舌根擦音 kh-[x]共有 317 個字，主要對應於普通話的舌面後送氣塞音 k-[kʰ]（162 個字）和舌面前送氣塞擦音 q-[tɕʰ]（105 個字）兩個聲母，其對應比例分別為 51.1%和 33.1%。例外比較雜亂，多由其他中古漢語聲母混入。例如：

漢字	漢越語	IPA	拼音	漢字	漢越語	IPA	拼音
口	Khẩu	[xɤw³]	kǒu	欠	Khiếm	[xiem⁵]	qiàn
孔	Khổng	[xoŋ³]	kǒng	曲	Khúc	[xuk⁵]	qǔ
考	Khảo	[xa:w³]	kǎo	屈	Khuất	[xwɤt⁵]	qū
抗	Kháng	[xa:ŋ⁵]	kàng	缺	Khuyết	[xwiet⁵]	quē
刻	Khắc	[xak⁵]	kè	圈	Khuyên	[xwien¹]	quān

　　漢越語的舌根鼻音表現為 ng-和 ngh-兩種。舌根鼻音 ng-[ŋ]共有 170 個字，主要對應於現代漢語的零聲母 y-[Ø]（57 個字）和零聲母 Ø[Ø]（51 個字），其

次是零聲母 w-[Ø]（38 個字），對應比例分別為 33.52%、30%和 22.35%。剩下的都視為例外。例如：

漢字	漢越語	IPA	拼音	漢字	漢越語	IPA	拼音
娥	Nga	[ŋaː¹]	é	瓦	Ngõa	[ŋwaː⁴]	wǎ
偶	Ngẫu	[ŋɤw⁴]	ǒu	魏	Nguy	[ŋui⁶]	wèi
遨	Ngao	[ŋaːw¹]	áo	娛	Ngu	[ŋu¹]	yú
碍	Ngại	[ŋaːj⁶]	ài	魚	Ngư	[ŋɯ¹]	yú
午	Ngọ	[ŋɔ⁶]	wǔ	遇	Ngộ	[ŋo⁶]	yù

漢越語的舌根鼻音 ngh-[ŋ]共有 62 個字，主要對應於普通話的零聲母 y-[Ø]（43 個字）和舌尖中鼻音 n[n-]（個 18 字）兩個聲母，對應比例分別為 69.35%和 29%。例外只有一個字（趼 Nghiễn，普通話讀 jiǎn）。例如：

漢字	漢越語	IPA	拼音	漢字	漢越語	IPA	拼音
迎	Nghênh	[ŋeɲ¹]	yíng	逆	Nghịch	[ŋitʃ⁶]	nì
硯	Nghiễn	[ŋien⁴]	yàn	霓	Nghê	[ŋe¹]	ní
毅	Nghị	[ŋi⁶]	yì	孽	Nghiệt	[ŋiet⁶]	niè
驗	Nghiệm	[ŋiem⁶]	yàn	擬	Nghĩ	[ŋi⁴]	nǐ
藝	Nghệ	[ŋe⁶]	yì	蘖	Nghiệt	[ŋiet⁶]	niè

　　ng-和 ngh-既然發音一樣，那麼為何出現兩種不同的寫法？在表面上，它與後面的韻母有密切的關係。凡是出現於-a、-o、-ô、-u 等元音之前都要寫成 ng-。凡是出現於-i、-e、-ê 等元音之前就得寫成 ngh-。至於其中的原因，它主要與中古漢語聲母的等第有關。這個問題在下文會進一步討論。

　　值得注意的是，本文發現漢越語的 ng-和 ngh-都是舌根鼻音，與現代漢語的零聲母 y-、w-和 Ø 的發音方法相差太遠，不符合語音對應規律。主要的原因是從中古漢語到現代漢語的演變過程中，漢語本有的舌根鼻音／ŋ／漸漸消失，到了普通話／ŋ／一律改讀為零聲母。竺家寧先生在《聲韻學》一書認為／ŋ／在宋代（10～13 世紀）已經轉成了零聲母。〔註2〕目前我們只能在漢語方言找到／ŋ／的痕跡。

〔註2〕竺家寧：《聲韻學》（臺北：五南圖書出版股份有限公司，2010 年），頁 451。

八、喉　音

漢越語的喉塞音[ʔ]為數眾多，共有 408 個字，主要對應於普通話的零聲母 y-[Ø]（229 個字），其次是零聲母 w-[Ø]（89 個字）和零聲母 Ø[Ø]（70 個字），對應比例分別是 56.12%、21.81%和 17.15%。例外的數量不多，只有 20 個字。例如：

漢字	漢越語	IPA	拼音	漢字	漢越語	IPA	拼音
央	Ương	[ɯɤŋ¹]	yāng	委	Ủy	[ui³]	wěi
邑	Ấp	[ɤp⁵]	yì	婉	Uyển	[wien³]	wǎn
英	Anh	[a:ɲ¹]	yīng	隘	Ải	[a:j³]	ài
燕	Yến	[ien⁵]	yàn	暗	Ám	[a:m⁵]	àn
污	Ô	[o¹]	wū	歐	Âu	[ɤw¹]	ōu

漢越語的喉擦音 h-[h]數量甚多，共有 690 個字，主要對應於現代漢語的舌面後擦音 h-[x]（359 個字），其次是舌面前擦音 x-[ɕ]（260 個字），對應比例分別為 52%和 37.68%。其餘的字視為例外。例如：

漢字	漢越語	IPA	拼音	漢字	漢越語	IPA	拼音
化	Hóa	[hwa:⁵]	huà	凶	Hung	[huŋ¹]	xiōng
回	Hồi	[hoj²]	huí	穴	Huyệt	[hwiet⁶]	xué
或	Hoặc	[hwak⁶]	huò	行	Hành	[ha:ɲ²]	xíng
恆	Hằng	[haŋ²]	héng	享	Hưởng	[hɯɤŋ³]	xiǎng
凰	Hoàng	[hwa:ŋ²]	huáng	訓	Huấn	[hwɤn⁵]	xùn

以上是本文對漢越語和現代漢語聲母的對應關係進行了統計和簡單的分析。目前專攻這方面研究之學者不多，因為有時要涉及中古漢語才能理解其中的一些形成規律和原因。最近有范宏貴和劉志強合作《越南語言文化探究》一書，其中也談到漢越語和現代漢語聲韻調三方面的對應關係。不過，由於缺乏顯密的語料統計，語料來源主要靠自己的經驗，因此他們的研究結果還有些錯誤和遺漏的情況。

范、劉二氏發表之前也有劉亞輝學者寫了一篇名為〈越語中的漢語音與漢語的語音對應規律淺談〉[註3]的文章。其文中直接列出漢越語和現代漢語以及

〔註 3〕劉亞輝：〈越語中的漢語音與漢語的語音對應規律淺談〉（《梧州學院學報》，第 17

中古漢語聲韻調上的對應關係表，提供一些例子和例外，別無論點和論述。因此本文只視爲參考資料，在聲母和韻母方面，本文沒有對其研究結果進行詳細的比較。

下面本文將以上的統計結果歸納成表格，同時也將范、劉二位的研究成果附上去，再來進行討論其間的異同。

表 3.10：漢越語和現代漢語聲母對應關係表

	漢越語	現代漢語（范宏貴、劉志強）〔註4〕	現代漢語（本文）
雙脣音	b [b]	b、p	b [p]、p [pʻ]
	m [m]	m	m [m]
脣齒音	ph [f]	f、p	主：f [f]，次：p [pʻ]
	v [v]	w、y	w[Ø]、y[Ø]
舌尖前音	x [s]	c、ch	主：ch-[tʂʻ]，次：sh-[ʂ]
	d [z]	y（喻四）	y-[Ø]
舌尖中音	t[t]	c、ch、j、p、q、s、x、z	主：x-[ɕ]、s-[s]、j-[tɕ]、z-[ts] 次：c-[tsʻ]、b-[p]、q-[tɕʻ]
	th[tʻ]	c、ch、p、q、t	主：sh-[ʂ]、t-[tʻ] 次：q-[tɕʻ]、c-[tsʻ]、ch-[tʂʻ]
	đ [d]	d、t	d-[t]、t-[tʻ]
	n [n-]	n	n [n-]
	l-[l]	l	l-[l]
舌尖後音	tr [tʂ]	ch（個別）、z（少量）、zh	主：zh-[tʂ]，次：ch-[tʂʻ]
	s [ʂ]	c、ch、s（少量）、sh	主：ch-[tʂʻ]、sh-[ʂ]，次：s-[s]
	gi [ʐ]	j	j-[tɕ]
舌面音	ch [tʂ]	z（少量）、zh	zh-[tʂ]
	nh [ɲ]	n（少量）、r	主：r-[z]，次：y-[Ø]、Ø[Ø]
舌根音	c-[k]	g、j	主：g-[k]、j-[tɕ]，次：q-[tɕʻ]
	k-[k]	g、j、q	主：j-[tɕ]，次：q-[tɕʻ]
	q-[k]	g、j	主：g-[k]、j-[tɕ]，次：k-[kʻ]、q-[tɕʻ]

卷，第1期，2007年），頁68～79。

〔註4〕范宏貴、劉志強：《越南語言文化探究》（北京：民族出版社，2008年），頁337～349。

	kh-[x]	k、q	k-[kʰ]、q-[tɕʰ]
	ng-[ŋ]	w、y	主：y-[Ø]、Ø[Ø]，次：w-[Ø]
	ngh[ŋ]	n（少量）、y	主：y-[Ø]，次：n [n-]
喉音	[ʔ]	w、y	主：y-[Ø]，次：w-[Ø]、Ø [Ø]
	h-[h]	h 、x	h-[x]、x-[ɕ]

從上表，我們可以發現兩篇文章的研究結果基本上相同，但是也有一些地方仍有值得一談之處。下面，本文就二位不同之處加以解釋或補充。

● 漢越語 x[s]和 s[ʂ]的來源：范、劉二位認為普通話的 c-與漢越語的 s-和 x-對應。其實，據本文的統計，漢越語 x[s]共有 117 個字，其中只有 10 個字來自普通話的 c-；s[ʂ]共有 292 個字，其中只有 13 個字來自普通話的 c-，所佔的比例很少，只能視為例外而不是真正的對應關係。另外，漢越語的 s-還有 38 個字來自普通話的 s-，佔 13%，但是范、劉二位只認為是少量對應。這個看法輕重不均，很值得商榷。

● 漢越語 t-[t]和 th-[tʰ]的來源：范、劉二位認為普通話的 p-與漢越語的 t-和 th-對應。實際上，漢越語的 t-共有 888 個字，其中只有 17 個字來自 p-；漢越語的 th-共有 592 個字，其中只有 5 個字來自普通話的 p-，所佔的比例極少（分別為 1.4%和 0.8%），只能算是例外。值得注意的是，漢越語 t-的主要來源是普通話的 sh-，佔最大的比例，約 35.47%，但是在《越南語言文化探究》裏完全沒有涉及這個非常重要的對應關係，應該作明確的定位與詮釋。

● 漢越語 tr-[tʂ]和 ch-的來源：范、劉二位認為普通話少量的 z-和個別的 ch-與漢越語 tr-對應。其實，漢越語的 tr-共有 353 個字，其中只有 7.3%來自普通話的 z-（26 個字），應該算是例外。此外，他們還認為由於越南語河內音裏 tr-和 ch-相通，所以也有普通話的 z-少量與漢越語 ch-對應。實際上，漢越語 ch-當中，只有 8 個字來自普通話的 z-，純為例外。至於普通話的 ch-，共有 76 個字佔約 21.52% 的比例對應於漢越語 tr-，堪稱一個對應關係，不只是范、劉二位學者所詮釋的「個別對應」。

● 漢越語 nh-[ɲ]的來源：范、劉二位認為普通話的 n-少量與漢越語 nh-

對應。實際上，漢越語的 nh-共有 196 個字，其中只有 6 個字來自普通話的 n-，不足以堪稱對應關係，只是例外而已。然而，二位學者在此卻忽略了一個次要的對應關係，那就是越語的 nh-有一部分來自普通話的零聲母 y-和 er Ø[Ø]，對應比例分別爲 21.42%和 9.1%。

● 漢越語 c-[k]的來源：漢越語的 c-有 414 個字，其中有一部分來自普通話的 q-，佔約 10.8%。由於 q-和 j-比較接近，所以 q-也可以跟著 j-而與漢越語的 c-對應。這個次要的對應關係在范、劉二位的《越南語言文化探究》未見提及。

● 漢越語 k-[k]的來源：范、劉二位學者在《越南語言文化探究》說「舌面齶中塞音、清音，漢語普通話拼音的 g→對應漢越語的是 c、k、q，沒有變化」〔註 5〕。根據本文的統計結果，漢越語的舌根塞音 k-共有 189 個字，主要對應於現代漢語的舌面前不送氣塞擦音 j-[tɕ]（136 個字），其次是舌面前送氣塞擦音 q-[tɕʰ]（48 個字），剩下的 5 個例外字，但是沒有一個字來自普通話的 g-。范、劉氏位在書中也沒有提出一個例子說明漢越語的 k-來自普通話的 g-。

● 漢越語 q-[k]的來源：上文說過，漢越語的 q-共有 207 個字，主要來自普通話的 g-和 j-。次要的對應關係是漢越語的 q-和普通話的 k-以及 q-兩個聲母，對應比例分別是 9.1%和 7.2%。之所以本文將普通話的 k-以及 q-算進去是因爲 k-也是舌根音，q-和 j-的發音相近。在中古漢語時代，它們大多數來自見母和群母，可以說是同源的。可惜的是，范、劉二位都沒有發現這個現象，其著作中也沒有任何記載。

● 漢越語 ng-[ŋ]的來源：范、劉二位學者認爲漢越語的 ng-與 w、y 相對應。這個看法是正確的，只不過兩位忽略了一個重要的來源。據本文的統計結果，漢越語的 ng-共有 170 個字，主要對應於普通話的 y-、零聲母 Ø，再來才使 w-，對應比例分別爲 33.52%、30%和 22.35%。范、劉二氏完全沒有注意到比 w-更重要的來源，那就是零聲母 Ø。例如：Ngạn（岸 àn）、Nga（娥 é）、Ngẫu（偶 ǒu）等。

● 漢越語 ngh-[ŋ]的來源：范、劉二位學者認爲普通話的 n-少量與漢越語

〔註 5〕范宏貴、劉志強：《越南語言文化探究》（北京：民族出版社，2008 年），頁 339。

ngh-對應。其實，對應於漢越語 ngh-的普通話 n-的數量相當多。據統計，漢越語的 ngh-共有 62 個字，主要應於普通話的 y-（43 個字）和 n-（個 18 字），對應比例分別為 69.35%和 29%。從比例來講，n-的比例的確不少。范、劉二氏的判斷受限於個人的經驗，所以沒有考慮到這一點。

● 漢越語喉塞音[ʔ]的來源：據本文的統計結果，漢越語的[ʔ]共有 408 個字，主要對應於普通話的 y-，其次是 w-和 Ø，對應比例分別為 56.12%、21.81%和 17.15%。范、劉二位幾乎都忽略了普通話的零聲母 Ø，所以沒有發現漢越語[ʔ]和普通話零聲母 Ø 對應的現象。其實，這個對應關係如果推至中古漢語就可以發現它們都來源於影母字。例如：An（安 ān）、Ai（埃哀 āi）、Ân（恩 ēn）等。

　　從上述的分析，我們可以斷定范、劉二位學者由於沒有進行夠份量的語料，主要依靠自己的經驗來判斷漢越語和現代漢語普通話聲母的對應關係，因此所研究出來的結果不免有些缺陷。本文的研究成果正可為范、劉二位合著的《越南語言文化探究》補遺。

第二節　漢越語和中古漢語聲母的對應關係

　　眾所周知漢越語源自中古漢語，因此傳入越南語時漢越語仍然保留漢語的原貌，換句話說他們之間具有一定的對應關係。上一節本文已經談到漢越語和現代漢語普通話之間的對應關係，但是這種對應關係並不完整，不能代表漢越語的來源和其發音的本質。因為漢越語出自中古漢語而不是現代漢語。再者，從中古漢語到現代漢語要經過很多的演變，有的漢字只能保留聲母的痕跡，有的只能保留韻母的痕跡，有的漢字的舊發音不再出現。這都是語言音變的結果所致，其中包括舊的讀音完全消失、新的讀音出生等原因。這種音變在聲母、韻母、聲調三方面都出現使得中古漢語和現代漢語之間有很大的距離。而這個語音的差別大大地影響漢越語和現代漢語之間的對應關係。因此，它們的對應關係只能為漢語初學者作為初步的參考。在研究方面，本節將漢越語和中古漢語進行核對，指出它們之間的對應關係並討論其原因。

　　談到中古漢語，我們不得不採用中古時代的標音方法，即反切以及字母、

韻目、韻攝、開合、等第、聲調的清濁等術語。有鑒於此,本文主要使用廣韻系統來做統計和分析的依據。

一、雙脣音

漢越語的雙脣音 b-[b]共有 416 個字,其中有 198 個字來自中古漢語並母 / b / 、184 個字來自幫母 / p / 和 26 個來自滂母 / pʰ / ,對應比例分別為 47.59%、44.23%和 6.2%。例外有 8 個字,但是主要源於脣音。例如:

漢字	漢越語	IPA	字母	拼音	漢字	漢越語	IPA	字母	拼音
白	Bạch	[ba:tʃ⁶]	並	bái	半	Bán	[ba:n⁵]	幫	bàn
朋	Bằng	[baŋ²]	並	péng	寶	Bảo	[ba:w³]	幫	bǎo
抱	Bão	[ba:w⁴]	並	bào	悲	Bi	[bi¹]	幫	bēi
僕	Bộc	[bok⁶]	並	pú	怖	Bố	[bo⁵]	滂	bù
丙	Bính	[biɲ⁵]	幫	bǐng	膊	Bác	[ba:k⁵]	滂	bó

為了更了解以上的情形,這裡我們需要檢討一下語音濁音清化的規律。這是世界各種語言的一個普遍現象。王力在《漢語史稿》一書曾經談及中古漢語濁音清化的情形:

> 從中古到近代,漢語普通話的聲母趨向于簡化。最普遍存在的一個簡化規律就是濁音清化。除了次濁音(m-、n-、l-)之外,所有的濁音聲母都變了清音,於是它們的清音合流了。有一部分字在聲調上保留著濁音的痕跡,另一部分(去聲字)就和原來的清聲字在讀音上完全沒有區別了。〔註6〕

在第二章,本文曾經講過,共同越－芒語時期,越南語也發生了濁音清化的語音現象。這個問題早已得到了阮才謹、阮玉珊、陳智引等語言學家的共識。當中古漢語傳入越南時,共同越－芒語在處於濁音清化過程中,因此兩種語言走同一個方向。換句話說,中古漢語進入越南語時也得遵守越南語語音的特徵。

我們也知道,中古漢語慢慢失去了清濁對立特徵,為了避免同音現象就要改變了發音方式,以送氣不送氣的方式來保持對立。竺家寧先生在《古音

〔註6〕王力:《漢語史稿》(北京:中華書局 1980 年),頁 110。

之旅》一書曰：

> 中古的聲母有好幾個濁音（聲帶振動的音），就像現在的上海話一
> 樣。可是到了國語，這個濁音的特性消失了，變成了聲帶不振動的
> 清音。它的轉化規律是：凡平聲字變成送氣的清音，例如：「平田池
> 才崇船奇」等字發聲的氣流要強些；凡仄聲字變成不送氣的清音，
> 例如：「伴大柱淨助是巨」等字發聲的氣流要弱些。這些字原本都是
> 濁音。由於濁音清化的結果，國語只保留了唯一的濁擦音──注音
> 符號注囗的字，其他的濁塞音、濁塞擦音都不存在了。〔註7〕

問題是越南語沒有發送氣音的特點作爲對立，因此就把清濁特徵留痕於
聲調上。其變音規律是中古漢語清音在漢越語裏讀爲高調（平聲、問聲、銳
聲），中古漢語濁音在漢越語裏讀爲低調（弦聲、跌聲、重聲）。

由上述的分析，可以清楚地觀察到中古漢語雙唇音傳入漢越語的來路。中
古漢語濁音並母與清音幫母傳入漢越語時，遇到越南語濁音清化的情形就合流
爲一，變成了 b-聲母。濁音並母字在漢越語裏都讀爲弦聲、跌聲、重聲，如：
白（Bạch）、朋（Bằng）、抱（Bão）等字；清音幫母字在漢越語裏都讀爲平聲、
問聲、銳聲，如：悲（Bi）、寶（Bảo）、半（Bán）等字（看以上的例子）

滂母的數量雖然不多，但是可以接受這個對應關係，因爲滂母是一個雙
唇送氣音（由濁音變來），傳入漢越語裏時，剛好遇到越南語沒有對應的送氣
音 p-之情形（目前聲母 p-主要用來做外來語或少數民族語的拼音）所以它就
混入與其發音方法相近的聲母 b-。

漢越語的雙唇音 m-[m]共有 291 個字，絕大部分源於中古漢語的明母／m／
（281 個字），對應比例高達 96.56%。這是兩種語言的基本音，而且其發音較
爲穩定，一直沒有變音，因此明母就直接傳入漢越語的雙唇聲母 m-。剩下的
10 個字視爲例外。例如：

漢字	漢越語	IPA	字母	拼音	漢字	漢越語	IPA	字母	拼音
米	Mẽ	[me⁴]	明	mǐ	氓	Manh	[maɲ⁶]	明	máng
免	Miễn	[mien⁴]	明	miǎn	茅	Mao	[ma:w¹]	明	máo
牡	Mẫu	[mɤw⁴]	明	mǔ	眉	Mi	[mi¹]	明	méi

―――――――――――

〔註7〕竺家寧：《古音之旅》（臺北：萬卷樓圖書有限公司 2002 年），頁 139。

二、唇齒音

漢越語的唇齒音 ph-[f]共有 374 個字，其中有 111 個字來自中古漢語奉母／v／、89 個字來自滂母／pʰ／、86 個字來自非母／f／、63 個字來自敷母／fʰ／，對應比例分別為 29.67%、23.79%、23%和 16.84%。例外有 25 個字，但主要源於相近的雙唇音。例如：

漢字	漢越語	IPA	字母	拼音	漢字	漢越語	IPA	字母	拼音
帆	Phàm	[fa:m^2]	奉	fán	放	Phóng	[fɔŋ^5]	非	fàng
附	Phụ	[fu^6]	奉	fù	法	Pháp	[fa:p^5]	非	fǎ
憤	Phẫn	[fɤn^4]	奉	fèn	匪	Phi	[fi^3]	非	fěi
玻	Pha	[fa:^{1}]	滂	bō	妃	Phi	[fi^1]	敷	fēi
珀	Phách	[fa:tʃ^5]	滂	pò	訃	Phó	[fɔ^5]	敷	fù
品	Phẩm	[fɤm^3]	滂	pǐn	撫	Phủ	[fu^3]	敷	fǔ

中古漢語非、敷、奉三母按照上述的濁音清化規律，傳入漢越語時，就合流成為對應的唇齒音 ph-。值得一提的是，敷母是個送氣音，在傳入漢越語之前已經失去了送氣的性質，與不送氣非母合一了。李新魁（1935～1997）先生在《中古音》明顯指出：「北宋時期，以開封、洛陽一帶語音為代表的普通話語音，非敷已經沒有區別，合而為一。」〔註8〕竺家寧先生在《聲韻學》一書也補充說：「在北京、濟南、西安、太原、漢口、成都、揚州、蘇州、梅縣、廣州，非敷兩母全念成了[f]，只有『不、捧』等字例外。」〔註9〕雖然非、敷、奉三母合流了，但是它們的發音特點仍然留痕於漢越語的聲調上。清音的非、敷兩母就表現為平、問、銳三聲，如放（Phóng）、匪（Phi）、妃（Phi）等字；濁音奉母則表現為弦、跌、重三聲，如：帆（Phàm）、憤（Phẫn）、附（Phụ）等字。

從上所述，中古漢語滂母傳入漢越語時必須找到與其發音較為接近的音。ph-是個唇齒音，基本上滿足這個要求，所以接受了滂母讀入 ph-。

漢越語的唇齒音 v-[v]共有 162 個字，主要來自中古漢語云母／w／（96 個字）、其次來自微母／ɱ／（61 個字），對應比例分別為 59.25%和 37.65%。例外很少，只有 5 個字。例如：

〔註8〕李新魁：《中古音》（北京：商務印書館，1991 年），頁 75。

〔註9〕竺家寧：《聲韻學》（臺北：五南圖書出版股份有限公司，2010 年），頁 310。

漢字	漢越語	IPA	字母	拼音	漢字	漢越語	IPA	字母	拼音
王	Vương	[vɯɤŋ¹]	云	wáng	文	Văn	[van¹]	微	wén
永	Vĩnh	[viɲ⁴]	云	yǒng	忘	Vong	[vɔŋ¹]	微	wàng
炎	Viêm	[viem¹]	云	yán	武	Vũ	[vu⁴]	微	wǔ
爲	Vi	[vi¹]	云	wéi	萬	Vạn	[va:n⁶]	微	wàn

值得注意的是，這些中古漢語聲母大部分都是次濁合口三等字。我們知道云母本來是上古漢語匣母／ɦ／的一部分，即匣母三等字。從諧聲字、反切字等資料都可以找到匣云不分的痕跡。云母三等字從匣母分離之後，開口三等部分多變爲漢越語的 h-，即保留了匣母的痕跡（見下文），合口三等部分則變爲漢越語的 v-。因爲是合口三等字，所以云母在中古漢語時期一定有圓唇介音-w-（由於變音的各種現象，所以在現代漢語看不到這個-w-）。這個發現很重要，因爲它有助於判斷古漢越語的讀音，例如：「爲」Voi＞Vi。

微母／ɱ／也有同樣的情況。微母本爲明母合口三等字，王力先生將圓唇介音擬音爲／ǐu／或／ǐw／。這個特點在古漢越語也能找到其痕跡，例如：「萬」Muôn＞Vạn（詳見下一章）。到了晚唐時期，云、微的聲母部分都脫落，使圓唇介音往前代替，傳入漢越語就變成 v-。

三、舌尖前音

漢越語的舌尖前清擦音 x-[s]共有 117 個字，最主要來源於中古漢語昌（穿）母／tɕʰ／（53 個字），對應比例爲 45.29%。例外比較多而雜亂，其中有 12 個字來自初母、10 個字來自徹母、10 個字來自清母，對應比例分別爲 10.25%、8.5%和 8.5%。例如：

漢字	漢越語	IPA	字母	拼音	漢字	漢越語	IPA	字母	拼音
赤	Xích	[sitʃ⁵]	昌	chì	齒	Xỉ	[si³]	昌	chǐ
春	Xuân	[swɤn¹]	昌	chūn	叉	Xoa	[swa:¹]	初	chā
臭	Xú	[su⁵]	昌	chòu	廁	Xí	[si⁵]	初	cè
釧	Xuyến	[swien⁵]	昌	chuàn	撐	Xanh	[sa:ɲ¹]	徹	chēng
蠢	Xuẩn	[swɤn³]	昌	chǔn	彳	Xích	[sitʃ⁵]	徹	chì

中古漢語昌母／tɕʰ／是次清塞擦音，但是越南語本身沒有塞擦音，只有塞音或擦音。所以傳入越南語一段時間，爲了穩定下來，昌母慢慢脫落了塞

音的因素，剩下擦音成分，因此成為漢越語的 x-。

至於漢越語聲母 x-的其他來源，從越南語的特徵，基本上我們可以理解一些例外的原因。

● 在中古漢語方面，初（tʂʰ）、徹（ʈʰ）、清（tsʰ）三母的發音方法與昌母（tɕʰ）一樣，都是送氣清音，其發音部位比較接近，所以容易混在一起。一旦碰到順利的條件，就會跑到與其接近的音去。傳入越南語裏就會發生相混的現象。

● 越南語的 x-和 s-聲母常常混在一起，北方人不能辨別期間發音上的差別。s-聲母有一部分來自中古漢語初母（見下文），所以 x-和 s-不分是可以理解的。

● 越南語裏的 tr-和 s-在古代也常常不分，至今在越南語和其他方言口語仍然找到 tr-和 s-並用的現象。所以徹母傳到漢越語時，受到土語的影響，改變了讀音，先從 tr-該讀為 s-，再來又碰到 s-和 x-相混現象，最後就讀為 x-了。下面是 tr-和 s-混用的一些實例：

漢字	漢越語	IPA	字母	拼音	漢字
Gà sống	Gà trống	公雞	Cái sào	Cái trào	竹竿
Cái sẹo	Cái trẹo	疤	Chim sáo	Chim tráo	八哥兒
Sắc thuốc	Trắc thuốc	熬藥、煎藥	Đánh sượt	Đánh trượt	打不中

● 中古漢語清母就有點特殊，目前在漢越語讀為 th-（見下文）但是它傳入漢越語之前本身可能讀為 x-音。這個現象還留痕於古漢越語，導致一些字有 x-和 th-兩讀，例如：

古漢越語	漢越語	漢語	古漢越語	漢越語	漢語
Xanh	Thanh	青	Xoa	Thoa	釵
Xanh	Thanh	清	Sái（S=X）	Thái	蔡
Xá	Tha	赦	Xúc	Thúc	促

王力先生也曾觀察到漢越語裏 x-和 th-混用的現象。他在〈漢越語研究〉一書曰：

齒頭音的例外很少。「侵」雖讀 Xâm 為例外，但又讀 Thâm 不為例外。這和「釵」字的情形形似，因釵字也有 Xoa 和 Thoa 兩音。不

過也可以說它們的情形恰恰相反，因爲侵該讀 th-而以讀 Xâm 爲較常見，釵該讀 S-而以讀 Thoa 爲較常見。此外，還有「蔡」字讀 Sái ／Thái 也是例外。依我們猜想，侵釵蔡都應該各有兩讀……Th 和 S 相通是事實，但是它們相通的原因頗難指出。我們或者可以假定，侵和蔡是古漢越語的殘留，因爲越語裏沒有[ts']音，所以讀作[s]（古漢越語還有一個「砌」字讀 Xây），其餘的字是唐代整批傳入的，當時雖仍沒有[ts']，但是卻另外以 th 代 ts'了。〔註10〕

漢越語的舌尖前濁擦音 d-[z]共有 353 個字，最主要來自中古漢語以母／j／（312 個字），對應比例高達 88.38%。剩下的算是例外，其數量較多且雜亂（41 個字），多來自云、明等韻母。例如：

漢字	漢越語	IPA	字母	拼音	漢字	漢越語	IPA	字母	拼音
引	Dẫn	$[z\gamma n^4]$	以	yǐn	與	Dữ	$[zu^4]$	以	yǔ
用	Dụng	$[zuŋ^6]$	以	yòng	緣	Duyên	$[zwien^1]$	以	yuán
育	Dục	$[zuk^6]$	以	yù	名	Danh	$[za:ɲ^1]$	明	míng
容	Dung	$[zuŋ^1]$	以	róng	妙	Diệu	$[ziew^6]$	明	miào
陽	Dương	$[zɯ\gamma ŋ^1]$	以	yáng	面	Diện	$[zien^6]$	明	miàn

以上所講，云母是上古漢語匣母／ɦ／的一部分，即匣母三等字／ɦj-／，在《切韻》時期尚未分流。第七世紀以後，由於介音／j／的影響力，云母脫落了／ɦ／，與匣母正式分開。在云母的介音／j／脫落之前，到「36 字母」時期，云母和以母／Øj-／已經合爲喻母。王力先生在《漢語史稿》一書曾說明：

> 直到《切韻》時代，云母（喻三）仍屬匣母，但在唐末守溫三十六字母裏，云已歸喻，可見從這個時代起，云母從匣母中分化出來了…《切韻》時代的匣母沒有三等，和喻母三等正相補足。經曾運乾、羅常培和葛毅卿先生分頭研究，云母在六世紀初年跟匣母本爲一體的事實已經從多方面得到了充分的證明。從上古的史料上看云匣也是同一聲母的。〔註11〕

在韻圖裏，云母放在三等字，即喻三；以母則被排在四等字，即喻四，實

〔註10〕王力：〈漢越語研究〉（《嶺南學報》第九卷，第一期，1948 年），頁 22。

〔註11〕王力：《漢語史稿》（北京：中華書局 1980 年），頁 70。

際上云、以兩母都是三等字。值得留意的是，云母三等字又分開、合口兩種，其中，開口部分多保留匣母的特徵，因此傳入漢越語主要讀成 h-。剩下的合口部分，除了介音／j／以外還有一個圓唇介音／-w-／，所以當介音／-j-／脫落後，圓唇介音／-w-／往前代替其位置，傳到漢越語則讀爲 v-。至於以母，較爲強烈的介音／-j-／跑到前面，傳入漢越語時就變成了聲母 d-。這個結果，王力學者早就看出來了，他說：「云余的分別，直到現在還保留在越南語的漢語借詞（所謂「漢越語」）裏，云母是 v，余母是 ʐ（寫作 d）。」〔註12〕更有趣的是，和尚守溫三十六字母中，嚴格來講只有一個喻母三等，在各方言也找不到其間的分別。但是，在漢越語裏，我們卻可以從喻母找到三個不同的來源，明顯是一個珍貴的證據。例如：

表 3.11：喻母的不同來源

喻三開口云母	祐 Hữu [hɯw⁴]	矣 Hĩ [hi⁴]	囿 Hữu [hɯw⁴]	右 Hữu [hɯw⁴]
喻三合口云母	圓 Viên [vien¹]	衛 Vệ [ve⁶]	雨 Vũ [vu⁴]	蜮 Vực [vuk⁸]
喻四以（余）母	浴 Dục [zuk⁸]	野 Dã [za:⁴]	預 Dự [zɯ⁶]	誘 Dự [zu⁶]

例外當中有兩個較爲特殊的情形，可以進一步討論：

其一，有 7 個字來自中古漢語的云母（開合都有）。上文已經講過，在中古漢語「36 字母」時期，云母和以母都是次濁三等字，其音值較爲接近，一起混入喻母。因此，云母的一些字讀成漢越語的 d-是不足爲奇。

其二，有 14 個字來自中古漢語的明母開三字。阮才謹學者認爲在三等字裏除了介音／j／的特徵，很有可能還存在著某種對立。這個界限就是李榮所稱的「三甲 A」和「三甲 B」，差別在於「三甲 A」有一個較爲強些、長些、往前些、不圓唇的介音／j／。因此，明母可能有一部分是三甲 A 字，在較爲強烈的介音／j／之影響下，／m／被脫落，剩下了往前的／j／，到漢越語就強化讀成 d-。〔註13〕

其實，阮氏的見解就是從高本漢的觀點進一步解釋而已。不過，高本漢的明母三等 j 化曾被葛毅卿反駁。葛氏認爲，明母三等字可以當非三等字的反切

〔註12〕 王力：《漢語史稿》（北京：中華書局 1980 年），頁 129。

〔註13〕 阮才謹：〈漢越讀音的起源與形成過程〉，此版本是收錄於《漢喃工程選集》（河內：越南教育出版社，2011 年），頁 439。

上字，反之明母非三等字亦可當三等字的反切上字。〔註 14〕王力先生則將之視爲例外，並認爲這是開合口的分立，「例如『名』開而『明』合，則有 zanh¹ 與 minh¹ 之分；『詺』開而『命』合，則有 zanh⁵ 與 menh⁶ 之分」。〔註 15〕

　　總而言之，這只是在漢越語裏本身所發生、有規律性的特殊現象，目前尚無頗爲說服力的解釋。在漢語裏，雖然本文找到睿、燄、毓、眙、矞等一些以母字，其中都有明母字的偏旁，但是這也不能說明什麼。因此，本文只好接受一個例外中的一個小規律而已。不過，本文也不排除複輔音的可能性。因爲，除了雙脣音有 m-與 b-、m-與 f-等互諧現象以外，語言學界也認識了複聲母 ml-（脈絡、命令、埋里）。所以對於這個問題，本文希望未來的研究可以提出更全面、更有說服力的見解。

四、舌尖中音

　　漢越語的舌尖中清塞音 t-[t]共有 888 個字，主要來源於中古漢語心母／s／（297 個字）、精母／ts／（235 個字）和從母／dz／（158 個字），對應比例分別爲 33.44%，26.46%和 17.8%。其次是來源於邪母／z／（87 個字）、幫母／p／（38 個字）和並母／b／（31 個字），對應比例分別爲 9.8%、4.2%和 3.4%。例如：

漢字	漢越語	IPA	字母	拼音	漢字	漢越語	IPA	字母	拼音
左	Tả	[ta:³]	精	zuǒ	自	Tự	[tɯ⁶]	從	zì
走	Tẩu	[tɤw³]	精	zǒu	前	Tiền	[tien²]	從	qián
進	Tiến	[tien⁵]	精	jìn	財	Tài	[ta:j²]	從	cái
增	Tăng	[taŋ¹]	精	zēng	松	Tùng	[tuŋ²]	邪	sōng
仙	Tiên	[tien¹]	心	xiān	尋	Tầm	[tɤm²]	邪	xún
四	Tứ	[tɯ⁵]	心	sì	謝	Tạ	[ta:⁶]	邪	xiè
姓	Tính	[tiɲ⁵]	心	xìng	避	Tị	[ti⁶]	並	bì
宣	Tuyên	[twien¹]	心	xuān	比	Tỉ	[ti³]	幫	bǐ

　　上面本文曾經講到濁音清化的規律，因此這裡的心、邪兩母和精、從兩母都不是例外。邪母是個濁擦音，所以與其同類的清擦音心母合一，音值是

〔註 14〕 葛毅卿：《隋唐音研究》（南京師範大學出版社 2003 年），頁 126。

〔註 15〕 王力：〈漢越語研究〉（《嶺南學報》第九卷，第一期，1948 年），頁 26。

/s/。從母是濁塞擦音，所以與其同類的濁塞擦音精母合流，音值為/ts/。
問題的是為什麼精母傳入漢越語時就與心母合一，讀成 t-呢？馬伯樂早已觀察
到這個問題，他認為原因在於越南語本身沒有塞擦音，只有塞音或擦音。精
母傳入越南一段時間，為了避免被淘汰的危機，因此它需要投靠與其發音方
法相近的心母（同組），兩者合併起來。在越南語裏，它們最後就變成了如今
的聲母 t-。〔註16〕按照現代語音學的分類，他們都是舌尖音，所以才有這樣的
演變過程。

至於幫母和並母傳入漢越語讀成 t-，根據本文的統計，它們有一個共同點，
就是雙唇音開三字，很有可能與介音/j/有關。高本漢在《漢語語音研究》一
書也發現這個特點，但沒辦法解決。王力在〈漢越語研究〉裏只列出幫、並兩
母讀為 t-的一些例子並註明這是屬於例外的。〔註17〕目前只有阮才謹提出較為
合理的解釋。阮氏採用李榮「三甲 A」和「三甲 B」的理論，指出幫、並兩母
開三字具有「三甲 A」的可能性，音值分別是/pj/和/bj/。按照濁音清化
的規律，濁音並母和清音幫母合一之後就變成/ps/。塞擦音/ps/與精母的
情況一樣，不能久住，只好與心母合流，變成/s/，最後/s/演變成漢越語
的 t-。〔註18〕

例外較多而雜亂，共有 42 個字，其中有 17 個字來自中古漢語清母。清
母主要與漢越語的 th-對應（參見下文），但是由於它的發音方法和發音部位和
精母的一樣，差別在於精母是不送氣音/ts/而清母是送氣音/tsʰ/，因此才
有一些清母字被越南人分不出來，將清母混入精母，結果讀成 t-。

漢越語的舌尖中清塞送氣音 th-[tʼ]共有 592 個字，主要來源於中古漢語清
母/tsʰ/（155 個字）、禪母/ʑ/（132 個字）、透母/tʰ/（120 個字）和書
母/ɕ/（104 個字），對應比例分別為 26.18%、22.3%、20.27%和 17.56%。
例外比較多而雜亂，其中有 28 個字（4.7%）來自船母/dʑ/三等字。例如：

〔註16〕馬伯樂：《越語語音史研究》，（河內遠東學院出版社（BEFEO）1912 年）。

〔註17〕王力：〈漢越語研究〉（《嶺南學報》第九卷，第一期，1948 年），頁 25。

〔註18〕阮才謹：〈漢越讀音的起源與形成過程〉，此版本是收錄於《漢喃工程選集》（河內：
越南教育出版社，2011 年），頁 423。

漢字	漢越語	IPA	字母	拼音	漢字	漢越語	IPA	字母	拼音
世	Thế	[t'e⁵]	書	shì	是	Thị	[t'i⁶]	禪	shì
恕	Thứ	[t'ɯ⁵]	書	shù	售	Thụ	[t'u⁶]	禪	shòu
商	Thương	[t'ɯɤŋ¹]	書	shāng	吞	Thôn	[t'on¹]	透	tūn
妾	Thiếp	[t'iep⁵]	清	qiè	胎	Thai	[t'a:j¹]	透	tāi
青	Thanh	[t'a:ɲ¹]	清	qīng	通	Thông	[t'oŋ¹]	透	tōng
趣	Thú	[t'u⁵]	清	qù	神	Thần	[t'ɤn²]	船	shén
成	Thành	[t'a:ɲ²]	禪	chéng	贖	Thục	[t'uk⁶]	船	shú

　　中古漢語透母／tʰ／是個送氣塞清音，所以傳入漢越語同類的 th-是沒有問題的。清母／tsʰ／屬於精組，是個塞擦音，而越南語沒有此音，因此清母與精母跑入 t-一樣，往著相近的塞音 th-混進去。

　　禪母按照濁音清化的共同規律先與書母合一。禪書兩母的情形與邪心兩母一樣，所以傳入漢越語時就變成了 th-。令人注目的是有少部分的船母／dʑ／也讀成 th-。船母是一個濁塞擦音，本來應該與同類的清塞擦音章母合流，但是這裡它卻與清擦音書母合一。阮才謹在〈漢越讀音的起源與形成過程〉一文曾引用了奧德里古爾學者所著的《Comment reconstruire le Chinois archaique——如何重建古漢語》，指出唐代時期，船、禪兩母還混合不分。因此，船、禪、書三母合一，在漢越語表現爲 th-剛好反映了船、禪相混的這個事實。〔註19〕

　　漢越語的舌尖中濁塞音 đ-[d]數量較多，共有 542 個字，其中有 322 個字來自中古漢語定母／d／、189 個字來自端母／t／，對應比例分別爲 59.4%和34.87%。例外約有 31 個字，其中有 19 個字來自透母。例如：

漢字	漢越語	IPA	字母	拼音	漢字	漢越語	IPA	字母	拼音
亭	Đình	[diɲ²]	定	tíng	妒	Đố	[do⁵]	端	dù
特	Đặc	[dak⁶]	定	tè	店	Điếm	[diem⁵]	端	diàn
堂	Đường	[dɯɤŋ²]	定	táng	頂	Đỉnh	[diɲ³]	端	dǐng
誕	Đản	[da:n³]	定	dàn	町	Đinh	[diɲ¹]	透	dīng
斷	Đoạn	[dwa:n⁶]	定	duàn	搭	Đáp	[da:p⁵]	透	dā

　　端、定兩母讀成漢越語 đ-的過程比較簡單。在濁音清化規律的影響下，

〔註19〕阮才謹：〈漢越讀音的起源與形成過程〉，此版本是收錄於《漢喃工程選集》（河內：越南教育出版社，2011 年），頁428。

濁塞擦音定母先與清塞擦音端母合併，傳入漢越語就讀爲 đ-。阮才謹學者在〈漢越讀音的起源與形成過程〉一文認爲端、定兩母讀成 đ-之前需要經過讀 t-的階段。他提出了芒語的一些例子，其中仍然保留過渡期（共越芒語）的聲母 t-。

至於透母的一部分讀爲 đ-的例外，其實這個情況較容易理解，因爲它的特殊情況與上文所講的清母誤讀成漢越語 t-的情形完全相似。由於透、端兩母的發音方法和發音部位一樣，差別只是送不送氣而已，其音值分別爲 / tʰ / 和 / t /，所以才有一些透母字容易被誤讀成端母字，在漢越語裏就變成 đ-了。

漢越語的舌尖中鼻音 n-[n]共有 144 個字，主要來源於中古漢語泥母 / n /（76 個字）和娘母 / ɳ /（54 個字），對應比例分別爲 52.77%和 37.5%。剩下的字都是例外。例如：

漢字	漢越語	IPA	字母	拼音	漢字	漢越語	IPA	字母	拼音
濃	Nùng	[nuŋ²]	娘	nóng	奴	Nô	[no¹]	泥	nú
檸	Ninh	[niɲ¹]	娘	níng	南	Nam	[na:m¹]	泥	nán
孃	Nương	[nɯɤŋ¹]	娘	niáng	納	Nạp	[na:p⁶]	泥	nà
紐	Nữu	[nɯw⁴]	娘	niǔ	農	Nông	[noŋ¹]	泥	nóng

漢越語 n-的形成過程較爲簡單。因爲這都是兩種語言的基本聲母，所以中古漢語的泥母直接傳入漢越語裏，讀爲 n-。泥母和娘母在《廣韻》裏都是清鼻音，分別排在端組和知組，但是在《切韻》時期恐怕它們的發音無異。清代學者錢大昕（1728-1804）在《十駕齋養新錄‧卷五‧舌音類隔之說不可信》一書曾很有說服力地證明了「古無舌上音」的假說，即上古漢語沒有端透定和知徹澄之分。雖然錢氏未提及三十六字母中的泥、娘兩母，但後來章太炎（1869-1936）在〈古音娘日二紐歸泥說〉一文中對「娘日古歸泥」進行了一系列的論證，將錢氏的「古無舌上音」的規律變爲更加圓滿。正因爲如此，泥、娘兩母傳到漢越語時，直接讀成 n-是正確的，沒有第二個選擇。

漢越語的舌尖中邊音 l-[l]數量較多，共有 527 個字，最主要來自中古漢語來母 / l /（520 個字），對應比例高達 98.67%。這是兩種語言的基本聲母，而且經過千年的歷史都沒有變，因此來母就直接傳入漢越語的鼻音聲母 l-。例外爲數不多，只有 7 個字。例如：

漢字	漢越語	IPA	字母	拼音	漢字	漢越語	IPA	字母	拼音
林	Lâm	[lɤm¹]	來	lín	略	Lược	[lɯɤk⁶]	來	luè
亮	Lượng	[lɯɤŋ⁶]	來	liàng	雷	Lôi	[loj¹]	來	léi
玲	Linh	[liɲ¹]	來	líng	樂	Lạc	[la:k⁶]	來	lè
旅	Lữ	[lɯ⁴]	來	lǔ	勵	Lệ	[le⁶]	來	lì
留	Lưu	[lɯw¹]	來	líu	駱	Lạc	[la:k⁶]	來	luò

五、舌尖後音

漢越語的舌尖後清塞音 tr-[tʂ]一共有 353 個字，主要來自中古漢語的澄母 /ɖ/（142 個字），其次是知母 /ʈ/（92 個字），再來是莊母 /tʂ/（65 個字），對應比例分別為 40.22%、26.06%和 18.41%。例如：

漢字	漢越語	IPA	字母	拼音	漢字	漢越語	IPA	字母	拼音
宅	Trạch	[tʂa:tʃ⁶]	澄	zhái	竹	Trúc	[tʂuk⁵]	知	zhú
宙	Trụ	[tʂu⁶]	澄	zhòu	忠	Trung	[tʂuŋ¹]	知	zhōng
逐	Trục	[tʂuk⁶]	澄	zhú	追	Truy	[tʂui¹]	知	zhuī
傳	Truyền	[tʂwien²]	澄	chuán	抓	Trảo	[tʂa:w³]	莊	zhuā
塵	Trần	[tʂɤn²]	澄	chén	債	Trái	[tʂa:j⁵]	莊	zhài

中古漢語的澄母是個濁音，在濁音清化的趨勢下，它必須與同類的清音知母合流。莊母是個塞擦音，對於越南語來說，它是一個較為陌生的音，所以為了可以在漢越語裏扎根，它需要與其發音相近的知母合一，使得知、澄、莊三母一起讀成 tr-。

例外數量較多，共有 54 個字，其中有 44 個可以解釋如下：

● 初母 /tʂʰ/（7 個字）、崇（床）母 /dʐ/（16 個字）和徹母 /ʈʰ/（11 個字）基本上會傳入漢越語的 s-[ʂ]（見下文）。但是，如上所說，在越南語裏，tr-和 s-是可以相混的，所以就有一部分的初、崇、徹三母才跑到漢越語的 tr-。

● 章母 /tʂ/（10 個字）基本上會導致漢越語 ch-的讀音（見下文）。但是，在北部的越南語裏，ch-和 tr-的發音一樣，很難區分。因此，有一部分的章母就讀成 tr-。

漢越語的舌尖後清擦音 s-[ʂ]共有 292 個字，主要來源於中古漢語的生（疏）母 /ʂ/（113 個字）、初母 /tʂʰ/（46 個字）、徹母 /ʈʰ/（43 個字）和崇（床）

母／dʐ／（39 個字），對應比例分別爲 38.69%、15.75%、14.72%和 13.35%。
例如：

漢字	漢越語	IPA	字母	拼音	漢字	漢越語	IPA	字母	拼音
森	Sâm	[sɤm¹]	生	sēn	巢	Sào	[ʂaːw²]	崇	cháo
瑟	Sắt	[sat⁵]	生	sè	饌	Soạn	[swaːn⁶]	崇	zhuàn
霜	Sương	[ʂɯɤŋ¹]	生	shuāng	恥	Sỉ	[ʂi³]	徹	chǐ
楚	Sở	[ʂɤː³]	初	chǔ	騁	Sính	[ʂiɲ⁵]	徹	chěng
蠹	Súc	[ʂuk⁵]	初	chù	瞋	Sân	[ʂɤn¹]	昌	chēn

中古漢語初母／tʂʰ／是個塞擦音，很容易受到越南語的排斥（因爲沒有此音），所以它必須找到與其發音接近的擦音徹母／ʈʰ／合流，傳入漢越語讀爲 s-。

值得一提的是，在《廣韻》裏，清音生（疏）母／ʂ／沒有與其對立的濁音聲母。後來，李榮發現這個問題，找到了俟母／ʐ／來彌補。俟母字數量本身很少，在本文的語料中只能找到「俟」、「涘」、「竢」三個字之多。正因爲其數很少，所以很容易被誤認爲是漢越語 s-中的例外。確定了濁音俟母之後，我們才可以理解它與清音生（疏）母合一的過程。至於濁音崇（床）母／dʐ／，按照濁音清化的規律，它應該與清音莊母/tʂ／，但是從奧德里古爾學者在《Comment reconstruire le Chinois archaique－如何重建古漢語》的研究結果，我們知道崇母和俟、生兩母合流的原因。最後，崇、俟、生三母與徹母合一，變成漢越語的 s-。

導致 s-讀音的例外數量較多，但大部分可以解釋其原因。

● 昌母／tɕʰ／本來主要對應於 x-（見上文），但是這裡有 19 個字卻讀爲 s-。從上所述，北方的越南語裏，s-和 x-常常混在一起，因爲它們的發音很接近，差別在於 x-是舌尖前音而 s-是舌尖後音，所以才有一部分昌母讀入 s-。

● 心母／s／本來要讀爲 t-（見上文），但是這裡有 10 個心母字讀入 s-。其實，在漢語方言裏我們可以觀察到心母讀成 s-的例子。譬如，廣東話把「心」念成 sɐm。此外，在諧聲字方面，我們也發現 s-和 t-相混的現象，例如：謝（Tạ）／射（Xạ），s-和 x-在越南語相通。

漢越語的舌尖後濁擦音 gi-[ʐ]共有 132 個字，主要來源於中古漢語見母／k／（111 個字），對應比例高達 84%。值得注意的是，與漢越語 gi-對應的見母

當中，絕大部分的都是見母開口二等字（108 個字），換句話說見母其他等第在漢越語裏不會讀爲 gi-。例如：

漢字	漢越語	IPA	字母	拼音	漢字	漢越語	IPA	字母	拼音
甲	Giáp	[ʐa:p⁵]	見	jiǎ	講	Giảng	[ʐa:ŋ³]	見	jiǎng
交	Giao	[ʐa:w¹]	見	jiāo	覺	Giác	[ʐa:k⁵]	見	jué
階	Giai	[ʐa:j¹]	見	jiē	簡	Giản	[ʐa:n³]	見	jiǎn
監	Giám	[ʐa:m⁵]	見	jiàn	駕	Giá	[ʐa:⁵]	見	jià

　　根據阮才謹學者的研究，形成漢越語 gi-的讀音與韻母／-a-／有密切的關係。阮氏在〈漢越讀音的起源與形成過程〉一書認爲晚唐時期歌、泰、咍、豪、談、覃、寒、唐等一等韻部的元音後／ɑ／走向合一的趨勢；麻、皆、佳、夬、咸、銜、刪、山、江、耕、庚等二等韻部的元音前／a／走向合一的趨勢。換句話說，一等和二等的對立實際上就是前／a／和後／ɑ／的對立。問題是在越南語裏只有一個元音／-A-／。因此，爲了保留一等和二等的對立，在聲母就發生了一些變化。中古漢語見母／k／與韻母後／ɑ／一等配合，傳入漢越語時，仍然保留／k／的讀音，成爲／kA／。但是，見母／k／與韻母前／a／二等配合，傳入漢越語時，見母／k／被齶化（j 化），成爲／kjA／。這樣的結果令／kj／往中間退，最後進一步變成 gi-／ʐ／。〔註20〕

　　值得注意的是，晚唐是中古漢語有系統地、大量地進入越南語的時期，所以越南人爲了區別各聲母發音上微小的差別才略改其發音。但是，晚唐以前的時期，由於中古漢語零星地、沒有系統地傳入越南，所以越南不需要刻意地區別、選擇、改變原來的讀音。見母也不外於這個範圍。如果我們仔細地觀察古漢越語就發現越南人仍然保留見母的本來面目，即將之讀爲／k-／而不讀／gi-／，例如：芥（Cải＞Giới）、戒（Cai＞Giới）、解（Cởi＞Giải）、價（Cả＞Giá）等等（詳見下一章）

　　形成 gi-讀音的例外有 21 個字，其中有一部分可以追溯其原因。

- 以母有「琊」、「椰」、「爺」三個字讀成 gi-。以上我們討論過，以母通常會導致漢越語的 d-，但是在北方的越南語裏，d-和 gi-的讀音很接

〔註20〕阮才謹：〈漢越讀音的起源與形成過程〉，此版本是收錄於《漢喃工程選集》（河內：越南教育出版社，2011 年），頁 445～446。

近，常常混在一起，因此這些例外都是寫錯，成為大家書寫的一種習慣。

● 章母有 5 個字竟然寫成 gi-，但其中有一個道理。在古代越南語裏，tr-和 gi-是可以混用的，因為它們的發音部位相同，都是舌尖後音，差別在於前者是塞音、後者是擦音。至今在現代越南語很多詞語中仍然存在著 tr-和 gi-的兩種讀音，筆者將例子收錄於下表。而且，以上所述，tr-和 ch-在北方越南語裏不分，所以會導致小部分的章母誤讀為 gi-的原因。

表 3.12：越南語裏 Tr-和 Gi-相混的例子

Tr-	Gi-	例 如	意 義
Trao [tʂa:w¹]	Giao [ʑa:w¹]	Trao trả-Giao giả	交還，送還
Trời [tʂɤ:j²]	Giời [ʑɤ:j²]	Ông Trời – Ông Giời	天，老天爺
Trở [tʂɤ:³]	Giở [ʑɤ:³]	Trở mặt – Giở mặt	翻臉
Trăng [tʂaŋ¹]	Giăng [ʑaŋ¹]	1. Ông Trăng – Ông Giăng 2. Trối trăng–Giối giăng	1. 月亮、月球 2. 遺囑（臨終時的遺言）
Tranh [tʂaɲ¹]	Gianh [ʑa:ɲ¹]	Nhà tranh – Nhà gianh	茅舍
Trai [tʂa:j¹]	Giai [ʑa:j¹]	Con trai – Con giai（không kể *con trai*）	男人、男孩（不含蚌之義）
Trầu [tʂɤw²]	Giàu [ʑɤw²]	Ăn trầu – Ăn giàu（không kể *nhà giàu*）	吃檳榔（不含有錢人之義）
Tro [tʂɔ¹]	Gio [ʑɔ¹]	1. Tro – Gio 2. Bôi tro / gio trát trấu.	1. 灰塵 2. 令人（極度）丟臉
Trả [tʂa:³]	Giả [ʑa:³]	1. Trả giá – Giả giá. 2. Trả nợ-Giả nợ.	1. 還價 2. 還債
Trống [tʂoŋ⁵]	Giống [ʑoŋ⁵]	Gà trống – gà giống（không kể *cái trống*）	種雞（不含鼓之義）
Tràn [tʂa:n²]	Giàn [ʑa:n²]	Tràn – Giàn	汎濫（水溢出來）
Trỗ [tʂo⁴]	Giỗ [ʑo⁴]	Trỗ bông – Giỗ bông	抽穗
Trại [tʂa:j⁶]	Giại [ʑa:j⁶]	Nói trại – Nói giại	講諧音

六、舌面音

漢越語的舌面塞音 ch-[tʂ]共有 255 個字，主要來源於章母／tɕ／（190 個字），對應比例為 74.5%。例如：

漢字	漢越語	IPA	字母	拼音	漢字	漢越語	IPA	字母	拼音
止	Chỉ	[tʂi³]	章	zhǐ	掌	Chưởng	[tʂɯɤŋ³]	章	zhǎng
正	Chính	[tʂiɲ⁵]	章	zhèng	障	Chướng	[tʂɯɤŋ⁵]	章	zhàng
舟	Châu	[tʂɤw¹]	章	zhōu	祝	Chúc	[tʂuk⁵]	章	zhù

　　一般來說，中古漢語都有一對清濁聲母傳入越南語，經過濁音清化的過程，它們合流之後只剩下了一個清音聲母讀入漢越語。但是這裡只有章母單獨進入漢越語，沒有將濁音船母清化，因為此時船母和禪母還在相混（見上文）。問題的是，晚唐時期，章母是舌面清塞擦音而當時的越南語沒有此音。阮才謹先生在〈漢越讀音的起源與形成過程〉一書提出一個見解。他認為當時越南語裏有一個舌面塞音／c／（現今的芒語仍然保留此音），因此章母先讀入／c／音。直到十七世紀，越南語的塞擦音才出現，留痕於《越葡拉詞典》（1651 年），所以章母才有機會復原，成為漢越語的 ch-。〔註21〕

　　章母的例外較多，共有 65 個字，其中有 30 個知母字、11 個澄母字和 11 個莊母字。知、澄、莊三母傳入越南語時一般都會讀為 tr-（見上文），但是由於北方越南語裏的 tr-和 ch-不分，因此導致 ch-讀音的例外。

　　漢越語的舌面鼻音 nh-[ɲ]共有 196 個字，大部分來自中古漢語日母／ȵ／（134 個次濁三等字），其次是源於疑母／ŋ／（27 個次濁開口二等字），對應比例分別為 68.36%和 13.77%。例如：

漢字	漢越語	IPA	字母	拼音	漢字	漢越語	IPA	字母	拼音
仁	Nhân	[ɲɤn¹]	日	rén	弱	Nhược	[ɲɯɤk⁶]	日	ruò
戎	Nhung	[ɲuŋ¹]	日	róng	牙	Nha	[ɲa:¹]	疑	yá
乳	Nhũ	[ɲu⁴]	日	rǔ	岳	Nhạc	[ɲa:k⁸]	疑	yuè
然	Nhiên	[ɲien¹]	日	rán	眼	Nhãn	[ɲa:n⁴]	疑	yǎn
壤	Nhưỡng	[ɲɯɤŋ⁴]	日	rǎng	雁	Nhạn	[ɲa:n⁶]	疑	yàn

　　聲母 nh-的起源較為簡單。絕大部分中古漢語日母字傳入漢越語時都讀為 nh-。至於聲母 nh-來源於疑母的情況，那就是齶化的結果。據本文的統計，ng-變成 nh-的例子都來自疑母開口二等字。疑母一等字常與後／ɑ／相配，疑母二等字則與前／a／相配，然而越南語只有一個元音／A／，因此為了將前／a

─────────────

〔註21〕阮才謹：〈漢越讀音的起源與形成過程〉，此版本是收錄於《漢喃工程選集》（河内：越南教育出版社，2011 年），頁442。

/ 韻母和後 / ɑ / 韻母區別開來，所以疑母二等字必須齶化成 / ŋj / ，進而在漢越語讀成 nh-。

值得留意的是，日母只有三等字，它不與前 / a / 和後 / ɑ / 韻母相配，因此疑母二等字混入日母字裏也沒有發生任何衝突（不造成同音字）。由上述的分析，我們可以看到 ng-變 nh-與上述的 k-變 gi-是同一個道理的。

疑母齶化的事情在晚唐時期發生的，換句話說，在晚唐以前 nh-還沒有出生。從古漢越語的語料，我們可以找到一些實例來證明這個現象。例如：「牙」的古漢越語讀為 ngà [ŋa:²]，漢越語是 nha [ɲa:¹]，「雁」的古漢越語讀為 ngan [ŋa:n¹]，漢越語是 nhạn [ɲa:n⁶]等（詳見下一章）。我們知道，中古漢語傳入古漢越語的時候，其數量不多，且沒有系統性，因此古漢越直接保留疑母發音的原貌。時到晚唐，由於漢語大量傳入越南語，所以產生了選擇性的使用。越南人面對中古漢語的前 / a / 和後 / ɑ / 韻母，為了協調於土語只有一個原因 / A / 的事實，所以就形成了疑母齶化的現象來區分之。

漢越語 nh-的例外較多，共有 35 個字，但大多數可以解釋其原因：

● 影、匣等母受到疑母齶化的影響，所以也隨之而齶化，其中，影母字齶化最多。目前，在漢語方言我們還可以找到影母字齶化的痕跡。例如：廣東話的「一」讀成 jet 等。

● 此外，有一些娘母開三字，阮才謹先生認為娘母存在「三甲 A」的成分，即有較強烈、往前的介音 / -j- / 促進齶化的進程，使本有的聲母脫落，變成了聲母 nh-。〔註22〕本文則認為，娘母從泥母分出來，其發音沒有很大的差別，而泥日諧聲字屢見不鮮，可見泥娘日具有非常密切的關係。其實，張太炎先生早就發現了這種關係：「古音有舌頭泥紐，其後支別，則舌上有娘紐，半舌半齒有日紐，於古皆泥紐也。」〔註23〕正因為如此，有一些娘母字混入日母字並不奇怪。

七、舌根音

漢越語的舌根塞音 c-[k]的數量較多，共有 414 個字，主要來自中古漢語

〔註22〕阮才謹：〈漢越讀音的起源與形成過程〉，此版本是收錄於《漢喃工程選集》（河內：越南教育出版社，2011 年），頁 447。

〔註23〕章太炎：〈古音娘日二紐歸泥說〉（《國故論衡》，廣文書局，1967 年）。

見母／k／（309 個字），其次是群母／g／（88 個字），對應比例分別爲 74.63%
和 21.25%。例外有 17 個字，但多源於相關的舌根音（見組的疑母和溪母）。
例如：

漢字	漢越語	IPA	字母	拼音	漢字	漢越語	IPA	字母	拼音
改	Cải	[ka:j³]	見	gǎi	急	Cấp	[kɤp⁵]	見	jí
肝	Can	[ka:n¹]	見	gān	恭	Cung	[kuŋ¹]	見	gōng
岡	Cương	[kɯɤŋ¹]	見	gāng	局	Cục	[kuk⁶]	羣	jú
姑	Cô	[ko¹]	見	gū	舅	Cữu	[kɯw⁴]	羣	jiù
苟	Cẩu	[kɤw³]	見	gǒu	穷	Cùng	[kuŋ²]	羣	qióng

漢越語的舌根塞音 k-[k]共有 189 個字，主要來源於中古漢語見母／k／（103
個字），其次是群母／g／（81 個字），對應比例分別爲 54.49%和 42.85%。例外
較少，只有 5 個字。例如：

漢字	漢越語	IPA	字母	拼音	漢字	漢越語	IPA	字母	拼音
金	Kim	[kim¹]	見	jīn	妓	Kĩ	[ki⁴]	羣	jì
檢	Kiểm	[kiem³]	見	jiǎn	虔	Kiền	[kien²]	羣	qián
計	Kế	[ke⁵]	見	jì	竭	Kiệt	[kiet⁶]	羣	jié
驕	Kiêu	[kiew¹]	見	jiāo	檠	Kềnh	[keŋ²]	羣	qíng

漢越語的舌根塞音 q-[k]共有 207 個字，主要來自中古漢語的見母／k／
（160 個字），其次是群母／g／（36 個字），對應比例分別爲 77.29%和 17.39%。
例如：

漢字	漢越語	IPA	字母	拼音	漢字	漢越語	IPA	字母	拼音
瓜	Qua	[kwa:¹]	見	guā	胱	Quang	[kwa:ŋ¹]	見	guāng
君	Quân	[kwɤn¹]	見	jūn	郡	Quận	[kwɤn⁶]	羣	jùn
冠	Quán	[kwa:n⁵]	見	guàn	櫃	Quỹ	[kwi⁴]	羣	guì
鬼	Quỷ	[kwi³]	見	guǐ	顴	Quyền	[kwien²]	羣	quán

漢越語 q-的例外數量不多，主要是誤讀偏旁所致的結果。例如「娟」、
「悁」、「蜎」三個字都是影母字，但是「鵑」卻是見母字，因爲受到偏旁的
影響所以這三個字都讀成見母字，令漢越語也跟著讀成 q-。像這種零星雜亂
的例外較多，本文在下面會進行一個總體的歸納。

從總體來看，漢越語的 c-、k-、q-三個聲母主要來自中古漢語見、群兩母。

群母是全濁聲母，與清音見母合流是完全符合於濁音清化的普遍規律。清濁的差別至今仍然留痕於聲調上。清音見母字都屬於高調類，即平、問、銳三聲，例如：改（Cải）、肝（Can）、急（Cấp）、金（Kim）、檢（Kiểm）、計（Kế）、瓜（Qua）、冠（Quán）、鬼（Quỷ）等字；濁音群母字都屬於低調類，即弦、跌、重三聲，例如：局（Cục）、舅（Cữu）、窮（Cùng）、妓（Kĩ）、虔（Kiền）、竭（Kiệt）、郡（Quận）、櫃（Quỹ）、顴（Quyền）等字。

值得留意的是，c-、k-、q-這三個聲母是同源的，其發音一樣，但是在越南語裏卻有不同的書寫形式。原因在於他們後面的韻母具有明顯的分別，其背後的原因則與中古漢語韻母密切相關，所以才用三個不同的拉丁字母來區分。從表面上，我可以看出：凡是配在-a、-u、-ư、-o、-ô、-ơ 等元音之前需要寫成c-，在-i、-e、-ê 等元音之前就要寫成 k-。

至於聲母 q-，從本文的統計結果，我們會發現一個特點：形成漢越語聲母 q-的讀音的中古漢語（包括一些例外在內），其韻母都是帶有圓唇介音的合口字，王力將此介音擬音為／w／或者／u／。所以，這些洪音合口字傳入漢越語時就分別表現為-ua-、-uâ-、-uǎ-、-uai-、-uê-、-uô-、-uy-、-uyê-八種韻腹。這種情形剛好與漢越語聲母 k-的相反，即 k-的來源都是中古漢語具有展唇介音的三四等開口字，王力將此介音擬音為／i／或者／ǐ／（「劍」字除外）。因此，這些細音開口字傳入漢越語時就表現為-ê-、-i-、-iê-、-iêu-四種韻腹。

剩下的各種情況都可以歸於漢越語聲母 c-。當然，在 c-後面我們發現它也與-u-、-ư-、-uô-等韻腹相配，但是差別在於這些韻腹、韻母都來源於中古漢語的遇、通等韻目，而形成漢越語 k-和 q-的字卻沒有遇、通兩韻。

那麼，問題的是為何用三個拉丁字母來表現同一個聲母呢？這也許是西方傳教士們針對越南語音特點以不同的書寫形式來做分別。我們知道，除了借用漢字作漢越語之外，越南人本身也講純粹的越南語。為了避免書寫時發生同字、同音的困擾，導致交談上的誤會，所以傳教士們才用 c-和 q-來別之。例如：

漢越語			望文發音	純越南語	
漢字	意 思	書寫形式		書寫形式	意 思
過	經過	Qua	/ kua¹ /	Cua	螃蟹
果	水果	Quả	/ kua³ /	Của	財產

國	國家	Quốc	/ kuok⁵ /	Cuốc	鋤、黑水雞
鬼	魔鬼	Quỷ / Quỉ	/ kui³ /	Cửi	火柴
貴	寶貴	Quý / Quí	/ kui⁵ /	Cúi	彎腰
軌	軌道	Quỹ / Quĩ	/ kui⁴ /	Cũi	狗舍
跪	下跪	Quỳ / Quì	/ kui² /	Cùi	痲瘋病

以上的例子，如果用國際音標來表示其實際發音就沒有困擾可言，但是在書籍、報紙上寫的話就不容易看懂其意思。至於聲母 k-，它只能與-i、-e、-ê 等元音相配了。

漢越語的舌根擦音 kh-[x]數量較多，共有 317 個字，最主要來源於中古漢語溪母 / kʰ / （269 個字），對應比例分別為 84.85%。例外比較多，其中有 25 個字來自見母是一個特殊的情況，佔 kh-聲母總數的 7.9%。另外還有相當的數量來自不同的字母，但多為見組字，很有可能是越南人分不出送氣音與否的原因所致。例如：

漢字	漢越語	IPA	字母	拼音	漢字	漢越語	IPA	字母	拼音
欠	Khiếm	[xiem⁵]	溪	qiàn	肯	Khẳng	[xaŋ³]	溪	kěn
可	Khả	[xa:³]	溪	kě	庫	Khố	[xo⁵]	溪	kù
扣	Khấu	[xɤw⁵]	溪	kòu	姜	Khương	[xɯɤŋ¹]	見	jiāng
芎	Khung	[xuŋ¹]	溪	xiōng	概	Khái	[xa:j⁵]	見	gài
坤	Khôn	[xon¹]	溪	kūn	緊	Khẩn	[xɤn³]	見	jǐn

中古漢語溪母是一個塞音，那麼為何在漢越語讀為擦音 kh-[x]呢？阮才謹學者在〈漢越讀音的起源與形成過程〉一書指出在晚唐時期，越南語本身也有一個送氣的塞音 kʰ，其發音與溪母相近，因此溪母才能生根於漢越語。從 17 世紀以後，越南語裏發生了擦化的趨勢，所以 kʰ 也擦化成 kh-[x]。〔註24〕

溪母和見母都是清音字，因此在漢越語聲調上都表現為高調，即平、問、銳三聲（參見以上的例子）。

漢越語的舌根鼻音 ng-[ŋ]共有170個字，主要來自中古漢語疑母 / ŋ / （158 個字），對應比例高達 92.94%。剩下的 12 個字視為例外，其中絕大部分都出自見組字。例如：

〔註24〕阮才謹：〈漢越讀音的起源與形成過程〉，此版本是收錄於《漢喃工程選集》（河內：越南教育出版社，2011 年），頁450。

漢字	漢越語	IPA	字母	拼音	漢字	漢越語	IPA	字母	拼音
元	Nguyên	[ŋwien¹]	疑	yuán	危	Nguy	[ŋui¹]	疑	wēi
月	Nguyệt	[ŋwiet⁶]	疑	yuè	吳	Ngô	[ŋo¹]	疑	wú
卬	Ngang	[ŋa:ŋ¹]	疑	áng	岸	Ngạn	[ŋa:n⁶]	疑	àn
仰	Ngưỡng	[ŋɯɤŋ⁴]	疑	yǎng	悟	Ngộ	[ŋo⁶]	疑	wù

漢越語的舌根鼻音 ngh-[ŋ]只有 62 個字，全部都來自中古漢語疑母 /ŋ/，沒有例外。例如：

漢字	漢越語	IPA	字母	拼音	漢字	漢越語	IPA	字母	拼音
迎	Nghênh	[ŋeɲ¹]	疑	yíng	硯	Nghiễn	[ŋien⁴]	疑	yàn
逆	Nghịch	[ŋitʃ⁶]	疑	nì	義	Nghĩa	[ŋie⁴]	疑	yì
研	Nghiên	[ŋien¹]	疑	yán	孽	Nghiệt	[ŋiet⁶]	疑	niè

上文曾經講過，漢越語的 ng- 和 ngh- 的發音一樣，都是舌根鼻音，只是書寫上的不同。根據統計結果，本文發現漢越語的 ngh- 都出於中古漢語疑母的開口三、四等字，所以才有「凡是出現於 -a、-o、-ô、-u 等元音之前都要寫成 ng-。凡是出現於 -i、-e、-ê 等元音之前就得寫成 ngh-」的結論。

現在問題的是漢越語的 ng- 都出於中古漢語疑母開合口的一、二、三等字，其中三等字相當多，爲什麼不把 ng- 寫成 ngh- 呢？其實這裡有一個語音層次的關係。眾所周知，凡是三、四等字都有介音，其間的差別較微細，而且還要看主要元音而定。從王力先生的擬音，本文發現在中古漢語早期，疑母開口三等字有個介音 /ǐ/，後來傳入漢越語時，有一部分疑母開口三等字脫落了介音 /ǐ/，因此改變了原來的讀音，導致如今的 ng- 聲母書寫的形式。那麼對於仍然保留介音 /ǐ/ 的疑母開口三等字，漢越語就表現爲 ngh-。至於疑母合口字，幾乎全部都失落了介音 /ǐ/，只剩下合口元音，所以在漢越語一律寫成 ng-。據本文的統計結果，共有 37 個疑母開三字和 30 個疑母合三字已經脫落了介音 /ǐ/。

總而言之，從現代的語音來講，ng- 和 ngh- 的發音一樣，但是在過去他們之間有一定的差別，至少在《越葡拉詞典》時代（1651 年）還可以分得出來。從書寫形式來看，ngh- 可以告訴我們其遠遠的來源。換句話說，它保留了對應於古漢越語的中古漢語早期的一部分痕跡。再者，到了現代漢語時代，疑母本來的音值已經全部消失，目前都改讀爲零聲母，只能在漢語方言找到其痕

跡，所以研究漢越語裏 ng-和 ngh-的來歷具有一個很重要的意義。

　　至於中古漢語疑母開口二等字，一律齶化讀爲漢越語 nh-，上文已經講過，在此不再多談了。

八、喉　音

　　漢越語的喉塞音[ʔ]爲數眾多，共有 408 個字，最主要來源於中古漢語影母／ʔ／（392 個字），對應比例高達 96%。剩下 16 個字都算是例外，但是多來自見組字。例如：

漢字	漢越語	IPA	字母	拼音	漢字	漢越語	IPA	字母	拼音
安	An	[a:n¹]	影	ān	約	Ước	[uɤk⁵]	影	yuē
抑	Ức	[uk⁵]	影	yì	音	Âm	[ɤm¹]	影	yīn
亞	Á	[a:⁵]	影	yà	恩	Ân	[ɤn¹]	影	ēn
苑	Uyển	[wien³]	影	yuàn	翁	Ông	[oŋ¹]	影	wēng
映	Ánh	[a:ɲ⁵]	影	yìng	隘	Ải	[a:j³]	影	ài

　　一般而言，越南人都認爲以上的例子都是只有韻母部分的字，其實它們也有聲母部分，即喉塞音，只不過書寫時沒有把它表現出來而已。由於影母是個清音，所以在漢越語聲調上應該都表現爲平、問、銳三聲。值得注意的是，銳聲裏面有一半是銳入，即由中古漢語入聲字演變而來。重入只有「乞 Oạt」、「膃 Ọt」兩個字，應該是例外。因此，這也許是研究入派三聲的一個啓發。

　　漢越語的喉擦音 h-[h]數量非常多（僅次於聲母 t-），共有 690 個字，主要源於中古漢語匣母／ɦ／（381 個字），其次是源於曉母／h／（268 個字），對應比例分別爲 55.21%和 38.84%。剩下的 41 個字可視爲例外。例如：

漢字	漢越語	IPA	字母	拼音	漢字	漢越語	IPA	字母	拼音
互	Hỗ	[ho⁴]	匣	hù	火	Hỏa	[hwa:³]	曉	huǒ
亥	Hợi	[hɤ:j⁶]	匣	hài	朽	Hủ	[hu³]	曉	xiǔ
完	Hoàn	[hwa:n²]	匣	wán	荒	Hoang	[hwaŋ¹]	曉	huāng
弦	Huyền	[hwien²]	匣	xián	貨	Hóa	[hwa:⁵]	曉	huò
洪	Hồng	[hoŋ²]	匣	hóng	熙	Hi	[hi¹]	曉	xī

　　曉、匣兩母在中古漢語雖然排入喉音，但其實它們是舌根音，屬於見組字。由於其發音與越南語的喉擦音很相近，所以讀爲漢越語 h-，至今沒有變

化。曉、匣兩母合一變成 h-是符合濁音清化的規律，並且清濁的特點仍然留痕於漢越語聲調上，即清音曉母讀爲高調、濁音匣母讀爲低調。

例外數量比較多，但是大部分來自影、見、云等見組字。其中，云母三等字最多，佔約三分之一。上文曾經講過，云母本來是匣母的三等部分，而且讀爲 h-的匣母只有一、二、四等，所以云母跟著匣母讀成 h-是不足爲奇的。

小結論

總而言之，研究漢越語和中古漢語聲母的對應關係的學者比較多。早期最突出的有馬伯樂、王力等學者，近期有阮才謹、花玉山、劉亞輝等語言學家。他們的研究較爲全面，但是其中只有阮才謹先生進行了規模較大的統計，所以阮氏的研究結果非常有說服力。本文主要將王力、阮才謹、花玉山、劉亞輝等學者的研究作爲參考材料，所研究出來的結果與先賢的大同小異，因此在這裡不再談相同的地方，下面只提出一些前人所沒有論及的小異。

第一、阮才謹先生在同事們的協助下已經收集了將近六千個漢字的語料作對比，所以研究出來的統計結果及其分析是很全面、徹底而可靠的。〔註25〕本文以個人的努力經過三年的收錄，匯集了八千多字的語料作爲研究對象，因此統計結果在比例上與阮先生的一樣。但是，其他學者限於語料的統計，所以有時候所提出的結論並不完善。王力先生雖然提出了例證和例外，並予歸納，但是論述不多，只針對聲母組別做了總體的討論。有一些例外可以討論其原因，但王氏沒有論及。花玉山先生則採納 2600 個常用字作爲語料，進行分析和討論，但在例外方面則較少解釋其原因。其實，有些例外如果討論其原因，我們可以知道它並不是例外，只是數量太少，不能充當對應關係而已。例如：云母三等字讀成 h-就是保留匣母讀爲 h-的殘跡，娘母字讀成 nh-就是娘、日同源的表現等。

第二、由於阮才謹接受了 B. Karlgren 所擬音的《切韻》時期的聲母系統，所以他不承認娘母的存在，因此在討論漢越語聲母 n-的來源，阮氏只收集了中古漢語泥母，共 90 個字，將娘母略過不談。王力、花玉山等學者都接受娘母，且將之與泥母並論。本文也接受了泥娘兩母，一共收集了 144 個字來討

〔註25〕若不算例外的數量，阮才謹先生在聲韻調三個方面用字數量分別爲 5521、5740 和 5316 個字。

論。雖然這個數字沒有影響漢越語聲母 n-的形成，但是讓知組少了一個與泥母相應的字母了。

第三、在談漢越語聲母 gi-的時候，唯有花玉山在論述其來源卻一再認爲是從見母三等字演變而來。甚至還將見母三等字讀成 gi-和疑母三等字讀成 nh-（本爲二等）兼論令讀者覺得莫名其妙。然而在結論部分，他又講見母二等字，與其他學者的結論相符。那麼可能前面的部分只是筆誤而並不是實質的錯誤。

第四、值得注意的是，王力、阮才謹、花玉山、劉亞輝等都將漢越語的聲母 c-、k-、q-合而爲一。雖然大家都發現 c-、k-、q-三個聲母都源於中古漢語見母和群母，但是他們卻沒有解釋越南語裏爲何將同一個聲母分爲三種書寫形式。透過統計結果和仔細地觀察，本文發現越南人之所以這樣分開寫，是爲了標記其間不同的韻母。此外，這樣還可以將漢越語和純越南語在書面上不發生同字、同音、同義的現象，避免造成溝通上的困擾。

第五、與見母的情形一樣，王力、阮才謹、花玉山、劉亞輝四位在論述疑母的時候，也將漢越語的聲母 ng-和 ngh-混爲一談。ng-與 ngh-雖然發音上無異，但是根據本文的統計結果和分析，筆者就發現 ng-與 ngh-的形成在開合和介音方面有密切的關係。疑母開三和疑母合口字脫落了介音 / i / 就讀成 ng-，而疑母開三保留古音的介音 / i / 就讀爲 ngh-。在現代漢語目前沒有聲母 / ŋ / 的情況下，這個發現對於研究古音很有意義。可惜的是，前人的研究中卻未曾提過這種現象，因此，本文才有機會填補這方面的空白。

以上是本文對漢越語和中古漢語聲母的對應關係進行分析與比對。下一章就韻母部分進行同樣的研究。

第三節　古漢越語和上中古漢語聲母的對應關係

研究古漢越語一直以來是一個非常困難的工作，因此許多年來，專心研究並討論這個難題的學者並不多。二十世紀初的法國學者馬伯樂被視爲是研究古漢越語最早的語言學家。「古漢越語」、「漢越語」、「漢語越化」等三個術語的區別幾乎最早出現於馬伯樂的《越南語語音歷史研究》〔註26〕一書。再來，王力

〔註26〕H.Maspéro：*Etudes sur la phonetique historique de la langue annamite*, Les initiales

是研究古漢越語最多而且較爲成功的外國語言學家。王先生在〈漢越語研究〉一文就古漢越語的聲韻調三個方面進行了一系列的論述，至今仍舊被語言學家廣泛引用。

到了 1980 年時代，越南語言學界有阮才謹、王祿等學者繼續對古漢越語進行研究，但沒有突破的進展。值得注意的是，王祿先生曾在《語言雜誌》發表過〈古漢越詞考察的一些初步結果〉一文，其中談及馬伯樂、王力等前人對古漢越語研究所得到的一些成果。然後他說自己也研究出來大約 401 個古漢越語，將重復的字（放在不同欄作比較）排除掉之後，剩下總共 332 個古漢越語，但是至今他未曾公佈於世其研究碩果。〔註27〕

最近，阮文康學者在《越南語裏的外來詞》一書曾談及語言學界研究古漢越語的現況，同時也確認未曾看過王祿所研究出來的古漢越語名單。阮先生在書中曰：

> 在有關古漢越語的資料當中，幾乎所有的作者只引用一些詞當作例子（如在阮玉山、杜友珠、阮善甲等學者的資料之中）。在〈古漢越詞考察的一些初步結果〉（1985），王祿曾提供了王力 113 個古漢越語的名單（聲母 27 個、韻母 77 個、聲調 9 個），但將之與王力的名錄相比則發現不符……（中略）王錄作者認爲，以他自己的研究，「在（個人）主觀上已經初步確定了 401 個古漢越語，其中聲母部分有 116 個、韻母有 210 個、聲調 75 個（王祿，頁 30）。」可惜，至今我們沒有得到這個具體的名單因爲未見作者公佈。〔註28〕

BEFEO, T , 12. No 1, 1912.

〔註27〕 王祿：〈古漢越詞考察的一些初步結果〉，（河內：《語言雜誌》，第一期，1985 年），頁 27～31。

〔註28〕 阮文康：《越南語裏的外來詞》（河內：教育出本社，2007 年），頁 227～228。原文爲：「Trong các tài liệu có liên quan đến từ cổ Hán Việt, hầu hết các tác giả chỉ dẫn ra một số từ làm ví dụ（như trong tài liệu của Nguyễn Ngọc San, Đỗ Hữu Châu, Nguyễn Thiện Giáp…）. Trong "Một vài kết quả bước đầu trong việc khảo sát từ Hán Việt cổ（1985）", Vương Lộc đã cung cấp một danh sách 113 từ Hán Việt cổ của Vương Lực（âm đầu 27 trường hợp, vần 77 trường hợp, thanh điệu 9 trường hợp）. Đối chiếu với danh sách của Vương Lực thì không khớp…(lược giữa） Tác giả Vương Lộc cho rằng, bằng nghiên cứu

　　可見，古漢越語的這塊領域幾乎還沒有得到適度的開墾，但這其實它是一個非常有趣而具有挑戰性的研究項目。因此，本文在此節將針對古漢越語進一步統計、分析並提出一個初步的語料觀察。原則上，本文會繼承王力先生等學者所研究的成果，對於不同觀點之處將進一步論述，同時發揮前人的研究繼續尋找新的古漢越語。

　　到目前為止，王力還是研究古漢越語最有成績的學者，因此很多人都引用他的研究成果造成舉例的重覆。本文認為除非有異議需要進一步講解之外，大多是王先生之說，少分是其他學者的看法。至於擬音部分，本文主要採用王力先生的擬音系統，需要時才參考高本漢、董同龢等學者的擬音。

一、古漢越語聲母來自中古漢語重唇音

　　眾所周知，錢大昕先生所發表的「古無輕唇音」已成定論。他從上古、中古漢語相關語料發現中古漢語以前，重唇音和輕唇音沒有分別。錢先生在《潛研堂文集・卷十五・答問第十二》曰：「凡今人所謂輕唇者，漢魏以前，皆讀重唇，知輕唇之非古矣。」然後在《十駕齋養新錄・卷五・古無輕唇音》又補充其觀點：「凡輕唇之音古讀皆為重唇。」

　　錢氏的發現對古漢越語的研究具有重要的意義。我們知道晚唐以前非[f]、敷[f^h]、奉[v]、微[m]等輕唇音還沒有從幫[p]、滂[p^h]、並[b]、明[m]等重唇音分出來，直到唐末守溫和尚三十六字母表中才出現輕重唇音之別。上一章，我們都討論過，晚唐以前就是古漢越語的時代，而且可能存在很多不同的層次，因為古漢越語最早的出現可以推到公元前一至二世紀。此節的內容只論及古漢越語，因此在下文與其對應的中古漢語就是晚唐以前的漢語。

　　古漢越語的雙唇音基本上只有 b-和 m-兩母，若有其他聲母，需要有合理的論證。

（一）古漢越語的 b-聲母與中古漢語幫[p]、滂[p^h]、並[b]等重唇音的對應關係

　　của mình "đã sơ bộ xác định được 401 trường hợp mà chủ quan cho là Hán Việt cổ, trong đó phần âm đầu có 116, phần 210, thanh điệu 75 trường hợp(Vương Lộc, P30). Tiếc rằng, cho đến nay chúng tôi chưa có được danh sách cụ thể này vì chưa thấy tác giả công bố.」

1、前人對古漢越語 b-聲母的研究成果

王力先生從以上「古無輕唇音」的定論，提出了下面的一些古漢越語。

表 3.13

漢字	古漢越語	漢越語	擬音	學者	註　釋
父	Bố [bo⁵]	Phụ [fu⁶]	bĭu	王力	
帆	Buồm [bwom²]	Phàm[fa:m²]	bĭɐm	王力	
佛	Bụt [but⁷]	Phật [fɤt⁸]	bĭuət	王力	
房	Buồng [bwoŋ²]	Phòng [fɔŋ²]	bĭwaŋ	王力	
放	Buông [bwoŋ¹]	Phóng [fɔŋ⁵]	pĭwaŋ	王力	
斧	Búa [buo⁵]	Phủ [fu³]	pĭu	王力	
飛	Bay [baj¹]	Phi [fi¹]	pĭwəi	王力	
豹	Beo [bɛw¹]	Báo [ba:w⁵]	pau	王力	
婦	Bụa [bwa:⁶]	Phụ [fu⁶]	bĭəu	王力	
捧	Bưng [bɯŋ¹]	Bổng [boŋ³]	pʰĭwoŋ	王力	
符	Bùa [bwa:²]	Phù [fu²]	bĭu	王力	
販	Buôn [bwon¹]	Phiến [fien⁵]	pĭwɐn	王力	
幅	Bức [bɯk⁷]	Phúc [fuk⁷]	pĭuk	王力	
煩	Buồn [bwon²]	Phiền [fien²]	bĭwɐn	王力	
碑	Bia [bie¹]	Bi [bi¹]	pĭe	王力	
縛	Buộc [bwok⁸]	Phọc[fɔk⁸]	bĭwak	王力	
簿	Bạ [ba:⁶]	Bộ [bo⁶]	bu	王力	
平	Bằng [baŋ²]	Bình [biɲ²]	bĭɐŋ	阮才謹	
步	Bước [bɯɤk⁷]	Bộ [bo⁶]	bu	阮才謹	阮氏和王祿認爲步在上古是入聲字，傳入越南很早。
沫	Bọt [bɔt⁸]	Mạt [ma:t⁸]	muat	阮才謹	沫是明母字，但阮氏卻認爲是聲母 b-，不太合理。
悶	Buồn [bwon²]	Muộn [muon⁶]	muən	阮才謹	王力認爲 Buồn 是煩。阮氏不但忽略卻將明母字與 b-對應是不合理。
播	Vãi [vaj⁴]	Bá [ba:⁵]	puɑ	阮才謹	播是幫母字，v-是後起的奉母，因此播的古漢越語不應該是 Vãi。
碧	Biếc [biek⁷]	Bích [bitʃ⁷]	pĭɐk	阮才謹	
璧	Biếc [biek⁷]	Bích [bitʃ⁷]	pĭɐk	阮才謹	

伯	Bác [ba:k⁷]	Bá [ba:⁵]	bɐk	王祿	漢越語裏 Bá 和 Bác 同義。
乏	Bượp [buɤp⁸]	Phạp [fa:p⁸]	bǐwɐp	王祿	
濱	Bến [ben⁵]	Tân [tɤn¹]	pǐĕn	王祿	幫母讀爲 t-是在晚唐時期發生的。

2、本文對古漢越語 b-聲母的補充

表 3.14

漢字	古漢越語	漢越語	擬音	註　　釋
比	Bì [bi²]	Tỉ [ti³]	pi	比是幫母字讀爲 t-是在晚唐時期發生的。
北	Bắc [bɤk⁷]	Bắc [bak⁷]	pɔk	越南語 Gió bắc 就是北風。
皮	Bìa [bie²]	Bì [bi²]	bǐe	越南語 Bìa sách 就是書皮。
剝	Bóc [bɔk⁷]	Bác [ba:k⁷]	pɔk	越南語 Bóc vỏ（剝皮）指的是將水果削皮
補	Bù [bu²]	Bổ [bo³]	pu	王力認爲 Bổ 的漢語越化讀 Vá 是合理，因爲 v-由微母演變而來。本文補充古漢越語是 Bù。越南語的 Đền bù 就是填補的意思。
詖	Bịa [bie⁶]	Bí [bi⁵]	pǐe	Bịa 就是講不實話的意思。
瓢	Bầu [bɤw²]	Biều [biew²]	bǐɛu	Bầu 是越南普通瓜類。
蹯	Bàn [ba:n²]	Phiền [fien²]	bǐwɐn	在韻母上，有可能唇音與圓唇介音相排斥，介音脫落，主要元音讀爲-a。但是在聲母上是合理的。
本	Bổn [bon³]	Bản [ba:n³]	puən	王力和阮才謹都認爲本的漢語越化是 Vốn，v-後起是合理的。

（二）古漢越語的 m-聲母與中古漢語明母[m]的對應關係

1、前人對古漢越語 m-聲母的研究成果

表 3.15

漢字	古漢越語	漢越語	擬音	學者	註　解
卯	Mẹo [mɛw⁶]	Mão [ma:w⁴]	mau	王力	
味	Mùi [muj²]	Vị [vi⁶]	mǐwəi	王力	
命	Mạng [ma:ŋ⁶]	Mệnh [meɲ⁶]	mǐɐŋ	王力	韻尾-nh 在越南形成的。
眉	Mày [maj²]	Mi [mi¹]	mi	王力	眉的古音韻尾是脂韻-ǐei。Mày 是較早的古漢越語.

漢字	古漢越語	漢越語	擬音		解釋
墓	Mả [ma:³]	Mộ [mo⁶]	mu	王力	上古墓讀入聲韻，與莫接近。
舞	Múa [muo⁵]	Vũ [vu⁴]	mĭu	王力	舞是微母字／ɱ／，本為明母。
廟	Miếu [miew⁵]	Miếu [miew⁵]	mĭɛu	王力	雖然韻母不是很恰當但的確是 M-。
貓	Mèo [mɛw²]	Mao [ma:w¹]	mau	王力	
霧	Mù [mu²]	Vụ [vu⁶]	mĭu	王力	與舞的情況同。
雨	Mưa [mɯɤ¹]	Vũ [vu⁴]	ɣĭu	花玉山	花氏沒注意雨是云母字／ɣ／，與 M-無關。
晚	Muộn [mwon⁶]	Vãn [va:n⁴]	mĭwɐn	花玉山	晚是微母字，因此 M->V-。
帽	Mũ [mu⁴]	Mạo [ma:w⁶]	mɑu	花玉山	
雲	Mây [mɤj¹]	Vân [vɤn¹]	ɣĭuən	花玉山	花氏沒注意雲是云母字／ɣ／，與 M-無關。而且雲是陽聲韻尾。
妙	Mầu [mɤw²]	Diệu [ziew⁶]	mĭɛu	王祿	王力認為是漢語越化。
望	Mong [mɔŋ¹]	Vọng [vɔŋ⁶]	mĭwaŋ	王祿	在聲母方面是合理的，但在韻母方面可以推至更早的音讀。
網	Mạng [ma:ŋ⁶]	Võng [vɔŋ⁴]	mĭwaŋ	王祿	網與望的擬音相同，古漢越語卻不同。因為王祿未發現望有更早的音。
貌	Miều [miew²]	Mạo [ma:w⁶]	mau	王祿	
梅	Mơ [mɤ:¹]	Mai [ma:j¹]	muɒi	阮才謹	
麻	Mè [mɛ²]	Ma [ma:¹]	ma	阮才謹	
媒	Mồi [moj²]	Môi [moj¹]	muɒi	阮才謹	
棉	Mền [men²]	Miên [mien¹]	mĭɛn	阮才謹	
摸	Mò [mɔ²]	Mô [mo¹]	mu	阮才謹	
餌	Mồi [moj²]	Nhị [ɲi⁶]	ȵĭə	阮才謹	阮氏未注意到餌是日母字，與明母無關。
磨	Mài [ma:j²]	Ma [ma:¹]	muɑ	阮才謹	

2、本文對古漢越語 m-聲母的補充

表 3.16

漢字	古漢越語	漢越語	擬音	解釋
末	Mút [mut⁷]	Mạt [ma:t⁸]	muɑt	在聲母方面是合理，但在韻母方面需要斟酌，因為唇音會令介音／u／脫落。

母	Mợ [mɤː６]	Mẫu [mɤɯ４]	məu	在很多越南方言裏，媽媽讀爲 Mợ。
巫	Mo [mɔ¹]	Vu [vu¹]	mǐu	越南語的 Thầy mo 就是巫師的意思。
務	Mùa [muo²]	Vụ [vu⁶]	mǐu	務與霧諧聲，兩者情況相同。
蚊	Muỗi [muoj⁴]	Văn [van¹]	mǐuən	Muỗi 可能是很早的古漢越語，後來韻母才被鼻音化。目前在漢語方言有些字未鼻音化。
望	Màng [maːŋ²] > Mong [mɔŋ¹]	Vọng [vɔŋ⁶]	mǐwaŋ	Màng 可能是最早的古漢越語。從擬音可以看到主要元音／a／。越南語的 Chẳng màng danh lợi 指的是不盼望名利之義。學者們指發現第二代的古漢越語 Mong。其實，望與網的讀音一樣，最早念爲 Màng。
萬	Muôn [mwon¹]	Vạn [vaːn⁶]	mǐwɐn	越南語的 Muôn năm 是萬年，Muôn tuổi 是萬歲之義。
墨	Mực [mɯk⁸]	Mặc [mak⁸]	mək	越南語裏 Mực thước 是尺墨之義，形容言行有分寸、規矩的意思。
玳瑁	Mồi [moj²]	Mội [moj⁶]	muɒi	王力認爲玳瑁是漢語越化，但本文認爲這是古漢越語。在北屬時期，越南人常被漢人要求朝貢戴帽、犀角、象牙等物品，因此玳瑁的古音出現很早。

（三）古漢越語的 ph-聲母與中古漢語唇音的對應關係

表 3.17

漢字	古漢越語	漢越語	擬音	學者	註　解
肺	Phổi [foj³]	Phế [fe⁵]	pʰǐwɐi	阮才謹	肺是後起的敷母，古漢越語不應讀爲 ph-。
奉	Phượng [fɯɤŋ⁶]	Bổng [boŋ³]	bǐwoŋ	花玉山	奉是後起的奉母，古漢越語不應讀爲 ph-。

　　本文認爲聲母 ph-是後起的，在晚唐時期才出現，因此對於這些例子，我們只能觀察其韻母是否符合古漢越語的特徵。

二、古漢越語聲母來自中古漢語舌頭音

　　上文在漢越語聲母部分，本文曾提及錢大昕在《十駕齋養新錄・卷五・舌音類隔之說不可信》提出「古無舌上音」的語音規律，即中古漢語知徹澄三母

在上古音與端透定三母相混，沒有明顯的差別。後來，章炳麟先生又提出了「娘日歸泥」的結論來補足錢先生的定律。現在，在古漢越語的語料當中，我們也能找到「古無舌上音」的痕跡。

（一）古漢越語的 đ-聲母與中古漢語知[ţ]、澄[ɖ]等舌頭音的對應關係

1、前人對古漢越語 đ-聲母的研究成果

表 3.18

漢字	古漢越語	漢越語	擬音	學者	註　解
代	Đời [dɤ:j²]	Đại [da:j⁶]	dɒi	王力	代可能還有另一種讀音 Đổi，如 Đổi thay：代替。阮才謹認為 Đời 是古漢越語。
足	Đủ [du³]	Túc [tuk⁷]	tsĩwok	王力	通常入聲韻尾會先消失而不是相反的情況。
箸	Đũa [duo⁴]	Trợ [tʂɤ:⁶]	ţĭo	王力	
賭	Đổ [do⁵]	Đổ [do³]	tu	王力	
濁	Đục [duk⁶]	Trọc [tʂɔk⁸]	ɖɔk	王力	很多學者都接受這個例子，但是在韻母方面需要討論。因為濁的反切是直角，通常會唸-ak 或-ɔk 而不讀-uk。
燭	Đuốc [dwok⁷]	Chúc [tʂuk⁷]	tɕĭwok	王力	燭是章母字，若古漢越語讀為 Đ-，表示是很早就傳入越南，因為章母在上古音與端母相近。
待	Đợi [dɤ:j⁶]	Đãi [da:j⁴]	dɒi	阮才謹	王力認為 Đợi 是漢語越化。
袋	Đãy [daj⁴]	Đại [da:j⁶]	dɒi	花玉山	
池	Đìa [die²]	Trì [tʂi²]	ɖie	花玉山	
追	Đuổi [dwoj³]	Truy [tʂwi¹]	ʈwi	花玉山	
得	Được [dɯɤk⁸]	Đắc [dak⁷]	tək	花玉山	

2、本文對古漢越語 đ-聲母的補充

表 3.19

漢字	古漢越語	漢越語	擬音	註　解
土	Độ [do⁶]	Thổ [tʰo³]	du	目前很多古漢越語還保留在佛經的讀音。例如：Tịnh Độ 淨土、Nam mô 南無等。

中	Đúng [duŋ⁵]	Trúng [tʂuŋ⁵]	ȶiuŋ	越南語的 Đúng 表示動作或說話達到目的。
打	Đánh [da:ɲ⁵]	Đả [da:³]	tɐŋ	雖然韻尾-nh 在越南後起的，但是打的反切的確是「德冷」，蘇州音仍讀爲／taŋ／。
地	Địa [die⁶]	Địa [die⁶]	di	目前至韻的古讀在漢越語還有地 Địa 和義 Nghĩa 兩字。地的上古音，王力擬爲 dǐai，高本漢擬爲 dʰia。
底	Đáy [daj⁵]	Để [de³]	tiei	西遊記的無底洞就是 Động không đáy。
渡	Đò [dɔ²]	Độ [do⁶]	du	越南語的 Đò 就是船、筏的過河工具。
玳	Đồi [doj²]	Đại [da:j⁶]	dɒi	越南語的 Đồi Mồi 就是玳瑁之義。
終	Đóng [doŋ⁵]	Chung [tʂuŋ¹]	tɕiuŋ	終是章母字，上古音的章母和端母相近。而且，終字從糸從冬，在文字學方面，冬就是終的本字〔註29〕，冬的漢越語是 Đông [doŋ¹]，仍然保留端母的讀音。
塡	Đèn [den²]	Điền [dien²]	dien	越南語的 Đèn bù（塡補）指的是彌補損失。
殿	Đèn [den²]	Điện [dien⁶]	dien	王力認爲 Đèn 是漢語越化，其實「殿」的情況與「塡」相同，都是定母先韻字，因此古漢越語皆唸 Đèn。目前，越南語的 Đèn 是指祭祀神、城隍爺的建築之義。
墊	Đệm [dem⁶]	Điệm [diem⁶]	tiem	Đệm 就是坐墊之義，與簟同義，但王力卻認爲 Đệm 是漢語越化，很可惜！
潭	Đầm [dɤm²]	Đàm [da:m²]	dɒm	雖然 Đàm 是漢越語，但越南人習慣講 Đầm，沒人講 Đàm。
戴	Đội [doj⁶]	Đái [da:j⁵]	tɒi	雖然 Đái 是漢越語，但越南人習慣講 Đội，沒人講 Đái，如：Đội mũ＝戴帽子，Không đội trời chung＝不共戴天.
讀	Đọc [dɔk⁸]	Độc [dok⁸]	duk	Đọc sách 就是讀書的意思，但不表示念書、上學之義。

（二）古漢越語的 th-聲母與中古漢語透[tʰ]、清[tsʰ]、船[dʑ]、書[ɕ]、禪[ʑ]等聲母的對應關係

〔註29〕 季旭昇：《說文新證》（福州：福建人民出版社，2010年），頁 844。

1、前人對古漢越語 th-聲母的研究成果

表 3.20

漢字	古漢越語	漢越語	擬音	學者	註解
尺	Thước [tʰɯʁk⁷]	Xích [sitʃ⁷]	tʰiak > tɕʰiɛk	王力	尺是昌母字，上古音昌母與透母相近。
辰	Thìn [tʰin²]	Thìn [tʰin²] Thần [tʰʁn²]	ʑiĕn	王力	Thìn 只能代表龍的意思，但 Thần 是時辰之義。
刺	Thứ [tʰɯ⁵]	Thứ [tʰɯ⁵]	tsʰie	王力	王力雖然發現 Thịch 一音，但幾乎沒人講。目前越南人習慣講 Thứ sử = 刺史。刺是昔韻字，韻母該是-iêc。
刺	Thịch [tʰitʃ⁸]	Thích [tʰitʃ⁷]	tsʰiɛk	王力	
所	Thuở [tʰuo³]	Sở [ʂʁ:³]	ʃio	王力	所是生母字，讀為 Th-不太合理。
匙	Thìa [tʰie²]	Chùy [tʂwi²]	ʑie	王力	本文認為更早的古漢越語該讀為 Dia（見下文）。
疏	Thưa [tʰɯʁ¹]	Sơ [ʂʁ:¹]	ʃio	王力	
嘆	Than [tʰa:n¹]	Thán [tʰa:n⁵]	tʰɑn	王力	
輸	Thua [tʰuo¹]	Thu [tʰu¹]	ɕiu	王力	
繡	Thêu [tʰew¹]	Tú [tu⁵]	sĭəu	王力	
吹	Thổi [tʰoj³]	Xuy [swi¹]	tʰĭwai > tɕʰĭwe	阮才謹	吹與尺的情況同。
捨	Thả [tʰa:³]	Xả [sa:³]	ɕia	阮才謹	
赦	Tha [tʰa:¹]	Xá [sa:⁵]	ɕia	阮才謹	
詩	Thơ [tʰʁ:¹]	Thi [tʰi¹]	ɕĭə	阮才謹	
熟	Thuộc [tʰwok⁸]	Thục [tʰuk⁸]	ʑiuk	阮才謹	
時	Thuở [tʰuʁ:³]	Thời [tʰʁ:j²]	ʑiə	花玉山	Thuở 有圓唇介音，不知為何而有。時是禪母字，更早的讀音應為 Giờ [zʁ:²]。
兔	Thỏ [tʰɔ³]	Thố [tʰo⁵]	tʰu	花玉山	王力的擬音一貫將 /u/ 代表圓唇音，可代表古漢越語的-o、-ô。高本漢給兔擬為 /tʰo/。
炊	Thổi [tʰoj³]	Xuy [swi¹]	tʰĭwai > / tɕʰĭwe	花玉山	炊與吹同。

2、本文對古漢越語 th-聲母的補充

表 3.21

漢字	古漢越語	漢越語	王力的擬音	註　解
升	Thưng [tʻɯŋ¹]	Thăng [tʻaŋ¹]	ɕǐəŋ	越南語的 Thưng 專指重量。若代表上升的意思才講 Thăng，如：Thăng thiên＝升天。
繩	Thừng [tʻɯŋ²]	Thằng [tʻaŋ²]	dʑǐəŋ	越南人習慣將麻繩叫做 dây thừng，即繩索之義。繩和升都是蒸韻字，因此古漢越語韻母也相同，可互證。
草	Tháu [tʻaw⁵]	Thảo [tʻa:w³]	tsʰɑu	古漢越語 Tháu 的元音是／ă／，不是／a／，因此與王力所擬的後／ɑ／更接近。
替	Thay [tʻaj¹]	Thế [tʻe⁵]	tʰiei	越南語常講 Đổi thay 或 Thay đổi 就是變更、改變之義，語義上與漢語的代替相近。值得主意的是在漢越語時代，因爲音變的關係，剛開始人們覺得較爲陌生，因此將所熟悉的古漢越語與漢越語連讀，成爲所謂的 Thay thế（替）、Muôn vạn（萬）等。
聖	Thiêng [tʻieŋ¹]	Thánh [tʻa:ɲ⁵]	ɕǐɛŋ	目前，漢語的聖靈，越南語連讀爲 Thiêng Liêng。這也表示古漢越語並不是只能單獨使用。本文還找到 Buông tuồng（放縱）、Đền bù（填補）、Tẩy chay（抵制）等詞語。
蒔	Thìa [tʻie²]	Thì [tʻi²]	ʑǐə	蒔也許在最早的時期，其讀音與時同音，讀爲 Giờ，但現在越南人只讀爲 Thìa。Thìa là 就是蒔蘿，其中蘿的古漢越語是 là，漢越語讀爲 la。
添	Thêm [tʻem¹]	Thiêm [tʻiem¹]	tʰiem	Thêm 表示添加之義。
匙	Dìa[zie²]＞Thìa [tʻie²]	Chùy [tʂwi²]	ʑie	匙是禪母字，根據周祖謨先生「禪母古讀近定母」之說（見下文），本文發現越南語裏所講的 Dìa 就是 Thìa 的前一代。如果說 Thìa 是中古漢語在晚唐以前傳入越南，那麼 Dìa 則是上古漢語時期（大約公元前後）傳入越南的字。目前越南人講 Dìa 或 Cùi Dìa 就是匙的意思，

				另外還有 Dĩa [zie⁴]是餐叉的意思。匙與餐叉有一個共同點，就是穿刺食物的功能，匙字有匕旁，已經涵蓋了匕首的功能。
時	Giờ [zɤ:²] > Thuở [t'ɯɤ:³]	Thời [t'ɤ:j²]	ʑĭə	花玉山認爲時的讀音是 Thuở，這只是後期的古漢越語。本文按照周祖謨先生「禪母古讀近定母」之說，認爲時是禪母字，在中古漢語以前應讀爲 Giờ，這個讀音與王力所擬的 ʑĭə 非常接近。此外，越南語的 D-和 Gi-同音，因此匙 Dìa 和時 Giờ 的聲母沒有矛盾之處。
屍	Thây [t'ɤj¹]	Thi [t'i¹]	ɕĭei > ɕĭe	王力認爲是漢語越化。本文則認爲是古漢越語，韻母-ây 是上古漢語的遺留（見下文）。

（三）古漢越語的 n-聲母與中古漢語泥母[n]的對應關係

表 3.22

漢字	古漢越語	漢越語	擬音	學者	註解
南	Nồm [nom²]	Nam [na:m¹]	nɒm	王力	
納	Nộp [nop⁸]	Nạp [na:p⁸]	nɒp	王力	
娘	Nàng [na:ŋ²]	Nương [nɯɤŋ¹]	nĭaŋ	阮才謹	
喃	Nôm [nom¹]	Nam [na:m¹]	nɐm	阮才謹	中古漢語泥母字大多數都讀爲古漢越語的 n-。
農	Nùng [nuŋ²]	Nông [noŋ¹]	nuoŋ	阮才謹	
嫩	Non [nɔn¹]	Nộn [non⁶]	nuən	阮才謹	
弩	Nỏ [nɔ³]	Nỗ [no⁴]	nu	花玉山	
難	Nàn [na:n²]	Nạn [na:n⁶]	nɑn	花玉山	

本文目前沒有發現補充的資料。

（四）古漢越語的 tr-聲母與中古漢語舌頭、舌上、正齒音有無對應
　　　關係？

表 3.23

漢字	古漢越語	漢越語	擬音	學者	註　解
中	Trong [tʂɔŋ¹]	Trung [tʂuŋ¹]	ȶĭuŋ	阮才謹	

| 徒 | Trò [tʂɔ²] | Đồ [do²] | du | 阮才謹 | 徒是定母字，在古漢越語不可能讀 tr-，因爲上文我們已經接收了「古無舌上音」的定律，因此 Trò 不能成立。 |
| 遁 | Trốn [tʂon⁵] | Độn [don⁶] | duən | 阮才謹 | Trốn 不是古漢越語。理由同上。 |

三、古漢越語聲母來自中古漢語牙音

（一）古漢越語的 k-聲母與中古漢語見[k]、群[g]、溪[kʰ]等牙音的對應關係

1、前人對古漢越語 k-聲母的研究成果

表 3.24

漢字	古漢越語	漢越語	擬音	學者	註　解
夾	Kép [kɛp⁵]	Giáp [ʑa:p⁷]	kɐp	王力	
針	Kim [kim¹]	Châm [tʂɤm¹]	tɕǐem	王力	「針做 Kim 或 Ghim。針是照母字，讀入牙音，頗爲可怪。總之，就意思上看，Kim 一定就是針。〔註30〕」
揀	Kén [kɛn⁵]	Giản [ʑa:n³]	kæn	王力	
膠	Keo [kɛw¹]	Giao [ʑa:w¹]	kau	王力	
減	Kém [kɛm⁵]	Giảm [ʑa:m³]	kɐm	阮才謹	
及	Kịp [kip⁸]	Cập [kɤp⁸]	gǐĕp	阮才謹	
金	Kim [kim¹]	Kim [kim¹]	kǐĕm	花玉山	

上文所講中古漢語見母開口二等字常讀爲漢越語的 gi-[ʑ]，但是在晚唐以前，由於漢語傳入越南不多且不成系統，越南人與漢語接觸時，幾乎全部接受中古漢語的語音特徵，聽到什麼就講什麼。正因爲如此，古漢越語的 k-就反映了見母開口二等字的原貌。

2、本文對古漢越語 k-聲母的補充

〔註30〕王力：〈漢越語研究〉（《嶺南學報》第九卷，第一期，1948 年），頁 67。

表 3.25

漢字	古漢越語	漢越語	擬音	註　解
吉	Kiét [kiet⁷]	Cát [ka:t⁷]	kĭɛt	目前越南人還在用 Kiét tường（吉祥）、Kiét hung（吉凶）等詞語。
其	Kia [kie¹]	Kì [ki²]	gĭə	Kia 表示對方、那邊的意思。
笈	Kíp [kip⁷]	Cấp [kɤp⁷]	kĭɛp	越南人所講的 Bí kíp 就是秘笈之義。而且，笈與及諧音，即 kíp 和 kip。
兼	Kèm [kɛm²]	Kiêm [kiem¹]	kiem	Kèm 目前還在表示兩個在一起，成對的意思。此外，漢語的兼諧簾，古漢越語同樣 Kèm 與 Rèm 互諧（簾：見下文）。
笄	Kè [kɛ²]	Kê [ke¹]	kiei	及笄指的是少女成長，接受男人追求的時候。越南語的 Cặp Kè 則表示男女親密在一起，正處於追求對象的狀況。
喬	Kều [kew²]	Kiều [kiew²]	gĭeu	喬是高的意思。越南語的 Cao Kều 正是此意。
敬	Kiêng [kien¹]	Kính [kiɲ⁵]	kĭɛŋ	Kiêng nể 代表敬重、佩服之義。
景	Kiểng [kieŋ³]	Cảnh [ka:ɲ³]	kĭɛŋ	Cây kiểng 指的是觀賞植物。
期	Kia [kie¹]	Kì [ki²]	gĭə	期與其諧音。Xưa kia 就是初期之義。
禁	Kìm [kim²]	Cấm [kɤm⁵]	kĭĕm	Kìm nén 是忍受，禁得住之義。
鉗	Kềm [kem²], Kìm [kim²]	Kiềm [kiem²]	gĭem	Kìm chết 是虎鉗之義，直譯是死鉗，表示這種鉗非常厲害，可以抓住東西不放。南方人多講 Kèm。
檠	Kiềng [kieŋ²]	Kềnh [keŋ²]	gĭeŋ	漢語的檠是古代的燈架，越南語的 Kiềng 指的是火灶的三腳架子，裏面放火柴，上面放鍋，用來煮飯等。
鏡	Kiếng [kieŋ⁵]	Kính [kiɲ⁵]	kĭeŋ	王力、阮才謹、王祿等學者一律將鏡的漢語越化讀爲 Gương，卻忘記了其古漢越語是 Kiếng。比較：敬 Kiêng、景 Kiểng、驚 Kiềng 的擬音是一樣的 kĭeŋ。目前 Kiếng 是南方人的常用字。
驚	Kiềng [kieŋ²]	Kinh [kiɲ¹]	kĭeŋ	Kiềng 代表驚恐而想要遠離之義。驚又與敬諧音。
繭	Kén [kɛn⁵]	Kiển [kien³]	kien	揀是山攝見母字，王力認爲 Kén 是古漢越語，但是繭也是山攝見母字卻被王力認爲是漢語越化字。本文認爲 Kén 也是繭的古漢越語。

叫	Kêu [kew¹]	Khiếu [xiew⁵]	kieu	王力認為 Kêu 是漢語越化，但是叫是見母字，不是溪母字，因此 k-比 kh-早出現。而且，閩南語等方言也將叫唸 Kêu。
今	Kim [kim¹]	Kim [kim¹]	kĭěm	今與金一樣都是混入漢越語的古漢越語，韻尾-im 就是侵韻的古音（見下文的韻尾部分）。

（二）古漢越語的 c-聲母與中古漢語見[k]、群[g]、溪[kʰ]等牙音的對應關係

1、前人對古漢越語 c-聲母的研究成果

上文已經講過，越南語裏的 c-與 k-的發音無別，只是書寫上的不同。因此，古漢越語的 c-與 k-的情況一樣，反映了中古漢語見母二等字的原貌。

表 3.26

漢字	古漢越語	漢越語	擬音	學者	註　解
芥	Cải [ka:j³]	Giới [zɤ:j⁵]	kɐi	王力	Cải Làn 是芥蘭的意思，其中 Làn 也是蘭的古讀。
解	Cởi [kɤ:j³]	Giải [za:j³]	kai	王力	
價	Cả [ka:³]	Giá [za:⁵]	ka	王力	
卦	Quẻ [kwɛ³]	Quái [kwa:j⁵]	kwai	王力	見母合二字需寫成 q-。
過	Quá [kwa:⁵]	Qua [kwa:¹]	kuɑ	王力	見母合二字需寫成 q-。
慣	Quen [kwen¹]	Quán [kwa:n⁵]	kwan	王力	見母合二字需寫成 q-。
館	Quán [kwa:n⁵]	Quán [kwa:n⁵]	kuɑn	王力	見母合二字需寫成 q-。
硬	Cứng [kɯŋ⁵]	Ngạnh [ŋa:ɲ⁶]	ŋɐŋ	阮才謹	阮氏忘記了硬是梗攝疑母字，應讀成 ng-，不是 c-。
舅	Cậu [kɤw⁶]	Cữu [kɯw⁴]	gĭəu	阮才謹	王力認為是漢語越化。其實，舅伯母嬸姨等親屬名稱透過文化交流傳入越南很早。
茄	Cà [ka:²]	Gia [za:¹]	ka	阮才謹	
迦	Cà [ka:²]	Già [za:²]	ka	阮才謹	
諫	Can [ka:n¹]	Gián [za:n⁵]	kan	阮才謹	
騎	Cõi [kɤ:j⁴]	Kị [ki⁶]	gĭe	阮才謹	Cởi 還有一種變體是 Cưỡi。
更	Càng [ka:ŋ²]	Cánh [ka:ɲ⁵]	kɐŋ	王祿	
供	Cúng [kuŋ⁵]	Cung [kuŋ¹]	kĭwoŋ	王祿	

| 距 | Cựa [kɯɤ⁶] | Cự [kɯ⁶] | gǐo | 花玉山 | |
| 旗 | Cờ [kɤ:²] | Kì [ki²] | gǐo | 花玉山 | |

2、本文對古漢越語 c-聲母的補充

表 3.27

漢字	古漢越語	漢越語	擬音	註　　解
扛	Cõng [kɔŋ⁴]	Giang [ʑa:ŋ¹]	kɔŋ	扛指的是把東西放在肩膀上以便搬運。Cõng 指的是放在背上搬運，意思相近。扛的工旁表一個圓唇音。王力的擬音與 Cõng 的讀音無異。
弓	Cong [kɔŋ¹]	Cung [kuŋ¹]	kǐuŋ	越南語的 Cong 是形容彎曲的身體或東西，古代則以弓形來表達其義。
共	Cùng [kuŋ²]	Cộng [koŋ⁶]	gǐwoŋ	越南語的 Cùng 代表一起的意思。
局	Cuộc [kwok⁸]	Cục [kuk⁸]	gǐwok	越南語的 Cuộc cờ 就是棋局的意思。
戒	Cai [ka:j¹]	Giới [ʑɤ:j⁵]	kɐi	越南語的 Cai thuốc 就是戒煙，Cai sữa 是斷奶的意思。
故	Cớ [kɤ:⁵], Cũ [ku⁴]	Cố [ko⁵]	ku	故的古漢越語有兩個變體，Duyên cớ 就是緣故，Chuyện cũ 就是故事，
梗	Cành [ka:ɲ²]	Ngạnh [ŋa:ɲ⁶]	kɐŋ	梗是見母開二字，因此古漢越語讀爲 c-。漢越語是硬的誤讀。但是在韻母方面有問題，因爲古漢越語沒有-nh 韻尾。
袈	Cà [ka:²]	Ca [ka:¹]	ka	Cà sa 就是袈裟之義。
棋	Cờ [kɤ:²]	Kì [ki²]	gǐə	參見上文的 Cuộc cờ（棋局）
跏	Cà [ka:²]	Già [ʑa:²]	ka	跏趺指的是和尚坐禪的姿勢。越南語的 Cà nhắc 則表示腳步不順。而且，袈跏兩字同爲見母麻韻開二字，反切皆爲「古牙」。
間	Căn [kan¹]	Gian [ʑa:n¹]	kæn	Căn 在越南語裏當量詞，例如：Một căn nhà 是一間房子，một căn phòng ngủ 一間臥室。
緊	Cần [kɤn²]	Khẩn [xɤn³]	kǐen	緊是見母字，應當讀爲 c-，漢越語讀爲 kh-是誤讀（以爲是溪母）。漢越語的緊急 Khẩn cấp 就是古漢越語的 Cần kíp。
鋸	Cưa [kɯɤ¹]	Cứ [kɯ⁵]	kǐo	漢語的鋸子就是 Cưa，越南人不讀 Cứ。

（三）古漢越語的 g-、gh-聲母與中古漢語見母[k]字的對應關係

表 3.28

漢字	古漢越語	漢越語	擬音	學者
嫁	Gà [ɣa:³]	Giá [ʑa:⁵]	ka	王力
几	Ghế [ɣe⁵]	Kỉ [ki³]	ki	阮才謹
杠	Gông [ɣoŋ¹]	Giang [ʑa:ŋ¹]	kɔŋ	阮才謹
謹	Ghín [ɣin⁵]	Cẩn [kɤn³]	kĭən	阮才謹
角	Góc[ɣɔk⁷], Gạc [ɣa:k⁸]	Giác [ʑa:k⁷]	kɔk	王祿

　　王力等語言學者一貫認為見母字傳到越南已久，受到越南語裏後期的清音濁化的影響，因此很多漢越語改讀為 g-，例如：鏡 Kính＞Gương、肝 Can＞Gan、筋 Cân＞Gân、錦 Cẩm＞Gấm 等。〔註31〕但是仍然有一些見母字被王力、阮才謹、王祿等學者認為在古漢越語讀為 g-或其變體 gh-。此類的字比較少見。

　　至於杠字，阮才謹認為古漢越語是 Gông，但是王力曾指出見母字到越南受到清音濁化的影響，漢越語的 gi-多變為 g-，因此 Gông 應該是漢語越化。

（四）古漢越語的 kh-聲母與中古漢語見[k]、群[g]、溪[kʰ]等牙音的對應關係

1、前人對古漢越語 kh-聲母的研究成果

表 3.29

漢字	古漢越語	漢越語	擬音	學者	註　解
巧	Khéo [xɛw⁵]	Xảo [sa:w³]	kʰau	王力	
誇	Khoe [xwɛ¹]	Khoa [kwa:¹]	kʰwa	王力	
驅	Khua [xuo¹]	Khu [xu¹]	kʰʲu	王力	
哭	Khóc [xɔk⁷]	Khốc [xok⁷]	kʰuk	阮才謹	
驅	Xua [suo¹]	Khu [xu¹]	kʰʲu	阮才謹	驅是溪母字，但阮氏認為 x-和 kh-在越南語裏有混讀的現象。
膾	Khoái [xwa:j⁵]	Quái [kwa:j⁵]	kuɑi	花玉山	Khoái trá 就是膾炙，在越南語裏引申為開心得意的意思。

〔註31〕王力：〈漢越語研究〉（《嶺南學報》第九卷，第一期，1948年），頁71。

2、本文對古漢越語 kh-聲母的補充

表 3.30

漢字	古漢越語	漢越語	擬音	註　解
可	Khá [xa:⁵]	Khả [xa:³]	kʰɑ	越南語的 Khá tiếc 就是可惜的意思。Tiếc 也是惜的古漢越語。
恰	Khớp [xɤ:p⁷]	Kháp [xa:p⁷]	kʰɐp	Khớp 代表相吻合之義。
欺	Khịa [xie⁶]	Khi [xi¹]	kʰɪə	Khịa 代表以強勢挑戰、挑釁、欺負弱勢者的意思。欺與其、期諧音，差別在於欺是溪母字。
跪	Khụy [xwi⁶]	Quỵ [kwi⁶]	kʰɪwe	王力認爲 Quỵ 是跪的漢語越化，即與漢越語一樣都是聲母 q-。其實跪是溪母字，因此古漢越語 Khụy 正代表兩腳跪下，佔不住之義。
庫	Kho [xɔ¹]	Khố [xo⁵]	kʰu	王力認爲 Kho 是漢語越化，但是有很多例子證明模韻字古讀／ɔ／。

（五）古漢越語的 ng-、ngh-聲母與中古漢語疑母[ŋ]的對應關係

1、前人對古漢越語 ng-、ngh-聲母的研究成果

表 3.31

漢字	古漢越語	漢越語	擬音	學者	註　解
牙	Ngà [ŋa²]	Nha [ɲa:¹]	ŋa	王力	牙的確是疑母字，到漢越語時代才改讀爲舌面音。
瓦	Ngói [ŋɔj⁵]	Ngõa [ŋwa:⁴]	ŋwa	王力	
仰	Ngửa [ŋɯɤ³]	Nguỡng [ŋɯɤŋ⁴]	ŋĭaŋ	王力	古漢越語的 Ngửa 沒有鼻音韻尾被王力解釋爲魚陽對轉，因此陽韻可入魚韻。〔註 32〕
逆	Ngược [ŋɯɤk⁸]	Nghịch [ŋiʧ⁸]	ŋĭɐk	王力	
御	Ngừa [ŋɯɤ²]	Ngự [ŋɯ⁶]	ŋĭo	王力	御與花玉山的禦同。
雁	Ngan [ŋa:n¹]	Nhạn [ɲa:n⁶]	ŋan	王力	雁的情況與牙相同。
義	Nghĩa [ŋie⁴]	Nghĩa [ŋie⁴]	ŋĭe	王力	義與地是古漢越語在漢越語的遺跡。

〔註32〕王力：〈漢越語研究〉（《嶺南學報》第九卷，第一期，1948 年），頁 67。

疑	Ngờ [ŋɤ:²]	Nghi [ŋi¹]	ŋǐə	王力	
研	Nghiền [ŋien²]	Nghiên [ŋien¹]	ŋien	阮才謹	
源	Nguồn [ŋwon²]	Nguyên [ŋwien¹]	ŋǐwɐn	阮才謹	
銀	Ngần [ŋɤn²]	Ngân [ŋɤn¹]	ŋǐěn	阮才謹	
凝	Ngừng [ŋɯŋ²]	Ngưng [ŋɯŋ¹]	ŋǐəŋ	阮才謹	
蛾	Ngài [ŋa:j²]	Nga [ŋa:¹]	ŋɑ	花玉山	
禦	Ngừa [ŋɯɤ²]	Ngự [ŋɯ⁶]	ŋǐo	花玉山	

2、本文對古漢越語 ng-、ngh-聲母的補充

表 3.32

漢字	古漢越語	漢越語	擬音	註　解
午	Ngọ [ŋɔ⁶]	Ngọ [ŋɔ⁶]	ŋu	越南語的 giờ Ngọ 就是午時的意思。午是古漢越語在漢越語裏的痕跡。午是模韻字，與模、巫、渡、庫等字都有古韻／ɔ／。
牛	Ngâu [ŋɤw¹]	Ngưu [ŋɯw¹]	ŋǐəu	越南語的 Hoa Ngâu 就是牽牛花的意思。此外，Mưa Ngâu 指的是七月七日牛郎織女相見時下的雨。牛與鬥、舅、樓等都是尤韻字，都有 -âu 韻。
藕	Ngó [ŋɔ⁵]	Ngẫu [ŋɤw⁴]	ŋuɐ	越南語的 Ngó sen 就是蓮藕的意思。藕字傳入越南很早（也許透過佛教傳播的途徑），王力在上古音（先秦）給藕擬音爲／ŋɔ／，與 Ngó 的讀音無異。

四、古漢越語聲母來自上古漢語舌音

　　我們知道漢越語主要在晚唐時期發生的語音系統，晚唐之前就是古漢越語形成的時期。從歷史、文化的角度來講，越南語和漢語在晚唐之前已經接觸了千年，因此可以說古漢越語裏有很多層次，它可以反映中古漢語和上古漢語的語音特點。例如，「步」字在上古漢語時代是個入聲字，從陟、驚、涉、濊、嘁等入聲字我們發現它們都有步旁，且與腳步或者距離有關。中古漢語的步、歲、濊、穢、嘁等陰聲字已經脫落了 p-、t-、k-的韻尾，但是「步」字在古漢越語仍然讀爲入聲[bɯɤk⁷]，表示漢語和越南語的接觸時代很早。

要了解古漢越語如何保留上古漢語的語音特徵，我們需要先回顧一下語言學家對上古漢語的認知。

清代夏燮（1800～1875）曾在《述韻》一書指出中古漢語的正齒音應該分成兩類，其中一類與舌頭音在上古漢語有密切的關係，另一類則與齒頭音具有緊密的關係。與舌頭音相合者，夏燮叫做照系三等字即照穿神審禪（章昌船書禪）；與齒頭相合者，夏燮叫做照系二等字即莊初床疏俟。換句話說，章系字的古讀與端透定和後起的知徹澄的讀音非常接近（章系五母讀若端透定透定）；莊系字則與精組字的讀音也非常相近，被後人稱為「莊精同源」之說。

清代曾運乾（1884～1945）也為語言學界提供了兩個重要的貢獻。他在《喻母古讀考》提出了「喻三古歸匣」和「喻四古歸定」兩個條例，後來被周祖謨和羅常培等學者陸續補充證據來證明這個論點。

清代錢玄同（1887～1936）的代表著是《文字學音篇》和《古音無邪紐證》，主張「邪紐古歸定」一說。其弟子戴君仁後來也撰寫了《古音無邪紐補證》來補充恰當的證據。

現代語言學者周祖謨曾撰寫〈審母古音考〉和〈禪母古音考〉兩篇文章，後來收錄於他的《問學集》一書。他主張審母的古音與舌頭音相近以及禪母的古音與定母相近，並在文中提出了一系列的例子來證明。

以上的一些理論，因篇章的限制，所以本文不一一闡述或舉例說明。最重要的是這些理論都得到了廣泛語言學家的共識。但是，在此我們也應該樹立一個正確的觀念，就是說學者們常提倡「A母古歸B」、「A母古讀B」等表示在上古它們之間具有某程度的關係，並不能表示他們的讀音完全相同。

本文以上述的一些重要理論來解釋古漢越語聲母的讀音。

（一）古漢越語的 ch-聲母與上古漢語舌音的對應關係

1、前人對古漢越語 ch-聲母的研究成果

表 3.33

漢字	古漢越語	漢越語	擬音	學者	註　解
主	Chúa [tʂuo⁵]	Chủ [tʂu³]	ȶĭwɔ	王力	
茶	Chè [tʂɛ²]	Trà [tʂaː²]	dea	王力	

重	Chuộng [tṣwoŋ⁶]	Trọng [tṣɔŋ⁶]	ɖĭwoŋ＞ɖĭwɔŋ	王力	
隻	Chiếc [tṣiek⁷]	Chích [tṣiʧ⁷]	ȶiak	王力	
斬	Chém [tṣɛm⁵]	Trảm [tṣa:m³]	tʃeam	王力	
棹	Chèo [tṣɛw²]	Trạo [tṣa:w⁶]	deau	王力	
貯	Chứa [tṣɯɤ⁵]	Trữ [tṣɯ⁴]	ȶĭa	王力	
盞	Chén [tṣɛn⁵]	Trản [tṣa:n³]	tʃæn	王力	
蔗	Che [tṣɛ¹]	Giá [ʑa:⁵]	ȶia＞tɕĭa	王力	
鐘	Chuông [tṣwoŋ¹]	Chung [tṣuŋ¹]	ȶĭwoŋ＞tɕĭwoŋ	王力	
贖	Chuộc [tṣwok⁸]	Thục [tṣuk⁸]	dźĭwok＞dźĭwoŋ	王力	
支	Chia [tṣie¹]	Lìa [lie²]	ȶĭe	阮才謹	
字	Chữ [tṣɯ⁴]	Tự [tɯ⁶]		阮才謹	
鉦	Chiêng [tṣieŋ¹]	Chinh [tṣiɲ¹]	ȶieŋ＞tɕĭeŋ	阮才謹	
藍	Chàm [tṣa:m²]	Lam [la:m¹]	lam＞lɑm	阮才謹	
之	Chưng [tṣɯŋ¹]	Chi [tṣi¹]	ȶĭə＞tɕĭə	王祿	王力的擬音沒有鼻音韻尾，但高本漢、董同龢、李芳桂等學者的確擬爲舌根韻尾，分別是／ȶĭəg／、／ȶjəg／、／tjəg／。
呈	Chiềng [tṣieŋ²]	Trình [tṣiɲ²]	ɖieŋ	王祿	阮才謹贊成。
沉	Chìm [tṣim²]	Trầm [tṣɤm²]	ɖiəm	王祿	花玉山贊成。
程	Chừng [tṣɯŋ²]	Trình [tṣiɲ²]	ɖieŋ	王祿	
禪	Chiền [tṣien²]	Thiền [tʻien²]	ʑĭan＞ʑĭɛn	王祿	
市	Chợ [tṣɤ:⁶]	Thị [tṣi⁶]	ʑĭə	花玉山	
郎	Chàng [tṣa:ŋ²]	Lang [la:ŋ¹]	laŋ	花玉山	上古音存在複輔音 tl-，在《越葡拉詞典》裏仍然找到其痕跡。例如：Blang sách（trang sách 書頁），Tlàng hăọc（trường học 學校）。因此，郎的古漢越語很有可能是 Chàng。（ch-與 tr-通）。

| 除 | Chừa [tʂɯɤ²] | Trừ [tʂɯ²] | ɗia | 花玉山 | |
| 注 | Chua [tʂuo¹] | Chú [tʂu⁵] | ȶĭwɔ | 花玉山 | |

2、本文對古漢越語 ch-聲母的補充

表 3.34

漢字	古漢越語	漢越語	擬音	註　　解
正	Chiếng [tʂieŋ⁵]	Chính [tʂiŋ⁵]	ȶien	越南語裏的 Tứ chiếng 就是四正，也就是東西南北四個根本方向。正方的正是勁韻字，正月的正是清韻字，它們之間有聲調上的差別。但是，正月的正的讀音可推到上古音，即章母讀若端母的時期，所以正月的正讀爲 Giêng。
沉	Dìm [zɤm²] > Chìm [tʂim²]	Trầm [tʂɤm²]	ɗiəm	沉是澄母字，語言學家都一致認爲 Chìm 是沉的古漢越語。本文認爲可以找到更早的古漢越語，即 Dìm。因爲，在上古漢語，澄與定的讀音相近（古無舌上音），因此王力才給沉的上古音擬爲 ɗiəm，其發音與 Dìm 較爲接近。越南語的 Dìm 就是將身體或某東西處於水裏的意思。
制	Chay [tʂaj¹]	Chế [tʂe⁵]	tɕĭɛi	制是章母字，讀爲 ch-。目前越南人所講的 Tẩy chay 就是抵制的意思。
重	Chồng [tʂoŋ²]	Trùng [tʂuŋ²]	ɗiwoŋ > ɗiwɔŋ	重有兩讀，表示重視者就讀爲上文王力所確認的 Chuộng，表示重疊者就另讀爲 Chồng。
註	Chua [tʂuo¹]	Chú [tʂu⁵]	ȶĭwɔ	註是章母字，聲母是 ch-。Chua 目前在越南語裏較少用。
遲	Chầy [tʂɤj²]	Trì [tʂi²]	ɗiei	王力認爲 Chầy 是漢語越化。本文在古漢越語韻母部分證明支韻古讀-ay 或者-ây。至於聲母 ch-，常與 tr-混。越南語的 chẳng chóng thì chầy…就是「遲早就會…」
臘	Chạp [tʂaːp⁸]	Lạp [laːp⁸]	lap > lɑp	臘是來母，好像與 ch-無關。但是上古的確有複輔音 sl-，後來分爲 s-和 l-兩母。很有可能就在讀 sl-的時期，上古漢語就傳入越南，被越南

				人唸成 s-。上文講過，古代越南語裡 s-與 tr-相混，而後來北方人對 tr-與 ch-不分，所以讀爲 Chạp。臘字與文化交流有密切的關係，因爲它主要指的是臘月即越南語的 Tháng Chạp。參見下文的「蠟 Sáp」字。
錐	Chày [tʂaj²]	Trùy [tʂwi²]	ʈĩwəi > tʂwi	錐是章母字，讀爲 ch-。韻母部分可以參見支韻的古音。
齋	Chay [tʂaj¹]	Trai [tʂa:j¹]	tʃei > tʃəi	Cơm chay 就是齋飯的意思。王力認爲 Chay 是漢語越化，但是本文在蟹攝皆韻等證明古音多讀-ay 或-ây。

（二）古漢越語的 d-聲母與上古漢語舌音的對應關係

1、前人對古漢越語 d-聲母的研究成果

表 3.35

漢字	古漢越語	漢越語	擬音	學者
亦	Diệc [ziek⁸]	Diệc [ziek⁸]	ʎiak > jĩɛk	王力
姨	Dì [zi²]	Di [zi¹]	ʎĩei	王力
停	Dừng [zuɰ²]	Đình [diɲ²]	dieŋ	王力
移	Dời [zɤ:j²]	Di [zi¹]	ʎiai > jĩe	王力
諛	Dua [zuo¹]	Du [zu¹]	ʎĩwɔ > jĩu	王力
油	Dầu [zɤw²]	Du [zu¹]	ʎĩu	阮才謹
椰	Dừa [zuɤ²]	Gia（Da）[ʐa¹]	jĩa	阮才謹

2、本文對古漢越語 d-聲母的補充

表 3.36

漢字	古漢越語	漢越語	擬音	註　　解
容	Dong [zɔŋ¹]	Dung [zuŋ¹]	ʎĩwɔŋ >jĩwɔŋ	王力認爲容的古漢越語是 Duông，但是至今幾乎沒有人在講這個詞。本文認爲 Duông 之前還有一個讀爲 Dong 的古漢越語。從王力的上古漢語的擬音可以看到這個讀音。而且，越南人的歌謠裏有「Trông mặt mà bắt hình dong, con lợn có béo thì lòng mới ngon」一句，指的是要看其容貌可知其內容，猶如看

				肥豬就知道其小腸好吃。其中，hình dong 就是形容的意思。
蓉	Dong [zɔŋ¹]	Dung [zuŋ¹]	ʎĩwɔŋ > ɟĩwɔŋ	與容的情況相同。此外，在中醫，蓯蓉還可以讀爲 thong dong。
養	Dàng [za:ŋ²]	Dưỡng [zɯɤŋ⁴]	ʎĩaŋ > ɟĩaŋ	佛經裏的一些詞語還保留著古漢越語的讀音，cúng dàng 就是供養的直譯。
篤	Dốc [zok⁷]	Đốc [dok⁷]	tuk > tuok	王力以上所講的刀（Dao＞Đao）、停（Dừng＞Đinh）兩字屬於端、定母等舌音，在上古漢語時代讀如 d-。篤字的情況亦復如此。越南語的 Dốc lòng 指的是把全部放在一心，專注於某事物等。
帶	Dải [za:j³]	Đái [da:j⁵]	tɑi	帶的情況與刀、停、篤相同。
刀	Dao [za:w¹]	Đao [da:w¹]	tɑu > tɑu	王力認爲刀（端母）Dao 是漢語越化，但他卻認爲停（定母）Dừng 是古漢越語，互相矛盾。而且，本文認爲在文化交流方面，刀傳入越南很早。

（三）古漢越語的 gi-聲母與上古漢語舌音的對應關係

1、前人對古漢越語 gi-聲母的研究成果

表 3.37

漢字	古漢越語	漢越語	擬音	學者	註　解
正	Giêng [ʑieŋ¹]	Chính [tʂiɲ¹]	ȶĩeŋ > tɕĩeŋ	王力	
井	Giếng [ʑieŋ⁵]	Tỉnh [tiɲ³]	tsĩeŋ > tsĩeŋ	阮才謹	井是精母字。阮才謹沒有提出爲何井讀爲 Giếng 的合理理由。
賊	Giặc [ʑak⁸]	Tặc [tak⁸]	dək > dzək	阮才謹	

2、本文對古漢越語 gi- 聲母的補充

表 3.38

漢字	古漢越語	漢越語	擬音	註　解
種	Giống [ʑoŋ⁵]	Chủng [tʂuŋ³]	ȶĩwoŋ > tɕĩwoŋ	種是章母字，王力認爲是漢語越化字，但是章母的讀音在上古漢語和端母相近，因此才讀爲 gi-。

五、古漢越語聲母來自上中古漢語喉音

（一）古漢越語的 h-聲母與上中古漢語舌音的對應關係

1、前人對古漢越語 h-聲母的研究成果

表 3.39

漢字	古漢越語	漢越語	擬音	學者	註　　解
函	Hòm [hɔm^2]	Hàm [ha:m^2]	ɣam	王力	
限	Hẹn [hɛn^6]	Hạn [ha:n^6]	ɣean	王力	
夏	Hè [hɛ^2]	Hạ [ha:^{6}]	ɣea	王力	
狹	Hẹp [hɛp^8]	Hạp [ha:p^8]	ɣeap	王力	
盒	Hộp [hop^8]	Hạp [ha:p^8]	ɣəp	王力	這些字都是匣母字，因此基本上都讀為 h-。
許	Húra [huɤ^5]	Húra [huɤ^5]	hĭa	王力	
槐	Hòe [hwɛ^2]	Hòe [hwɛ^2]	ɣoəi	王力	
烘	Hong [hɔŋ^1]	Hồng [hoŋ^2]	hɔŋ	阮才謹	
丸	Hòn [hɔn^2]	Hoàn [hwa:n^2]	ɣuan	花玉山	

2、本文對古漢越語 h-聲母的補充

表 3.40

漢字	古漢越語	漢越語	擬音	註　　解
吸	Hớp [hɤ:p^7]	Háp [hɤp^7]	hĭəp＞hĭĕp	吸是曉母字，所以聲母也是 h-。至於韻母方面，吸是深攝緝韻，在中古漢語讀為-ip 才對。但是從上古漢語來看，它卻可讀為-op。古漢越語 Hớp 指的是將東西吸入口裏，意思與吸氣相同。
戶	Họ [hɔ^6]	Hộ [ho^6]	ɣu	王力認為 Họ 是漢語越化，從他的擬音也難以看出來其讀音，但是參考高本漢的上古漢語擬音／gʰo／的確有圓唇元音。而且，在遇攝模韻中有很多古漢越語都有-o 韻。目前越南語的 Họ hàng 指的是同一家族的人。

（二）古漢越語的喉塞音ʔ-聲母與上中古漢語舌音的對應關係

1、前人對古漢越語喉塞音ʔ-聲母的研究成果

表 3.41

漢字	古漢越語	漢越語	擬 音	學 者
印	In[in¹]	Ấn [ɤn⁵]	ʔien	王力
慰	Ủi [uj³]	Úy [wi⁵]	ʔiwəi	花玉山

2、本文對古漢越語喉塞音ʔ-聲母的補充

表 3.42

漢字	古漢越語	漢越語	擬音	註 解
壓	Ép [ɛp⁷]	Áp [a:p⁷]	ʔeap	壓是影母字，所以字面沒有寫喉塞音ʔ-。王力給壓的上古音擬爲 ʔeap 證明壓有前高元音。目前，越南語的 Ép dầu 是榨油的意思，Ép cung 指的是逼供。
穢	Ổi [oj³]	Uế [we⁵]	ʔiwɐi	穢也是影母字，不用寫聲母ʔ-。在韻母方面，由於越南語沒有介音 / i / 所以會脫落。合口介音 / w / 令主要元音 / ɐ / 往上，讀爲 Ổi。越南語 Bẩ ổi 是行爲低劣、下賤的意思。

六、古漢越語聲母來自中古漢語舌齒音

（一）古漢越語的 l-聲母與中古漢語半舌音的對應關係

1、前人對古漢越語 l-聲母的研究成果

表 3.43

漢字	古漢越語	漢越語	擬音	學者	註 解
連	Liền [lien²]	Liên [lien¹]	ȴien	王力	這些字都是來母字，因此自古以來讀爲 l-是可信無疑。值得注意的是，龍諧籠但龍 Rồng 卻讀 r-，所以王力認爲 Rồng 是漢語越化。其實，r-與 l-在上古同源，因此 Rồng 是古漢越語（詳見下文）。
樓	Lầu [lɤw²]	Lâu [lɤw¹]	ləu	王力	
離	Lìa [lie²]	Li [li¹]	ȴie	王力	
鐮	Lièm [liem²]	Liêm [liem¹]	ȴiɛm	王力	
籠	Lồng [loŋ²]	Lung [luŋ²]	ȴiwoŋ	王力	
驢	Lừa [lɯɤ²]	Lư [lɯ¹]	ȴia>ȴio	王力	
懶	Lười [lɯɤj²]	Lãn[la:n⁴]	lan>lɑn	阮才謹	
靈	Liêng [lieŋ¹]	Linh [liɲ¹]	lieŋ	阮才謹	
禮	Lạy [laj⁶]	Lễ [le⁴]	liei	花玉山	

2、本文對古漢越語 l-聲母的補充

表 3.44

漢字	古漢越語	漢越語	擬音	註　解
量	Lường [lɯɤŋ²]	Lượng [lɯɤŋ⁶]	ĭaŋ	量代表稱量的意思，古漢越語的 Đo lường 就是度量的直譯，表示稱量長寬重量等。漢越語的 Độ lượng（度量）則表示另一個引伸義，代表心量的包容度。
寮	Lều [lew²]	Liêu [liew¹]	lieu	漢語寮指的是小的窗口，小庵或者小房子。古漢越語的 Lều 就是簡單、不堅固的小房子。
龍	Luồng [lwoŋ²]	Long [lɔŋ¹]	ĭwoŋ	王力認爲 Rồng 是漢語越化，而阮才謹則認爲是古漢越語。阮氏的主要理論是在上古 l-與 r-相近或相混。本文認爲比 Rồng 更早的古漢越語就是 Luồng，因爲凡是鐘韻字，古漢越語常有-uông 韻。目前越南語裏的「Thuồng luồng」就是民間信仰中的一種蛟龍。
蘭	Làn [la:n²]	Lan [la:n¹]	lan	越南語的 Cải làn 就是芥蘭或芥藍的意思。這兩字都是古漢越語。
蘿	Là [la²]	La [la¹]	lɑ	越南語的 Thìa là 就是蒔蘿的意思。在植物、中醫方面常保留較爲完整的古漢越語，例如芥蘭 Cải làn、菘蓉 Thong dong 等詞語。
爐	Lò [lɔ²]	Lô [lo¹]	lu	王力認爲 Lò 是爐的漢語越化。其實上古漢語的模韻字在古漢越語幾乎都唸／ɔ／。高本漢一直給模韻字擬爲圓唇元音。而且，爐可代表上古時代文化交流的實物。目前越南語裏所講的 Lò rèn 就是煉爐的直譯，只是將偏正結構顛倒過來而已。
露	Ló [lɔ⁵]	Lộ [lo⁶]	lu	露出了表示霜露之義還代表顯露的意思。Ló 在越南語裏就是顯露出來的意思。至於第一層意義，另以 Lộ 來表示，例如 Cam

			Lộ（甘露）可讀爲 Cam Lồ。這裡的 Lồ 才是漢語越化。
廬	Lo [lɔ¹]	Lự [lɯ⁶]	ĩo	王力認爲 Lo 是漢語越化。其實，廬、露、爐等都是遇攝字，廬雖然是御母字，但可能受露、爐等模韻字的影響而讀爲 / ɔ /。我們可以參考高本漢給上古漢語廬擬爲 lio。越南語的 Lo lắng 就是憂慮的意思。

（二）古漢越語的 r-聲母與中古漢語半舌音的對應關係

1、前人對古漢越語 r-聲母的研究成果

阮才謹學者在《越南語語音歷史教程（初稿）》一書提出了一個重要的論點。他從喃字和純越南語的語料發現越南語聲母 r-在上古對應於 l-、t-、s-等聲母。〔註33〕這也就是竺家寧學者在《古音之旅》所講的上古漢語的複輔音。〔註34〕

表 3.45

漢字	古漢越語	漢越語	擬 音	學 者
冽	Rét [ʐɛt⁷]	Liệt [liet⁸]	ĩɛt	阮才謹
梁	Rường [ʐɯɤŋ²]	Lương [lɯɤŋ¹]	ĩaŋ	阮才謹
箱	Rương [ʐɯɤŋ¹]	Tương [tɯɤŋ²]	sĩaŋ	阮才謹
燥	Ráo [ʐa:w⁵]	Táo [ta:w⁵]	sɑu	阮才謹
瀉	Rửa [ʐɯɤ³]	Tả [ta:³]	sĩa	阮才謹

2、本文對古漢越語 r-聲母的補充

表 3.46

漢字	古漢越語	漢越語	擬音	註 解
煉	Rèn [ʐɛn²]	Luyện [lwien⁶]	lien	煉是來母字，好像與 r-無關，但是如果我們接受阮才謹、竺家寧等學者的說法就會同意煉的古漢越語就是 Rèn 的說法。況且煉是傳播文化的媒體，所以 Rèn 早就出現在越南。

〔註33〕阮才謹：《越南語語音歷史教程（初稿）》（河內：教育出版社，1995年），頁 115～116。
〔註34〕竺家寧：《古音之旅》（臺北：萬卷樓圖書有限公司 2002年），頁 160。

				以上所講越南語的 Lò rèn 就是煉爐。值得注意的是，因爲 Rèn 的出現比較早，漢越語的 Luyện 較晚出現，越南人覺得此字音很陌生，因此將所熟悉的 Rèn 放在 Luyện 前面作記號以記住其字義。因此 Rèn Luyện（煉煉）就是現代漢語所講的「鍛煉」。
辣	Rát [ʐaːt⁷]	Lạt [laːt⁸]	lat	古漢越語 Rát（辣）的情況與煉相同。Bỏng rát 就是燙傷或灼傷的意思，也引申爲極度吶喊令喉嚨受傷的意思（Rát cổ bỏng họng）
簾	Rèm [ʐɛm²]	Liêm [liem¹]	ɾiɛm	由於語料的限制，王力可能不知道 r-與 l-在上古的密切關係，因此他認爲 Rèm 是簾的漢語越化。本文接受阮氏的理論，將 Rèm 視爲古漢越語。

王力先生不知道這個語音變化的可能性，因此他才認爲 r-只能出現在純越南語，所以才提出 Rèm（簾）以及上文所講的 Rồng（龍）是漢語越化。許多後代的學者受他的影響，所以也認同他的看法，在引文時也採納王力的這個例子。廖靈專先生在其博士論文《雙音節漢越語及其對越南學生漢語詞彙學習的影響研究》也曾引用王力的錯誤例子，將古漢越語誤以爲是漢語越。廖氏說：

> 「漢越詞」是指唐代系統地進入越南語，以當時形成的漢越讀音形式（漢越音）存在於越語中的漢語借詞。此外，有小部分「漢越詞」受越南語音演變規律的影響而形成另外一種讀音。因爲這種讀音是由漢越音演變而來的，所以以這種語音形式存在的漢越詞稱爲「越化漢越詞」，如：Vuông 方、Rồng 龍、Sen 蓮等。〔註35〕

（三）古漢越語的 s-聲母與中古漢語半舌音的對應關係

1、前人對古漢越語 s-聲母的研究成果

以上所講，上古漢語曾出現 sr-、sl-等複輔音，因此在早期（即魏晉時代，甚至可以推至秦漢時代），傳入越南時就留下上古漢語語音的特徵。

〔註35〕廖靈專：《雙音節漢越語及其對越南學生漢語詞彙學習的影響研究》（北京師範大學博士學位論文，2008 年），頁 11。

表 3.47

漢字	古漢越語	漢越語	擬音	學者	註　解
蓮	Sen [ʂɛn¹]	Liên [lien¹]	lien	阮才謹	王力將 Sen、Sức 這兩
力	Sức [ʂɯk⁷]	Lực [lɯk⁸]	lĭək	阮才謹	個字都視爲漢語越化。

2、本文對古漢越語 s-聲母的補充

表 3.48

漢字	古漢越語	漢越語	擬音	註解
蠟	Sáp [ʂa:p⁷]	Lạp [la:p⁸]	lɑp	蠟是來母字，其上古漢語聲母形式爲 sl-，傳入越南就保留聲母 s-，讀爲 Sáp。目前，越南語的 Sáp ong、bút Sáp 就是蜂蠟、蠟筆的意思。

（四）古漢越語的 nh-聲母與中古漢語半齒音的對應關係

目前，古漢越語和漢越語的 nh-來自中古漢語日母的語音現象得到廣泛語言學家的共識。因語料有限，本文沒有補充資料。

表 3.49

漢字	古漢越語	漢越語	擬音	學者
辱	Nhuốc [ɲwok⁷]	Nhục [ɲuk⁸]	ȵĭwok＞ȶĭwok	王力
忍	Nhịn [ɲin⁶]	Nhẫn [ɲɤn⁴]	ȵĭən＞ȶĭĕn	阮才謹
饒	Nhiều [ɲiew²]	Nhiêu [ɲiew¹]	ȵĭau＞ȶĭɛu	阮才謹

七、古漢越語聲母來自中古漢語齒音

（一）古漢越語的 t-聲母與中古漢語齒頭音的對應關係

1、前人對古漢越語 t-聲母的研究成果

表 3.50

漢字	古漢越語	漢越語	擬音	學者	註　解
序	Tựa [tɯɤ⁶]	Tự [tɯ⁶]	zĭa＞zĭo	王力	
信	Tin [tin¹]	Tín [tin⁵]	sĭĕn	王力	
席	Tiệc [tiek⁸]	Tịch [titʃ⁸]	zĭɛk	王力	
從	Tuồng [twoŋ²]	Tòng [tɔŋ²]	dzĭwoŋ	王力	

惜	Tiếc [tiek⁷]	Tích [titʃ⁷]	sĭɛk	王力	
紫	Tía [tie⁵]	Tử [tɯ³]	tsĭe	王力	
訊	Tin [tin¹]	Tấn [tɤn⁵]	sĭĕn	阮才謹	
尋	Tìm [tim²]	Tầm [tɤm²]	zĭĕm	阮才謹	
歲	Tuổi [twoj³]	Tuế [twe⁵]	sĭwɛi	阮才謹	
蒜	Tỏi [tɔj³]	Toán [twa:n⁵]	suɑn	阮才謹	
鱻	Tươi [tɯɤj¹]	Tiên [tien¹]	sĭɛn	阮才謹	
鬚	Tua [tuo¹]	Tu [tu¹]	sĭwɔ＞sĭu	阮才謹	
蠶	Tằm [tam²]	Tàm [ta:m²]	dzɒm	阮才謹	
絲	Tơ [tɤ:¹]	Ti [ti¹]	sĭə	花玉山	
聲	Tiếng [tien⁵]	Thanh [tʰa:ɲ¹]	ɕĭɛŋ	花玉山	聲是書母字，推至上古漢語書母應該與透母相近，即發送氣音。Tiếng 的聲母 t-與 th-有點不同，因此花氏的說法沒有說服力。

在這些例子中，有 Tươi 鱻（鮮）、Tỏi 蒜是陰聲韻尾字，但是漢越語則是鼻音韻尾字，好像不符合語音變化的常規。其實王力也觀察到鱻字的問題並認爲 Tươi 是古漢越語。他在〈漢越語研究〉說：

> 鮮字，在詩新臺與『泚』『瀰』爲韻（『泚』『瀰』皆支部字，或云脂部，非），那麼，它該是支部字。越語有 tɤɐi¹ 字，是新鮮的意思。譬如說 ca⁵ tɤɐi¹，就是『鮮魚』。漢越語裏『鮮』字讀 tien¹。但是，依我們猜想，它在古漢越語裏該是讀 tɤɐi¹。支韻字，古漢越語裏有讀作-ɐi 的，例如『移』zɐi²，甚至也有讀作-yɐi 的，例如『寄』gyɐi³。這樣，詩經『鮮』字讀入支部就有了很好的證明了。〔註36〕

阮才謹則進一步說明上古漢語（詩經時代），鮮的韻尾是*-l，傳入越南才演變成-n 韻尾。阮氏也說明在詩經時代「難」可以與歌部的「阿」、「河」諧韻是因爲歌部的韻尾可能是*-r，後來「難」字才演變成鼻音韻尾-n。〔註37〕因此，以上的 Tỏi（蒜）、Tươi（鮮）可以接受是古漢越語。

〔註36〕王力：〈漢越語研究〉（《嶺南學報》第九卷，第一期，1948 年），頁 59。

〔註37〕阮才謹：《越南語語音歷史教程（初稿）》（河內：教育出版社，1995 年），頁 210。

2、本文對古漢越語 t-聲母的補充

表 3.51

漢字	古漢越語	漢越語	擬音	註　解
曾	Từng [tɯŋ²]	Tằng [taŋ²]	dzəŋ	曾是從母字，因此讀爲 t-是合理的。越南語的 Từng 表示已經發生的動作 Đã từng 是曾經的意思，Từng trải 指的是有經驗、經歷。
縱	Tuồng [twoŋ²]	Túng [tuŋ⁵]	tsĭwoŋ	縱是精母字，該讀爲 t-。越南語目前還保留放縱的古漢越語，就是 Buông tuồng。
箭	Tên [ten¹]	Tiễn [tien⁴]	tsĭɛn	箭是精母字，讀爲 t-。王力將 Tên 視爲漢語越化。但是有很多例子可以證明山攝開三四等字的古韻讀爲 -ên（詳見下文）。

（二）古漢越語的 x-聲母與中古漢語齒音送氣音的對應關係

1、前人對古漢越語 x-聲母的研究成果

表 3.52

漢字	古漢越語	漢越語	擬音	學者	註　解
車	Xe [sɛ¹]	Xa [sa:¹]	t̺ʰia＞t̺ʰia	王力	車是昌母字，讀爲 x-。
初	Xưa [sɯɤ¹]	Sơ [sɤ:¹]	tʃia＞tʃʰio	王力	初母字和昌母字較接近，越南語的 x-和 s-也常相混。
察	Xét [sɛt⁷]	Sát [ʂa:t⁷]	tʃʰæt	王力	同上。

2、本文對古漢越語 x-聲母的補充

表 3.53

漢字	古漢越語	漢越語	擬音	註　解
砌	Xây [sɤj¹]	Thế [t̺e⁵]	tsʰiei	砌是清母字，應讀爲 th-，但是古代越南語常有 x-和 th-相混的現象。蟹攝的古韻在古漢越語常讀-ay 或 -ây。現在越南語的 Xây tường 就是砌墙的直譯。其實，王力也發現這個字，但沒有講清楚，而且又不承認 Xanh 也是古漢越語。

衝	Xông [soŋ¹]	Xung [suŋ¹]	tɕʰiwoŋ	衝是昌母字，讀爲 x-。越南語 Xông lên 就是「衝呀」的意思。王力的擬音也有半高圓唇元音。
青	Xanh [sa:ɲ¹]	Thanh [tʻa:ɲ¹]	tsʰieŋ	青也是清母字，與砌的情況相同。王力認爲 Xanh 是漢語越化。 如果眞的是這樣，我們難以理解砌字爲什麼聲母是漢語越化而韻母又是古漢越語，彼此顯然不匹配。古漢越語猶如純越南語一樣，每個字可以單獨使用，例如：Màu xanh 就是青色的意思，沒有人講 Màu thanh。
清	Xanh [sa:ɲ¹]	Thanh [tʻa:ɲ¹]	tsʰieŋ	清與青的情況相同。

　　其實，x-（s-）與 th-相混的現象還可以反映了黃侃所提出的古聲十九紐，其中齒音清母是正聲，而初母則是清母的變聲。換句話說，古漢越語的 x-和 th-能反映中古漢語以前的更深一層的面目。

　　總而言之，古漢越語的聲母較爲豐富，基本上可以反映了晚唐以前的中古漢語之語音特徵，例如「古無輕唇音」、「古無舌上音」等定論。此外，由於古漢越語的形成時間很長，所以它也能反映了一些上古漢語的語音特點。也就是說，古漢越語裏隱藏了很多層次，不容易理解各字形成的時代。雖然目前所找到的古漢越語爲數不多，但至少可以證明古代越南語和上古漢語的接觸很早，可以推至秦漢時代。通過「照系三等字古讀舌頭音」、「照系二等字古讀齒頭音」、「喻四古歸定」等理論，我們可以窺見古漢越語一些聲母的淵源。例如：

表 3.54

漢字	古漢越語 1	古漢越語 2	漢越語	擬音	注　意
望	Màng [ma:ŋ²]	Mong [mɔŋ¹]	Vọng [vɔŋ⁶]	mǐwaŋ	本文用古漢越語 1、古漢越語 2 並不表示所列的古漢越語是同時代形成而傳入越南。
匙	Dìa[zie²]	Thìa [tʻie²]	Chùy [tʂwi²]	ʑie	
時	Giờ [zɤ:²]	Thuở [tʻuɤ:³]	Thời [tʻɤ:j²]	ʑǐə	
沉	Dìm [zɤm²]	Chìm [tʂim²]	Trầm [tʂɤm²]	ɖǐem	
龍	Luồng [lwoŋ²]	Rồng [ʐoŋ²]	Long [lɯŋ]	lǐwoŋ	

　　除此之外，透過研究古漢越語本文也發現上古漢語一些複輔音的痕跡，如 kl-（藍）、tl-（郎）、sl-（蓮、力、蠟）、sr-（箱、燥、瀉），還有上古漢語聲母

r-與 l-未分的狀態，例如：梁、冽、煉、辣、簾等等。換句話說，古漢越語讓我們窺見上古漢語的一些特點，成為研究上古漢語的一個非常珍惜之資料來源。

第四章　漢越語和漢語韻母之層次對應關係

第一節　漢越語和現代漢語韻母的對應關係

　　爲了進行比較的方便，本文先回顧一下現代漢語韻母的系統。目前，音韻學界都一致認爲現代漢語共有 11 個單元音，包括ʅ、ɿ、ɚ 三個舌尖元音和 i、y、u、e、ə、ɤ、o、a 等 8 個舌面元音。除了 6 個元音能單獨成韻（V 型）以外，這些元音與其它韻尾配合時，構成 VV 型、VVV 型、VC 型、VVC 型等四種韻母類型。竺家寧學者將這五種韻母類型具體化成以下的 34 種韻母〔註 1〕：

表 4.55：現代漢語韻母系統

i [ʅ]	i [i、ʅ、ʅ]	u [u]	ü [y]	a [a]	e [ɤ]		V 型
ai [ai]	ei [ei]	ao [au]	ou [ou]				VV 型
ia [ia]	ie [ie]	ua [ua]	uo [uo]	üe [ye]			VV 型
iao [iau]	iou [iou]	uai [uai]	uei [uei]				VVV 型
an [an]	ang [aŋ]	en [ən]	eng [əŋ]	in [in]	ing [iŋ]	ong [uŋ], ün [yn]	VC 型
ian [ien]	iang [iaŋ]	uan [uan]	uang [uaŋ]	uen [uən]	üan [yen]	iong [yuŋ]	VVC 型

（注意：ɚ 單獨成韻時可以用 i 來代替。）

〔註 1〕竺家寧：《聲韻學》（臺北：五南圖書出版股份有限公司，2010 年），頁 78。

上文曾介紹過現代越南語的韻母系統，其中有很多漢越語所沒有的韻母。為了配合統計結果，現在本文將漢越語的韻母系統製成如下的表格，裡面的數字就是語料中所出現的次數。

表 4.56：越南語的韻母系統

	[Ø]	i [-j]	u [-w]	m [m]	p [p]	n [n]	t [t]	ng [ŋ]	c [k]	nh [ɲ]	ch [tʃ]
-i	577	○	○	2	1	2	○	○	○	209	155
-y	23	○	○	○	○	○	○	○	○	○	○
-ư	249	○	131	○	○	○	○	29	55	○	○
-u	338	1	○	1	○	2	1	164	131	○	○
-ê	244	○	○	○	○	1	3	○	○	5	○
-ơ	26	20	○	○	2	○	○	○	○	○	○
-ô	241	134	○	○	○	97	46	131	71	○	○
-o	13	○	○	○	○	○	○	44	8	○	○
-a	274	231	308	163	86	231	75	161	130	130	75
-â	○	1	166	99	47	252	99	○	○	○	○
-ă	○	○	○	○	○	14	2	78	45	○	○
-iê	2	○	243	135	81	294	118	○	1	○	○
-yê	○	○	14	20	1	24	7	○	○	○	○
-ươ	5	○	○	○	○	○	○	227	52	○	○
-uô	○	4	○	○	○	2	○	16	2	○	○
-uy	164	○	○	○	○	○	○	○	○	2	19
uyê	○	○	○	○	○	150	48	○	○	○	○
-uê	55	○	○	○	○	○	○	○	○	○	1
-uâ	○	○	○	○	○	114	36	○	○	○	○
-oă	○	○	○	○	○	○	○	4	7	○	○
-oe	1	○	○	○	○	○	○	○	○	○	○
-oa	98	20	○	○	○	119	19	35	1	21	13
-ua	14	18	○	○	○	27	6	9	○	1	6
-uă	○	○	○	○	○	○	○	1	10	○	○

說明：

● 左縱欄是韻腹，上橫欄是韻尾。

● -ươ-後面如果沒有輔音韻尾就寫成-ưa。

● -iê-後面如果沒有輔音韻尾就寫成-ia。

● 元音-a 與-u 相配時，須寫成-ao。（漢越語沒有韻母-au，但是純越南語卻有韻母-au，而這裡的-a 就是-ă。）

● -uă 韻是-oă 韻的變體，當-oă 韻與 p-聲母相配時，須要寫成-uă。

● -ua 韻是-oa 韻的變體，當-oa 韻與 p-聲母相配時，須要寫成-ua。

　　如上所述，越南語韻母部分有陰聲韻尾、陽聲韻尾和入聲韻尾三種收尾形式。本文按照這種分類，對漢越語和現代漢語韻母的對應關係依次進行分析和討論。其中，陰聲韻尾部分又分為零韻尾和半元音收尾的兩種韻母。至於陽聲韻尾和入聲韻尾，基於其發音的特點，本文又將之分成舌尖、舌根、舌面三種韻尾。

一、漢越語零韻尾和現代漢語韻母的對應關係

（一）漢越語-a、-ua、-oa 韻和現代漢語韻母的對應關係

　　漢越語裏當主要元音的-a[a:]韻數量較多，共有 274 個字，主要對應於普通話的-a（82 個字）、-e（70 個字）、-uo 韻（44 個字）三韻，對應比例分別為 29.9%、25.5%和 16%。其次對應於-ia 韻（36 個字）、-o 韻（20 個字）和-ie 韻（17 個字），對應比例分別是 13.1%、7.2%和 6.2%。之所以將這些韻母算進去是因為它們在中古漢語都源自假、果兩攝，後來才分成不同的韻母。其餘皆為例外。例如：

漢字	漢越語	IPA	拼音	漢字	漢越語	IPA	拼音
牙	Nha	[ɲa:¹]	yá	左	Tả	[ta:³]	zuǒ
他	Tha	[tʼa:¹]	tā	多	Đa	[da:¹]	duō
亞	Á	[a:⁵]	yà	加	Gia	[ʑa:¹]	jiā
馬	Mã	[ma:⁴]	mǎ	夏	Hạ	[ha:⁶]	xià
戈	Qua	[kwa:¹]	gē	我	Ngã	[ŋa:⁴]	wǒ
社	Xã	[sa:⁴]	shè	破	Phá	[fa:⁵]	pò
夜	Dạ	[za:⁶]	yè	邪	Tà	[ta:²]	xié
河	Hà	[ha:²]	hé	寫	Tả	[ta:³]	Xiě

　　以-oa[wa:]韻收尾的漢越語總共有 98 個字，主要對應於普通話的-uo 韻（44 個字），對應比例為 44.89%。其次是-e（14 個字）、-ua（14 個字）、-a（13 個字）

三韻，對應比例分別為 14.28%、14.28% 和 13.26%。其餘的視為例外。例如：

漢字	漢越語	IPA	拼音	漢字	漢越語	IPA	拼音
火	Hỏa	[hwa:³]	huǒ	叉	Xoa	[swa:¹]	chā
坐	Tọa	[twa:⁶]	zuò	瓦	Ngõa	[ŋwa:⁴]	wǎ
瑣	Tỏa	[twa:³]	suǒ	和	Hòa	[hwa:²]	hé
贏	Lỏa	[lwa:³]	luǒ	課	Khóa	[xwa:⁵]	kè
騾	Loa	[lwa:¹]	luó	化	Hóa	[hwa:⁵]	huà
禍	Họa	[hwa:⁶]	huò	誇	Khoa	[xwa:¹]	kuā

以-ua [wa:] 韻收尾的漢越語數量很少，只有 14 個字之多，主要對應於普通話的-uo 韻（8 個字），其次是-ua 韻（4 個字），對應比例分別為 57.1% 和 28.6%。剩下的兩個字視為例外。例如：

漢字	漢越語	IPA	拼音	漢字	漢越語	IPA	拼音
果	Quả	[qwa:³]	guǒ	瓜	Qua	[qwa:¹]	guā
過	Quá	[qwa:⁵]	guò	寡	Quả	[qwa:³]	guǎ

需要注意的是，漢越語的-ua [wa:] 韻是-oa [wa:] 韻的一種變體，它們的發音一樣，只是書寫上的不同。這是一個書寫的規則，圓唇元音-o 出現在聲母 q-後面需要改寫成-u。而且，-ua 韻與現代漢語的-uo、-ua 兩韻對應也符合於-oa 韻的情形。

（二）漢越語-ê、-uê 韻和現代漢語韻母的對應關係

以-ê [e] 韻收尾的漢越語共有 244 個字，最主要對應於普通話的-i 韻（209 個字），對應比例為 85.65%。其餘的是例外。例如：

漢字	漢越語	IPA	拼音	漢字	漢越語	IPA	拼音
米	Mễ	[me⁴]	mǐ	提	Đề	[de²]	tí
弟	Đệ	[de⁶]	dì	計	Kế	[ke⁵]	jì
妻	Thê	[tʼe¹]	qī	梨	Lê	[le¹]	lí

以-uê [ue] 韻收尾的漢越語共有 55 個字，主要對應於普通話的-ui 韻（41 個字），其次是-i 韻（10 個字），對應比例分別為 74.5% 和 18.2%。其他的是例外。例如：

漢字	漢越語	IPA	拼音	漢字	漢越語	IPA	拼音
奎	Khuê	[xue¹]	kuí	慧	Huệ	[hue⁶]	huì
稅	Thuế	[tʻue⁵]	shuì	携	Huề	[hue²]	xī
歲	Tuế	[tue⁵]	suì	泄	Duệ	[zue⁶]	yì

（三）漢越語-i、-y、-uy 韻和現代漢語韻母的對應關係

　　以-i[i]韻收尾的漢越語共有 577 個字，主要對應於現代漢語的-i（298 個字）、-ï（161 個字）兩韻，其次是-ei（90 個字），對應比例分別為 51.55%、27.85%和 15.5%。其他的可視為例外。例如：

漢字	漢越語	IPA	拼音	漢字	漢越語	IPA	拼音
己	Ki	[ki³]	jǐ	詩	Thi	[tʻi¹]	shī
比	Ti	[ti³]	bǐ	遲	Trì	[tʂi²]	chí
奇	Kì	[ki²]	qí	絲	Ti	[ti¹]	sī
稀	Hi	[hi¹]	xī	尾	Vĩ	[vi⁴]	wěi
士	Sĩ	[ʂi⁴]	shì	悲	Bi	[bi¹]	bēi

　　漢越語裏的-y[i]韻雖然可以與-i[i]韻混用，但是在一些特別的情況下，他們是獨立使用的。這是越南語書寫上的規則，已成習慣。-y 韻共有 23 個字，全部對應於漢語普通話的-i 韻，對應比例達 100%。例如：

漢字	漢越語	IPA	拼音	漢字	漢越語	IPA	拼音
衣	Y	[i:¹]	yī	椅	Ỷ	[i:³]	yǐ
意	Ý	[i:⁵]	yì	伊	Y	[i:¹]	yī

　　以-uy [wi]韻收尾的漢越語共有 164 個字，主要對應於普通話的-ui 韻（106個字），其次是-ei 韻（36 個字），對應比例分別為 64.6%和 21.9%。其他的是例外。例如：

漢字	漢越語	IPA	拼音	漢字	漢越語	IPA	拼音
水	Thủy	[tʻwi³]	shuǐ	翠	Thúy	[tʻwi⁵]	cuì
垂	Thùy	[tʻwi²]	chuí	危	Nguy	[ŋwi¹]	wēi
毀	Hủy	[hwi³]	huǐ	累	Lụy	[lwi⁶]	lèi
睡	Thụy	[tʻwi⁶]	shuì	慰	Úy	[wi⁵]	wèi

（四）漢越語-u 韻和現代漢語韻母的對應關係

　　以-u[u]韻收尾的漢越語共有 338 個字，主要對應於現代漢語的-u（134 個

字）、-ü（105 個字）兩韻，對應比例分別爲 39.6%和 31%。其次對應於-ou 韻（69 個字）和-iu 韻（27 個字），對應比例分別是 20.4%和 7.9%。現代漢語-ü韻本來是-u 韻的變體，在元代開始分化出來。之所以將-ou、-iu 兩韻算進去是因爲在中古漢語這兩韻有密切的關係，都屬於流攝（在下文會進一步討論）。其他的是例外。例如：

漢字	漢越語	IPA	拼音	漢字	漢越語	IPA	拼音
父	Phụ	[fu⁶]	fù	取	Thủ	[tʻu³]	qǔ
住	Trú	[tʂu⁵]	zhù	須	Tu	[tu¹]	xū
巫	Vu	[vu¹]	wū	手	Thủ	[tʻu³]	shǒu
殊	Thù	[tʻu²]	shū	宙	Trụ	[tʂu⁶]	zhòu
羽	Vũ	[vu⁴]	yǔ	秀	Tú	[tu⁵]	xiù
具	Cụ	[ku⁶]	jù	秋	Thu	[tʻu¹]	qiū

（五）漢越語-ɯ、-ơ 韻和現代漢語韻母的對應關係

以-ư[ɯ]韻收尾的漢越語共有 249 個字，主要對應於現代漢語的-ü 韻（114個字），其次是-i 韻（66 個字）和-u 韻（65 個字），對應比例分別爲 45.78%、26.5%和 26.1%。其餘是例外。例如：

漢字	漢越語	IPA	拼音	漢字	漢越語	IPA	拼音
女	Nữ	[nɯ⁴]	nǔ	史	Sử	[ʂɯ³]	shǐ
魚	Ngư	[ŋɯ¹]	yú	自	Tự	[tɯ⁶]	zì
虛	Hư	[hɯ¹]	xū	如	Như	[ɲɯ¹]	rú
慮	Lự	[lɯ⁶]	lǜ	除	Trừ	[tʂɯ²]	chú
慈	Từ	[tɯ²]	cí	豬	Trư	[tʂɯ¹]	zhū

漢越語裏當主要元音的-ơ[ɤː]韻較少，只有 26 個字，主要對應於普通話的-u 韻（16 個字），對應比例是 61.53%。其他的都是例外。例如：

漢字	漢越語	IPA	拼音	漢字	漢越語	IPA	拼音
初	Sơ	[ʂɤː¹]	chū	礎	Sở	[ʂɤː³]	chǔ
助	Trợ	[tʂɤː⁶]	zhù	疏	Sơ	[ʂɤː¹]	shū

（六）漢越語-ô、-o 韻和現代漢語韻母的對應關係

漢越語裏的-ô[o]韻很多，共有 241 個字，最主要對應於普通話的-u 韻（224個字），對應比例爲 92.94%。其餘的都算是例外。例如：

漢字	漢越語	IPA	拼音	漢字	漢越語	IPA	拼音
土	Thổ	[tʻo³]	tǔ	佈	Bố	[bo⁵]	bù
戶	Hộ	[ho⁶]	hù	妒	Đố	[do⁵]	dù
奴	Nô	[no¹]	nú	兔	Thố	[tʻo⁵]	tù
古	Cổ	[ko³]	gǔ	苦	Khổ	[xo³]	kǔ
污	Ô	[o¹]	wū	圃	Phố	[fo⁵]	pǔ

　　漢越語裏當主要元音的-o [ɔ]韻爲數不多，只有 13 個字，對應於普通話的
-u、-ou 兩韻，對應比例分別是 61.53%和 38.46%，沒有例外。例如：

漢字	漢越語	IPA	拼音	漢字	漢越語	IPA	拼音
仆	Phó	[fɔ⁵]	fù	由	Do	[zɔ¹]	yóu
午	Ngọ	[ŋɔ⁶]	wǔ	猶	Do	[zɔ¹]	yóu
儒	Nho	[ɲɔ¹]	rú	壽	Thọ	[tʻɔ⁶]	shòu

二、漢越語半元音收尾韻母和現代漢語韻母的對應關係

（一）漢越語-ai、-oai、-uai 韻和現代漢語韻母的對應關係

　　漢越語裏的-ai [a:j]韻也相當豐富，共有 231 個字，最主要對應於普通話的
-ai 韻（177 個字），對應比例爲 76.6%。其他的可視爲例外。例如：

漢字	漢越語	IPA	拼音	漢字	漢越語	IPA	拼音
才	Tài	[ta:j²]	cái	拜	Bái	[ba:j⁵]	bái
大	Đại	[da:j⁶]	dài	災	Tai	[ta:j¹]	zāi
改	Cải	[ka:j³]	gǎi	孩	Hài	[ha:j²]	hái

　　以-oai[wa:j]韻收尾的漢越語總共有 20 個字，主要對應於普通話的-uai 韻（9
個字）和-ui 韻（7 個字），對應比例分別爲 45%和 35%。其餘的視爲例外。例
如：

漢字	漢越語	IPA	拼音	漢字	漢越語	IPA	拼音
帥	Soái	[ʂwa:j⁵]	shuài	兌	Đoài	[dwa:j²]	duì
壞	Hoại	[hwa:j⁶]	huài	遂	Toại	[twa:j⁶]	suì
快	Khoái	[xwa:j⁵]	kuài	退	Thoái	[tʻwa:j⁵]	tuì

　　以-uai [wa:j]韻收尾的漢越語數量很少，只有 18 個字，主要對應於普通話
的-uai 韻（11 個字），其次是-ua 韻（6 個字），對應比例分別爲 61.1%和 33.3%。

剩下的一個字算是例外。例如：

漢字	漢越語	IPA	拼音	漢字	漢越語	IPA	拼音
怪	Quái	[kwa:j⁵]	guài	卦	Quái	[kwa:j⁵]	guà
拐	Quải	[kwa:j³]	guǎi	掛	Quải	[kwa:j³]	guà

漢越語-uai [wa:j]韻其實就是-oai [wa:j]韻的一種變體，它們的發音無異，但是書寫時需要遵守一個規律：當圓唇元音-o 出現於聲母 q-後面就要改寫成-u。（這很有可能是一種提醒，讓後人知道聲母 q-不單獨出現，它後面常常有一個圓唇元音跟隨著，其來源就是中古漢語的見母和圓唇介音之配合）

（二）漢越語-ao、-iêu、-yêu 韻和現代漢語韻母的對應關係

漢越語的-ao [a:w]韻數量特別多，共有 308 個字，主要對應於普通話的-ao 韻（273 個字），其次是-iao 韻（30 個字），差別在於後者加上介音-i-令其發音相近，對應比例分別為 88.63%和 9.7%。其他的都是例外。例如：

漢字	漢越語	IPA	拼音	漢字	漢越語	IPA	拼音
刀	Đao	[da:w¹]	dāo	早	Tảo	[ta:w³]	zǎo
毛	Mao	[ma:w¹]	máo	抄	Sao	[ʂa:w¹]	chāo
包	Bao	[ba:w¹]	bāo	交	Giao	[ʑa:w¹]	jiāo
好	Hảo	[ha:w³]	hǎo	敲	Xao	[sa:w¹]	qiāo
老	Lão	[la:w⁴]	lǎo	嚆	Hao	[ha:w¹]	xiāo

漢越語的-iêu [iew]韻數量很多，共有 243 個字，最主要對應於普通話的-iao 韻（184 個字），其次是-ao 韻（57 個字），兩者的差別在於-ao 韻沒有介音-i-。其對應比例分別為 75.72%和 23.45%。剩下 2 個字是例外。例如：

漢字	漢越語	IPA	拼音	漢字	漢越語	IPA	拼音
小	Tiểu	[tiew³]	xiǎo	料	Liệu	[liew⁶]	liào
妙	Diệu	[ziew⁶]	miào	兆	Triệu	[tʂiew⁶]	zhào
尿	Niệu	[niew⁶]	niào	好	Hiếu	[hiew⁵]	hào
表	Biểu	[biew³]	biǎo	猫	Miêu	[miew¹]	māo
挑	Khiêu	[xiew¹]	tiāo	韶	Thiều	[tʰiew²]	sháo

漢越語的-yêu [iew]韻只有 14 個字，全部都對應於普通話的-ao 韻。其實-yêu 韻就是以上所講的-iêu [iew]韻，差別在於它可以單獨成音節，所以在書寫的時候，需將-i-寫成 y-。-yêu 韻對應於-ao 韻是符合-iêu 韻的對應規律。例如：

漢字	漢越語	IPA	拼音	漢字	漢越語	IPA	拼音
夭	Yểu	[iew³]	yǎo	窈	Yểu	[iew³]	yǎo
妖	Yêu	[iew¹]	yāo	腰	Yêu	[iew¹]	yāo
要	Yếu	[iew⁵]	yào	邀	Yêu	[iew¹]	yāo

（三）漢越語-âu、-ưu 韻和現代漢語韻母的對應關係

以-âu [ɤw]韻收尾的漢越語共有 166 個字，主要對應於現代漢語的-ou 韻（133 個字），對應比例為 80.12%。其他的可視為例外。例如：

漢字	漢越語	IPA	拼音	漢字	漢越語	IPA	拼音
口	Khẩu	[xɤw³]	kǒu	投	Đầu	[dɤw²]	tóu
叩	Khấu	[xɤw⁵]	kòu	豆	Đậu	[dɤw⁶]	dòu
后	Hậu	[hɤw⁶]	hòu	酉	Dậu	[zɤw⁶]	yǒu
缶	Phẫu	[fɤw⁴]	fǒu	垢	Cấu	[kɤw⁵]	gòu
舟	Châu	[tʂɤw¹]	zhōu	偶	Ngẫu	[ŋɤw⁴]	ǒu

以-ưu [ɯw]韻收尾的漢越語共有 131 個字，主要對應於現代漢語的-ou 韻（67 個字）與-iu 韻（57 個字），對應比例分別是 51.1%和 43.51%。其他的是例外。例如：

漢字	漢越語	IPA	拼音	漢字	漢越語	IPA	拼音
久	Cửu	[kɯw³]	jiǔ	丑	Sửu	[ʂɯw³]	chǒu
休	Hưu	[hɯw¹]	xiū	友	Hữu	[hɯw⁴]	yǒu
流	Lưu	[lɯw¹]	liú	搜	Sưu	[ʂɯw¹]	sōu
酒	Tửu	[tɯw³]	jiǔ	謀	Mưu	[mɯw¹]	móu
嗅	Khứu	[xɯw⁵]	xiù	櫌	Ưu	[ɯw¹]	yōu

（四）漢越語-ôi 韻和現代漢語韻母的對應關係

以-ôi [oj]韻收尾的漢越語共有 134 個字，主要對應於普通話的-ui（70 個字）、-ei（53 個字）兩韻，對應比例分別為 52.23%和 39.55%。其他的都是例外。例如：

漢字	漢越語	IPA	拼音	漢字	漢越語	IPA	拼音
回	Hồi	[hoj²]	huí	內	Nội	[noj⁶]	nèi
恢	Khôi	[xoj¹]	huī	貝	Bối	[boj⁵]	bèi
悔	Hối	[hoj⁵]	huǐ	肧	Phôi	[foj¹]	pēi

堆	Đôi	[doj¹]	duī	珮	Bội	[boj⁶]	pèi
推	Thôi	[tʻoj¹]	tuī	雷	Lôi	[loj¹]	léi

（五）漢越語-oi 韻和現代漢語韻母的對應關係

漢越語裏的-oi[ɤ:j]韻的比-o[ɤ:]韻的數量更少，主要對應於普通話的-ie 韻（13 個字），對應比例爲 65%，其他的都是例外。例如：

漢字	漢越語	IPA	拼音	漢字	漢越語	IPA	拼音
介	Giới	[ʑɤ:j⁵]	jiè	界	Giới	[ʑɤ:j⁵]	jiè
械	Giới	[ʑɤ:j⁵]	jiè	屆	Giới	[ʑɤ:j⁵]	jiè

三、漢越語雙唇韻母和現代漢語韻母的對應關係

（一）漢越語-am、-ap 韻和現代漢語韻母的對應關係

以-am [a:m]韻收尾的漢越語共有 163 個字，主要對應於-an 韻（140 個字），其次是-ian 韻（18 個字），差別在於加上介音-i-，對應比例分別爲 85.88%和 11%。剩下的 5 個字都是例外。值得注意的是，普通話的-an、-ian 等韻都以鼻音-n 收尾，這是從元代時期唇音韻尾-m 變成鼻音韻尾-n 的結果所致。例如：

漢字	漢越語	IPA	拼音	漢字	漢越語	IPA	拼音
凡	Phàm	[fa:m²]	fán	參	Tham	[tʻa:m¹]	cān
甘	Cam	[ka:m¹]	gān	毯	Thảm	[tʻa:m³]	tǎn
含	Hàm	[ha:m²]	hán	陷	Hãm	[ha:m⁴]	xiàn
男	Nam	[na:m¹]	nán	減	Giảm	[ʑa:m³]	jiǎn
站	Trạm	[tʂa:m⁶]	zhàn	監	Giám	[ʑa:m⁵]	jiàn

以-ap [a:p]韻收尾的漢越語共有 86 個字，主要對應於現代漢語的-a 韻（52 個字），其次是-ia 韻（15 個字），兩者之間只有-i-介音有無之差，對應比例分別是 60.46%和 17.44%。其他的都是例外。例如：

漢字	漢越語	IPA	拼音	漢字	漢越語	IPA	拼音
法	Pháp	[fa:p⁵]	fǎ	鴨	Áp	[a:p⁵]	yā
納	Nạp	[na:p⁶]	nà	甲	Giáp	[ʑa:p⁵]	jiǎ
塔	Tháp	[tʻa:p⁵]	tǎ	匣	Hạp	[ha:p⁶]	xiá
踏	Đạp	[da:p⁶]	tà	鉀	Giáp	[ʑa:p⁵]	jiǎ

（二）漢越語-âm、-âp 韻和現代漢語韻母的對應關係

以-âm [ɤm]韻收尾的漢越語共有 99 個字，主要對應於普通話的-in（45 個字）、-en（43 個字）兩韻，對應比例分別爲 45.45%和 43.43%。其他的算是例外。例如：

漢字	漢越語	IPA	拼音	漢字	漢越語	IPA	拼音
心	Tâm	[tɤm¹]	xīn	任	Nhậm	[ɲɤm⁶]	rèn
林	Lâm	[lɤm¹]	lín	沉	Trầm	[tʂɤm²]	chén
侵	Xâm	[sɤm¹]	qīn	朕	Trẫm	[tʂɤm⁴]	zhèn
音	Âm	[ɤm¹]	yīn	審	Thẩm	[tʰɤm³]	shěn
禽	Cầm	[kɤm²]	qín	闖	Sấm	[ʂɤm⁵]	chèn

漢越語的-âp [ɤp]韻不多，共有 47 個字，主要對應於普通話的-i 韻（34 個字），其次是-ï 韻（9 個字），對應比例分別爲 72.34%和 19.14%。剩下的 4 個字是例外。例如：

漢字	漢越語	IPA	拼音	漢字	漢越語	IPA	拼音
及	Cập	[kɤp⁶]	jí	習	Tập	[tɤp⁶]	xí
立	Lập	[lɤp⁶]	lì	十	Thập	[tʰɤp⁶]	shí
吸	Hấp	[hɤp⁵]	xī	執	Chấp	[tʂɤp⁵]	zhí
邑	Ấp	[ɤp⁵]	yì	溼	Thấp	[tʰɤp⁵]	shī

（三）漢越語-iêm、-yêm、-iêp 韻和現代漢語韻母的對應關係

以-iêm [iem]韻收尾的漢越語共有 135 個字，最主要對應於普通話的-ian 韻（81 個字），其次是-an 韻（53 個字），-iêm 韻的情況與-iêu 韻的一樣，就是-an 韻有無介音-i-兩種。其對應比例分別爲 60%和 39.25%。例外極少，只有一個字。例如：

漢字	漢越語	IPA	拼音	漢字	漢越語	IPA	拼音
欠	Khiếm	[xiem⁵]	qiàn	險	Hiểm	[hiem³]	xiǎn
尖	Tiêm	[tiem¹]	jiān	占	Chiếm	[tʂiem⁵]	zhàn
店	Điếm	[diem⁵]	diàn	泛	Phiếm	[fiem⁵]	fàn
念	Niệm	[niem⁶]	niàn	炎	Viêm	[viem¹]	yán
暹	Xiêm	[ʂiem¹]	xiān	瞻	Chiêm	[tʂiem¹]	zhān

漢越語的 yêm [iem]韻，總共 20 個字都與現代漢語的-ian（yan）韻相對應。

其實，yêm 韻和-iêm 韻無異，只不過當 yêm 韻自成音節時，需將-i-改寫爲 y-，與普通話-ian 的情況一樣。因此，yêm 韻對應於-ian 是符合於-iêm 韻的對應規律。例如：

漢字	漢越語	IPA	拼音	漢字	漢越語	IPA	拼音
掩	Yểm	[iem^3]	yǎn	厭	Yếm	[iem^5]	yàn
淹	Yêm	[iem^1]	yān	魘	Yểm	[iem^3]	yǎn
腌	Yêm	[iem^1]	yān	醃	Yêm	[iem^1]	yān

以-iêp [iep]韻收尾的漢越語共有 81 個字，主要對應於普通話的-ie 韻（45 個字），其次是-e 韻（22 個字），對應比例分別爲 55.55%和 27.16%。其他的可以算作例外。例如：

漢字	漢越語	IPA	拼音	漢字	漢越語	IPA	拼音
劫	Kiếp	[kiep^5]	jié	疊	Điệp	[diep^6]	dié
協	Hiệp	[hiep^6]	xié	涉	Thiệp	[t'iep^6]	shè
妾	Thiếp	[t'iep^5]	qiè	葉	Diệp	[ziep^6]	yè
接	Tiếp	[tiep^5]	jiē	讋	Triệp	[tʂiep^6]	zhé

四、漢越語舌尖韻母和現代漢語韻母的對應關係

（一）漢越語-an、-at、-oan、-uan、-oat 韻和現代漢語韻母的對應關係

漢越語裏的-an [a:n]韻數量豐富，共有 231 個字，主要對應於普通話的-an 韻（207 個字），對應比例是 89.6%。其次是-ian 韻，即-an 韻加上了-i-介音，對應比例爲 9%。剩下的 3 個字是例外。例如：

漢字	漢越語	IPA	拼音	漢字	漢越語	IPA	拼音
丹	Đan	[da:n^1]	dān	刪	San	[ʂa:n^1]	shān
反	Phản	[fa:n^3]	fǎn	旱	Hạn	[ha:n^6]	hàn
半	Bán	[ba:n^5]	bàn	限	Hạn	[ha:n^6]	xiàn
安	An	[a:n^1]	ān	乾	Càn	[ka:n^2]	qián

以-at [a:t]韻收尾的漢越語共有 75 個字，主要對應於普通話的-a 韻（40 個字），對於比例是 53.3%。其次是-e（15 個字）、-o（13 個字）兩韻，對應比例分別爲 20%和 17.3%。其他的算是例外。例如：

漢字	漢越語	IPA	拼音	漢字	漢越語	IPA	拼音
八	Bát	[ba:t⁵]	bā	割	Cát	[ka:t⁵]	gē
刹	Sát	[ʂa:t⁵]	chà	褐	Hạt	[ha:t⁶]	hé
發	Phát	[fa:t⁵]	fā	末	Mạt	[ma:t⁶]	mò
察	Sát	[ʂa:t⁵]	chá	鉢	Bát	[ba:t⁵]	bō

以-oan [wa:n]韻收尾的漢越語總共有 119 個字，主要對應於普通話的-uan韻（89 個字），其次是-an 韻（28 個字），對應比例分別為 74.78%和 23.52%。例外很少，只有 2 個字。例如：

漢字	漢越語	IPA	拼音	漢字	漢越語	IPA	拼音
全	Toàn	[twa:n²]	quán	寬	Khoan	[xwa:n¹]	kuān
卵	Noãn	[nwa:n⁴]	luǎn	丸	Hoàn	[hwa:n²]	wán
宦	Hoạn	[hwa:n⁶]	huàn	玩	Ngoạn	[ŋwa:n⁵]	wán
怨	Oan	[wa:n¹]	yuàn	碗	Oản	[wa:n³]	wǎn
蒜	Toán	[twa:n⁵]	suàn	灣	Loan	[lwa:n¹]	wān

漢越語的-uan [wa:n]韻數量不多，共有 27 個字，最主要對應於現代漢語的-uan 韻（26 個字），對應比例達 96.3%。例外只有一個字。例如：

漢字	漢越語	IPA	拼音	漢字	漢越語	IPA	拼音
冠	Quan	[kwa:n¹]	guān	管	Quản	[kwa:n³]	guǎn
慣	Quán	[kwa:n⁵]	guàn	關	Quan	[kwa:n¹]	guān

值得一提的是，-uan [wa:n]韻就是漢越語-oan [wa:n]韻的一個變體。它們的發音一樣，但是書寫時，需要遵守一個規則：當圓唇元音-o 出現在聲母 q-後面就要改寫成-u。-uan 韻與普通話的-uan 韻對應關係也符合於以上所講的-oan 韻之情況。

漢越語的-oat [wa:t]韻共有 19 個字，主要對應於現代漢語的-uo 韻（8 個字），對應比例為 42.1%。例外較多而雜亂，共 11 個字。例如：

漢字	漢越語	IPA	拼音	漢字	漢越語	IPA	拼音
活	Hoạt	[hwa:t⁸]	huó	奪	Đoạt	[dwa:t⁸]	duó
脫	Thoát	[tʻwa:t⁷]	tuō	闊	Khoát	[xwa:t⁷]	kuò

（二）漢越語-ân、-ât、-uân、-uât 韻和現代漢語韻母的對應關係

漢越語的-ân [ɤn]韻相當多，共有 252 個字，主要對應於現代漢語的-in（131

個字）、-en（100 個字）兩韻，對應比例分別爲 52% 和 39.7%。其他的都是例外。例如：

漢字	漢越語	IPA	拼音	漢字	漢越語	IPA	拼音
巾	Cân	[kɤn¹]	jīn	人	Nhân	[ɲɤn¹]	rén
民	Dân	[zɤn¹]	mín	分	Phân	[fɤn¹]	fēn
因	Nhân	[ɲɤn¹]	yīn	臣	Thần	[tʻɤn²]	chén
秦	Tần	[tɤn²]	qín	身	Thân	[tʻɤn¹]	shēn

以-ât [ɤt] 韻收尾的漢越語共有 99 個字，主要對應於普通話的-i 韻（51 個字），對應比例是 51.5%。其次是-ï（22 個字）、-u（20 個字）兩韻，對應比例分別爲 22.2% 和 20%。其他的算是例外。例如：

漢字	漢越語	IPA	拼音	漢字	漢越語	IPA	拼音
乙	Ất	[ɤt⁵]	yǐ	佛	Phất	[fɤt⁵]	fú
必	Tất	[tɤt⁵]	bì	物	Vật	[vɤt⁶]	wù
密	Mật	[mɤt⁶]	mì	失	Thất	[tʻɤt⁵]	shī
溢	Dật	[zɤt⁶]	yì	質	Chất	[tʂɤt⁵]	zhí
不	Bất	[bɤt⁵]	bù	衵	Nhật	[nɤt⁶]	rì

以-uân [wɤn] 韻收尾的漢越語總共有 114 個字，主要對應於普通話的-ün（62 個字）、-un（47 個字）兩韻，對應比例分別爲 54.4% 和 41.2%。-ün 是一個後起的韻，是從元代／明代出現的，本來就是-un 韻。其他的都是例外。例如：

漢字	漢越語	IPA	拼音	漢字	漢越語	IPA	拼音
巡	Tuần	[twɤn²]	xún	俊	Tuấn	[twɤn⁵]	jùn
迍	Truân	[tʂwɤn¹]	zhūn	殉	Tuẫn	[twɤn⁴]	xùn
春	Xuân	[swɤn¹]	chūn	菌	Khuẩn	[xwɤn³]	jùn
盾	Thuẫn	[tʻwɤn⁴]	dùn	勛	Huân	[hwɤn¹]	xūn
准	Chuẩn	[tʂwɤn³]	zhǔn	薀	Uẩn	[wɤn³]	yùn

漢越語的-uât [wɤt] 爲數不多，只有 36 個字，主要對應於普通話的-ü（16 個字）和-u（12 個字）兩韻，對應比例分別爲 44.4% 和 33.3%。其他的是例外。例如：

漢字	漢越語	IPA	拼音	漢字	漢越語	IPA	拼音
出	Xuất	[swɤt⁵]	chū	戌	Tuất	[twɤt⁵]	xū

述	Thuật	[tʻwɤt⁶]	shù	屈	Khuất	[xwɤt⁵]	qū
朮	Truật	[tʂwɤt⁶]	zhú	律	Luật	[lwɤt⁶]	lù

（三）漢越語-ăn 韻和現代漢語韻母的對應關係

以-ăn[an]韻收尾的漢越語共有 14 個字，主要對應於普通話的-e 韻，沒有例外。例如：

漢字	漢越語	IPA	拼音	漢字	漢越語	IPA	拼音
文	Văn	[van¹]	wén	聞	Văn	[van¹]	wén
根	Căn	[kan¹]	gēn	臻	Trăn	[tʂan¹]	zhēn

（四）漢越語-iên、-yên、-iêt、-uyên、-uyêt 韻和現代漢語韻母的對應關係

漢越語的-iên [ien]韻數量很多，共有 294 個字，主要對應於普通話的-ian 韻（188 個字），其次是-an（78 個字），對應比例分別爲 63.94%、26.53%。例外比較多，總共 27 個字，其中有 22 個-uan 韻字。如果追溯至中古漢語，-ian、-an、-uan 三韻都來自山攝（見下文），所以可以將-uan 韻視爲特殊的例外。例如：

漢字	漢越語	IPA	拼音	漢字	漢越語	IPA	拼音
千	Thiên	[tʻien¹]	qiān	延	Diên	[zien¹]	yán
仙	Tiên	[tien¹]	xiān	禪	Thiền	[tʻien²]	chán
建	Kiến	[kien⁵]	jiàn	戰	Chiến	[tʂien⁵]	zhàn
連	Liên	[lien¹]	lián	院	Viện	[vien⁶]	yuàn
編	Biên	[bien¹]	biān	軒	Hiên	[hien¹]	xuān

漢越語的-yên[ien]韻共有 24 個字，主要對應於普通話的-ian 韻（23 個字），對應比例爲 95.8%。當 yên 韻與-ian 韻對應時，它的情況與漢越語的-iên[ien]韻一樣，只是它可以當作獨立的音節，需要將-i 改寫成 y-。例如：

漢字	漢越語	IPA	拼音	漢字	漢越語	IPA	拼音
宴	Yến	[ien⁵]	yàn	燕	Yến	[ien⁵]	yàn
烟	Yên	[ien¹]	yān	偃	Yển	[ien³]	yǎn

以-iêt[iet]韻收尾的漢越語共有 118 個字，主要對應於現代漢語的-ie 韻（82 個字），其次是-e 韻（16 個字），對應比例分別爲 69.49%和 13.55%。其他的可

算是例外。例如：

漢字	漢越語	IPA	拼音	漢字	漢越語	IPA	拼音
切	Thiết	[tʻiet⁵]	qiē	滅	Diệt	[ziet⁶]	miè
劣	Liệt	[liet⁶]	liè	舌	Thiệt	[tʻiet⁶]	shé
別	Biệt	[biet⁶]	bié	頁	Hiệt	[hiet⁶]	yè
涅	Niết	[niet⁵]	niè	折	Chiết	[tʂiet⁵]	zhé

漢越語的-uyên[wien]韻數量較多，共有 150 個字，主要對應於現代漢語的-uan 韻（121 個字），少部分對應於-ian 韻（15 個字），對應比例分別為 80.67% 和 10%。其他的是例外。例如：

漢字	漢越語	IPA	拼音	漢字	漢越語	IPA	拼音
川	Xuyên	[swien¹]	chuān	軟	Nhuyễn	[ɲwien³]	ruǎn
元	Nguyên	[ŋwien¹]	yuán	婉	Uyển	[wien³]	wǎn
犬	Khuyển	[xwien³]	quǎn	沿	Duyên	[zwien¹]	yán
玄	Huyền	[hwien²]	xuán	弦	Huyền	[hwien²]	xián
轉	Chuyển	[tʂwien³]	zhuǎn	練	Luyện	[lwien⁶]	liàn

漢越語的-uyêt[wiet]韻為數不多，只有 48 個字，主要對應於普通話的-ue（34 個字）、-uo（10 個字）兩韻，對應比例分別為 70.8%和 20.8%。其餘是例外。例如：

漢字	漢越語	IPA	拼音	漢字	漢越語	IPA	拼音
月	Nguyệt	[ŋwiet⁶]	yuè	輟	Chuyết	[tʂwiet⁵]	chuò
穴	Huyệt	[hwiet⁶]	xué	說	Thuyết	[tʻwiet⁵]	shuō
闕	Khuyết	[xwiet⁵]	què	啜	Xuyết	[swiet⁵]	chuò

（五）漢越語-ôn、-ôt 韻和現代漢語韻母的對應關係

以-ôn[on]韻收尾的漢越語共有 97 個字，主要對應於現代漢語的-un 韻（72 個字），其次是-en 韻（18 個字），對應比例分別是 74.22%和 18.55%。其他的都是例外。例如：

漢字	漢越語	IPA	拼音	漢字	漢越語	IPA	拼音
存	Tồn	[ton²]	cún	遁	Độn	[don⁶]	dùn
吞	Thôn	[tʻon¹]	tūn	本	Bổn	[bon³]	běn
孫	Tôn	[ton¹]	sūn	門	Môn	[mon¹]	mén
昏	Hôn	[hon¹]	hūn	溫	Ôn	[on¹]	wēn

漢越語的-ôt[ot]韻的數量不多，共有 46 個字，主要對應於現代漢語的-u 韻
（23 個字），其次是-o 韻（9 個字），對應比例分別是 50%和 19.56%。剩下的視
爲例外。例如：

漢字	漢越語	IPA	拼音	漢字	漢越語	IPA	拼音
凸	Đột	[dot^6]	tū	忽	Hốt	[hot^5]	hū
卒	Tốt	[tot^5]	zú	勃	Bột	[bot^6]	bó
骨	Cốt	[kot^5]	gǔ	脖	Bột	[bot^6]	bó

五、漢越語舌根韻母和現代漢語韻母的對應關係

（一）漢越語-ang、-ac、-oang 韻和現代漢語韻母的對應關係

以-ang [a:ŋ]韻收尾的漢越語共有 161 個字，主要對應於普通話的-ang 韻
（130 個字），其次是-uang 韻（17 個字），對應比例分別爲 80.74%和 10.5%。
其他的都是例外。例如：

漢字	漢越語	IPA	拼音	漢字	漢越語	IPA	拼音
邦	Bang	[ba:ŋ^1]	bāng	盎	Áng	[a:ŋ^5]	àng
肛	Giang	[ʑa:ŋ^1]	gāng	創	Sáng	[ʂa:ŋ^5]	chuàng
往	Vãng	[va:ŋ^4]	wǎng	壯	Tráng	[tʂa:ŋ^5]	zhuàng
桑	Tang	[ta:ŋ^1]	sāng	床	Sàng	[ʂa:ŋ^2]	chuáng

以-ac [a:k]韻收尾的漢越語共有 130 個字，主要對應於普通話的-uo 韻（51
個字），對應比例是 39.23%。其次是-o、-e、-ue 三韻，對應比例分別爲 22.3%、
16.15%和 10.76%。其他的可視爲例外。例如：

漢字	漢越語	IPA	拼音	漢字	漢越語	IPA	拼音
作	Tác	[ta:k^5]	zuò	漠	Mạc	[ma:k^6]	mò
託	Thác	[tʻa:k^5]	tuō	惡	Ác	[a:k^5]	è
琢	Trác	[tʂa:k^5]	zhuó	閣	Các	[ka:k^5]	gé
雒	Lạc	[la:k^6]	luò	鶴	Hạc	[ha:k^6]	hè
朴	Phác	[fa:k^5]	pò	岳	Nhạc	[ɲa:k^6]	yuè
剝	Bác	[ba:k^5]	bō	確	Xác	[sa:k^5]	què

漢越語的-oang [wa:ŋ]韻共有 35 個字，最主要對應於普通話的-uang 韻（32
個字），對應比例爲 91.42%。剩下的 3 個字都是例外。例如：

漢字	漢越語	IPA	拼音	漢字	漢越語	IPA	拼音
皇	Hoàng	[hwa:ŋ²]	huáng	礦	Khoáng	[xwa:ŋ⁵]	kuàng
荒	Hoang	[hwa:ŋ¹]	huāng	凰	Hoàng	[hwa:ŋ²]	huáng
曠	Khoáng	[xwa:ŋ⁵]	kuàng	慌	Hoảng	[hwa:ŋ³]	huāng

（二）漢越語-ăng、-ăc 韻和現代漢語韻母的對應關係

漢越語的-ăng[aŋ]韻共有 78 個字，主要對應於普通話的-eng 韻（58 個字），其次是-ing 韻（16 個字），對應比例分別爲 74.4%和 20.5%。其餘都是例外。例如：

漢字	漢越語	IPA	拼音	漢字	漢越語	IPA	拼音
升	Thăng	[tʻaŋ¹]	shēng	增	Tăng	[taŋ¹]	zēng
朋	Bằng	[baŋ²]	péng	冰	Băng	[baŋ¹]	bīng
能	Năng	[naŋ¹]	néng	陵	Lăng	[laŋ¹]	líng
曾	Tằng	[taŋ²]	céng	兢	Căng	[kaŋ¹]	jīng
登	Đăng	[daŋ¹]	dēng	憑	Bằng	[baŋ²]	píng

漢越語的-ăc[ak]韻共有 45 個字，最主要對應於普通話的-e 韻（24 個字），對應比例爲 53.3%。剩下的是例外，爲數較多，不成系統。例如：

漢字	漢越語	IPA	拼音	漢字	漢越語	IPA	拼音
仄	Trắc	[tʂak⁵]	zè	則	Tắc	[tak⁵]	zé
色	Sắc	[ʂak⁵]	sè	特	Đặc	[dak⁶]	tè
刻	Khắc	[xak⁵]	kè	塞	Tắc	[tak⁵]	sè

（三）漢越語-ung、-uc 韻和現代漢語韻母的對應關係

以-ung[uŋ]韻收尾的漢越語共有 164 個字，主要對應於現代漢語的-ong 韻（127 個字），較少部分對應於-iong（20 個字）和-eng 韻（13 個字），對應比例分別爲 77.43%、12.19%和 7.9%。其他的都是例外。例如：

漢字	漢越語	IPA	拼音	漢字	漢越語	IPA	拼音
弓	Cung	[kuŋ¹]	gōng	凶	Hung	[huŋ¹]	xiōng
用	Dụng	[zuŋ⁶]	yòng	窮	Cùng	[kuŋ²]	qióng
冗	Nhũng	[ɲuŋ⁴]	rǒng	逢	Phùng	[fuŋ²]	féng
忠	Trung	[tʂuŋ¹]	zhōng	甕	Úng	[uŋ⁵]	wèng

以-uc[uk]韻收尾的漢越語共有 131 個字，主要對應於現代漢語的-u 韻（84

個字），其次是-ü 韻（38 個字），對應比例分別是 64.12%和 29%。其他的是例外。例如：

漢字	漢越語	IPA	拼音	漢字	漢越語	IPA	拼音
目	Mục	[muk⁶]	mù	曲	Khúc	[xuk⁵]	qǔ
竹	Trúc	[tʂuk⁵]	zhú	旭	Húc	[huk⁵]	xù
足	Túc	[tuk⁵]	zú	局	Cục	[kuk⁶]	jú
俗	Tục	[tuk⁶]	sú	浴	Dục	[zuk⁶]	yù
復	Phục	[fuk⁶]	fù	續	Tục	[tuk⁶]	xù

（四）漢越語-ưng、-ưc 韻和現代漢語韻母的對應關係

以-ưng[ɯŋ]韻收尾的漢越語只有 29 個字，主要對應於-eng 韻（19 個字），其次是-ing 韻（8 個字），對應比例分別為 65.51%和 27.58%。其他是例外。例如：

漢字	漢越語	IPA	拼音	漢字	漢越語	IPA	拼音
拯	Chửng	[tʂɯŋ³]	zhěng	凝	Ngưng	[ŋɯŋ¹]	níng
秤	Xứng	[ʂɯŋ⁵]	chèng	興	Hưng	[hɯŋ¹]	xīng
蒸	Chưng	[tʂɯŋ¹]	zhēng	應	Ứng	[ɯŋ⁵]	yìng
徵	Trưng	[tʂɯŋ¹]	zhēng	鷹	Ứng	[ɯŋ⁵]	yìng
證	Chứng	[tʂɯŋ⁵]	zhèng	鷹	Ưng	[ɯŋ¹]	yīng

以-ưc[ɯk]韻收尾的漢越語共有 55 個字，主要對應於現代漢語的-i（28 個字）和-ï（15 個字）兩韻，對應比例分別為 50.9%和 27.27%。其他的是例外。例如：

漢字	漢越語	IPA	拼音	漢字	漢越語	IPA	拼音
力	Lực	[lɯk⁶]	lì	式	Thức	[tʼɯk⁵]	shì
抑	Ức	[ɯk⁵]	yì	直	Trực	[tʂɯk⁶]	zhí
息	Tức	[tɯk⁵]	xī	食	Thực	[tʼɯk⁶]	shí
極	Cực	[kɯk⁶]	jí	飾	Sức	[ʂɯk⁵]	shì
逼	Bức	[bɯk⁵]	bī	織	Chức	[tʂɯk⁵]	zhí

（五）漢越語-ương、-ược、-uông 韻和現代漢語韻母的對應關係

漢越語的-ương [ɯɤŋ]韻為數較多，總共有 227 個字，主要對應於普通話的-ang 韻（131 個字），其次是-iang 韻（92 個字），對應比例分別為 57.7%和

40.5%。其餘的是例外。例如：

漢字	漢越語	IPA	拼音	漢字	漢越語	IPA	拼音
丈	Trượng	[tʂɯɤŋ⁶]	zhàng	向	Hướng	[huɤŋ⁵]	xiàng
上	Thượng	[tʼɯɤŋ⁶]	shàng	良	Lương	[luɤŋ¹]	liáng
方	Phương	[fuɤŋ¹]	fāng	兩	Lưỡng	[luɤŋ⁴]	liǎng
王	Vương	[vuɤŋ¹]	wáng	將	Tướng	[tuɤŋ⁵]	jiàng
羊	Dương	[zɯɤŋ¹]	yáng	槍	Thương	[tʼuɤŋ¹]	qiāng

以-ươc[ɯɤk]韻收尾的漢越語共有 52 個字，主要對應於普通話的-ue 韻（25 個字），其次是-uo 韻（16 個字），對應比例分別爲 48%和 30%。其他的算是例外。例如：

漢字	漢越語	IPA	拼音	漢字	漢越語	IPA	拼音
約	Ước	[ɯɤk⁵]	yuē	躍	Dược	[zuɤk⁶]	yuè
略	Lược	[luɤk⁶]	luè	若	Nhược	[ɲuɤk⁶]	ruò
爵	Tước	[tuɤk⁵]	jué	著	Trước	[tʂɯɤk⁵]	zhuó

漢越語的-uông[woŋ]韻爲數不多，只有 16 個字，主要對應於普通話的-uang 韻（13 個字），對應比例爲 81%。剩下的三個字視爲例外。例如：

漢字	漢越語	IPA	拼音	漢字	漢越語	IPA	拼音
況	Huống	[huoŋ⁵]	kuàng	筐	Khuông	[xuoŋ¹]	kuāng
狂	Cuồng	[kuoŋ²]	kuáng	誑	Cuống	[kuoŋ⁵]	kuáng
枉	Uổng	[uoŋ³]	wǎng	汪	Uông	[uoŋ¹]	wāng

（六）漢越語-ông、-ôc、-ong 韻和現代漢語韻母的對應關係

以-ông[oŋ]韻收尾的漢越語共有 131 個字，主要對應於普通話的-ong 韻（105 個字），其次是-eng 韻（23 個字），對應比例分別是 80.15%和 17.55%。其餘都是例外。例如：

漢字	漢越語	IPA	拼音	漢字	漢越語	IPA	拼音
工	Công	[koŋ¹]	gōng	翁	Ông	[oŋ¹]	wēng
孔	Khổng	[xoŋ³]	kǒng	夢	Mộng	[moŋ⁶]	mèng
同	Đồng	[doŋ²]	tóng	蓬	Bồng	[boŋ²]	péng
弄	Lộng	[loŋ⁶]	lòng	朦	Mông	[moŋ¹]	méng
紅	Hồng	[hoŋ²]	hóng	奉	Bổng	[boŋ³]	fèng

以-ôc [ok]韻收尾的漢越語共有 71 個字，最主要對應於普通話的-u 韻（64 個字），對應比例爲 90%。其他的算是例外。例如：

漢字	漢越語	IPA	拼音	漢字	漢越語	IPA	拼音
卜	Bốc	[bok⁵]	bǔ	速	Tốc	[tok⁵]	sù
木	Mộc	[mok⁶]	mù	鹿	Lộc	[lok⁶]	lù
谷	Cốc	[kok⁵]	gǔ	督	Đốc	[dok⁵]	dū

漢越語的-ong[ɔŋ]韻不多，只有 44 個字，對應於普通話的-ang、-ong、-eng 三韻，對應比例分別爲 34.09%、29.54%和 27.27%。剩下的是例外。例如：

漢字	漢越語	IPA	拼音	漢字	漢越語	IPA	拼音
亡	Vong	[vɔŋ¹]	wáng	峯	Phong	[fɔŋ¹]	fēng
防	Phòng	[fɔŋ²]	fáng	蜂	Phong	[fɔŋ¹]	fēng
房	Phòng	[fɔŋ²]	fáng	仲	Trọng	[tʂɔŋ⁶]	zhòng
網	Võng	[vɔŋ⁴]	wǎng	隆	Long	[lɔŋ¹]	lóng
封	Phong	[fɔŋ¹]	fēng	傭	Dong	[zɔŋ¹]	yōng

六、漢越語舌面韻母和現代漢語韻母的對應關係

（一）漢越語-anh、-ach、-oanh、-oach 韻和現代漢語韻母的對應
　　　關係

以-anh[aːɲ]韻收尾的漢越語共有 130 個字，主要對應於-eng 韻（75 個字），其次是-ing 韻（47 個字），對應比例分別爲 57.7%和 36.1%。其餘是例外。例如：

漢字	漢越語	IPA	拼音	漢字	漢越語	IPA	拼音
成	Thành	[tʼaːɲ²]	chéng	聖	Thánh	[tʼaːɲ⁵]	shèng
亨	Hanh	[haːɲ¹]	hēng	名	Danh	[zaːɲ¹]	míng
更	Canh	[kaːɲ¹]	gēng	杏	Hạnh	[haːɲ⁶]	xìng
孟	Mạnh	[maːɲ⁶]	mèng	青	Thanh	[tʼaːɲ¹]	qīng
彭	Bành	[baːɲ²]	péng	映	Ánh	[aːɲ⁵]	yìng

以-ach[aːt͡ʃ]韻收尾的漢越語共有 75 個字，主要對應於現代漢語的-e 韻（42 個字），對應比例是 56%。其次是對應於-o、-ai 兩韻，對應比例分別爲 16%和 10.6%。其他的是例外。例如：

漢字	漢越語	IPA	拼音	漢字	漢越語	IPA	拼音
厄	Ách	[a:tʃ⁵]	è	白	Bạch	[ba:tʃ⁶]	bái
客	Khách	[xa:tʃ⁵]	kè	百	Bách	[ba:tʃ⁵]	bǎi
革	Cách	[ka:tʃ⁵]	gé	迫	Bách	[ba:tʃ⁵]	pò
擇	Trạch	[tṣa:tʃ⁶]	zé	陌	Mạch	[ma:tʃ⁶]	mò

漢越語的-oanh[wa:ɲ]韻爲數不多，只有 21 個字，主要對應於普通話的-ing韻（13 個字），對應比例爲 62%。其他的可視爲例外。例如：

漢字	漢越語	IPA	拼音	漢字	漢越語	IPA	拼音
盈	Doanh	[zwa:ɲ¹]	yíng	鶯	Oanh	[wa:ɲ¹]	yīng
頃	Khoảnh	[xwa:ɲ³]	qǐng	贏	Doanh	[zwa:ɲ¹]	yíng
瑩	Oánh	[wa:ɲ⁵]	yíng	縈	Oanh	[wa:ɲ¹]	yíng

漢越語的-oach[wa:tʃ]韻數量很少，只有 13 個字，主要對應於普通話的-uo韻，對應比例爲 77%。剩下的 3 個字是例外。例如：

漢字	漢越語	IPA	拼音	漢字	漢越語	IPA	拼音
攫	Hoạch	[hwa:tʃ⁶]	huò	鑊	Hoạch	[hwa:tʃ⁶]	huò
獲	Hoạch	[hwa:tʃ⁶]	huò	蠖	Hoạch	[hwa:tʃ⁶]	huò

（二）漢越語-inh、-ich、-uynh 韻和現代漢語韻母的對應關係

以-inh[iɲ]韻收尾的漢越語共有 209 個字，最主要對應於現代漢語的-ing 韻（166 個字），對應比例高達 79.42%。其次是與-eng 韻（26 個字）對應，所佔的比例很小，只有 7.6%。剩下的都是例外。例如：

漢字	漢越語	IPA	拼音	漢字	漢越語	IPA	拼音
兵	Binh	[biɲ¹]	bīng	請	Thỉnh	[tʰiɲ³]	qǐng
形	Hình	[hiɲ¹]	xíng	正	Chính	[tṣiɲ⁵]	zhèng
明	Minh	[miɲ¹]	míng	呈	Trình	[tṣiɲ²]	chéng
停	Đình	[diɲ²]	tíng	鄭	Trịnh	[tṣiɲ⁶]	zhèng
鼎	Đỉnh	[diɲ³]	dǐng	盛	Thịnh	[tʰiɲ⁶]	shèng

以-ich[itʃ] 韻收尾的漢越語共有 155 個字，最主要對應於現代漢語的-i 韻（129 個字），其次是-ï 韻（18 個字），對應比例分別爲 83.22%和 11.61%。其他的都是例外。例如：

漢字	漢越語	IPA	拼音	漢字	漢越語	IPA	拼音
夕	Tịch	[titʃ⁶]	xī	積	Tích	[titʃ⁵]	jī
疫	Dịch	[zitʃ⁶]	yì	尺	Xích	[sitʃ⁵]	chǐ
隙	Khích	[xitʃ⁵]	xì	擲	Trịch	[tʂitʃ⁶]	zhí
嫡	Đích	[ditʃ⁵]	dí	釋	Thích	[tʰitʃ⁵]	shì
碧	Bích	[bitʃ⁵]	bì	炙	Chích	[tʂitʃ⁵]	zhì

　　漢越語的-uynh[wiɲ]韻數量很少，只有 19 個字之多，主要對應於現代漢語的-iong 韻（14 個字），對應比例為 73.7%。剩下的 5 個字算是例外。例如：

漢字	漢越語	IPA	拼音	漢字	漢越語	IPA	拼音
兄	Huynh	[hwiɲ¹]	xiōng	炯	Quýnh	[kwiɲ⁵]	jiǒng
迥	Huýnh	[hwiɲ⁵]	jiǒng	瓊	Quỳnh	[kwiɲ²]	qióng

　　對於統計數量少於 10（含）個字的韻母，本文一律將之視為例外，不再做分析。總共有 34 個沒有起對應關係的韻母，包括：-ăt[at]（2 個字）、-im[im]（2）、-ip[ip]（1）、-in[in]（2）、-ui[uj]（1）、-um[um]（1）、-un[un]（2）、-ut[ut]（1）、-ên[en]（1）、-êt[et]（3）、-ênh[eɲ]（5）、-ơp[ɤːp]（2）、-ây[ɤj]（1）、-ia[ie]（2）、-iêc[iek]（1）、-iêp[iep]（1）、yêt[iêt]（7）、-ưa[ɯɤ]（5）、-uôi[uoj]（4）、-uôn[won]（2）、-uôc[wok]（1）、-uych[witʃ]（2）、-uêch[wetʃ]（1）、-oăng[waŋ]（4）、-oăc[wak]（7）、-oe[wɛ]（1）、-oc[ɔk]（8）、-oac[waːk]（1）、-oach[waːtʃ]（6）、-uang[waːŋ]（9）、-uanh[waːɲ]（1）、-uat[waːt]（6）、-oăc[wak]（10）、-uăng[waŋ]（1）。

　　以上是漢越語韻母和現代漢語韻母對應關係的統計。本文將這個統計結果歸納起來，同時也將范宏貴和劉志強兩位學者在《越南語言文化探究》一書的研究成果放在一表以便作為參考和比較。對於不同之處，本文將加以分析與討論。

表 4.57：漢越語和現代漢語韻母對應關係表

普通話　漢越語	范宏貴、劉志強	本　文	分　析　和　討　論
-i [i]	-i,-ei,-uei 〔註2〕	主：-i、-ï 次：-ei	范、劉二氏未分對應關係的主次。

〔註2〕范宏貴、劉志強：《越南語言文化探究》（北京：民族出版社，2008 年），頁 350～389。

-inh [iɲ]	-eng,-ing	主：-ing 次：-eng	范、劉二氏未分對應關係的主次。
-ich [itʃ]	-i	主：-i 次：-ï	漢越語-ich 韻共有 155 個字，主要與普通話的-i 韻對應，-ï 韻次之。范、劉二氏直接說普通話的-i 與漢越語的-k 對應，但查其例子才知道是-i 與-ich 對應的意思。然而他們忽略了-ï 韻。
-y [i]	-i	-i	同。雖然-i 和-y 同音，但是漢越語的-y 單獨成音節時需寫成 y，不寫 i。據統計，y 有 23 字。
-ɯ [ɯ]	-u,-ü	主：-ü 次：-ï、-u	漢越語-ɯ 韻主要對應於普通話-ü 韻，其次是-ï、-u 兩韻，對應比例分別爲 45.78%、26.5%和 26.1%。范、劉二氏忽略了-ï 韻。
-ɯu [ɯw]	（未談）	-ou、-iu	漢越語-ɯu 韻共有 131 個字，主要與普通話的-ou、-iu 兩韻對應。范、劉二氏忽略了此韻。
-ɯng [ɯŋ]	-eng	主：-eng 次：-ing	漢越語-ɯng 韻共有 29 字，主要與普通話的-eng 韻對應，-ing 韻次之。范、劉二氏忽略此韻。
-ɯc [ɯk]	-i	-i、-ï	漢越語-ɯc 韻共有 55 個字，主要與普通話的-i、-ï 兩韻對應。范、劉二氏直接說普通話的-i 與漢越語的-k 對應，但查其例子才知道是-i 與-ɯc 對應的意思。然而他們忽略了-ï 韻。
-u [u]	-u,-ou（少），-iou	主：-u、-ü， 次：-ou、-iu	漢越語-u 韻有 338 字，主要對應於普通話-u、-ü 兩韻，其次是-ou、-iu 兩韻，對應比例分別爲 39.6%、31%、20.4%和 7.9%。范、劉二氏忽略了-ü、-iu 兩韻。他們提出的-iou 韻數量更少（4.7%）。
-ung [uŋ]	-ong,-iong	主：-ong 次：-iong、-eng	漢越語-ung 韻有 164 字，主要對應於普通話-ong 韻，其次是-iong、-eng 兩韻，對應比例分別爲 77.4%、12.2%和 7.9%。范、劉二氏忽略了-eng 韻。
-uc [uk]	-u，-ü	主：-u 次：-ü	同。不過范、劉二氏交待不清楚，只說普通話的-ü 對應漢越語的-k，然後提出一個例子（綠）。
-ê [e]	-i	-i	同。
-ơ [ɤ:]	-u	-u	同。
-ơi [ɤ:j]	（未談）	-ie	漢越語-ơi 韻有 13 個字，主要與普通話的-ie 韻對應。范、劉二氏沒有提及此韻。

-ô [o]	-u	-u	同。
-ôi [oj]	-ei	-ui、-ei	漢越語-ôi 韻有 134 個字，對應於普通話的-ui、-ei 兩韻，對應比例分別為 52.23%和 39.55%。范、劉二氏未談及比-ei 更重要的-uei 韻。
-ôn [on]	-en,-uen	主：-un 次：-en	范、劉二氏未分對應關係的主次。
-ôt [ot]	-u	主：-u 次：-o	漢越語-ôt 韻有 46 個字，主要與普通話-u 韻對應，-o 韻次之，對應比例分別是 50% 和 19.56%。范、劉二氏忽略了-o 韻。
-ông [oŋ]	-eng,-ong	主：-ong 次：-eng	范、劉二氏未分對應關係的主次。
-ôc [ok]	-u	-u	同。
-o [ɔ]	-u	-u、-ou	漢越語-o 韻有 13 個字，與普通話-u、-ou 兩韻對應，比例分別為 61.53%和 38.46%，沒有例外。范、劉二氏忽略了-ou 韻。
-ong [ɔŋ]	-ang	-ang、-ong、-eng	漢越語-ong 韻有 44 字，對應於普通話-ang、-ong、-eng 三韻，比例分別為 34.09%、29.54%和 27.27%。范、劉二氏忽略了-ong、-eng 兩韻。
-a [a:]	-a,-ia,-o,-uo,-e,-ie	主：-a、-e、-uo 次：-ia、-o、-ie	范、劉二氏未分對應關係的主次。
-ai [a:j]	-ai,-ei	-ai	漢越語-ai 韻有 231 個字，主要對應於普通話的-ai 韻，對應比例為 76.6%。剩下的 23.4%都來自普通話其他 8 韻，其中只有 9 個來自-ei 韻字，佔 3.9%，純為例外，不足以當做對應關係。
-ao [a:w]	-ao,-iao	主：-ao 次：-iao	范、劉二氏未分對應關係的主次。
-am [a:m]	-an	主：-an 次：-ian	漢越語-am 韻有 163 個字，主要與普通話-an 韻對應，-ian 韻次之，對應比例分別是 85.88%和 11%，例外有 5 字。范、劉二氏忽略了-ian 韻。
-ap [a:p]	-a,-ia	主：-a 次：-ia	范、劉二氏未分對應關係的主次。

-an [a:n]	-an	主：-an 次：-ian	漢越語-an韻有231個字，主要與普通話-an韻對應，-ian韻次之，對應比例分別是89.6%和9%，例外有3字。范、劉二氏忽略了-ian韻。
-at [a:t]	-a,-o,-ie	主：-a 次：-e、-o	漢越語-at韻主要對應於普通話-a韻，其次是-e、-o兩韻，對應比例分別為53.3%、20%和17.3%。范、劉二氏忽略了-e韻。他們所收錄的-ie韻只有桔（Cát／jie）、涅（Nát／niè）兩字，純為例外。本文將之收錄為Quất、Niết兩音。
-ang [a:ŋ]	-ang,-iang,-uang	主：-ang 次：-uang	漢越語-ang韻有161個字，主要與普通話-ang韻對應，-uang韻次之，對應比例分別為80.74%和10.5%。范、劉二氏認為-iang韻也可以當作對應關係，但其數很少，佔約6.2%，只是例外。
-ac [a:k]	-u,-a,-o,-uo	主：-uo 次：-o、-e、-ue	漢越語-ac韻主要對應於普通話-uo韻，其次是-o、-e、-ue三韻，對應比例分別為39.23%、22.3%、16.15%和10.76%。范、劉二氏忽略了-e、-ue兩韻。他們雖然提出-u,-a兩韻，但據本文的統計，-u只佔3%，當例外，且沒有-a韻字。
-anh [a:ɲ]	-eng,-ing	主：-eng 次：-ing	范、劉二氏未分對應關係的主次。
-ach [a:tʃ]	-e	主：-e 次：-o、-ai	漢越語-ach韻主要對應於普通話-e韻，其次是-o、-ai兩韻，對應比例分別為56%、16%和10.6%。范、劉二氏忽略了-o、-ai兩韻。
-âu [ɤw]	-u,-ou,-iou	-ou	漢越語-ou韻有166個字，主要對應於普通話-ou韻，對應比例為80.12%。其他的可視為例外。范、劉二氏認為-u、-iou兩韻可以當作對應關係。其實，據本文的統計，-u佔5.4%，-iou韻只佔1.8%，只能將之視為例外。
-âm [ɤm]	-en,-in	-in、-en	同。
-âp [ɤp]	-u,-i	主：-i 次：-ï	漢越語-âp韻有47個字，主要對應於普通話的-i韻，其次是-ï韻，對應比例分別為72.34%和19.14%。范、劉二氏忽略了-ï韻。他們還認為-âp對應於普通話的-u，並舉「入」為例子。其實，據本文的統計，「入」完全是孤例。此外，他們在書中講與普通話-i對應的其實是-p，而不是-âp，看例子才知道是指-âp的意思。

-ân [ɤn]	-en,-in,-uen	-in、-en	漢越語-ân 韻有 252 個字，主要對應於普通話的-in、-en 兩韻，對應比例分別爲 52%和 39.7%。范、劉二氏認爲-ân 對應於普通話的-uen，但據本文的統計，總共只有 6 個字，佔 2.3%，不足以堪稱一個對應關係。
-ât [ɤt]	-u,-i	主：-i， 次：-ï、-u	漢越語-ât 韻有 99 個字，主要對應於普通話的-i 韻，其次是-ï、-u 兩韻，對應比例分別爲 51.5%、22.2%和 20%。范、劉二氏忽略了-ï 韻。他們在書中講與普通話-i 對應的其實是-t，而不是-ât，看例子才知道是指-ât 的意思。
-ăn [an]	（未談）	-e	漢越語-ăn 韻有 14 個字，主要對應於普通話的-e 韻，沒有例外。范、劉二氏沒有提及此韻。
-ăng [aŋ]	-eng,	主：-eng 次：-ing	漢越語-ăng 韻有 78 個字，主要對應於普通話的-eng 韻，其次是-ing 韻，對應比例分別爲 74.4%和 20.5%。范、劉二氏忽略了-ing 韻。
-ăc [ak]	-e,-ei	-e	漢越語-ăc 韻有 45 個字，最主要對應於普通話的-e 韻（24 個字），對應比例爲 53.3%。例外爲數較多，不成系統。范、劉二氏認爲-ăc 對應於普通話-ei，但據本文的統計，只有 3 個字，佔 6.6%，不能算是個對應關係。
-iêu [ieu]	-ao,-iao	主：-iao 次：-ao	范、劉二氏未分對應關係的主次。
-iêm [iem]	-an,-ian	主：-ian 次：-an	范、劉二氏未分對應關係的主次。
-iêp [iep]	-ie	主：-ie 次：-e	漢越語-iêp 韻有 81 個字，主要對應於普通話的-ie 韻，其次是-e 韻，對應比例分別爲 55.55%和 27.16%。范、劉二氏忽略了-e 韻。
-iên [ien]	-an,-ian	主：-ian 次：-an	范、劉二氏未分對應關係的主次。
-iêt [iet]	-e,-ie	主：-ie 次：-e	范、劉二氏未分對應關係的主次。
-yêu [ieu]		-ao	漢越語的-yêu 是-iêu 韻的一部分，可以單獨成字。可能范、劉二氏將-yêu 和-iêu 放在一起來處理。
-yêm [iem]	-ian	-ian	同。

-yên [ien]	-ian	-ian	同。
-ương [ɯɤŋ]	-ang,-iang,-uang	主：-ang 次：-iang	漢越語-ương 韻主要對應於普通話-ang韻，其次是-iang韻，對應比例分別為57.7%和40.5%。例外只有4個字。范、劉二氏認為-ương還對應於普通話的-uang，其實它只是本文例外中的3個字，不足以堪稱一個對應關係。
-ược [ɯɤk]	-iao	主：-ue 次：-uo	漢越語-ược韻對應於普通話的-ue、-uo兩韻，對應比例分別為48%和30%。范、劉二氏不但忽略了這兩韻而且還誤認為-ược韻對應普通話的-iao韻。其實，據本文的統計，普通話-iao韻只有5個字，佔9.6%，不能當作對應關係。
-uông [woŋ]	（未談）	-uang	漢越語-uông韻有16個字，對應於普通話-uang韻，對應比例為81%。范、劉二氏沒有提及此韻。
-uy [wi]	-ei,-uei	主：-ui 次：-ei	范、劉二氏未分對應關係的主次。
-uynh [wiɲ]	（未談）	-iong	漢越語-uynh韻有19個字，對應於普通話-iong韻，對應比例為73.7%。范、劉二氏沒有討論此韻。
-uyên [wien]	-uan	主：-uan 次：-ian	漢越語-uyên韻有150個字，主要對應於普通話-uan韻，少部分對應於-ian韻，對應比例分別為80.67%和10%。范、劉二氏忽略了-ian韻。
-uyêt [wiet]	（未談）	主：-ue 次：-uo	漢越語-uyêt韻有48個字，對應於普通話-ue、-uo兩韻，對應比例分別為70.8%和20.8%。范、劉二氏沒有提及此韻。
-uê [ue]	（未談）	主：-ui 次：-i	漢越語-uê韻有55個字，對應於普通話-ui、-i兩韻，對應比例分別為74.5%和18.2%。范、劉二氏沒有論及此韻。
-uân [wɤn]	（未談）	-ün、-un	漢越語-uân韻有114個字，對應於普通話-ün、-un兩韻，對應比例分別為54.4%和41.2%。范、劉二氏沒有討論此韻。
-uât [wɤt]	-u	-ü、-u	漢越語-uât有36個字，對應於普通話的-ü、-u兩韻，對應比例分別為44.4%和33.3%。范、劉二氏對於-uât和-ü的對應關係交待很不清楚，只說「漢語拼音的ü對應漢越語的-t」，然後單舉「律」為例子。

-oa [wa:]	-ua,-uo	主：-uo 次：-e、-ua、 　　-a	漢越語-oa 韻有 98 個字，主要對應於普通話-uo 韻，其次是-e、-ua、-a 三韻，對應比例分別爲 44.89%、14.28%、14.28%和 13.26%。范、劉二氏忽略了-e、-a 兩韻。
-oai [wa:j]	-ua,-uai	-uai、-ui	漢越語-oai 韻有 20 個字，主要對應於普通話-uai、-ui 兩韻，對應比例分別爲 45%和 35%。范、劉二氏忽略了-ui 韻，又提及-ua 韻。其實，據本文的統計，-ua 只是孤例，就是「話」字，不能當作對應關係。
-oan [wa:n]	-uan	主：-uan 次：-an	漢越語-oan 韻有 119 個字，對應於普通話-uan、-an 兩韻，對應比例分別爲 74.78%和 23.52%。范、劉二氏忽略了-an 韻不談。
-oat [wa:t]	-ua,-uo	-uo	漢越語-oat 韻有 19 個字，主要對應於普通話-uo 韻，對應比例爲 42.1%。例外較多而雜亂，共 11 個字。范、劉二氏認爲普通話-ua 與漢越語-oat 對應。據本文的統計，只有 3 個-ua 韻字，佔 15.7%，勉強可以接受。
-oang [wa:ŋ]	（未談）	-uang	漢越語-oang 韻有 35 個字，要對應於普通話-uang 韻，對應比例爲 91.42%。范、劉二氏沒有討論此韻。
-oanh [wa:ɲ]	（未談）	-ing	漢越語-oanh 韻有 21 個字，對應於普通話-ing 韻，對應比例爲 62%。范、劉二氏沒有論及此韻。
-oach [wa:tʃ]	-uo	-uo	同。
-uynh [wiɲ]	（未談）	-iong	漢越語-uynh 韻有 19 個字，對應於普通話-iong 韻，對應比例爲 73.7%。范、劉二氏沒有提及此韻。
-ua [wa:]	（未談）	主：-uo 次：-ua	漢越語-ua 韻只有 14 個字，對應於普通話-uo、-ua 兩韻，對應比例分別爲 57.1%和 28.6%。范、劉二氏沒有討論此韻。
-uan [wa:n]	（未談）	-uan	漢越語-uan 韻有 27 個字，對應於普通話-uan 韻，對應比例達 96.3%。范、劉二氏沒有論及此韻。
-uai [wa:j]	（未談）	主：-uai 次：-ua	漢越語-uai 韻有 18 個字，對應於普通話-uai、-ua 兩韻，對應比例分別爲 61.1%和 33.3%。范、劉二氏沒有提及此韻。
-ưa [uɤ]	-eng	（數量太少，上文列入例外之韻）	漢越語只有 5 個-ưa 韻字，其中有 3 個字普通話讀爲-eng 韻。由於此韻數量太少，而且漢越語-ưa 韻是陰聲韻，普通話的-eng 韻卻是陽聲韻，相差太遠，所以難以堪稱一個對應關係。

　　由上表的內容我們可以看出范宏貴、劉志強兩位學者所撰寫的《越南語言文化探究》一書第三節〈漢語普通話韻母與漢越語韻母的對應規律〉並不完整，有很多地方他們還沒有顧慮到。主要的原因有可能是他們只靠個人的經驗來考察兩種語言的對應關係而沒有做較爲全面的統計，因此研究結果多出缺漏。

第二節　漢越語和中古漢語韻母的對應關係

　　中古漢語韻母都是漢越語韻母和現代漢語韻母的直接來源，但是由於它往兩個方向走，所以兩種的對應關係有所不同。下面本文按照上述韻母部分的結構，對漢越語和中古漢語韻母的對應關係依次進行分析和討論。其中，本文將主要採納王力先生在《漢語史稿》一書裏的中古漢語之擬音系統來解釋其間的關係。〔註3〕不過，在此也要交待清楚，擬音系統只能做參考，不是一定那麼正確，因爲語言學家各有不同的擬音系統，而且最重要的是連《切韻》系統也不能代表一時一地的語音。

一、漢越語零韻尾和中古漢語韻母的對應關係

（一）漢越語-a、-ua、-oa韻和中古漢語假攝、果攝各韻的對應關係

　　漢越語的-a[aː]數量相當多，共有274個字。它主要來源於中古漢語的假攝（160個字）和果攝（102個字）各韻，對應比例分別爲58.4%和37.3%。其他12個字可以算是例外。例如：

漢字	漢越語	IPA	韻攝	拼音	漢字	漢越語	IPA	韻攝	拼音
加	Gia	[ʑaː¹]	假	jiā	多	Đa	[daː¹]	果	duō
沙	Sa	[ʂaː¹]	假	shā	左	Tả	[taː³]	果	zuǒ
亞	Á	[aː⁵]	假	yà	我	Ngã	[ŋaː⁴]	果	wǒ
茶	Trà	[tʂaː²]	假	chá	河	Hà	[haː²]	果	hé
夏	Hạ	[haː⁶]	假	xià	波	Ba	[baː¹]	果	bō

　　漢越語的-oa[waː]韻共有98個字，主要對應於中古漢語果攝（60個字），其次是假攝（23個字），對應比例分別爲61.2%和23.4%。例外的數量比較多，

〔註3〕王力：《漢語史稿》（北京：中華書局，1980年）。

約 15 個字，其中有 10 個字來自蟹攝字。例如：

漢字	漢越語	IPA	韻攝	拼音	漢字	漢越語	IPA	韻攝	拼音
坐	Tọa	[twa:6]	果	zuò	花	Hoa	[hwa:1]	假	huā
臥	Ngọa	[ŋwa:6]	果	wò	誇	Khoa	[xwa:1]	假	kuā
貨	Hóa	[hwa:5]	果	huò	化	Hóa	[hwa:5]	假	huà

以-ua[wa:]韻收尾的漢越語數量很少，只有 14 個字，主要來源於中古漢語的果、假兩攝，對應比例分別為 71.4%和 28.6%。例如：

漢字	漢越語	IPA	韻攝	拼音	漢字	漢越語	IPA	韻攝	拼音
過	Quá	[qwa:5]	果	guò	寡	Quả	[qwa:3]	假	guǎ
戈	Qua	[qwa:1]	果	gē	瓜	Qua	[qwa:1]	假	guā

同上所說，-ua 韻就是-oa 韻的變體，只是當-o 出現在 q-的後面時，也就是說中古漢語圓唇介音與見母配合時，-o 就要改寫成-u。這是越南語裏書寫上的規則。

從總體來看，漢越語韻母-a 來自中古漢語假攝的／a／和果攝的／ɑ／、／uɑ／。在漢越語裏，／ɑ／和／a／合流，原因在於越南語中只有一個元音／A／，但是前／a／和後／ɑ／之分還留痕於越南語 gi-和 nh-兩個聲母上（見上文）。假攝和果攝各韻部的合口字就讀成-oa 或者-ua。若是三等字，介音／-i-／脫落後也形成漢越語的-a。

（二）漢越語-ê、-uê 韻和中古漢語蟹攝各韻的對應關係

以韻母-ê[e]收尾的漢越語數量相當多，共有 244 個字，主要源於中古漢語蟹攝各韻目（231 個字），對應比例為 94.67%。例外不多，只有 13 個字。例如：

漢字	漢越語	IPA	韻攝	拼音	漢字	漢越語	IPA	韻攝	拼音
勢	Thế	[tʻe5]	蟹	shì	帝	Đế	[de5]	蟹	dì
際	Tế	[te5]	蟹	jì	閉	Bế	[be5]	蟹	bì
底	Để	[de3]	蟹	dǐ	批	Phê	[fe1]	蟹	pī
禮	Lễ	[le4]	蟹	lǐ	栖	Thê	[tʻe1]	蟹	qī
系	Hệ	[he6]	蟹	xì	雞	Kê	[ke1]	蟹	jī

漢越語的-uê[we]韻數量不多，共有 55 個字，主要來源於中古漢語的蟹攝

各韻目（52 個字），對應比例爲 94.5%。例外數量不多，只有 3 個來自止攝字。例如：

漢字	漢越語	IPA	韻攝	拼音	漢字	漢越語	IPA	韻攝	拼音
芮	Nhué	[ɲwe⁵]	蟹	ruì	裔	Duệ	[zwe⁶]	蟹	yì
惠	Huệ	[hwe⁶]	蟹	huì	穢	Ué	[we⁵]	蟹	huì
稅	Thué	[tʼwe⁵]	蟹	shuì	珪	Khuê	[xwe¹]	蟹	guī

根據王力在《漢語史稿》一書的擬音，我們知道蟹攝的祭／ĭɛi／、齊／iei、廢／ĭwɐi／等韻部在晚唐時期正在處於合流的趨勢，讀爲／ĭɛi／〔註4〕，傳入越南語時，由於不符合越南語的語音，不接受介音／i／和半元音／j／收尾同時存在因此都脫落，最後讀成漢越語的-ê。在漢語裏本身，這些韻目到了宋代就與止攝微韻的一部分合流，形成了現代漢語的韻母／i／，因此才有漢越語韻母-ê 與現代漢語的-i 對應（見上一章）。

至於漢越語-uê 韻，這只是蟹攝各韻的合口字，即前面加上了介音／-w-／，與-ê 韻的情形相同，所以本文不贅述。

（三）漢越語-i、-y、-uy 韻和中古漢語止攝各韻的對應關係

以韻母-i [i]收尾的漢越語數量最多，總共有 577 個字，主要來自中古漢語止攝各韻目（560 個字），對應比例爲 97%。形成漢越語-i [i]韻的例外不多，只有 17 個字來自其他韻攝。例如：

漢字	漢越語	IPA	韻攝	拼音	漢字	漢越語	IPA	韻攝	拼音
馳	Trì	[tʂi²]	支	chí	爾	Nhĩ	[ɲi⁴]	紙	ěr
儀	Nghi	[ŋi¹]	支	yí	璽	Tỉ	[ti³]	紙	xǐ
羲	Hi	[hi¹]	支	xī	癡	Si	[ʂi¹]	之	chī
鼻	Tị	[ti¹]	至	bí	麒	Kì	[ki²]	之	qí
器	Khí	[xi⁵]	至	qì	理	Lí	[li⁵]	止	lǐ

漢越語的-y[i]韻（共有 23 個字）其實就是-i[i]韻的一種變體，因此它與-i 韻的情況完全相同，即來源於中古漢語止攝各韻目（22 個字），對應比例爲 95.6%。-y 韻的的例外只有一個字。例如：

〔註4〕王力：《漢語史稿》（北京：中華書局 1980 年），頁 166。

漢字	漢越語	IPA	韻攝	拼音	漢字	漢越語	IPA	韻攝	拼音
衣	Y	[i:¹]	止	yī	懿	Ý	[i:⁵]	止	yì
意	Ý	[i:⁵]	止	yì	椅	Ỷ	[i:³]	止	yǐ

以-uy[wi]韻收尾的漢越語共有 164 個字，主要源於中古漢語的止攝各韻（155 個字），對應比例爲 94.5％。剩下的 9 個字視爲例外。例如：

漢字	漢越語	IPA	韻攝	拼音	漢字	漢越語	IPA	韻攝	拼音
水	Thủy	[tʰwi³]	止	shuǐ	推	Suy	[ʂwi¹]	止	tuī
委	Ủy	[wi³]	止	wěi	累	Lụy	[lwi⁶]	止	lèi
追	Truy	[tʂwi¹]	止	zhuī	毀	Hủy	[hwi³]	止	huǐ
唯	Duy	[zwi¹]	止	wéi	睡	Thụy	[tʰwi⁶]	止	shuì

從以上的統計結果，我們知道中古漢語的止攝各韻如支／ǐe／韻、脂／i／、之／ǐə／、微／ǐəi／等在晚唐時期合而爲一，[註5]傳入漢越語時，一律讀成／-i-／。漢越語的元音／-y-／是／-i-／的變體。這樣的分類與越南語書寫形式，在第二章已經闡述過：「／i／單獨出現成音時，若是漢越語就寫／y／，若非就寫／i／。」

至於漢越語的-uy 韻就是上古漢語止攝各韻的合口字，即主要元音前有個圓唇介音／-w-／。值得留意的是，越南語韻母有／-uy／和／-ui／之分，其間的發音完全不同，國際音標分別爲[-wi]、[-uj]。前者有漢語來源，主要元音是／-i-／，後者是純越南語的韻母，主要元音是／-u-／，而半元音-i[-j]當作陰聲韻尾。這樣的分別令我們碰倒 Túy[twi⁵]（醉）與 Túi[tuj⁵]（袋子、口袋），Thúy[tʰwi⁵]（翠）與 Thúi[tʰuj⁵]（臭味）等情況時就不會念錯了。

（四）漢越語-u 韻和中古漢語遇攝和流攝各韻的對應關係

漢越語各韻母當中，-u[u]的數量非常多，一共有 338 個字，僅次於-i 韻的數量，它主要來源於中古漢語遇攝各韻目（228 個字），其次是流攝各韻（108 個字），對應比例分別爲 67.45%和 32%。例外極少，只有 2 個字來自效攝和通攝。例如：

漢字	漢越語	IPA	韻攝	拼音	漢字	漢越語	IPA	韻攝	拼音
囚	Tù	[tu²]	流	qiú	宇	Vũ	[vu⁴]	遇	yǔ

〔註 5〕王力：《漢語史稿》（北京：中華書局 1980 年），頁 166。

收	Thu	[t'u¹]	流	shōu	芙	Phù	[fu²]	遇	fú
秀	Tú	[tu⁵]	流	xiù	巫	Vu	[vu¹]	遇	wū
臭	Xú	[su⁵]	流	chòu	柱	Trụ	[tʂu⁶]	遇	zhù
遊	Du	[zu¹]	流	yóu	區	Khu	[xu¹]	遇	qū

可見，從音值來講，漢越語-u 韻主要來自／ĭu／、／ĭəu／兩種讀音，但是也有一部份模韻混入。阮才謹認爲模韻的音值是／o／，然後才分化成／o／和／u／兩種讀音，但是王力則認爲只有一個／u／。其實，中古漢語模韻主要形成了漢越語的-ô（見下文），其另一部份與虞、尤合流形成了漢越語的-u。王力在《漢語史稿》裏認爲虞、模兩韻至少在第八世紀就合流了。〔註6〕中古漢語遇攝和流攝各韻演變成現代漢語的-u、-ü，其中流攝各韻（音值 ĭəu）又有一部分演變成現代漢語的-ou 和-iu，這幾個韻也對應於漢越語的-u，因爲兩者同源。

（五）漢越語-ɯ、-ơ 韻和中古漢語遇攝和止攝各韻的對應關係

以韻母-ư[ɯ]收尾的漢越語共有 249 個字，主要源於中古漢語遇攝各韻目（178 個字），其次是止攝各韻（68 個字），對應比例分別爲 71.48%和 27.3%。例外很少，只有 3 個字。例如：

漢字	漢越語	IPA	韻攝	拼音	漢字	漢越語	IPA	韻攝	拼音
巨	Cự	[kɯ⁶]	遇	jù	死	Tử	[tɯ³]	止	sǐ
庶	Thứ	[t'ɯ⁵]	遇	shù	事	Sự	[ʂɯ⁶]	止	shì
渠	Cừ	[kɯ²]	遇	qú	資	Tư	[tɯ¹]	止	zī
猪	Trư	[tʂɯ¹]	遇	zhū	辭	Từ	[tɯ²]	止	cí
處	Xứ	[sɯ⁵]	遇	chù	賜	Tứ	[tɯ⁵]	止	cì

漢越語的-ơ[ɤː]韻數量不多，只有 26 個字，主要來自中古漢語遇攝各韻（21 個字），對應比例爲 80.7%，例如：

漢字	漢越語	IPA	韻攝	拼音	漢字	漢越語	IPA	韻攝	拼音
助	Trợ	[tʂɤː⁶]	遇	zhù	楚	Sở	[ʂɤː³]	遇	suǒ
所	Sở	[ʂɤː³]	遇	suǒ	蔬	Sơ	[ʂɤː¹]	遇	shū
梳	Sơ	[ʂɤː¹]	遇	shū	疏	Sớ	[ʂɤː⁵]	遇	shù

漢越語-ư 韻的發音比較特殊，是漢語所沒有的舌面後展唇音。所以基本上

〔註6〕王力：《漢語史稿》（北京：中華書局 1980 年），頁 173。

可以斷定中古漢語魚、御等韻傳入越南語後才產生此音。但要注意的是，音值 / ǐo / ＞ / ǐu / 傳到越南時，已經稍微改變（可能是舌位往前些，介音失落），與本土語言的-ư 韻很相近，因此才混入。阮才謹對魚韻的擬音與王力所擬的有所不同，他將漢越語-ư 韻的形成擬爲：《切韻》的魚韻ɨwɒ / ＞iwə～yə＞yɯ＞ɯ（-ư）。 〔註7〕

其實本文認爲阮才謹所擬的過渡期 / yə / 與王力給之韻所擬的 / ǐə / 較爲接近，只是發音時將舌位拉高。阮氏認爲介音 / y / 是介音 / -i- / 和 / -w- / 的混合變體，由於越南沒有這種介音，最後要脫落，剩下的-ư。上文所述，王力認爲之韻 / ǐə / 在晚唐變爲 / -i / ，但他沒想到之韻 / ǐə / 傳入越南時卻有一部分讀成漢越語-ư。此外，同攝的脂韻 / i / 也跟著之韻走，所以也有一部分讀爲-ư 了。那麼它們在什麼情況下才改讀呢？阮才謹先生認爲之、支等韻出現在精組開口字之後才讀成漢越語-ư。

至於漢越語-ơ 韻，在此可以算是-ư 韻的一個變體。因爲大部分-ơ 韻來自遇攝的語、魚等韻，而且跟-ư 韻的情況一樣，大多是出自開三字。此外，在越南語裏，-ư 韻和-ơ 韻也有相混的現象，如：Thư / Thơ（信封）、Gửi / Gởi（寄）、bây Giừ / bây Giờ（現在）、Mự / Mợ（媽媽）等。

（六）漢越語-ô、-o 韻和中古漢語遇攝各韻的對應關係

漢越語-ô[o]韻的數量相當豐富，共有 241 個字，絕大多數源於中古漢語遇攝各韻（236 個字），對應比例高達 97.92%。剩下的 5 個字視爲例外。例如：

漢字	漢越語	IPA	韻攝	拼音	漢字	漢越語	IPA	韻攝	拼音
奴	Nô	$[no^1]$	遇	nú	祖	Tổ	$[to^3]$	遇	zǔ
呼	Hô	$[ho^1]$	遇	hū	部	Bộ	$[bo^6]$	遇	bù
徒	Đồ	$[do^2]$	遇	tú	圃	Phố	$[fo^5]$	遇	pǔ
烏	Ô	$[o^1]$	遇	wū	募	Mộ	$[mo^6]$	遇	mù
虎	Hổ	$[ho^3]$	遇	hǔ	雇	Cố	$[ko^5]$	遇	gù

漢越語的-o[ɔ]韻爲數不多，只有 13 個字，主要來源於中古漢語遇攝（7 個字）和流攝（6 個字），對應比例分別爲 53.8%和 46.2%，沒有例外。例如：

〔註7〕阮才謹：〈漢越讀音的起源與形成過程〉（《漢喃工程選集》，河內：越南教育出版社，2011 年），頁 465。

漢字	漢越語	IPA	韻攝	拼音	漢字	漢越語	IPA	韻攝	拼音
由	Do	[zɔ¹]	流	yóu	午	Ngọ	[ŋɔ⁶]	遇	wǔ
壽	Thọ	[tʰɔ⁶]	流	shòu	赴	Phó	[fɔ⁵]	遇	fù

以上曾經講過，漢越語的-u 主要來自遇、流兩攝各韻，這裡漢越語-ô 也源於遇攝各韻。可見，中古漢語遇攝各韻傳到越南語時已經分成四大類，按照數量多寡分別為-ô、-u、-ɯ 和剩下的各韻。也就是說，遇攝各韻的變化較大，從上古以來一直變音。上文所講，王力給模、暮、姥等韻擬音為／u／讓我們較難理解它為何讀成漢越語的 ô。然而，在遇攝裡他卻給虞、魚分別擬音為／ĭu／、／ĭo／，可見其間一定有／o／的成分才演變成漢越語 ô 的讀音。正因為如此，阮才謹才給模韻、虞韻分別擬音為／o／（＞uo）、／io／（＞iuo）。阮氏認為虞韻是合口三等字，但越南語本身沒有介音／-i-／，所以虞韻一定要變音，最簡單的方式是介音／-i-／要脫落，但需要保持模韻合口一等和虞韻合口三等之間一定的對立，因此模韻該讀為漢越語的-ô [o]，虞韻該讀為漢越語的-u[u]。〔註 8〕本文認為可以接受這個看法。

至於漢越語的-o[ɔ]，它主要來自遇攝的遇韻和流攝的尤韻，數量較少。阮才謹先生認為這是漢越語-u 韻或者-u、-ô 兩韻的副韻（變體），但是本文認為漢越語-o 韻很有可能是古漢越語的痕跡。目前，本文所找到的古漢越語-o 韻數量相當多，而且都是來自遇攝和流攝各韻部，例如：戶 Họ＞Hộ（姥韻）、藕 Ngó＞Ngẫu（厚韻）、爐 Lò＞Lô（模韻）等（詳見下一章）。

二、漢越語半元音收尾韻母和中古漢語韻母的對應關係

（一）漢越語-ai、-oai、-uai 韻和中古漢語蟹攝各韻的對應關係

以韻母-ai [a:j]收尾的漢越語數量很多，共有 231 個字，最主要來自中古漢語蟹攝（224 個字）的各韻，對應比例高達 97%。例外數量不多，只有 7 個字。例如：

漢字	漢越語	IPA	韻攝	拼音	漢字	漢越語	IPA	韻攝	拼音
大	Đại	[da:j⁶]	蟹	dà	耐	Nại	[na:j⁶]	蟹	nài

〔註 8〕阮才謹：〈漢越讀音的起源與形成過程〉（《漢喃工程選集》，河內：越南教育出版社，2011 年），頁 471～472。

太	Thái	$[t'a:j^5]$	蟹	tài	皆	Giai	$[za:j^1]$	蟹	jiē
在	Tại	$[ta:j^6]$	蟹	zài	害	Hại	$[ha:j^6]$	蟹	hài
來	Lai	$[la:j^1]$	蟹	lái	豺	Sài	$[ʂa:j^2]$	蟹	chái
哀	Ai	$[a:j^1]$	蟹	āi	凱	Khải	$[xa:j^3]$	蟹	kǎi

以-oai[wa:j]韻收尾的漢越語數量較少，只有20個字，主要來自中古漢語的蟹攝（15個字），其次是止攝（5個字），對應比例分別爲75%和25%，沒有例外。例如：

漢字	漢越語	IPA	韻攝	拼音	漢字	漢越語	IPA	韻攝	拼音
快	Khoái	$[xwa:j^5]$	蟹	kuài	帥	Soái	$[ʂwa:j^5]$	止	shuài
話	Thoại	$[t'wa:j^6]$	蟹	huà	遂	Toại	$[twa:j^6]$	止	suì
壞	Hoại	$[hwa:j^6]$	蟹	huài	類	Loại	$[lwa:j^6]$	止	lèi

漢越語的-uai [wa:j]韻的數量較少，只有18個字之多，全部來源於中古漢語的蟹攝各韻，對應比例達100%，沒有例外。例如：

漢字	漢越語	IPA	韻攝	拼音	漢字	漢越語	IPA	韻攝	拼音
卦	Quái	$[kwa:j^5]$	蟹	guà	獪	Quái	$[kwa:j^5]$	蟹	kuài
掛	Quải	$[kwa:j^3]$	蟹	guà	膾	Quái	$[kwa:j^5]$	蟹	kuài

王力學者將蟹攝的咍、泰、佳、皆、夬等韻分別擬音爲／ɒi／、／ɑi／、／ai／、／ɐi／、／æi／，到了晚唐時期，咍／ɒi／、泰／ɑi／兩韻合流爲／ɑi／；佳／ai／、皆／ɐi／、夬／æi／三韻則合流爲／ai／。〔註9〕傳入越南時，由於越南語裏沒有前／a／和後／ɑ／之別，因此這兩韻合二爲一，讀成漢越語的-ai。

至於漢越語-oai [wa:j]韻的形成比較簡單，都由蟹攝泰韻／uɑi／、皆韻／wɐi／和夬韻／wæi／的合口字變來的。它的形成過程與-ai韻相同，因此本文不再多談。

值得注意的是，-uai韻就是-oai[wa:j]韻的一個變體，它們在發音上是一樣，只是書寫上的不同。當圓唇元音-o位於聲母q-後面，就要將它改寫成-u。這個問題與中古漢語聲韻有關，是見母和帶有圓唇介音的韻母配在一起的時候才發生的。

以上中古漢語蟹攝各韻在一定的條件下到現代漢語都變成-ai、-uai。王力

〔註9〕王力：《漢語史稿》（北京：中華書局1980年），頁176。

先生在《漢語史稿》一書曰：「除了開口二等喉音（除疑影兩母）分化為 ie，合口一等灰韻分化為 uei，合口二等佳韻分化為 ua 以外，蟹攝一二等字差不多全部都唸 ai、uai。」[註10] 由於同源的緣故，所以在現代漢語普通話方面-ai、-uai 韻也一樣對應於漢越語的-ai、-uai。

（二）漢越語-ao、-iêu、-yêu 韻和中古漢語效攝各韻的對應關係

漢越語-ao [a:w]韻的數量非常多，僅次於-i 韻（578 個字）和-u 韻（338 個字）的數量，總共有 308 個字。-ao 韻主要來自中古漢語的效攝各韻（304 個字），對應比例高達 98.7%。例外數量也很少，只有 4 個字。例如：

漢字	漢越語	IPA	韻攝	拼音	漢字	漢越語	IPA	韻攝	拼音
早	Tảo	$[ta:w^3]$	效	zǎo	逃	Đào	$[da:w^2]$	效	táo
老	Lão	$[la:w^4]$	效	lǎo	高	Cao	$[ka:w^1]$	效	gāo
草	Thảo	$[t'a:w^3]$	效	cǎo	搔	Tao	$[ta:w^1]$	效	sāo
掃	Tảo	$[ta:w^3]$	效	sǎo	到	Đáo	$[da:w^5]$	效	dào
牢	Lao	$[la:w^1]$	效	láo	奧	Áo	$[a:w^5]$	效	ào

以-iêu [ieu]韻收尾的漢越語數量特別多，共有 243 個字，主要源於中古漢語效攝的各韻（240 個字），對應比例高達 98.76%。例外的數量很少，只有 3 個來自流攝字。例如：

漢字	漢越語	IPA	韻攝	拼音	漢字	漢越語	IPA	韻攝	拼音
叫	Khiếu	$[xiew^5]$	效	jiào	紹	Thiệu	$[t'iew^6]$	效	shào
尿	Niệu	$[niew^6]$	效	niào	妙	Diệu	$[ziew^6]$	效	miào
苗	Miêu	$[miew^1]$	效	miáo	照	Chiếu	$[tʂiew^5]$	效	zhào
超	Siêu	$[ʂiew^1]$	效	chāo	彫	Điêu	$[diew^1]$	效	diāo
剿	Tiễu	$[tiew^4]$	效	jiǎo	僚	Liêu	$[liew^1]$	效	liáo

以-yêu [ieu]韻收尾的漢越語數量很少，只有 14 個字。其實，漢越語-yêu 韻就是以上所講的-iêu 韻的一個變體，它們的發音一樣，只是書寫上的不同。因此，根據以上的結果，我們知道-yêu 韻也是來自中古漢語的效攝各韻。統計結果指出-yêu 韻和效攝各韻的對應關係達 100%，沒有例外。例如：

[註10] 王力：《漢語史稿》（北京：中華書局 1980 年），頁 176。

漢字	漢越語	IPA	韻攝	拼音	漢字	漢越語	IPA	韻攝	拼音
夭	Yểu	[iew³]	效	yǎo	要	Yếu	[iew⁵]	效	yào
妖	Yêu	[iew¹]	效	yāo	窈	Yểu	[iew³]	效	yǎo

　　從總體來看，漢越語的-ao、-iêu、-yêu 三韻對應於效攝各韻，差別在於-ao 來自效攝一二等韻字，而-iêu、-yêu 來自效攝三四等韻字。再細分，我們發現漢越語的-ao 源於豪韻一等字和肴韻二等字，王力先生將此兩韻分別擬音為／ɑu／和／au／，並認為在晚唐以後它們合二為一。〔註11〕這兩韻傳入越南時，由於本土語沒有前／a／和後／ɑ／之分，所以在漢越語合讀成-ao 韻。

　　同樣地，漢越語的-iêu、-yêu 發源於宵韻三等字和蕭韻四等字，王力的擬音分別是／ǐɛu／和／ieu／並認為傳入漢越語之前，它們已經合一成／iɛu／。阮才謹認為，／ǐɛu／和／ieu／傳到越南語就變成／Iaw／，但是越南語裏沒有介音／-I-／（只有唯一的介音／-w-／），因此介音／-I-／受到淘汰的危機。如果將介音／-I-／略掉就與／-ao／韻同音，溝通上造成很大的混亂。所以，為了保持一二等和三四等的對立，元音／-a-／需要往前一些、發聲小一些，結果讀成-iêu。〔註12〕

　　本文認為可以另有一種解釋：既然一二等字和三四等字在發音上有別，那麼中古漢語的／ǐɛu／和／ieu／不應該存在過渡期讀為／Iaw／而可以直接讀入與其發音相似的-iêu，因為純越南語裏本身也有-iê 韻，例如：mía [mie⁵]（甘蔗〔註13〕）、chiều[tʂiew²]（下午）、điếc[diek⁷]（聾）等。

　　值得留意的是，根據統計結果，漢越語-ao 韻有一部分來自宵／ǐɛu／韻三等字（佔 2.6%）。這可以算是越界的例外，相反地也有一些效、號、肴等一二等韻字讀成-iêu 的例外（佔 4.9%）。在這些例外當中目前還存在一些一字兩讀的現象，例如：

漢字	漢越語	韻目	拼音	註　　解
瑤	Dao [za:w¹]	宵	yáo	另讀 Diêu 在「瑤池 Diêu Trì」，但習慣念做 Dao

〔註11〕王力：《漢語史稿》（北京：中華書局1980 年），頁 180。

〔註12〕阮才謹：〈漢越讀音的起源與形成過程〉（《漢喃工程選集》，河內：越南教育出版社，2011 年），頁 482～483。

〔註13〕-ie 後面沒有韻尾時就要寫成-ia，但發音是[ie]。

遙	Dao [za:w¹]	宵	yáo	另讀 Diêu 在「逍遙 Tiêu Diêu」，但習慣念做 Dao。尤其在「逍遙法外 Tiêu Diêu Pháp Ngoại」〔註14〕只念爲 Diêu。
好	Hảo [ha:w³]	晧	hǎo	當形容詞時念 Hảo，如「好漢 Hảo Hán」、「友好 Hữu Hảo」等。
好	Hiếu[hiew⁵]	號	hào	當動詞時念 Hiếu，如「好色 Hiếu Sắc」、「好學 Hiếu Học」、「好戰 Hiếu Chiến」等。

（三）漢越語-âu、-ưu 韻和中古漢語流攝各韻的對應關係

以-âu[ɤw]韻收尾的漢越語數量較多，共有 166 個字，主要源於中古漢語的流攝各韻（159 個字），對應比例高達 95.8%。例外的數量不多，共有 7 個字。例如：

漢字	漢越語	IPA	韻攝	拼音	漢字	漢越語	IPA	韻攝	拼音
投	Đầu	[dɤw²]	流	tóu	透	Thấu	[tʰɤw⁵]	流	tòu
猴	Hầu	[hɤw²]	流	hóu	貿	Mậu	[mɤw⁶]	流	mào
溝	Câu	[kɤw¹]	流	gōu	牡	Mẫu	[mɤw⁴]	流	mǔ
后	Hậu	[hɤw⁶]	流	hòu	剖	Phẫu	[fɤw⁴]	流	pōu
豆	Đậu	[dɤw⁶]	流	dòu	藕	Ngẫu	[ŋɤw⁴]	流	ǒu

據本文的統計，漢越語-ưu [ɯw]韻的數量爲 131 個字，主要來源於中古漢語流攝（125 個字），對應比例高達 95.4%。剩下的 6 個字算是例外。例如：

漢字	漢越語	IPA	韻攝	拼音	漢字	漢越語	IPA	韻攝	拼音
究	Cứu	[kɯw⁵]	流	jiù	丑	Sửu	[ʂɯw³]	流	chǒu
嗅	Khứu	[xɯw⁵]	流	xiù	扭	Nữu	[nɯw⁴]	流	niǔ
鼬	Dứu	[zɯw⁵]	流	yòu	琉	Lưu	[lɯw¹]	流	liú

從以上的結果，我們得知漢越語-âu、-ưu 兩韻來自流攝各韻，差別在於-âu 來自流攝侯韻一等字，而-ưu 韻來自流攝尤、幽韻三等字。王力學者把這三韻分別擬音爲／əu／、／ĭəu／、和／iəu／，並認爲尤、幽兩韻在晚唐已經合流讀爲／iəu／。

侯韻字／əu／傳入漢越語時，直接讀成-âu，因爲兩者發音非常接近，其間只有較爲微細的差別，前者發音長一些而後者發音短一些。尤、幽兩韻合爲／iəu／之後，傳入越南語時，碰到排除介音／-i-／的情形，所以它需要稍微

〔註14〕翻譯成越南語是：Tiêu diêu ngoài vòng pháp luật。

改變主要元音的音值，否則會面臨與-âu 韻同音。因爲受到細音的影響，所以
／iəu／的開口度小一點，往上發成-ưu。這樣的自然分配就可以保留中古漢語
流攝一等和三等的對立。

令人矚目的是，漢越語裏竟然有較多的尤韻三等字混入-âu 韻，這些特殊
的例外不是傳到越南之後才發生的情況。王力先生認爲其背後有一定的原
因，他說：「除唇音外，侯韻全部唸 ou，尤韻知照系字由於捲舌的影響，也變
了 ou，和侯韻合流了……流攝明母字顯得很突出，變化較複雜。侯韻去生動
「貿」「茂」讀如豪韻的去聲（mau）……尤韻平聲「矛」字本來與「謀」同
音，現在唸 mau。」〔註15〕

（四）漢越語-ôi 韻和中古漢語蟹攝各韻的對應關係

以韻母-ôi [oj]收尾的漢越語共有 134 個字，主要來自中古漢語蟹攝各韻目
（130 個字），對應比例高達 97%。例外幾乎很少，只有 4 個字。例如：

漢字	漢越語	IPA	韻攝	拼音	漢字	漢越語	IPA	韻攝	拼音
苘	Hòi	[hoj²]	蟹	huí	誨	Hối	[hoj⁵]	蟹	huì
培	Bồi	[boj²]	蟹	péi	輩	Bối	[boj⁵]	蟹	bèi
堆	Đôi	[doj¹]	蟹	duī	潰	Hội	[hoj⁶]	蟹	kuì
雷	Lôi	[loj¹]	蟹	léi	磊	Lỗi	[loj⁴]	蟹	lěi
對	Đối	[doj⁵]	蟹	duì	每	Mỗi	[moj⁴]	蟹	měi

可見形成了漢越語-ôi 的讀音有／uɒi／和／uɑi／兩個音值。蟹攝一等開口
咍韻的音值是／ɒi／。在元音圖裏，主要元音／ɒ／的位置比／ɑ／更後面一
些，但是到晚唐時期，／ɒ／與／ɑ／合一，幾乎沒有分別。蟹攝二等合口灰
韻的音值是／uɒi／，王力先生認爲蟹攝的圓唇介音比較強烈，所以將之擬音
爲／-u-／而不是一般的介音／-w-／。正因爲這個原因，所以發音時，它使整
個灰韻／uɒi／更爲特殊，雙唇慢慢張開，舌根往後（感覺上是吸氣進去）。其
實，越南語沒有這種較爲吃力的發音，最接近的只有圓唇的-ôi 韻，因此就將
灰韻／uɒi／混入-ôi 韻了。

（五）漢越語-ơi 韻和中古漢語蟹攝各韻的對應關係

漢越語的-ơi [ɤːj]韻數量比-ơ [ɤː]韻更少，只有 20 個字，大部分由中古漢

〔註15〕王力：《漢語史稿》（北京：中華書局 1980 年），頁 179。

語蟹攝各韻演變而成（14 個字），對應比例爲 70%，其中絕大部分來自怪韻。
例如：

漢字	漢越語	IPA	韻攝	拼音	漢字	漢越語	IPA	韻攝	拼音
亥	Hợi	$[hɤ:j^6]$	蟹	hài	械	Giới	$[zɤ:j^5]$	蟹	jiè
戒	Giới	$[zɤ:j^5]$	蟹	jiè	界	Giới	$[zɤ:j^5]$	蟹	jiè
屆	Giới	$[zɤ:j^5]$	蟹	jiè	介	Giới	$[zɤ:j^5]$	蟹	jiè

從上所述，漢越語的-ai 韻來自中古漢語蟹攝各韻，這裡的-ơi 一樣也來自蟹攝各韻，但是以怪韻／ɐi／爲多（與皆韻同）。阮才謹先生發現在皆韻裏，漢越語的-ơi 韻只出現在見組各母之後，但他也不知道眞正的原因何在。〔註16〕根據本文的統計，主要是見母（9 個字），其次是匣母（5 個字）。在止韻部分，除了一兩個-ơi 韻出現在來母，其他的也出現於見組的溪母後面。

值得注意的是，阮氏給皆韻擬音爲 wæj 而王力則擬音爲／ɐi／。本文認爲元音／ɐ／與漢越語的-ơ 較爲接近，恐怕這才眞正的原因促使怪韻／ɐi／讀成漢越語的-ơi，而且可以進一步斷定這只是古漢越語的痕跡，因爲從古漢越語的語料裏我們可以找出其同源的例子。例如：待（Đợi＞Đãi）、解（Cởi＞Giải）等。（詳見下一章）

三、漢越語雙唇韻母和中古漢語韻母的對應關係

（一）漢越語-am、-ap 韻和中古漢語咸攝各韻的對應關係

以-am[a:m]韻收尾的漢越語共有 163 個字，最主要源於中古漢語咸攝（161 個字）的各韻，對應比例高達 98.77%。剩下的兩個來自深攝字視爲例外。例如：

漢字	漢越語	IPA	韻攝	拼音	漢字	漢越語	IPA	韻攝	拼音
含	Hàm	$[ha:m^2]$	咸	hán	暗	Ám	$[a:m^5]$	咸	àn
男	Nam	$[na:m^1]$	咸	nán	暫	Tạm	$[ta:m^6]$	咸	zàn
站	Trạm	$[tʂa:m^6]$	咸	zhàn	覽	Lãm	$[la:m^4]$	咸	lǎn
嵐	Lam	$[la:m^1]$	咸	lán	鑒	Giám	$[za:m^5]$	咸	jiàn

〔註16〕阮才謹：〈漢越讀音的起源與形成過程〉（《漢喃工程選集》，河內：越南教育出版社，2011 年），頁 476。

漢越語的-ap [a:p]韻共有 86 個字，它和-am [a:m]韻同爲一組，發音部位都是雙脣，因此同樣地來源於中古漢語咸攝的各韻，總共 80 個字，對應比例爲93%。例如：

漢字	漢越語	IPA	韻攝	拼音	漢字	漢越語	IPA	韻攝	拼音
拉	Lạp	[la:p⁶]	咸	lā	答	Đáp	[da:p⁵]	咸	dá
納	Nạp	[na:p⁶]	咸	nà	臘	Lạp	[la:p⁶]	咸	là
塔	Tháp	[t'a:p⁵]	咸	tǎ	雜	Tạp	[ta:p⁶]	咸	zá

從統計結果，我們知道漢越語的-am 對應於中古漢語咸攝各韻。王力先生將這些韻目在《切韻》時期分別擬音成／ɒm／、／ɑm／、／ɐm／、／am／等四韻，前兩者是一等韻字，後兩者是二等韻字。他在《漢語史稿》一書認爲在晚唐時代，覃韻／ɒm／和談／ɑm／韻合爲／ɑm／，咸韻／ɐm／和銜韻／am／合爲／am／。〔註17〕由於越南語只有一個元音／a／，所以傳入越南語時，這兩個音就合流，讀成／am／。

／ɑm／與／am／合一是當時的一個普遍規律，上文都提過。因此，漢越語的-ap 的形成與-am 的情況完全相同，因爲它們都是雙唇韻尾，即合／ɒp／與盍／ɑp／合成／ɑp／，洽／ɐp／與狎／ap／合成／ap／，最後／ɑp／與／ap／合流，念成漢越語的-ap。

（二）漢越語-âm、-âp 韻和中古漢語深攝各韻的對應關係

漢越語的-âm [ɤm]韻共有 99 個字，主要源於中古漢語的深攝各韻（95 個字），對應比例高達 95.96%。例外的數量不多，只有 4 個字。例如：

漢字	漢越語	IPA	韻攝	拼音	漢字	漢越語	IPA	韻攝	拼音
心	Tâm	[tɤm¹]	深	xīn	朕	Trẫm	[tʂɤm⁴]	深	zhèn
沉	Trầm	[tʂɤm²]	深	chén	寢	Tẩm	[tɤm³]	深	qǐn
音	Âm	[ɤm¹]	深	yīn	任	Nhậm	[ɲɤm⁶]	深	rèn
針	Châm	[tʂɤm¹]	深	zhēn	禁	Cấm	[kɤm⁵]	深	jìn

漢越語的-âp [ɤp]韻共有 47 個字，它和-âm [ɤm]韻同爲一組，都是雙唇韻尾，因此按常理，-âp[ɤp]也主要來自中古漢語的深攝各韻。根據本文的統計，傳入漢越語的-âp 韻的深攝總共有 45 個緝韻／ǐĕp／字，對應比例高達

〔註17〕王力：《漢語史稿》（北京：中華書局 1980 年），頁 185。

95.74%。例外的數量很少，只有 2 個字。例如：

漢字	漢越語	IPA	韻攝	拼音	漢字	漢越語	IPA	韻攝	拼音
立	Lập	[lɤp⁶]	深	lì	集	Tập	[tɤp⁶]	深	jí
邑	Ấp	[ɤp⁵]	深	yì	濕	Thấp	[tʰɤp⁵]	深	shī

從上面的結果可發現漢越語的-âm 除了少數的例外，全部對應於深攝的侵、沁、寢三個三等韻。這三韻相當於平上去三聲，實際上是同一個音值。王力給侵韻三等字擬音為 /ĭĕm / 並認為到晚唐時期，侵韻 /ĭĕm / 演變成 /ĭəm / ﹝註18﹞，傳入漢越南語時，就讀成-âm。

越南語裏沒有介音 /ĭ /，因此凡帶有介音 /ĭ / 的漢語韻母傳入漢越語時，介音都被脫落。為了避免與其他韻母發生同音的危機，所以此韻的主要元音需要稍微改讀其音以保證等第的對立（不完全同音）。但是，深攝剛好只有三等韻，介音 /ĭ / 失落也不會影響任何等第的對立。問題的是-âm 韻是最後的結果，與 /əm / 的發音略有不同，-âm 者發音短一些，/əm / 者發音長一些。正因為如此，阮才謹先生懷疑說是否 /əm / 讀為-âm 之前，需要經過與發音很接近的-ơm 的階段，即 /əm / ＞-ơm＞-âm？如果發生這種演變過程的話，他也不知道從什麼時候-ơm 改讀為-âm。阮氏只能提出一些純越南語的例子作為比較，他說：「《越葡拉詞典》還留給我們 Hởm, Rớp 並告訴我們那是 Hầm、Rấp 的變體」﹝註19﹞

這個問題簡直是一個謎語，因為與漢越語-âm 韻的形成非常相似的-ân 韻的確有經過-ơn 的階段。例如：人（/ȵĭĕn / ＞Nhơn＞Nhân），仁（/ȵĭĕn / ＞Nhơn＞Nhân），真（/tȵĭĕn / ＞Chơn＞Chân）等。（見下文）

值得注意的是，王力和阮才謹給侵韻的擬音有所不同。阮氏直接給侵韻擬成 /Im /，好像直接省略了介音。因此，他認為從 /Im / 到-âm 是有一段距離，需要有-ơm、-ưm 之類的過渡期。本文認為如果接受王力的擬音，晚唐傳入漢越語的 /ĭəm / 脫落介音之後也可以經過非常短暫的過渡期-ơm，然後馬上讀為-âm。之所以這樣講是因為我們幾乎沒有找到漢越語過渡期-ơm 的痕跡（過渡期

﹝註18﹞ 王力：《漢語史稿》（北京：中華書局 1980 年），頁 186。

﹝註19﹞ 阮才謹：〈漢越讀音的起源與形成過程〉（《漢喃工程選集》，河內：越南教育出版社，2011 年），頁 484。

-ơn 雖然有，但是不多），而且-ơm 的發音有點吃力，發音時元音需要拉長一些，所以進一步演變成-âm 的短元音。再者，最重要的是改其讀音卻沒有踫到同音的危機就可以穩定下來了。

（三）漢越語-iêm、-yêm、-iêp 韻和中古漢語咸攝各韻的對應關係

漢越語的-iêm[iem]韻共有 135 個字，全部都來源於中古漢語的咸攝各韻，對應比例達 100%，沒有例外。例如：

漢字	漢越語	IPA	韻攝	拼音	漢字	漢越語	IPA	韻攝	拼音
欠	Khiếm	[xiem⁵]	咸	qiàn	廉	Liêm	[liem¹]	咸	lián
念	Niệm	[niem⁶]	咸	niàn	劍	Kiếm	[kiem⁵]	咸	jiàn
炎	Viêm	[viem¹]	咸	yán	險	Hiểm	[hiem³]	咸	xiǎn
貶	Biếm	[biem⁵]	咸	biǎn	謙	Khiêm	[xiem¹]	咸	qiān

漢越語的-yêm[iem]韻數量不多，只有 20 個字。其實，漢越語-yêm 韻就是以上所說的-iêm 韻之一種變體，它們的發音相同，只是書寫上的不同。因此，根據上述的結果我們知道-yêm 韻也應該來自中古漢語的咸攝各韻。統計結果說明-yêm 韻和咸攝各韻的對應關係達 100%，沒有例外。例如：

漢字	漢越語	IPA	韻攝	拼音	漢字	漢越語	IPA	韻攝	拼音
掩	Yểm	[iem³]	咸	yǎn	厭	Yếm	[iem⁵]	咸	yàn
淹	Yêm	[iem¹]	咸	yān	俺	Yêm	[iem¹]	咸	ǎn

以-iêp[iep]韻收尾的漢越語共有 81 個字，它和-iêm 韻同為一組，都是雙脣音韻尾，因此按照一般的規律，-iêp 韻和-iêm 韻一樣都來源於中古漢語咸攝的各韻部。據本文的統計，共有 80 個咸攝各韻字傳入漢越語的-iêp 韻，對應比例高達 98.76%。例外極少，只有一個字。例如：

漢字	漢越語	IPA	韻攝	拼音	漢字	漢越語	IPA	韻攝	拼音
協	Hiệp	[hiep⁶]	咸	xié	獵	Liệp	[liep⁶]	咸	liè
妾	Thiếp	[t'iep⁵]	咸	qiè	攝	Nhiếp	[ɲiep⁵]	咸	shè
接	Tiếp	[tiep⁵]	咸	jiē	蝶	Điệp	[diep⁶]	咸	dié

漢越語的-iêm、-yêm 兩韻與-am、-ap 兩韻一樣都來自中古漢語的咸攝，差別在於-am、-ap 兩韻源於咸攝的一二等字，而-iêm、-yêm 兩韻源於咸攝的三四等字。從王力的擬音，我們知道漢越語的-iêm、-yêm 對應於中古漢語咸攝

的 / ǐɐm / 、 / iem / 和 / ǐæm / 三韻。到晚唐時期，這三韻合流成 / iɛm / 。阮才謹先生認爲漢越語-iêm 韻的形成與-iêu 的相同，即這三韻 合流成 / iam / ，然後爲了避免一二等和三四等之混看，所以主要元音 / -a- / 需要改讀爲 / -e- / ，形成了-iêm 韻。本文還是堅持王力先生所擬的 / iɛm / 直接讀入漢越語的-iêm 韻，因爲純越南語本身也存在著與 / iɛ / 相近的復合元音-iê。

值得注意的是，咸攝凡韻是合口三等韻，王力給它擬成 / ǐwɐm / ，但是傳入漢越語時，它卻讀爲-am。阮氏發現凡韻的聲母全部都是唇音（以奉母爲多），因此在唇音後面圓唇介音不可能存在太久。阮才謹說：「在此規律的壓力之下以及在唇音韻尾-m / -p 的壓力之下，在凡韻部中，大多數組合介音-iu-都要脫落，導致越語 am / ap 的讀音而不是 uyêm / uyêp。只有幾個脫落-u-的例外， / iuam / 演變成 / Iêm / ，例如 Phiếm 泛汎。」〔註20〕

然而，從中古漢語本身的演變，我們可能另有一種解釋。王力認爲中古漢語發展到現代漢語，大約在《中原音韻》時期，山咸臻深四攝合一，其中凡韻 / ǐwɐm / 與山韻合成 / an / 。王力在《漢語史稿》曰：

> 對於山咸臻深四攝（即-n 尾和-m 尾）韻母的發展規律，我們應該掌握四點：第一，-m 尾併入相當的-n 尾；第二，在唇音的影響下，合口呼和撮口呼都變了開口（微母字實際唸 wan，wən，可以當作開口呼看待）；第三，在捲舌音的影響下，齊齒變了開口，撮口變了合口；第四，開口二等喉音變爲齊齒。

> 輕唇音變爲開口呼，這是最早完成的。在中原音韻裏，「反」「晚」（元）「凡」「犯」（凡）等字都歸入寒山韻。〔註21〕

王力的解釋讓大家知道凡韻字最早在《中原音韻》與山韻字合一，即韻尾-m 與-n 合流。問題的是《中原音韻》到 1324 年才問世，凡韻 / ǐwɐm / 怎麼可以在晚唐讀爲 / an / 呢？從歷史來看，大家知道在 15 世紀，明代派軍隊攻打越南，統治了 20 年（1407～1427）。就在這個時代，漢語有一段時間再次影響漢越語的讀音，因此漢越語接受了《中原音韻》後的一些新音韻。其

〔註20〕阮才謹：〈漢越讀音的起源與形成過程〉（《漢喃工程選集》，河內：越南教育出版社，2011 年），頁 486～487。

〔註21〕王力：《漢語史稿》（北京：中華書局 1980 年），頁 184。

中，最突出的是「梵」本爲脣音韻尾字 Phạm，例如「梵天 Phạm thiên」，目前大家都讀成 Phạn[fa:n⁶]，例如「梵文 Phạn văn」、「淨梵王 Tịnh Phạn vương」、「梵行 Phạn hạnh」等。這並不是孤例，因爲本文還發現「坍 Than」本爲談韻字讀爲舌尖韻尾。換句話說，凡韻／ĭwɐm／不一定在晚唐時期讀爲／am／而可能是十五世紀後的讀音。

至於漢越語的-iêp 韻，其演變過程也較爲簡單。根據王力的擬音，我們知道咸攝的葉／ĭɛp／、帖／iep／、業／ĭɐp／、洽／ɐp／等韻到晚唐就合流成／iɛp／〔註22〕，傳入越南時就讀爲-iêp。基本上-iêp 韻的形成與-iêm 的相似。

四、漢越語舌尖韻母和中古漢語韻母的對應關係

（一）漢越語-an、-at、-oan、-uan、-oat 韻和中古漢語山攝各韻的對應關係

漢越語-an[a:n]韻的數量相當多，總共有 231 個字，最主要源於中古漢語山攝各韻（226 個字），對應比例爲 97.8%。例外數量不多，只有 5 個字。例如：

漢字	漢越語	IPA	韻攝	拼音	漢字	漢越語	IPA	韻攝	拼音
丹	Đan	[da:n¹]	山	dān	挽	Vãn	[va:n⁴]	山	wǎn
安	An	[a:n¹]	山	ān	眼	Nhãn	[ɲa:n⁴]	山	yǎn
肝	Can	[ka:n¹]	山	gān	散	Tán	[ta:n⁵]	山	sàn
限	Hạn	[ha:n⁶]	山	xiàn	彈	Đàn	[da:n²]	山	tán

漢越語的-at[a:t]韻共有 75 個字，它和-an 韻同爲一組，都是舌尖中音，也來源於中古漢的山攝各韻。據本文的統計，形成漢越語-at 韻的山攝字總共有 72 個，對應比例高達 96%。例外數量不多，只有 3 個字。例如：

漢字	漢越語	IPA	韻攝	拼音	漢字	漢越語	IPA	韻攝	拼音
末	Mạt	[ma:t⁶]	山	mò	發	Phát	[fa:t⁵]	山	fā
伐	Phạt	[fa:t⁶]	山	fá	達	Đạt	[da:t⁶]	山	dá
刹	Sát	[ʂa:t⁵]	山	chà	瞎	Hạt	[ha:t⁶]	山	xiā

漢越語的-oan [wa:n]韻共有 119 個字，主要來源於中古漢語的山攝各韻（116 個字），對應比例高達 97.4%。例外的數量較少，只有 3 個字。例如：

〔註22〕王力：《漢語史稿》（北京：中華書局 1980 年），頁 154。

漢字	漢越語	IPA	韻攝	拼音	漢字	漢越語	IPA	韻攝	拼音
全	Toàn	[twa:n²]	山	quán	患	Hoạn	[hwa:n⁶]	山	huàn
卵	Noãn	[nwa:n⁴]	山	luǎn	短	Đoản	[dwa:n³]	山	duǎn
完	Hoàn	[hwa:n²]	山	wán	算	Toán	[twa:n⁵]	山	suàn
冤	Oan	[wa:n¹]	山	yuān	竄	Thoán	[tʻwa:n⁵]	山	cuàn

漢越語的-uan [wa:n]韻的數量不多，共有 27 個字，全部源於中古漢語的山攝各韻，對應比例達 100%，沒有例外。例如：

漢字	漢越語	IPA	韻攝	拼音	漢字	漢越語	IPA	韻攝	拼音
貫	Quán	[kwa:n⁵]	山	guàn	冠	Quan	[kwa:n¹]	山	guān
觀	Quán	[kwa:n⁵]	山	guàn	管	Quản	[kwa:n³]	山	guǎn

這裡需要注意的是，-uan 韻就是-oan [wa:n]韻的一種變體，發音相同。在越南語裏，圓唇元音-o 站在聲母 q-後面就要寫成-u。這個情況與中古漢語有密切相關，是由見母和圓唇介音配合在一起所帶來的結果。

以-oat [wa:t]韻收尾的漢越語數量較少，只有 19 個字。它和-oan [wa:n]韻同為一組，都是舌尖中音韻尾，也由中古漢語的山攝各韻演變而成。本文的統計結果也指出-oat 韻絕大部分源於山攝字（18 個字），對應比例為 94.7%（其中主要來自山攝的末／uɑt／韻）。例外只有一個來自蟹攝字。例如：

漢字	漢越語	IPA	韻攝	拼音	漢字	漢越語	IPA	韻攝	拼音
滑	Hoạt	[hwa:t⁶]	山	huá	刷	Loát	[lwa:t⁵]	山	shuā
奪	Đoạt	[dwa:t⁶]	山	duó	脫	Thoát	[tʻwa:t⁵]	山	tuō

從以上的統計結果可知漢越語-an、-at、-oan、-uan、-oat 等韻除了一些例外，全部來自中古漢語的山攝各韻，每一個韻又有開合口兩種，令其演變較為複雜一點。我們先談漢越語-an 韻的來歷。

從王力給山攝各韻的擬音，本文發現漢越語-an 韻來自／ɑn／、／an／、／æn／、／uɑn／、／ĭɛn／、／ĭwɐn／等韻（／ĭɛn／開口韻在本文的統計只有「乾」、「撣」兩字）。王力認為在晚唐時期，／ɑn／、／an／、／æn／三韻已經合流［註23］，因此傳入越南語就讀為漢越語-an（因為越南語裏只有一個元音／-a-／）。至於／uɑn／、／ĭɛn／、／ĭwɐn／三韻在漢語本身，到了《中原音韻》

［註23］王力：《漢語史稿》（北京：中華書局 1980 年），頁 185。

之後也演變成／-an／。但是／uɑn／、／ĭɛn／、／ĭwɐn／三韻傳入越南也演變
成漢越語-an 韻。這裡有兩種可能性：

第一，《中原音韻》之後，到了第 15 世紀，明朝曾統治過越南，時間長約
20 年（1407-1427），所以漢越語受到近代漢語的影響，就將山攝的／uɑn／、
／ĭɛn／、／ĭwɐn／三韻改讀爲-an。但是這個理由較爲薄弱。

第二，／uɑn／、／ĭɛn／、／ĭwɐn／三韻讀成-an 的過程在兩國並行。王力
認爲／ĭɛn／韻只出現在知照系，後來與鹽韻合併（-m 與-n 韻尾合併）一起讀
爲／-an／。／uɑn／和／ĭwɐn／韻只出現在唇音之後。他說：「在唇音的影響下，
合口呼和撮口呼都變了開口（微母字實際唸 wan，wɐn，可以當作開口呼看待）。」
〔註24〕本文認爲這個看法套用在漢越語來解釋也很恰當。／ĭɛn／開口韻數量很
少，因此在山攝各韻的壓力下就跟著走，讀成漢越語的-an。根據本文的統計結
果，／uɑn／韻是一等合口字，只出現在重唇音之後（23 個字），／ĭwɐn／韻
是三等合口字，只出現在輕唇音之後（17 個字）。基本上，圓唇介音／-w／或
／-u-／都不能與唇音搭配太久，因此／uɑn／、／ĭwɐn／兩韻的介音都脫落，
變成漢越語的-an。之所以講「基本上」是因爲在中古漢語本身，唇音聲母和合
口韻母曾經有一段時間配在一起，此配合還留痕於古漢越語的語料中，例如：
煩（bĭwɐn Buồn＞Phiền），萬（mĭwɐn Muôn＞Vạn）（詳見下一章）

漢越語-at 韻的形成與-an 韻相同，因爲它們都是舌尖韻尾字。在晚唐，
／at／與／æt／先合一成／at／，〔註25〕到了越南語就和／ɑt／合流唸成漢越語
的-at。至於／uɑt／、／ĭwɐt／合口韻，其理與-an 韻無異。

理解漢越語的-an 韻的形成之後，那麼漢越語的-oan、-uan、-oat 三韻自然迎
刃而解了，因爲這都是山攝合口字，前面只加上圓唇介音／-w-／或者／-u-／而
已。大概的情況如下：山攝的／wan／和／wæn／在晚唐先合流成／wan／，然後
／wan／、／uɑn／兩韻傳入越南語時，由於本土語只有一個圓唇介音／-w-／，
因此這兩韻合流讀爲漢越語的-oan 及其變體的-uan。-oat 韻與-oan 韻同爲舌尖
韻尾字，本文不再多解釋了。

（二）漢越語-ân、-ât、-uân、-uât 韻和中古漢語臻攝各韻的對應關係

〔註24〕王力：《漢語史稿》（北京：中華書局 1980 年），頁 184。

〔註25〕王力：《漢語史稿》（北京：中華書局 1980 年），頁 146。

以-ân[ɤn]韻收尾的漢越語數量較爲豐富，共有 252 個字，主要源於中古漢語的臻攝各韻（248 個字），對應比例高達 98.4%。例外的數量則很少，只有 4 個字。例如：

漢字	漢越語	IPA	韻攝	拼音	漢字	漢越語	IPA	韻攝	拼音
民	Dân	[zɤn¹]	臻	mín	瑾	Cẩn	[kɤn³]	臻	jǐn
身	Thân	[t‘ɤn¹]	臻	shēn	敏	Mẫn	[mɤn⁴]	臻	mǐn
辛	Tân	[tɤn¹]	臻	xīn	盡	Tận	[tɤn⁶]	臻	jìn
迅	Tấn	[tɤn⁵]	臻	xùn	軍	Quân	[kwɤn¹]	臻	jūn
認	Nhận	[ɲɤn⁶]	臻	rèn	羣	Quần	[kwɤn²]	臻	qún

漢越語的-ât[ɤt]韻共有 99 個字，它和-ân[ɤn]韻同爲一組，都是舌尖中音韻尾，所以按道理，-ât 也主要源於中古漢語的臻攝各韻。根據本文的統計，共有 95 個臻攝韻字傳入漢越語的-ât 韻，對應比例高達 95.6%。例外的數量較少，只有 4 個字。例如：

漢字	漢越語	IPA	韻攝	拼音	漢字	漢越語	IPA	韻攝	拼音
掘	Quật	[kwɤt⁶]	臻	jué	日	Nhật	[ɲɤt⁶]	臻	rì
不	Bất	[bɤt⁵]	臻	bù	室	Thất	[t‘ɤt⁵]	臻	shì
佛	Phật	[fɤt⁶]	臻	fó	密	Mật	[mɤt⁶]	臻	mì

漢越語的-uân [wɤn]韻共有 114 個字，主要來源於中古漢語的臻攝各韻（109 個字），對應比例爲 95.6%。剩下的 5 個字算是例外。例如：

漢字	漢越語	IPA	韻攝	拼音	漢字	漢越語	IPA	韻攝	拼音
巡	Tuần	[twɤn²]	臻	xún	勛	Huân	[hwɤn¹]	臻	xūn
俊	Tuấn	[twɤn⁵]	臻	jùn	閏	Nhuận	[ɲwɤn⁶]	臻	rùn
純	Thuần	[t‘wɤn²]	臻	chún	順	Thuận	[t‘wɤn⁶]	臻	shùn

以-uât[wɤt]韻收尾的漢越語數量不多，只有 36 個字。它和-uân[wɤn]韻同爲一組，都是舌尖中音韻尾。本文的統計結果指出所有的漢越語-uât 韻都源於臻攝字，對應比例達 100%，幾乎沒有例外。例如：

漢字	漢越語	IPA	韻攝	拼音	漢字	漢越語	IPA	韻攝	拼音
律	Luật	[lwɤt⁶]	臻	lǜ	鷸	Duật	[zwɤt⁶]	臻	yù
術	Thuật	[t‘wɤt⁶]	臻	shù	詘	Truất	[tʂwɤt⁵]	臻	qù

從本文的統計結果，我們知道漢越語-ân [ɤn]韻來自臻攝的七個韻部。王力先生將這些韻部擬音成痕／ən／、臻／ĭen／、眞／ĭěn／、欣／ĭən／、文／ĭuən／、諄／ĭuěn／、眞／ĭwěn／（合三）。根據王力在《漢語史稿》的解釋，我們知道在晚唐發生了這些語音變化：

第一：痕／ən／和臻／ĭen／在晚唐保持其原貌，但到了《中原音韻》就合流成為／ən／。

第二：眞／ĭěn／和欣／ĭən／合一變為／ĭən／韻。

第三：文／ĭuən／保留其原貌，到了《中原音韻》唇音字變為／ən／。

第四：諄／ĭuěn／與眞／ĭwěn／合為／iuən／（與文／ĭuən／很接近）。

〔註26〕

以上這些韻部傳入漢越語時基本上都合流讀成-ân。／ĭen／同為臻攝韻，都在處於與／ən／合流的趨勢。／ĭen／、／ən／、／ĭən／之所以在漢越語合一，是因為越南語裏沒有介音／-i-／，所以需要脫落或改變主要元音以免發生同音現象。但這裡已經發生了特殊現象，介音／-i-／脫落之後，主要元音沒有變音，因此一等和三等字相混，造成詵 Sân（臻開二）與瞋 Sân（眞開三）同音、痕 Ngân（痕開一）與銀 Ngân（眞開三）同音、恩 Ân（痕開一）與殷 Ân（欣開三）同音等。不過，根據本文的統計結果，／ĭen／韻只有4個字、／ən／韻有8個字，與脫落介音的／ĭən／相混後所造成的同音機率不多，所以不會導致交際上很大的困擾。

至於／iuən／與／ĭuən／，由於受到奉非輕唇音聲母的影響，圓唇介音需要脫落，因此與／ən／合流，變為漢越語的-ân。

漢越語-ât 韻來自臻攝的／ĭět／、／ĭuət／、／ĭət／、／ĭet／四韻，其中／ĭət／、／ĭet／兩韻的數量很少（／ĭet／韻只有一個字），按道理就與多數的韻（大趨勢）合併。傳入越南語時，這四韻就讀為-ât。物韻／ĭuət／絕大多數與非敷奉微輕唇音相配，因此在越南語合口介音必須脫落，與-ân 韻的情況極為相近。

至於漢越語-uân、-uât 兩韻，這只是-ân、-ât 兩韻的合口字，其中-uân 韻由／ĭuěn／、／ĭuən／、／uən／演變而來；-uât 韻由／ĭuět／、／ĭuət／、／uət／

〔註26〕王力：《漢語史稿》（北京：中華書局1980年），頁186。

演變而來。它們傳入越南讀爲-uân、-uât 韻的情形與-ân、-ât 完全相似，因此本文不贅述。

此外，在漢越語裏還有一個來自中古漢語臻攝個韻的-ăn 韻，共有 14 個字，但是由文、痕、臻三韻演變而來，因此應該將之視爲／ĭuən／、／ən／、／ĭen／的例外，不多解釋。

（三）漢越語-iên、-yên、-iêt、-uyên、-uyêt 韻和中古漢語山攝各韻的對應關係

漢越語-iên [ien] 韻的數量非常多，總共有 294 個字，主要源於中古漢語的山攝各韻（289 個字），對應比例高達 98.3%。例外的數量不多，只有 5 個字。例如：

漢字	漢越語	IPA	韻攝	拼音	漢字	漢越語	IPA	韻攝	拼音
千	Thiên	[tʻien¹]	山	qiān	見	Kiến	[kien⁵]	山	jiàn
天	Thiên	[tʻien¹]	山	tiān	典	Điển	[dien³]	山	diǎn
片	Phiến	[fien⁵]	山	piàn	研	Nghiên	[ŋien¹]	山	yán
仙	Tiên	[tien¹]	山	xiān	院	Viện	[vien⁶]	山	yuàn
年	Niên	[nien¹]	山	nián	眠	Miên	[mien¹]	山	mián

漢越語的-yên [ien] 韻共有 24 個字，全部來源於中古漢語的山攝各韻，對應比例達 100%，沒有例外。例如：

漢字	漢越語	IPA	韻攝	拼音	漢字	漢越語	IPA	韻攝	拼音
宴	Yến	[ien⁵]	山	yàn	燕	Yến	[ien⁵]	山	yàn
嫣	Yên	[ien¹]	山	yān	鞍	Yên	[ien¹]	山	ān

漢越語-iêt [iet] 韻一共有 118 個字，它和上述的-iên 韻同爲一組，所以按道理也一樣來源於中古漢語的山攝各韻。從本文的統計數字，我們可以看到絕大多數-iêt 韻由山攝各韻演變而來的，共有 117 個字，對應比例高達 99.15%。例外非常少，只有一個字而已。例如：

漢字	漢越語	IPA	韻攝	拼音	漢字	漢越語	IPA	韻攝	拼音
切	Thiết	[tʻiet⁵]	山	qiē	閥	Phiệt	[fiet⁶]	山	fá
曰	Viết	[viet⁵]	山	yuē	潔	Khiết	[xiet⁵]	山	jié
劣	Liệt	[liet⁶]	山	liè	熱	Nhiệt	[ɲiet⁶]	山	rè
舌	Thiệt	[tʻiet⁶]	山	shé	薛	Tiết	[tiet⁵]	山	xiē

漢越語的-uyên〔wien〕韻共有 150 個字，主要中古漢語的山攝各韻（148 個字），對應比例高達 98.7%。例外的數量較少，只有 2 個字。例如：

漢字	漢越語	IPA	韻攝	拼音	漢字	漢越語	IPA	韻攝	拼音
犬	Khuyển	[xwien³]	山	quǎn	宣	Tuyên	[twien¹]	山	xuān
串	Xuyến	[swien⁵]	山	chuàn	原	Nguyên	[ŋwien¹]	山	yuán
弦	Huyền	[hwien²]	山	xián	船	Thuyền	[tʻwien²]	山	chuán

以-uyêt〔wiet〕韻收尾的漢越語不多，共有 48 個字。它和-uyên〔wien〕韻同為一組，都是舌尖中音韻尾。從本文的統計結果，我們知道-uyêt 韻完全來源於山攝字，對應比例為 100%，沒有例外。例如：

漢字	漢越語	IPA	韻攝	拼音	漢字	漢越語	IPA	韻攝	拼音
穴	Huyệt	[hwiet⁶]	山	xué	說	Thuyết	[tʻwiet⁵]	山	shuō
綴	Chuyết	[tʂwiet⁵]	山	zhuì	缺	Khuyết	[xwiet⁵]	山	quē

如上所述，漢越語-an、-oan 等韻來自山攝的一二等韻目，所以剩下的三四等韻目又分開合，演變成為漢越語-iên、yên、-iêt、-uyên、-uyêt 等韻。王力先生給這些韻目及其開合等第擬音成／ǐɛn／、／ǐwɛn／、／ǐɛn／、／ǐwɛn／、／ien／、／iwen／。王氏在《漢語史稿》一書認為元韻的開三／ǐɛn／與合三／ǐwɛn／、仙韻的開三／ǐɛn／與合三／ǐwɛn／、先韻的開三／ien／與合三／iwen／到晚唐時期就合併成開三／ǐɛn／與合三／ǐwɛn／。〔註27〕傳入越南時，／ǐɛn／韻讀成與其發音相近的-iên 韻（-iê-是個復合元音）。至於／ǐwɛn／韻，由於前面的聲母都是輕唇音所以圓唇介音／-w-／被脫落，與開三韻／ǐɛn／相混，一起變為漢越語的-iên 韻。

漢越語的 yên 本為-iên 韻的一個變體，它可以單獨成字，不需要聲母搭配。那時候，開頭的元音-i 得寫成 y-。因此 yên 韻的來源都是山攝三等開口韻／ǐɛ／、／ǐɛ／、／ien／，與-iên 完全無異。此外，也有同攝的 ɑn、an 一二等韻變來的，但是數量很少，只有三個字，視為例外。

漢越語-iêt 韻的形成與-iên 韻的極為相似，因為它們都有舌尖韻尾。首先，／ǐɛt／、／ǐwɛt／、／iet／、／ǐɛt／、／ǐwɛt／五韻在晚唐合流成／ǐɛt／、／ǐwɛt／

〔註27〕王力：《漢語史稿》（北京：中華書局 1980 年），頁 185。

／兩韻〔註28〕，傳到越南時再一次合流讀成漢越語-iêt 韻。其原因與-iên 韻相同。此外，-iêt 韻也由同攝的一二等韻／ɑt／、／æt／演變而來，但因為數量較少，只能算是例外。

漢越語-uyên 韻主要來自山攝的三四等合口韻。也就是說，山攝的三四等合口韻有一部分讀入漢越語-iên 韻，另一部份則唸成-uyên 韻。主要原因在於聲母部分，有唇音的就變為-iên 韻（理由見上文），剩下的就是非唇音字讀成-uyên 韻，由／ĭuɛn／、／iwen／、／ĭwɐn／等韻演變而來。此外，也有山攝的一二等合口韻／wæn／、／wan／混入，但數量不多，算是例外。這樣，漢越語-uyên 韻的形成一目了然了。

漢越語-uyêt 韻的形成與-uyên 韻幾乎沒有差別，因為都是舌尖韻尾字。它的主要來源也是山攝的三四等合口韻／ĭuɛt／、／iwet／、／ĭwɐt／三韻和一個例外韻／uɑt／。各韻的演變可以參考漢越語-iên、-iêt 韻，在此本文不再說明。

（四）漢越語-ôn、-ôt 韻和中古漢語臻攝各韻的對應關係

漢越語-ôn[on]韻共有 97 個字，主要來源於中古漢語臻攝各韻（94 個字），對應比例很高，將近 97%，例外只有 3 個來自山攝字。例如：

漢字	漢越語	IPA	韻攝	拼音	漢字	漢越語	IPA	韻攝	拼音
存	Tồn	[ton^2]	臻	cún	昏	Hôn	[hon^1]	臻	hūn
昆	Côn	[kon^1]	臻	kūn	損	Tổn	[ton^3]	臻	sǔn
孫	Tôn	[ton^1]	臻	sūn	穩	Ổn	[on^3]	臻	wěn

漢越語的-ôt[ot]韻共有 46 個字。由於-ôt、-ôn 兩韻同為一組，所以-ôt 與-ôn 一樣也主要來源於中古漢語臻攝各韻（45 個字），對應比例為 97.8%，其中絕大部分由臻攝的沒／uət／韻所形成（44 個字）。例外極少，只有一個字來自蟹攝。例如：

漢字	漢越語	IPA	韻攝	拼音	漢字	漢越語	IPA	韻攝	拼音
忽	Hốt	[hot^5]	臻	hū	骨	Cốt	[kot^5]	臻	gǔ
勃	Bột	[bot^6]	臻	bó	齙	Hột	[hot^6]	臻	hé
突	Đột	[dot^6]	臻	tú	訥	Nột	[not^6]	臻	nà

〔註28〕 王力：《漢語史稿》（北京：中華書局 1980 年），頁 154。這裡王力沒有寫合口韻，但是在本文的語料卻有／ĭuɛt／、／ĭwɐt／兩個合口韻。

從上所述，漢越語的-ân、-ât 、-uân、-uât 四韻來自臻攝各韻，但沒有一個來自臻攝的一等合口韻。這個情況比較特殊，因爲全部臻攝的一等合口韻（魂韻）卻讀爲漢越語的-ôn 和-ôt 韻。

阮才謹學者認爲魂韻的情況與蟹攝的灰韻一樣，自成一家。他認爲魂韻裏存在著一個比圓唇介音／-w-／更強烈的介音／-u-／。因此，由魂韻演變而來的漢越語-ôn 韻之情況與由灰韻演變而來的-ôi 韻較爲相同。〔註29〕從王力給魂韻／uən／的擬音，我們看到他也認爲魂韻有比較強烈、往前些的圓唇介音／-u-／。這種介音與元音／ə／的配合發音時有點慢而吃力，所以才演變成更輕鬆而接近的-ôn[on]韻。在本文的統計中還有同攝的／ən／、／ĭuĕn／、／ĭuən／等韻演變成漢越語-ôn，但數量很少，視爲例外。

至於漢越語的-ôt，其形成過程與-ôn 韻的極爲相同，因爲都是舌尖韻尾字，差別在於它是入聲韻／uət／而已，所以本文不再多談。

五、漢越語舌根韻母和中古漢語韻母的對應關係

（一）漢越語-ang、-ac、-oang 韻和中古漢語宕攝各韻的對應關係

漢越語的-ang [a:ŋ]韻數量較多，一共有 161 個字，它主要來自中古漢語的宕攝各韻（126 個字），其次是江攝各韻的一部份（29 個字），對應比例分別爲78.26%和 18%。剩下的 6 個字算是例外。例如：

漢字	漢越語	IPA	韻攝	拼音	漢字	漢越語	IPA	韻攝	拼音
壯	Tráng	[tʂa:ŋ⁵]	宕	zhuàng	邦	Bang	[ba:ŋ¹]	江	bāng
光	Quang	[kwa:ŋ¹]	宕	guāng	降	Giáng	[ʑa:ŋ⁵]	江	jiàng
昂	Ngang	[ŋa:ŋ¹]	宕	áng	項	Hạng	[ha:ŋ⁶]	江	xiàng

以-ac [a:k]韻收尾的漢越語共有 130 個字，由於它和漢越語的-ang 韻同爲一組，都是舌根韻尾字，它也來源於中古漢語宕攝和江攝各韻。據本文的統計結果，傳入漢越語的-ac 韻有 73 個宕攝的鐸韻字和 53 個江攝的覺韻字，對應比例分別爲 61.15%和 40.76%。例外的數量較少，只有 4 個字。例如：

〔註29〕阮才謹：〈漢越讀音的起源與形成過程〉（《漢喃工程選集》，河內：越南教育出版社，2011 年），頁 487～488。

漢字	漢越語	IPA	韻攝	拼音	漢字	漢越語	IPA	韻攝	拼音
託	Thác	[tʰaːk⁵]	宕	tuō	岳	Nhạc	[ɲaːk⁶]	江	yuè
博	Bác	[baːk⁵]	宕	bó	琢	Trác	[tʂaːk⁵]	江	zhuó
膜	Mạc	[maːk⁶]	宕	mò	駁	Bác	[baːk⁵]	江	bó

漢越語的-oang[waːŋ]韻數量不多，共有 35 個字，主要來源於中古漢語的宕攝各韻（31 個字），對應比例爲 88.5%。其中，-oang 韻大多數來自宕攝的唐韻／uaŋ／。剩下的 4 個字視爲例外。例如：

漢字	漢越語	IPA	韻攝	拼音	漢字	漢越語	IPA	韻攝	拼音
恍	Hoảng	[hwaːŋ³]	宕	huǎng	擴	Khoáng	[xwaːŋ⁵]	宕	kuò
凰	Hoàng	[hwaːŋ²]	宕	huáng	瀇	Oảng	[waːŋ³]	宕	wǎng

從以上的統計結果，我們知道漢越語的-ang 韻主要來自宕攝的一等韻、江攝（只有開口二等韻）和一部分來自宕攝的三等韻。根據王力的擬音，漢越語-ang 韻對應於《切韻》時代的／ɑŋ／、／ɔŋ／、／ǐaŋ／、／ǐwaŋ／四韻。王力認爲到了晚唐，這四韻就按照等第開合的性質依序改讀爲／aŋ／、／iaŋ／、／uaŋ／三韻〔註30〕，傳入越南就唸成漢越語的-ang。這個演變過程較爲簡單，可以解釋如下：

第一，／ɑŋ／＞／aŋ／，到越南變爲-ang 是理所當然，與-a、-am、-an 等韻母的情況相同。

第二，江韻在《切韻》時期的音值是／ɔŋ／，到了晚唐，圓唇的性質慢慢消失，變爲／aŋ／，與唐韻的發音相同，到漢越語就唸成-ang。

第三，有小部分同攝的開口三等陽韻／ǐaŋ／混進來（大部分的開口三等陽韻在漢越語裏讀成-ương 韻－見下文）。這些陽韻字都有以母或者莊組聲母。阮才謹認爲以（羊）母可能將介音／-i-／吸入自己（ji＞j），令／ǐaŋ／＞／aŋ／。莊組聲母常與／-ia-／組合相沖，令介音／-i-／脫落，因此造成／ǐaŋ／＞／aŋ／。最後的結果讓／aŋ／到漢越語就讀爲-ang。〔註31〕反正，開三陽韻混入開一唐韻的數量較少，可以算是同攝內的例外。

〔註30〕王力：《漢語史稿》（北京：中華書局 1980 年），頁 192。

〔註31〕阮才謹：〈漢越讀音的起源與形成過程〉（《漢喃工程選集》，河內：越南教育出版社，2011 年），頁 500～501。

第四，有極少數合口三等陽韻／ǐwaŋ／混入唐韻，只有「鎗」、「髣」兩字，其聲母是微敷輕唇音聲母。上文所講，唇音與圓唇介音相排斥，令此介音消失，剩下的只有／aŋ／韻。這個情況也算是同攝內的例外。

漢越語-ac [a:k]韻的形成與-ang 韻相同，對應於中古漢語的鐸韻和覺韻，音值分別爲／ɑk／和／ɔk／。其演變過程與舌根鼻音-ang 韻無異，因此本文不再多談。

至於漢越語的-oang [wa:ŋ]韻的情況也很簡單。以上所講漢越語的-ang 由宕攝一等開口韻演變而來，剩下的宕攝一等合口韻／uɑŋ／則演變成漢越語的合口韻-oang。只有一個字（腔）來自江韻／ɔŋ／。與漢越語的-oang 韻搭配的所有聲母都來自中古漢語見組字，但如果是見母的話，那麼按照越南語的書寫規則，-oang 韻則得改寫成-uang 韻（唯有一個見母「恍」字寫成 Hoảng 是例外）。

（二）漢越語-ăng、-ăc 韻和中古漢語曾攝各韻的對應關係

以-ăng [aŋ]韻收尾的漢越語共有 78 個字，主要來源於中古漢語的曾攝各韻（77 個字），對應比例高達 98.7%。例如：

漢字	漢越語	IPA	韻攝	拼音	漢字	漢越語	IPA	韻攝	拼音
能	Năng	[naŋ¹]	曾	néng	凌	Lăng	[laŋ¹]	曾	líng
崩	Băng	[baŋ¹]	曾	bēng	繩	Thằng	[tʼaŋ²]	曾	shéng
登	Đăng	[daŋ¹]	曾	dēng	兢	Căng	[kaŋ¹]	曾	jīng

漢越語的-ăc [ak]韻共有 45 個字，它和-ăng [aŋ]韻同爲一組，都是舌根韻尾字，即也主要來自中古漢語的曾攝各韻。根據本文的統計，傳入漢越語的-ăc 韻的曾攝一共有 43 個字，對應比例爲 95.5%，例外的數量很少，只有「諾」、「謖」兩個字。例如：

漢字	漢越語	IPA	韻攝	拼音	漢字	漢越語	IPA	韻攝	拼音
克	Khắc	[xak⁵]	曾	kè	色	Sắc	[ʂak⁵]	曾	sè
則	Tắc	[tak⁵]	曾	zé	匿	Nặc	[nak⁶]	曾	nì
得	Đắc	[dak⁵]	曾	dé	側	Trắc	[tʂak⁵]	曾	cè

從統計結果我們知道漢越語的-ăng 主要來自曾攝一等和三等韻字。王力學者給一三等韻分別擬音成／əŋ／、／ǐəŋ／兩韻。基本上，／əŋ／韻傳入漢越語

讀爲-ăng。上文講過，漢語／ən／韻會變爲漢越語的-ân，爲何／əŋ／韻不讀爲
-âng 呢？其原因與／iaŋ／韻讀爲-ương 韻而不讀-iêng 的情況相同（看下文），
即舌根韻尾／-ŋ／令主要元音張開，往後退，讀成-ăng[aŋ]。

統計結果也指出有一部分曾攝三等韻／ĭəŋ／與一等韻／əŋ／相混，一起
唸成-ăng，這樣是否造成同音詞？原則上是會造成同音詞的，因此爲了保留一
等韻和三等韻的對立，在漢越語裏，來自三等韻字需要改變其讀音。但是，
這裡的情況有點特殊。王力先生在《漢語史稿》一書認爲在晚唐時代，三等
蒸韻／ĭəŋ／已經讀入一等登韻／əŋ／〔註32〕，所以傳到越南語時，就沒有一
三等之分了。正因爲如此，漢越語-ăng 有相當多的數量源於曾攝三等韻。阮
才謹先生雖然有統計到蒸韻（40 個字）讀爲-ăng 卻沒有解釋其原因。

至於漢越語的-ăc 的形成，它與-ăng 韻同爲舌根鼻音韻尾，主要來自曾攝
一等／ək／和三等／ĭək／韻字。-ăc 韻的情況基本上與-ăng 韻相同，所以本文
不再多談。

（三）漢越語-ung、-uc 韻和中古漢語通攝各韻的對應關係

以韻母-ung[uŋ]收尾的漢越語共有 164 個字，主要來自中古漢語通攝各韻
目（159 個字），對應比例高達 96.95%。例外很少，只有 5 個字來自江攝和遇
攝。例如：

漢字	漢越語	IPA	韻攝	拼音	漢字	漢越語	IPA	韻攝	拼音
冗	Nhũng	[ɲuŋ⁴]	通	rǒng	恐	Khủng	[xuŋ³]	通	kǒng
芎	Khung	[xuŋ¹]	通	xiōng	竦	Tủng	[tuŋ³]	通	sǒng
盅	Trung	[tʂuŋ¹]	通	zhōng	鞏	Củng	[kuŋ³]	通	gǒng

漢越語的-uc[uk]韻共有 131 個字，-uc 與-ung 同爲一組，所以按道理它也
來源於中古漢語通攝各韻。據本文的統計，有 129 個通攝字導致漢越語-uc 韻
的讀音，對應比例高達 98.47%，其中有 85 個字來自屋韻／ĭuk／、44 個字來
自燭韻／ĭwok／，比例分別爲 65.9%和 34.1%。剩下 2 個字算是例外。例如：

漢字	漢越語	IPA	韻攝	拼音	漢字	漢越語	IPA	韻攝	拼音
曲	Khúc	[xuk⁵]	通	qǔ	目	Mục	[muk⁶]	通	mù
足	Túc	[tuk⁵]	通	zú	服	Phục	[fuk⁶]	通	fú

〔註32〕王力：《漢語史稿》（北京：中華書局 1980 年），頁 192。

| 辱 | Nhục | [ɲuk⁶] | 通 | rù | 菊 | Cúc | [kuk⁵] | 通 | jú |
| 燭 | Chúc | [tʂuk⁵] | 通 | zhú | 蠹 | Súc | [ʂuk⁵] | 通 | chù |

統計結果告訴我們，漢越語-ung [uŋ]韻主要來自通攝一三等韻字，即東₁、冬、東₃、鐘等韻。王力先生給這四韻分別擬音爲／uŋ／、／uoŋ／、／ĭuŋ／和／ĭwoŋ／，並認爲在晚唐時期，它們都合流成／uŋ／。〔註33〕就是這個／uŋ／韻傳到越南就讀爲漢越語的-ung。值得注意的是，雖然-ung 韻的來源有四個韻，但其實絕大多數都來自通三等韻字（佔 90%）。

漢越語-uc 韻就是-ung 韻的入聲字，來自／ĭuk／、／ĭwok／兩韻。-uc 韻的形成過程與-ung 韻基本上相同，因此本文不必多談。

（四）漢越語-ưng、-ực韻和中古漢語曾攝各韻的對應關係

漢越語-ưng [ɯŋ]韻的數量不多，共有 29 個字，主要來自中古漢語曾攝（27個字），對應比例爲 93.1%。-ưng 韻的例外只有兩個字。例如：

漢字	漢越語	IPA	韻攝	拼音	漢字	漢越語	IPA	韻攝	拼音
孕	Dựng	[zɯŋ⁶]	曾	yùn	興	Hứng	[hɯŋ⁵]	曾	xìng
稱	Xưng	[sɯŋ¹]	曾	chēng	應	Ưng	[ɯŋ¹]	曾	yīng
徵	Trưng	[tʂɯŋ¹]	曾	zhēng	懲	Trừng	[tʂɯŋ²]	曾	chéng

漢越語-ực [ɯk]韻的數量比-ưng 韻多，共有 55 個字。由於-ực 和-ưng 的韻尾同爲一組，所以-ực 韻跟-ưng 一樣，都來自中古漢語曾攝，共 51 個字，對應比例爲 92.7%，剩下 4 個字視爲例外。例如：

漢字	漢越語	IPA	韻攝	拼音	漢字	漢越語	IPA	韻攝	拼音
即	Tức	[tɯk⁵]	曾	jí	極	Cực	[kɯk⁶]	曾	jí
食	Thực	[tʼɯk⁶]	曾	shí	複	Phức	[fɯk⁵]	曾	fù
域	Vực	[vɯk⁶]	曾	yù	織	Chức	[tʂɯk⁵]	曾	zhī

上文已經講過，漢越語-ăng 韻主要來自曾攝的一等登韻字／əŋ／和三等蒸韻字／ĭəŋ／。但是仍然有一部分的曾攝三等韻／ĭəŋ／傳入越南。這是因爲曾攝一三等韻合流的情形尚未完畢所致，同時傳到越南語裏去。這時候，按照阮才謹先生的解釋，介音／ĭ／被脫落（越南語裏沒有與其相當的介音／-i-／），促

〔註33〕王力：《漢語史稿》（北京：中華書局 1980 年），頁 192。

使主要元音被拉高,讀爲-ưng 韻,與來自一等韻的-ăng 韻形成對立。〔註34〕

漢越語-ưc 韻則是-ưng 韻的入聲字,其形成過程與-ưng 韻相同,因此本文也不再詳細地討論。

(五)漢越語-ương、-ược、-uông 韻和中古漢語宕攝各韻的對應關係

漢越語的-ương[ɯɤŋ]韻數量相當多,共有 227 個字,大部分來源於中古漢語的宕攝各韻(224 個字),對應比例高達 98.68%。例外的數量很少,只有 3 個字。例如:

漢字	漢越語	IPA	韻攝	拼音	漢字	漢越語	IPA	韻攝	拼音
上	Thượng	[tʰɯɤŋ⁶]	宕	shàng	洋	Dương	[zuɤŋ¹]	宕	yáng
方	Phương	[fuɤŋ¹]	宕	fāng	相	Tướng	[tuɤŋ⁵]	宕	xiàng
央	Ương	[uɤŋ¹]	宕	yāng	倉	Thương	[tʰuɤŋ¹]	宕	cāng
兩	Lưỡng	[luɤŋ⁴]	宕	liǎng	堂	Đường	[duɤŋ²]	宕	táng
昌	Xương	[suɤŋ¹]	宕	chāng	量	Lượng	[luɤŋ⁶]	宕	liàng

以-ược [ɯɤk]韻收尾的漢越語總共有 52 個字。它和-ương [ɯɤŋ]韻同爲一組,都是舌根韻尾,也源於中古漢語的宕攝各韻。本文的統計結果明顯指出-ược 韻完全與宕攝的藥韻／ĭak／與／ĭwak／相對應,對應比例爲 100%,沒有例外。例如:

漢字	漢越語	IPA	韻攝	拼音	漢字	漢越語	IPA	韻攝	拼音
芍	Thược	[tʰuɤk⁶]	宕	sháo	虐	Ngược	[ŋuɤk⁶]	宕	nuè
乇	Xước	[suɤk⁵]	宕	chuò	雀	Tước	[tuɤk⁵]	宕	què
弱	Nhược	[ɲuɤk⁶]	宕	ruò	脚	Cước	[kuɤk⁵]	宕	jiǎo

漢越語的-uông [woŋ]韻數量很少,只有 16 個字,全部來源於中古漢語的宕攝陽韻合口字,對應比例爲 100%,沒有例外。-uông 韻的情形較爲特殊,它的來源與上述的-ương 韻之來源完全一樣。例如:

漢字	漢越語	IPA	韻攝	拼音	漢字	漢越語	IPA	韻攝	拼音
匡	Khuông	[xuoŋ¹]	宕	kuāng	狂	Cuồng	[kuoŋ²]	宕	kuáng
況	Huống	[huoŋ⁵]	宕	kuàng	枉	Uổng	[uoŋ³]	宕	wǎng

〔註34〕阮才謹:〈漢越讀音的起源與形成過程〉(《漢喃工程選集》,河內:越南教育出版社,2011 年),頁 497。

從上所述，宕攝的大部分一等韻和一部分三等韻傳入越南後讀為漢越語的-ang、-ac、-oang 等韻。那麼剩下的宕攝的一部分一等韻和大部分三等韻跑到哪裏去呢？王力先生給宕攝的開合三等韻分別擬音成／ĭaŋ／和／ĭwaŋ／兩個音值（陽韻）。這兩韻在晚唐時期變為／iaŋ／和／uaŋ／。傳入越南時，由於越南語沒有介音／-i-／，所以陽韻開三字需要改變其音。按道理，它不可與唐韻字混合以免造成大量的同音字。雖然有一些陽韻開三字仍然與唐韻相混，但數量不多，視為例外。剩下的大部分陽韻開三字因此改讀為-ương 韻以保持宕攝一三等的對立。

上文我們都看過，通常／-ia-／韻都改讀成漢越語的／-iê-／，但是／iaŋ／韻卻讀成-ương 韻而不是-iêng 韻。對此，阮才謹提出一個較為合理的解釋。他認為，漢語／-ia-／變為漢越語／-iê-／的條件是此韻有雙唇韻尾或者舌尖韻尾等。但是唐韻是舌根韻尾，因此主要元音往後讀成/-ươ-/是符合其發音特點。〔註35〕

至於合口三等韻／ĭwaŋ／的情況，由於前面所配的聲母都是非奉輕唇音，與圓唇介音／-w-／相排斥，因此介音／-w-／必須脫落，最後與／iaŋ／韻合流，一起唸成漢越語的-ương。

從本文的統計結果，我們也知道有大約 22 個來自唐韻字／ɑŋ／與陽韻字／ĭaŋ／在漢越語裏相混，讀為-ương。本文認為宕攝各韻傳入越南語的初期，在其語音系統未定型之前一定有相混或過渡期的階段，然後才慢慢進一步系統化而穩定下來。經過一段時間入錯坐位，後來發現有誤，因此各回其位。宕攝一三等之混就是一個很好的例子。

表 4.58：中古漢語宕攝一三等在漢越語之相混表

序號	漢字	常用的漢越語	並用或少用的漢越語	韻目	開合	等第	王力的擬音	註　解
1	當	Đang [da:ŋ¹]	Đương [dɯɤŋ¹]	唐	開	一	tɑŋ	Đương 多用
2	長	Trường [tʂɯɤŋ²]	Tràng [tʂa:ŋ²]	陽	開	三	ďĭaŋ	Trường 多用
3	腸	Tràng [tʂa:ŋ²]	Trường [tʂɯɤŋ²]	陽	開	三	ďĭaŋ	Tràng 多用

〔註35〕阮才謹：〈漢越讀音的起源與形成過程〉，《漢喃工程選集》，河內：越南教育出版社，2011 年），頁 500。

4	場	Trường [tʂɯɤŋ²]	Tràng [tʂaːŋ²]	陽	開	三	ɖian	Trường 多用
5	養	Dưỡng [zɯɤŋ⁴]	Dàng [zaːŋ²]	養	開	三	ǰian	Dưỡng 多用
6	癢	Dưỡng [zɯɤŋ⁴]	Dạng [zaːŋ⁶]	養	開	三	ǰian	少用
7	康	Khang [xaːŋ¹]	Khương [xɯɤŋ¹]	唐	開	一	kʰaŋ	Khang 多用
8	兩	Lượng [lɯɤŋ⁶]	Lạng [laːŋ⁶]	漾	開	三	ĭian	指重量，並用
9	碭	Nãng [naːŋ⁴]	Nương [nɯɤŋ¹]	宕	開	一	daŋ	聲母誤讀，少用
10	鷞	Sương [ʂɯɤŋ¹]	Sảng [ʂaːŋ³]	陽	開	三	ʃian	少用
11	剛	Cương [kɯɤŋ¹]	Cang [kaːŋ¹]	唐	開	一	kaŋ	Cang 南方方言多用
12	堂	Đường [dɯɤŋ²]	Đàng [daːŋ²]	唐	開	一	daŋ	並用

漢越語-ang 和-ương 的密切關係可能還受純越南語本身的影響所致。目前，純越南語裡的-a 韻和-ươ 韻仍然有兩讀並用。例如：Nước＝Nác（水）、Ngửa ＝Ngả〔註36〕（形容頭部朝天往後或躺下）、Ngước＝Ngác（遠望，往上看）、Đường＝Đàng（路）等等。

漢越語-ược [ɯɤk]韻則是與-ương 韻相對的入聲韻，來自中古漢語宕攝的／ǐak／和／ǐwak／三等韻（藥韻）。其演變過程與舌根鼻音-ương 韻無別，所以本文不再詳細地解釋。

至於漢越語-uông 韻的形成，阮才謹認為-uông 韻和-ương 韻同時形成。他發現其間的差別在於-uông 韻（來自陽韻合口字）只和見組聲母搭配，後面則是舌根韻尾，這樣的語音結構令中古漢語／-ǐwa-／韻腹傳入漢越語時，往後退讀為-uông 是容易理解的。〔註37〕

對於-uông 韻的形成，本文則另有看法：雖然-uông、-ương 兩韻是同源（都來自中古漢語宕攝陽韻合口字），但它們的形成並不是像-ang 與-ương 的關係那樣同時發生。有很多證據證明漢越-uông 韻的出現早於-ương 韻。換句話說，我們現在所讀的漢越語-uông 韻就是古漢越語混入漢越語的痕跡。在古漢越語，-uông 韻和-uôc 韻是一對，就是如今漢越語的-ương 與-ược 的前期。例如：鐘（Chuông＞Chung）、方（Vuông＞Phương）、燭（Đuốc＞Chúc）、贖（Chuộc＞

〔註36〕越南語書寫規則：-ươ 韻後若無韻尾則寫成-ưa。

〔註37〕阮才謹：〈漢越讀音的起源與形成過程〉（《漢喃工程選集》，河內：越南教育出版社，2011 年），頁 500。

Thục）等等。古漢越語-uôc 韻在現今漢越語的痕跡較少，所以在漢越語方面則以例外看待。對於-uông、-uôc 兩韻，本文在古漢越語一節會進一步分析和討論。

（六）漢越語-ông、-ôc、-ong 韻和中古漢語通攝各韻的對應關係

以韻母-ông [oŋ]收尾的漢越語共有 131 個字，主要源於中古漢語通攝各韻目（122 個字），對應比例高達為 93%。例外有 9 個字來自其他不同韻目，其中有 5 個字來自江韻。例如：

漢字	漢越語	IPA	韻攝	拼音	漢字	漢越語	IPA	韻攝	拼音
功	Công	[koŋ¹]	通	gōng	貢	Cống	[koŋ⁵]	通	gòng
同	Đồng	[doŋ²]	通	tóng	夢	Mộng	[moŋ⁶]	通	mèng
空	Không	[xoŋ¹]	通	kōng	動	Động	[doŋ⁶]	通	dòng
紅	Hồng	[hoŋ²]	通	hóng	宗	Tông	[toŋ¹]	通	zōng
凍	Đống	[doŋ⁵]	通	dòng	農	Nông	[noŋ¹]	通	nóng

漢越語的-ôc [ok]韻共有 71 個字，它和-ông 韻的發音方法一樣，也來自中古漢語的通攝。形成了漢越語-ôc 韻的通攝有 69 個字，對應比例高達 97.2%。例外很少，只有 2 個字。例如：

漢字	漢越語	IPA	韻攝	拼音	漢字	漢越語	IPA	韻攝	拼音
沐	Mộc	[mok⁶]	通	mù	讀	Độc	[dok⁶]	通	dú
哭	Khóc	[xok⁵]	通	kū	督	Đốc	[dok⁵]	通	dū
祿	Lộc	[lok⁶]	通	lù	鵠	Cốc	[kok⁵]	通	gǔ

以韻母-ong[ɔŋ]收尾的漢越語共有 44 個字，主要來自中古漢語通攝（24 個字）和宕攝（15 個字），對應比例分別為 54.5%和 34%。剩下的 5 個字視為例外。例如：

漢字	漢越語	IPA	韻攝	拼音	漢字	漢越語	IPA	韻攝	拼音
封	Phong	[fɔŋ¹]	通	fēng	防	Phòng	[fɔŋ²]	宕	fáng
鋒	Phong	[fɔŋ¹]	通	fēng	望	Vọng	[vɔŋ⁶]	宕	wàng
隆	Long	[lɔŋ¹]	通	lóng	網	Võng	[vɔŋ⁴]	宕	wǎng

從上所述，漢越語-ung[uŋ]韻主要來自通攝一三等韻字。據統計結果，漢越語-ông 韻亦復如此。本文發現，其間的差別在於-ung 韻絕大部分來自通攝三等韻，相反地，-ông 韻的來源絕大多數來自通攝一等韻，所佔的比例達 97.5%。

也就是說，一等字（-ông）讀入三等字（-ung）以及相對的情況佔很小的比例，只能視為同攝內的互混。

通攝只有合口韻字，傳入漢越語時，三等的介音／-i-／受到越南語語音系統的排斥就要脫落，結果分別讀成-ung 和-ông 兩韻。這樣的分配將一等和三等區分開來，仍然保留其原來的對立。這就是漢越語的一個普遍的特點令語言學家在研究中古漢語時可以舉例作為旁證。阮才謹先生對通攝的擬音與王力的有所不同，但是研究結果與本文無異。

漢越語的-ôc 韻則是-ông 韻的入聲字，其形成過程基本上與-ông 韻的情況沒有很大的差別（絕大多數來自通攝一等韻字），所以本文在此不再論之。

至於漢越語-ong [ɔŋ]韻的形成比較特殊，它來自三個不同的攝，主要是通攝的東韻三等字，其次是宕攝的陽韻和小部分江攝的江韻。

對於東韻和陽韻讀為-ong 韻的原因，阮才謹先生認為至今仍不知其所以然。他只發現東、陽兩韻字大部分與輕唇音聲母相配，並判斷可能就是這些唇音促使主要元音異化更強烈些，才產生這個-ong 韻。〔註38〕

單就東韻而言，本文認為-ong 韻並不是到晚唐，傳入漢越語之後才形成，有幾個例子可以證明在晚唐以前曾經存在這個-ong 韻了。換句話說，-ong 韻和-ông 韻同源（通攝），而-ong 韻就是古漢越語的痕跡。例如：烘（Hong＞Hồng）、弓（Cong＞Cung）、中（Trong＞Trung）等。對於這個問題，本文在古漢越語一節會進一步解釋。至於陽韻為何讀為-ong 韻的問題只能有待於未來的研究補缺了。

江韻字讀為-ong 韻的數量很少，本文雖然將之視為例外，但也可以解釋其原因。上文講過，江韻在《切韻》時期具有圓唇的性質／ɔŋ／，雖然說到晚唐這個圓唇性質消失後，與唐韻相混，但其實有一部分仍然保留這個圓唇特徵，混入東韻。因此，漢越語的-ông 韻（見上文）有一小部分來自江韻（本文視為例外），原因就在這裡。而-ong 韻和-ông 韻在晚唐以前既然有一個密切的關係，那麼江韻讀為-ong 韻就容易理解了。

〔註38〕阮才謹：〈漢越讀音的起源與形成過程〉（《漢喃工程選集》，河內：越南教育出版社，2011 年），頁 505。

六、漢越語舌面韻母和中古漢語韻母的對應關係

漢越語的舌面韻母共有-anh、-ach、-oanh、-oach、-inh、-ich、-uynh、-uych 等八個韻，都起源於中古漢語梗攝。下面是本文對每一個韻所進行的統計結果。

漢越語的-anh [a:ɲ]韻共有 130 個字，主要來自中古漢語的梗攝各韻（126 個字），對應比例高達 96.92%。剩下的 4 個字視為例外。例如：

漢字	漢越語	IPA	韻攝	拼音	漢字	漢越語	IPA	韻攝	拼音
名	Danh	[ʑa:ɲ¹]	梗	míng	英	Anh	[a:ɲ¹]	梗	yīng
幸	Hạnh	[ha:ɲ⁶]	梗	xìng	青	Thanh	[tʻa:ɲ¹]	梗	qīng
盲	Manh	[ma:ɲ¹]	梗	máng	猛	Mãnh	[ma:ɲ⁴]	梗	měng

漢越語的-ach [a:ʧ]韻共有 75 個字，它和漢越語的-anh 韻同為舌面韻尾字，因此-ach 韻與-anh 韻一樣都來自中古漢語梗攝（71 個字），對應比例為 94.6%。剩下的 4 個字算是例外。例如：

漢字	漢越語	IPA	韻攝	拼音	漢字	漢越語	IPA	韻攝	拼音
冊	Sách	[ʂa:ʧ⁵]	梗	cè	赫	Hách	[ha:ʧ⁵]	梗	hè
客	Khách	[xa:ʧ⁵]	梗	kè	額	Ngạch	[ŋa:ʧ⁶]	梗	é
革	Cách	[ka:ʧ⁵]	梗	gé	責	Trách	[tʂa:ʧ⁵]	梗	zé

漢越語的-oanh [wa:ɲ]韻的數量較少，只有 21 個字，完全源於中古漢語的梗攝，對應比例達 100%，沒有例外。例如：

漢字	漢越語	IPA	韻攝	拼音	漢字	漢越語	IPA	韻攝	拼音
頃	Khoảnh	[xwa:ɲ³]	梗	qǐng	轟	Hoanh	[hwa:ɲ¹]	梗	hōng
橫	Hoành	[hwa:ɲ²]	梗	héng	鶯	Oanh	[wa:ɲ¹]	梗	yīng

以-oach [wa:ʧ]韻收尾的漢越語數量很少，只有 13 個字。它和-oanh [wa:ɲ]韻同為一組，都是舌面音韻尾，它也由中古漢語的梗攝各韻演變而成。其中主要來自梗攝的麥／wæk／、陌／wæk／兩韻，不過例外數量比較多，共有 5 個字來自宕攝鐸韻字。例如：

漢字	漢越語	IPA	韻攝	拼音	漢字	漢越語	IPA	韻攝	拼音
劃	Hoạch	[hwa:ʧ⁸]	梗	huà	擭	Oách	[wa:ʧ⁷]	梗	huò
獲	Hoạch	[hwa:ʧ⁸]	梗	huò	鑊	Hoạch	[hwa:ʧ⁸]	宕	huò
謋	Hoạch	[hwa:ʧ⁸]	梗	huò	蠖	Hoạch	[hwa:ʧ⁸]	宕	huò

　　漢越語的-inh[iɲ]韻共有 209 個字，絕大多數來自中古漢語梗攝各韻目（206個字），對應比例爲 98.56%。來源於其他攝的-inh 韻爲數不多，只有 3 個字，視爲例外。例如：

漢字	漢越語	IPA	韻攝	拼音	漢字	漢越語	IPA	韻攝	拼音
齡	Linh	[liɲ¹]	梗	líng	貞	Trinh	[tʂiɲ¹]	梗	zhēn
定	Định	[diɲ⁶]	梗	dìng	盛	Thịnh	[tʰiɲ⁶]	梗	shèng
星	Tinh	[tiɲ¹]	梗	xīng	晴	Tình	[tiɲ²]	梗	qíng

　　以韻母-ich[itʃ]收尾的漢越語共有 155 個字，大部分源於中古漢語梗攝各韻目（152 個字），對應比例爲 98%。例外很少，屈指可數。根據統計結果，我們發現漢越語-ich 韻的主要來源就是梗攝的昔、錫兩個韻目。例如：

漢字	漢越語	IPA	韻攝	拼音	漢字	漢越語	IPA	韻攝	拼音
析	Tích	[titʃ⁵]	梗	Xī	覓	Mịch	[mitʃ⁶]	梗	mì
炙	Trích	[tʂitʃ⁵]	梗	Zhì	隙	Khích	[xitʃ⁵]	梗	xì
益	Ích	[itʃ⁵]	梗	Yì	碧	Bích	[bitʃ⁵]	梗	bì

　　漢越語的-uynh[wiɲ]韻的數量較少，只有 19 個字之多，全部源於中古漢語的梗攝，對應比例達 100%，沒有例外。例如：

漢字	漢越語	IPA	韻攝	拼音	漢字	漢越語	IPA	韻攝	拼音
螢	Huỳnh	[hwiɲ²]	梗	yíng	迥	Huýnh	[hwiɲ⁵]	梗	jiǒng
榮	Huỳnh	[hwiɲ²]	梗	xíng	潁	Quýnh	[kwiɲ⁵]	梗	jiǒng
駉	Quynh	[kwiɲ¹]	梗	jiōng	瓊	Quỳnh	[kwiɲ²]	梗	qióng

　　漢越語的-anh、-oanh、-inh、-uynh 等韻都來自中古漢語梗攝各韻字。這裡有一個非常有趣的現象，即中古漢語宕攝和梗攝都有舌根音-ŋ／-k 收尾，按道理梗攝各韻傳入漢越語時就得保留舌根韻尾才對，但卻一律改爲舌面韻尾。這個情況看來只在越南語方面發生的，好像與中古漢語各韻無關。

　　對於這個特殊現象，阮才謹學者認爲中古漢語舌根韻尾有三種變體，第一種是一般的舌根韻尾-ŋ／-k，第二種是圓唇舌根韻尾-wŋ／-wk，第三種是齶化舌根韻尾-iŋ／-ik。圓唇或齶化都由前面的古元音之影響所致。《切韻》時期的梗攝有一個齶化舌根韻尾（-iŋ／-ik），它出現在 ɒ、æ／／ɛ、ie 三個元音後面。因此，阮氏給耕、庚₂、庚₃、清、青等韻分別擬音爲-æiŋ、-ɒiŋ、-iɒiŋ、-iɛiŋ

和 Ieiŋ。他認爲到晚唐時期，耕／-æiŋ／與庚₂／-ɒiŋ／合流變成／-Ieiŋ／，青／-Ieiŋ／與清／-ieiŋ／、庚₃／-iɒiŋ／合流成爲／-iIeiŋ／。這樣地擬音成／-Ieiŋ／令耕和庚₂擺脫了 ɑ 和 a 的對立，因此在梗攝見母二等字沒有漢越語聲母／k-／變成／gi-／的現象。將這些元音擬音成／-Ie-／也爲-iŋ／-ik 唸成漢越語的-nh／-ch 提供順利的條件。〔註39〕

　　阮才謹先生的這個說法看起來較爲合理，但是也有令人疑問的地方。第一，舌根韻尾有三種變體在漢語地帶需要舉例證明或者採納前人的說法。第二，通常幾個韻部因某某原因而合一就需要保留其中的一個韻或者重要的元音。但是阮氏將耕／-æiŋ／與庚₂／-ɒiŋ／合成另一個早已存在的韻部，就是青韻／Ieiŋ／。換句話說，將梗攝二等韻讀入四等韻。第三，青韻／Ieiŋ／卻不與二等韻合一，好像被別人佔用自己的家，所以想辦法脫身，與庚₃和清合流，成爲／iIeiŋ／。第四，／iIeiŋ／傳入越南語時，卻不知道什麼原因，主要元音／Ie／就脫落，剩下的／iiŋ／就唸成漢越語的-inh。第五，阮氏還沒有顧慮到韻部開合之分別。因此，阮先生的這種解釋有點牽強，不令人信服。

　　下面本文從王力先生的擬音系統針對這個問題提出另一個看法。

　　梗攝只有二三四等，各分開合兩類。王力在《漢語史稿》一書將梗攝各韻分別擬音成庚開二／ɐŋ／、耕開二／æŋ／、庚合二／wɐŋ／、耕合二／wæŋ／、庚開三／ĭɐŋ／、清開三／ĭɛŋ／、庚合三／ĭwɐŋ／、清合三／ĭwɛŋ／、青開四／ieŋ／、青合四／iweŋ／。王氏認爲到晚唐時期，梗攝各韻發生了四大變化：

　　第一、登開一／əŋ／、庚開二／ɐŋ／、耕開二／æŋ／以及蒸、庚、清等開三字的一部分合流讀爲／əŋ／。

　　第二、蒸、庚、清等開三字的另一部分與青開四／ieŋ／合流，讀爲／iŋ／。

　　第三、登合一／uəŋ／、庚合二／wɐŋ／、耕合二／wæŋ／與東₁、冬、東₃、鐘合流讀爲／uŋ／。

　　第四、庚合三／ĭwɐŋ／、清合三／ĭwɛŋ／、青合四／iweŋ／與東₃、鐘合流讀爲／iuŋ／（yŋ）。〔註40〕

〔註39〕阮才謹：〈漢越讀音的起源與形成過程〉（《漢喃工程選集》，河內：越南教育出版社，2011 年），頁 508～509。

〔註40〕王力：《漢語史稿》（北京：中華書局 1980 年），頁 192。

上文所講，登韻一等字／əŋ／傳到漢越語讀成-ăng[-aŋ]。雖然庚開二／ɐŋ／、耕開二／æŋ／以及蒸、庚、清等開三字的一部分與登韻開一合流，但是並不是完全一樣，反正還是不同攝，韻腹部分仍然有稍微差別，因此傳入越南語的時候，越南人還可以分別出來。爲了避免同音詞大量發生，所以就改變其韻尾，混入本土語的舌面韻尾，唸成-anh[aːɲ]。這樣的安排不但與曾攝登韻開一字保持對立而且還與宕攝唐韻所形成的-ang[aːŋ]韻保持對立，不相混肴。

庚開三／ǐɐŋ／、清開三／ǐɛŋ／的另一部分與青開四／ieŋ／合流，讀爲／iŋ／，因此傳入越南語時，直接唸成-inh是可以理解。因爲純越南語本身已經有舌面韻尾，而且舌面韻尾前面只能與-i-、-ê-、-e-等前高元音配對。越南語只有一個元音-a-，所以如果漢語元音是前／-a-／就得與舌面韻尾配合以與後／-ɑ-／和舌根韻尾的組合區分開來。

庚／wɐŋ／、耕／wæŋ／合口字的數量不多，與東₁、冬、東₃、鐘合流讀爲／uŋ／。而／uŋ／主要讀爲漢越語的-ung、-ông兩韻（見上文）。因此，庚／wɐŋ／、耕／wæŋ／如果讀入／uŋ／就變成例外了。

庚合三／ǐwɐŋ／、清合三／ǐwɛŋ／、青合四／iweŋ／與東₃、鐘合流讀爲／iuŋ／，後來圓唇介音脫落，剩下的／yŋ／，與／iŋ／很接近，因此讀入漢越語的-inh了。

實際上，從本文的統計結果，我們發現漢越語的-anh韻主要來自庚、耕開二韻；漢越語的-inh主要來自庚、清開三以及青開四等韻。漢越語的合口韻-oanh則主要來自庚、耕合二字，少部分來自清開三、耕開二字。漢越語的合口韻-uynh則來自庚、清、青三韻的合口字。

值得注意的是，庚開三／ǐɐŋ／、清開三／ǐɛŋ／兩韻處於一個模糊地帶，有一部份與登、庚、耕合流，另有一部分與青合流，因此在漢越語裏發生了一字兩讀的現象，目前仍然保留兩種讀音，例如：性（Tính＝Tánh）、姓（Tính＝Tánh）、正（Chính＝Chánh）、政（Chính＝Chánh）、生（Sinh＝Sanh）、牲（Sinh＝Sanh）、領（Lãnh＝Lĩnh）、頂（Đảnh＝Đỉnh）、竟（Cánh＝Kính）、盛（Thịnh＝Thạnh）等。

至於-ach、-oach、-ich、-uych（數量極少）四韻則分別是-anh、-oanh、-inh、-uynh四韻的入聲字，它們的行程過程原則上與其相對的韻相同，所以本文在此不多討論。

七、常見例外的一些表現及其原因

討論漢越語與中古漢語聲母和韻母之間的對應關係時，本文發現了其間的一些例外。導致例外的原因很多，有的可以容易解釋，並可視為特殊、有規律性的例外，有的是一般而有原因的例外，也有原因不明的例外。以上在分析聲母和韻母的對應時，本文也盡量解釋了一些導致特殊、有規律性的例外，現在另談一般例外的表現及其原因作為例外部分的總結。

（一）中古漢語與漢越語對應，但現代漢語與漢越語互不對應

1、現代漢語因受字旁的影響造成誤讀現象

《廣韻》「閡」字「五溉切」，漢越語讀 Ngại[ŋaːj⁶]，仍然保留聲母 ng-，但是現代漢語誤讀成 hé（和音），是受到聲旁「亥」的影響所致，因此沒有與漢越語鼻音聲母 ng-對應了。

《廣韻》「杻」字「女久切」，對應於漢越語的 Nữu [nɯɯ⁴]，但是現代漢語卻讀成 chǒu，是因為受到「丑」音的影響（有邊讀邊）。

2、漢語中／l／和／n／之相混

《廣韻》「罱」字「盧敢切」，漢越語保留中古漢語聲母的讀音／l／，讀成 Lãm[laːm⁴]，但是普通話誤讀成／n／（nǎn）。

《廣韻》「輦」字「力展切」，漢越語保留中古漢語聲母的讀音／l／，讀成 Liễn[lien⁴]，但是普通話誤讀成／n／（niǎn）。

3、避諱的原因

《廣韻》「戊」字「莫候切」，漢越語保留中古漢語聲母的讀音／m／，讀成 Mậu [mɤw⁶]，但是普通話讀成零聲母／w／（wù）。

（二）中古漢語與現代漢語對應，但現代漢語與漢越語互不對應

1、漢越語因受字旁的影響而產生誤讀

《廣韻》「靴」字「許胆切」，現代漢語讀 xuē（削音），但是漢越語受到「吪」省形的影響，所以誤讀成帶有鼻音聲母的 Ngoa[ŋwaː¹]。

2、越南語中／l／和／n／之相混

《廣韻》「卵」字「盧管切」，普通話保留中古漢語聲母的讀音／l／（luǎn），但是漢越語誤讀成 Noãn[nwaːn⁴]。

3、越南人看錯字導致誤讀

《廣韻》「虙」字「房六切」，現代漢語讀成 fú 是符合音變規律的，漢越語本來應該讀成 Bục 或者 Phục，但是因爲「虙」的字形與「密 Mật」較接近，所以誤讀成 Mật[mɤt⁶]。

《廣韻》「譻」字「蘇增切」，對應於現代漢語的 sēng 音，漢越語本來應該讀成 Tăng，但是因爲「譻」的字形與「鬘 Man」相近，所以誤讀成 Man[ma:n¹]。

（三）現代漢語與漢越語對應，但與中古漢語都不對應

1、現代漢語因受字旁的影響造成誤讀現象

《廣韻》「瘓」字「吐緩切」，聲母應該是舌尖塞音 / tʻ / ，但是現代漢語和漢越語都誤讀成舌根清擦音 / x / 是因爲受到「換 Hoán」字省形的影響所致，所以漢越語將「瘓」誤讀成 Hoán[hwa:n⁵]。

《廣韻》「䓲」字「火怪切」，本來應讀曉母，但因爲受到偏旁「衛」的影響，所以現代漢語和漢越語都分別誤讀成 wèi 和 Vệ[ve⁶]。

《廣韻》「閾」字「況逼切」，本來應讀曉母，但因爲受到「域」字省形的讀音影響，所以現代漢語和漢越語都分別誤讀成 yù 和 Vực[vɯk⁸]（入聲字）。

《廣韻》「諉」字「女恚切」，本來應讀娘母，但因爲受到偏旁「餧」字省形的讀音影響，所以現代漢語和漢越語都分別誤讀成 wěi 和 Ủy[wi³]。

《廣韻》「蔲」字「呼漏切」，現代漢語卻讀 kòu（叩音），漢越語跟著誤讀成 Kháu[xɤw⁵]是因爲被「寇 Kháu」字（苦候切）的讀音所影響。

《廣韻》「捐」字「與專切」，本來應該讀成 yuān，但是中國人因被「鵑」字的偏旁所影響，誤讀成 juān，漢越語跟著誤讀成 Quyên[kwien¹]而不是 Uyên[wien¹]。

2、原因未明

《廣韻》「彎、灣」字都是「烏關切」，現代漢語本來應讀成零聲母，但是不知道什麼原因卻讀成 luán 導致漢越語也跟著讀成 Loan[lwa:n¹]。

（四）中古漢語、現代漢語和漢越語互不對應

1、因受字旁的影響

《廣韻》「骱」字「古黠切」，現代漢語讀成 xiè，漢越語卻讀成 Giới[zɤ:j⁵]，

這是因爲受「骱」字的偏旁「介」的讀音影響所致。

2、原因未明

榮、蠑二字《廣韻》都是「永兵切」，漢越語都讀唇齒濁擦音／v／（Vinh [viŋ¹]），但是普通話都讀成／r／（róng），而按照一般的演變規律，現代漢語的／r／是由日母或疑母變成的。

（五）漢越語存在著對應和不對應的讀音

有時候漢越語出現兩個不同的讀音，一個與中古漢語對應，另一個與現代漢語對應，但中古漢語和現代漢語互不對應，然而後者多被使用。

《廣韻》「茆」字「力久切」，漢越語的 Lữu[lɯw⁴]音與中古漢語對應，Mao [ma:w¹]音則與現代漢語對應（但是聲調上不對應）。

《廣韻》「刷」字「數刮切」或者「所劣切」，漢越語的 Xoát[swa:t⁷]音與中古漢語對應，但是「刷」字在漢越語一直被讀爲 Loát[lwa:t⁷]，／X／和／L／之間的音變太大，不知其原因。

小結論

從上所述，在研究中古漢語以及漢越語的關係之學者當中，阮才謹先生可以說是一個最有成就的語言學家。本文在分析與討論，不得不參考阮氏的研究成果。一方面繼承他的研究成果，另一方面就不同觀點之處提出新的看法以及見解。基本上，王力、花玉山等學者對漢越語和中古漢語韻母的對應關係有所成就，均爲值得大家參考的材料。

本文認爲大致上可以接受阮才謹學者的觀點，因此在共同的地方不再討論。現在就小異的地方歸納如下：

首先，需要聲明的是，阮先生使用另一種擬音系統，與王力所擬的有所不同。雖然沒有對錯可言，但本文還是統一性地採納王力先生所擬音的系統以及他對中古漢語韻母發展過程的研究成果作爲主要的參考資料來論述並表達自己的觀點。

第二，在解釋漢越語-ăng 韻的來源時，阮先生在〈漢越讀音的起源與形成過程〉一文雖然提出中古漢語曾攝蒸韻三等字是形成-ăng 韻的一些例子，但他卻沒有解釋原因，只說明蒸韻是-ưng 韻的來源。爲了補充這個空白，本文從王

力對中古漢語曾韻的發展之研究，指出曾攝的一等和三等韻傳入越南語之前已經合一，因此在漢越語裏，蒸韻和登韻一起讀爲-ăng 韻是合理的。

第三，阮才謹先生撰寫〈漢越讀音的起源與形成過程〉的時候很少注意到古漢越語混入漢越語的痕跡，因此有一些地方他對某韻的來源解釋不順。本文由於另寫古漢越語一章，所以基本上可以觀察到古漢越語聲韻的一些特點，將之來解釋漢越語一些韻母的形成就不會覺得牽強了。例如：漢越語的-o、-ơi、-ong、-uông 等韻，其數量較少，而且又分別與-ô、-ôi、-ông、-ương 等韻同源。阮氏或者不能理解其原因，或者說明是另一個主要韻的變體（同時並進）。在下一章，本文將論及這些古韻，提出例子證明這就是古漢越語的痕跡。

第四，在解釋漢越語舌面韻尾-nh 的發生，阮才謹學者提出舌根韻尾有-ŋ／-k、-wŋ／-wk、-iŋ／-ik 等三個變體的觀點，但是本文認爲這樣的解釋有所勉強，因爲在擬音部分有一些不合理的地方令其論述不通。本文從王力的擬音系統一一解釋帶有舌面韻尾-nh 的各韻母之來源，爲語言學界提出一個新的看法。

從總體來看，本文的統計結果和論述與阮才謹先生所研究的成果相同，只有一些小部分可以進一步討論以及補充而已。

第三節　古漢越語和上中古漢語韻母的對應關係

一、古漢越語韻母-e 來自中古漢語外轉二等韻的主要元音

我們知道漢越語語音系統沒有前半高元音-e[ɛ]，但是在古漢越語語料中我們卻可以找到-e 的存在。這個問題王力早就發現，他認爲-e 與古漢語外轉二等韻的主要元音有密切的關係。王先生在〈漢越語研究〉曰：

> 所謂外轉二等韻就是麻肴佳皆刪山咸銜臻耕江等韻。這些韻，除了
> 麻韻有少數三等字之外，都是只有二等字的。依上文所述的漢越語
> 的系統看來，它們的韻值和一等韻的韻值完全相同，例如麻與歌混、
> 肴與豪混、佳皆與咍泰混、刪山與寒桓混、咸銜與覃談混、臻與痕
> 混、江與唐混（耕因梗攝無一等字故無可混）。唯一的例外是佳皆的
> 合口呼未與灰混。但是，我們相信古漢越語裏的情形並不如此。除
> 了臻韻字少不論，又江耕兩個收-ng 的韻或當別論之外，我們有充
> 分的證據，可以證明麻肴佳皆刪山咸銜八個韻的字（及其入聲）的

主要元音本來不是一個 a 而是一個 E（越語羅馬字寫作 e）。〔註41〕

（一）古漢越語韻母-e[ɛ]與中古漢語麻韻對應

表 4.59

漢字	古漢越語	漢越語	擬　音	學　者
車	Xe [sɛ¹]	Xa [sa:¹]	tɕʰia	王力
茶	Chè [tʂɛ²]	Trà [tʂa:²]	ɖa	王力
夏	Hè [hɛ²]	Hạ [ha:⁶]	ɣa	王力
蔗	Che [tʂɛ¹]	Giá [za:⁵]	tɕia	王力
誇	Khoe [xwɛ¹]	Khoa [xwa:¹]	kʰwa	王力
紗	The [tʻɛ¹]	Sa [ʂa:¹]	ʃa	花玉山
麻	Mè [mɛ²]	Ma [ma:¹]	ma	阮才謹

值得注意的是，寡是麻韻字，但是古漢越語卻是 Góa[ɣwa:⁵]不太恰當，然而王力、阮才謹等語言學家都認同。寡的情況可能與瓦字相同。王力說：「Ngɔi⁵，越字從土，瓦聲，疑是古『瓦』字。Nha² ngɔi⁵ 是瓦房子，Ngɔi⁵ əm¹ 是陰瓦，Ngɔi⁵ zɣɐŋ¹ 是陽瓦。這字的主要元音雖不是 E，但它消極地證明了『瓦』字在古漢越語裏並不讀 a。現在『瓦』字文言讀 Ngoa⁴。『瓦』的語音演變情形大概是：NgoE-Ngoe-Ngoi-Ngɔi. 至於 Ngoa⁴ 則是漢越語時代的官音，它並非由 Ngɔi⁵ 變來的。」〔註42〕

至於誇字，王力不太確定，需要待考。但是他認為「這一例子也很重要，因為它可以證明麻韻非但開口呼讀 E，連合口呼也讀-uE 了。」〔註43〕

古漢越語韻母-e[ɛ]來自古漢語麻韻的事實也得到大陸學者潘悟雲的認同。他在〈「囡」所反映的吳語歷史層次〉一文說：

> 古漢越語的材料來源也很複雜，麻韻二等同樣不只 e「E」一種讀音，
> 但是它與漢越語之間的界限也是很清楚的：麻韻二等在漢越語中只
> 讀 a「a」，不讀 e「E」，古漢越語中則更多地讀 e「E」。這種區別恰
> 與日本漢音、吳音之間的區別相平行。越南音系既有 ê「E」，也有

〔註41〕王力：〈漢越語研究〉《嶺南學報》第九卷，第一期，1948 年），頁 63。

〔註42〕王力：〈漢越語研究〉《嶺南學報》第九卷，第一期，1948 年），頁 64。

〔註43〕王力：〈漢越語研究〉《嶺南學報》第九卷，第一期，1948 年），頁 64。

e「E」，麻韻二等與佳韻大多讀 e「E」不讀 ê「E」，這說明古漢越語所借用的漢語方言中麻韻、佳韻都不是 e，而是一個比 e 更開的音，如 ɛ、æ 之類。〔註44〕

可見，潘先生不但觀察到麻韻而且更知道佳韻二等字在古漢越語也讀爲 -e，這一點與王力所發現的相一致（詳見下文）。

（二）古漢越語韻母 -eo[ɛw] 與中古漢語肴韻對應

表 4.60

漢字	古漢越語	漢越語	擬音	學者	註　　解
卯	Mẹo [mɛw⁶]	Mão [ma:w⁴]	mau	王力	
巧	Khéo [xɛw⁵]	Xảo [sa:w³]	kʰau	王力	
豹	Beo [bɛw¹]	Báo [ba:w⁵]	pau	王力	
棹	Chèo [tʂɛw²]	Trạo [tʂa:w⁶]	ɖau	王力	
貓	Mèo [mɛw²]	Mao [ma:w¹]	mau	王力	王力註明：貓字入肴宵兩
貓	Mèo [mɛw²]	Miêu [miew¹]	mĭɛu	王力	韻。古漢越語只有一音。
膠	Keo [kɛw¹]	Giao [ʐa:w¹]	kau	王力	阮才謹另提出 Cao 一音。

（三）古漢越語韻母 -êu[ew] 與中古漢語蕭、宵等韻對應

表 4.61

漢字	古漢越語	漢越語	擬音	學者
繡	Thêu [tʼew¹]	Tú [tu⁵]	sĭəu	王力
喬	Kều [kew²]	Kiều [kiew²]	gĭɛu	本文
寮	Lều [lew²]	Liêu [liew¹]	lieu	本文
叫	Kêu [kew¹]	Khiếu [xiew⁵]	kieu	本文

王力認爲叫字讀 Kêu 是漢語越化，但是從其它的例子來看的確有 -êu 韻與蕭、宵等韻對應。透過漢語方言我們也能發現叫讀爲[kew¹]。漢越語 Khiếu 的聲母 kh- 應該來自溪母，但是這只是後期誤讀的現象，因爲叫是見母字，古漢越語 Kêu 仍然保留見母的讀法（參見古漢越語聲母部分）。

〔註44〕潘悟雲：〈“囡”所反映的吳語歷史層次〉，（《潘悟雲自選集》，安徽教育出版社，2002 年），頁 116～117。〈“囡”所反映的吳語歷史層次〉原載於《語言研究》1995 年，第一期。

（四）古漢越語韻母-oe[wɛ]與中古漢語皆、佳等韻對應

表 4.62

漢字	古漢越語	漢越語	擬　音	學　者
卦	Quẻ [kwɛ³]	Quái　[kwa:j⁵]	kwai	王力
畫	Hõe [hwɛ⁴]＞Vẽ [vɛ⁴]	Họa [hwa:⁶]	ɣwai	王力
槐	Hòe [hwɛ²]	Hòe [hwɛ²]	ɣwɐi	王力

　　對於畫字，王力特別解釋：「本來該是 HwE⁴（依越語羅馬字該是 hoe⁴），其後因匣母合口字前面的 h 在口語中多數不能保持了，所以變爲 WE，再變爲 Ve。Hwe⁴ 字大約在漢越語裏當畫字用過，而 hoa⁶ 字則是近代的形式，比『快』『話』『卦』等字尤爲後起，因爲『快』『話』『卦』還可以讀 khoai⁵，hoai⁶，quai⁵ 比較低接近古音，hoa⁶ 則完全是中國近代官話的形式了。」

　　至於槐字，古漢越語 Hòe 直接混入漢越語，變成一個例外，因爲漢越語裏沒有元音[ɛ]。也有一些字典按照現代漢語的讀音另造 Hoài 一音，但是沒有人這麼講。越南人直接將槐樹說成 Cây hòe（這是越南各地普通的樹木，可當藥物）。

（五）古漢越語韻母-en[ɛn]與中古漢語山、刪及其入聲韻對應

表 4.63

漢字	古漢越語	漢越語	擬　音	學　者
限	Hẹn [hɛn⁶]	Hạn [ha:n⁶]	ɣæn	王力
便	Bèn [bɛn²]	Tiện [tien⁶]	bĭɛn	王力
揀	Kén [kɛn⁵]	Giản [ʐa:n³]	kæn	王力
盞	Chén [tʂɛn⁵]	Trản [tʂa:n³]	tʃĭwɛn	王力
慣	Quen [kwɛn¹]	Quán [kwa:n⁵]	kwan	王力
繭	Kén [kɛn⁵]	Kiển [kien³]	kien	王力
察	Xét [sɛt⁵]	Sát [ʂa:t⁷]	tʃʰæt	王力
蓮	Sen [ʂɛn¹]	Liên [lien¹]	lien	阮才謹
冽	Rét [ʐɛt⁷]	Liệt [liet⁸]	ʎĭet	阮才謹
煉	Rèn [ʐɛn²]	Luyện [lwien⁶]	lien	本文

　　值得注意的是，有一些山攝四等韻字也會混入這些例子當中。蓮、冽、煉等字可能在上古漢語時代已經傳入越南了。因爲從它們的聲母來看，都由

上古漢語複輔音 sr-或者 r-與 l-相混的時候傳來的（參見上文）。

（六）古漢越語韻母-em [ɛm]與中古漢語咸、銜及其入聲韻對應

表 4.64

漢字	古漢越語	漢越語	擬　音	學　者
斬	Chém [tʂɛm⁵]	Trảm [tʂa:m³]	tʃɛm	王力
夾	Kép [kɛp⁷]	Giáp [ʑa:p⁵]	kɛp	王力
狹	Hẹp [hɛp⁸]	Hạp [ha:p⁸]	ɣɛp	王力
減	Kém [kɛm⁵]	Giảm [ʑa:m³]	kɛm	阮才謹
壓	Ép [ɛp⁷]	Áp [a:p⁷]	0eap＞0ap	本文
兼	Kèm [kɛm²]	Kiêm [kiem¹]	kiem	本文
簾	Rèm [ʑɛm²]	Liêm [liem¹]	ʎiɛm	本文

這裡也有一些咸攝的三四等字混入，可能是受二等字的影響所致。上文也講過，王力不認為 Rèm（簾）是古漢越語。這也許是在王力的時代，由於語料的限制，語言學界還沒有發現上古漢語 r-與 l-未分的狀況，在此本文繼續將之列入古漢越語韻母部分為證。

二、古漢越語韻母-ưa、-ua、-o 來自中古漢語魚虞模三韻

（一）古漢越語韻母-ưa [ɯɤ]與中古漢語魚韻對應

表 4.65

漢字	古漢越語	漢越語	擬　音	學　者
初	Xưa [sɯɤ¹]	Sơ [sɤ:¹]	tʃʰio	王力
序	Tựa [tɯɤ⁶]	Tự [tɯ⁶]	ʑio	王力
驢	Lừa [lɯɤ²]	Lư [lɯ¹]	ʎio	王力
許	Hứa [hɯɤ⁵]	Hứa [hɯɤ⁵]	hio	王力
御	Ngừa [ŋɯɤ²]	Ngự [ŋɯ⁶]	ŋio	王力
疏	Thưa [t́ɯɤ¹]	Sơ [sɤ:¹]	ʃio	王力
貯	Chứa [tʂɯɤ⁵]	Trữ [tʂɯ⁴]	ȶio	王力
禦	Ngừa [ŋɯɤ²]	Ngự [ŋɯ⁶]	ŋio	花玉山
距	Cựa [kɯɤ⁶]	Cự [kɯ⁶]	gio	花玉山
除	Chừa [tʂɯɤ²]	Trừ [tʂɯ²]	ȡio	花玉山
鋸	Cưa [kɯɤ¹]	Cứ [kɯ⁵]	ȝio	本文

　　雨（Mưa）是麌韻字，但是花玉山學者將它列入魚韻字，在同攝內基本上可以接受，因為各韻可以互相影響其讀音。事實上，-ưa（魚韻）和-ua（虞韻）的讀音較為接近。不過，在聲母方面，花玉山的處理不妥儅，雨是云母字而不是明、微母字（見上文），因此雨字不應該列入此例。

　　值得注意的是，Húa（許）是古漢越語留在漢越語裏的痕跡，沒有其他的說法。這並不是一般的例外。王力雖然發現這個現象，但沒有特別註釋。本文認為之所以 Húa 可以保留古漢越語的讀音，主要的原因是「許」本為一個姓氏，由祖先代代相傳，不容易更改其讀音。因此令許在許諾（Húa nặc）、許可（Húa khả）〔註45〕等讀音跟著而不變其音。

（二）古漢越語韻母-ua[uo]與中古漢語虞對應

表 4.66

漢字	古漢越語	漢越語	擬　音	學　者
斧	Búa [buo⁵]	Phủ [fu³]	pĭu	王力
主	Chúa [tʂuo⁵]	Chủ [tʂu³]	tɕĭu	王力
符	Bùa [buo²]	Phù [fu²]	bĭu	王力
舞	Múa [muo⁵]	Vũ [vu⁴]	mĭu	王力
諛	Dua [zuo¹]	Du [zu¹]	jĭu	王力
輸	Thua [tʼuo¹]	Thu [tʼu¹]	ɕĭu	王力
驅	Khua [xuo¹]	Khu [xu¹]	kʰĭu	王力
所	Thủa [tʼuo³]	Sở [ʂɤː³]	ʃĭo	王力
箸	Đũa [duo⁴]	Trợ [tʂɤː⁶]	đĭo	王力
驅	Xua [suo¹]	Khu [xu¹]	kʰĭu	阮才謹
鬚	Tua [tuo¹]	Tu [tu¹]	sĭu	王祿
注	Chua [tʂuo¹]	Chú [tʂu⁵]	tɕĭu	花玉山
務	Mùa [muo²]	Vụ [vu⁶]	mĭu	本文
註	Chua [tʂuo¹]	Chú [tʂu⁵]	tɕĭu	本文
聚	Tủa [tuo³]	Tụ [tu⁶]	dzĭu	本文

　　「所」是魚韻字，混入同攝的虞韻基本上可以接受的，但是在聲母方面好像不妥當。因為「所」是生（疏）母字，讀入 th- 則有一點距離，需要進一步的

〔註45〕翻譯成越南語分別為 Húa hẹn（Cam kết）、Cho phép。

研究才可以斷定。

（三）古漢越語韻母-o[ɔ]與中古漢語模對應

表 4.67

漢字	古漢越語	漢越語	擬音（隋唐音）	擬音（先秦音）	高本漢（先秦音）	學　者
兔	Thỏ [tʼɔ³]	Thố [tʼo⁵]	tʰu	tʰa	tʰo	花玉山
弩	Nỏ [nɔ̃³]	Nỗ [no⁴]	nu	na	no	花玉山
徒	Trò [tʂɔ²]	Đồ [do²]	du	da	dʰo	阮才謹
摸	Mò [mɔ²]	Mô [mo¹]	mu	（未明）	（未明）	阮才謹
毒	Nọc [nɔk⁸]	Độc [dok⁸]	duok	duk	dʰ	阮才謹
賭	Đọ [dɔ⁶]	Đổ [do³]	tu	ta	（未明）	本文
巫	Mo [mɔ¹]	Vu [vu¹]	mĭu	mĭwa	mi̯wo	本文
度	Đo [dɔ¹]	Độ [do⁶]	du	da	dʰɑg	本文
渡	Đò [dɔ²]	Độ [do⁶]	du	da	dʰɑg	本文
露	Ló [lɔ⁵]	Lộ [lo⁶]	lu	la	glɑg	本文
慮	Lo [lɔ¹]	Lự [lɯ⁶]	lĭo	lĭa	li̯o	本文
戶	Họ [hɔ⁶]	Hộ [ho⁶]	ɣu	ɣa	gʰo	本文
爐	Lò [lɔ²]	Lô [lo¹]	lu	la	lo	本文
庫	Kho [xɔ¹]	Khố [xo⁵]	kʰu	kʰa	kʰo	本文

　　雖然戶、爐、庫三字都是模韻字，但是王力認爲這些字（包括其他字）都是漢語越化，不是古漢越語。他說：「這可說是合口和撮口變爲開口。」〔註46〕然而，以上這些例子在上古他幾乎都擬爲開口／a／。參考高本漢的擬音卻是半高合口元音／o／，古漢越語／ɔ／的音值剛好站在中間。

　　從文化交流方面來講，本文認爲這些字傳入越南的時間比較早，即在中古漢語以前的時候就傳來了。例如，「戶」本來是門之一半，是一般人或窮人的家所使用的門，後來引申爲門戶，指同家族的關係等。目前，越南人所講的 Họ hàng 就是此義。火爐也是文化交流中的重要生活用品，目前越南所講的 Lò rèn 就是煉爐的直譯（在句法上，偏正結構是相反的），而且 rèn（煉）也是一個重要的古漢越語，代表古代技術交流的情況。

〔註46〕王力：〈漢越語研究〉（《嶺南學報》第九卷，第一期，1948 年），頁 76。

「巫」字雖然是從虞韻混入，但是同攝的變音，可以接受其互相的影響。更重要的是，當時中國的巫文化非常發達，到處傳播。越南人現在常講的 Thầy mo 就是巫師的直譯（差別在於偏正結構的秩序而已），其中，師的聲母 th-需要進一步討論，但是師的韻母的確是-ây（見下文）。

渡、度、露在上古漢語是個塞音韻尾（入聲字），後來脫落了韻尾變成陰聲韻尾（從踱、劇以及各、洛、落等字可以找到入聲韻尾的痕跡）。渡、度、露傳入越南的主要來源應該是透過佛教的傳播，早在公元前後就到越南了。佛經裏面常用「渡人」、「渡眾」、「普度眾生」、「甘露」等詞語來做比喻，教化信眾。其中，露的漢語越化則有 Lồ 的讀音。露和墓、萬、鏡、急到現在還保留著整齊的三種讀音，非常珍惜：

表 4.68

漢字	古漢越語	漢越語	漢語越化	中古漢語的擬音	上古漢語的擬音
露	Ló [lɔ⁵]	Lộ [lo⁶]	Lồ [lo²]	lu	la
墓	Mả [ma:³]	Mộ [mo⁶]	Mồ [mo²]	mu	mua
萬	Muôn [mwon¹]	Vạn [va:n⁶]	Vàn [va:n²]	mĭwɐn	mĭwan
鏡	Kiếng [kieŋ⁵]	Kính [kiɲ⁵]	Gương[ɣɯɤŋ¹]	kĭɐŋ	kiaŋ
急	Kíp [kip⁷]	Cấp [kɤp⁷]	Gấp [ɣɤp⁷]	kĭɐp	kĭəp
注意：擬音部分當參考用。墓與莫諧音，古音應該是入聲字。					

正因為如此，本文將王力所認為是漢語越化的戶 Họ、爐 Lò、庫 Kho 等字改為古漢越語。

三、古漢越語韻母來自中古漢語侵真兩韻

（一）古漢越語韻母-im[im]、-ip[ip]與中古漢語深攝侵韻及其入聲韻對應

表 4.69

漢字	古漢越語	漢越語	擬音	學者
沉	Chìm [tʂim²]	Trầm [tʂɤm²]	ɖĭĕm	王力
急	Kíp [kip⁷]	Cấp [kɤp⁷]	kĭĕm	王力
針	Kim [kim¹]	Châm [tʂɤm¹]	tɕĭĕm	王力

尋	Tìm [tim²]	Tầm [tɤm²]	zĭĕm	阮才謹
心	Tim [tim¹]	Tâm [tɤm¹]	sĭĕm	阮才謹
嬸	Thím [tʻim⁵]	Thẩm [tʻɤm³]	（未明）	阮才謹
金	Kim [kim¹]	Kim [kim¹]	kĭĕm	花玉山
禁	Kìm [kim²]	Cấm [kɤm⁵]	kĭĕm	本文
笈	Kíp [kip⁷]	Cấp [kɤp⁷]	gĭĕm	本文
沉	Dìm[zim²]＞Chìm [tʂim²]	Trầm [tʂɤm²]	ɗiĕm	本文
今	Kim [kim¹]	Kim [kim¹]	kĭĕm	本文

　　古漢越語韻母-im、-ip 來自侵、緝古韻是無疑的，都得到廣泛語言學家的共識。值得一提的是，沉字的古漢越語是 Chìm，但是從古音的演變來講，它應該讀爲 Dìm，（參見上文）。也就是說沉字傳入越南的時間很早，並不是到中古漢語隋唐時期才傳來。

　　此外，根據本文的統計，漢越語裏讀爲 Kim 的只有今、金兩個字。由於數量很少，因此在韻母部分，本文將-im 韻視爲例外。其實，我們應該補充說這就是古漢越語混入漢越語的遺跡。

（二）古漢越語韻母-in[in]與中古漢語臻攝真韻對應

表 4.70

漢字	古漢越語	漢越語	擬音	學者
印	In [in¹]	Ấn [ɤn⁵]	ʔiĕn	王力
信	Tin [tin¹]	Tín [tin⁵]	sĭĕn	王力
忍	Nhịn [ɲin⁶]	Nhẫn [ɲɤn⁴]	ȵiĕn	阮才謹
訊	Tin [tin¹]	Tấn [tɤn⁵]	sĭĕn	阮才謹
謹	Ghín[ɣin⁵], Kín [kin⁵]	Cẩn [kɤn³]	kĭĕn	阮才謹
辰	Thìn [tʻin²]	Thần [tʻɤn²]	ʑiĕn	本文
囟	Tín [tin⁵]	Tín [tin⁵]	sĭĕn	本文

　　雖然古漢越語的韻母-in 數量不多，但還可以讓我們知道-in 韻的確來自古韻眞。根據本文的統計，在漢越語-in 韻也有囟 Tín、信 Tin 兩個字是古漢越語的遺留，其中囟字很少用，所以不知道它眞正的讀音是什麼，本文只列出來做爲參考。

　　值得注意的是，中古漢語的眞、侵兩韻的發音很相近，差別在於收尾部分

而已，其韻腹完全相同。按道理，推至上古漢語，它們的發音情況也應該一致。問題的是，在上古漢語，王力給眞、侵兩韻的擬音大多是／ǐəm／、／ǐən／，與古漢越語-im、-in 的讀音有所不同，好像不符合語音的演變過程。所以這個問題還是需要進一步研究才能找到更正確的答案。

四、古漢越語韻母來自中古漢語覃談兩韻及其入聲韻

表 4.71

漢字	古漢越語	漢越語	擬　音	學　者
南	Nồm [nom²]	Nam [na:m¹]	nɒm	王力
喃	Nôm [nom¹]	Nam [na:m¹]	nɐm	王力
納	Nộp [nop⁸]	Nạp [na:p⁸]	nɒp	王力
盒	Hộp [hop⁸]	Hạp [ha:p⁸]	ɣɒp	王力
合	Hợp [hɤ:p⁸]	Hạp [ha:p⁸]	ɣɒp	王力
函	Hòm [hɔm²]	Hàm [ha:m²]	ɣɒm	王力
藍	Chàm [tʂa:m²]	Lam [la:m¹]	lɑm	阮才謹
潭	Đầm [dɤm²]	Đàm [da:m²]	dɒm	本文
臘	Chạp [tʂa:p⁸]	Lạp [la:p⁸]	lɑp	本文
蠟	Sáp [ʂa:p⁷]	Lạp [la:p⁸]	lɑp	本文

　　王力認爲「南」字的古漢越語是 Nôm，其實 Nôm 應該是「喃」字的古漢越語。而且「南」字還有另一個讀音，就是 Nồm。越南語所講的 Gió Nồm 就是南風的意思。「喃」字是咸韻二等字，可能受到「南」字的影響導致它們的發音相近。

　　本文所提出的潭字 Đầm 和王力提出的合 Hợp、函 Hòm 兩字雖然其讀音與同組字有所不同，但是從兩種語言的語義來講是沒有差別。可能是音變的結果令其發音稍微改變。

　　阮才謹所提出的藍字 Chàm 和本文提出的臘 Chạp、蠟 Sáp 兩字，在聲母部分曾經講過它們的來歷（上古漢語的複輔音）。在韻母方面，它們的發音的確與談、盍兩韻相符。

五、古漢越語韻母-uông、-uôc、-uôn、-uôm 來自中古漢語鐘、燭、陽等韻

古漢越語-uông、-uôc、-uôn、-uôm 等韻母相當豐富，但是它們來自不同的漢語古韻。基本上，-uông、-uôc 兩韻主要來自鐘韻，不過有很多例子證明它們也來自陽韻字和少數的凡韻字等。本文認爲古漢越語-uông 韻的發音與鐘、陽兩韻較爲接近。王力先生所認爲是古漢越語的房 Buồng、放 Buông、敷 Buộc等字都來自宕攝陽韻字，這個看法受到阮才謹等學者的認同。因此，在本文的語料當中，有十幾個陽韻字仍然保留古漢越語-uông 韻的痕跡。至於古漢越語-uôn、-uôm 等韻，本文認爲雖然它們源於其他漢語古韻，但是因爲其韻腹的發音與-uông、-uôc 兩韻的來源相近，所以導致相混的現象。

表 4.72

漢字	古漢越語	漢越語	擬音	學者
鐘	Chuông [tʂwoŋ¹]	Chung [tʂuŋ¹]	tɕiwoŋ	王力
贖	Chuộc [tʂwok⁸]	Thục [tʼuk⁸]	dʑiwok	王力
房	Buồng [bwoŋ²]	Phòng [fɔŋ²]	bǐwaŋ	王力
重	Chuộng [tʂwoŋ⁶]	Trọng [tʂɔŋ⁶]	ɖǐwoŋ	王力
辱	Nhuốc [ɲwok⁷]	Nhục [ɲuk⁸]	ȵǐwok	王力
從	Tuồng [twoŋ²]	Tùng [tuŋ²]	dzǐwoŋ	王力
販	Buôn [bwon¹]	Phiến [fien⁵]	pǐwɐn	王力
煩	Buồn [bwon²]	Phiền [fien²]	bǐwɐn	王力
帆	Buồm [bwom²]	Phàm [fa:m²]	bǐɐm	王力，阮才謹
放	Buông [bwoŋ²]	Phóng [fɔŋ⁵]	pǐwaŋ	王力，阮才謹
縛	Buộc [bwok⁸]	Phọc [fɔk⁸]	bǐwak	王力，阮才謹
燭	Đuốc [dwok⁷]	Chúc [tʂuk⁷]	tɕǐwok	王力，阮才謹
龍	Rồng [ʐoŋ²]	Long [lɔŋ¹]	lǐwoŋ	阮才謹
源	Nguồn [ŋwon²]	Nguyên [ŋwien¹]	ŋǐwɐn	阮才謹
熟	Thuộc [tʼwok⁸]	Thục [tʼuk⁸]	ʑǐuk	阮才謹
壟／壠	Luống [lwoŋ⁵]	Lũng [luŋ⁴]	lǐwoŋ	阮才謹
晚	Muộn [mwon⁶]	Vãn [va:n⁴]	mǐwɐn	阮文山
方	Vuông [vwoŋ¹]	Phương [fɯɤŋ¹]	pǐwaŋ	阮文山
龍	Luồng [lwoŋ²] ＞ Rồng [ʐoŋ²]	Long [lɔŋ¹]	lǐwoŋ	本文
局	Cuộc [kwok⁸]	Cục [kuk⁸]	gǐwok	本文

萬	Muôn [mwon¹]	Vạn [va:n⁶]	mĭwɐn	本文
縱	Tuồng [twoŋ²]	Túng [tuŋ⁵]	tsĭwoŋ	本文
隴	Luống [lwoŋ⁵]	Lũng [luŋ⁴]	lĭwoŋ	本文

值得一提的是，當初馬伯樂並不認為-uông韻是古漢越語，他指出 Chuông字（鐘）是漢語越化。阮文康先生在《越南語裏的外來詞》一書曾指出王力和馬伯樂的不同觀點。他在書中說：「有一些例子很難確定前後，連馬伯樂和王力也互不一致。例如：鐘 Chung / Chuông。若 Chuông 是古漢越語則 Chuông 早於Chung，若 Chuông 是漢語越化則晚於 Chung。據馬伯樂，韻母 / -uông / 在漢越語以後才出現，所以 Chuông 是漢語越化而 Chung 是漢越語。相反地，王力則認為 / -uông / 是古漢越語的韻母，因此 Chuông 是古漢越語。」〔註47〕

阮才謹先生認為悶字的古漢越語是 Buồn [bwon²]，也許不太恰當。因為悶是明母字，不輕易讀為 b-（幫母字）。何況，以上王力已經確定煩字的古漢越語是 Buồn 了（來自奉母字）。

龍字的情況較為特殊，它是鐘韻字，但韻腹卻沒有圓唇介音 / -u- /，讀為 Rồng。上文已經講過，王力將之視為漢語越化，阮才謹則視為古漢越語。但是阮氏的主要理由是上古漢語裏，元音 l-和 r-仍在混合不分的狀態，使得傳入越南時讀為 Rồng。阮氏卻沒有注意到韻腹部分。本文認為除了 Rồng 的讀音之外，還有 Luồng 的讀音。因為，至今越南語裏的 Thuồng Luồng 指的是蛟龍之類的一種水怪。正因為有褒貶之分，因此後人才將龍固定讀為 Rồng（可能是 Ruồng 脫落了圓唇介音的結果）。

至於萬 Muôn、販 Buôn、煩 Buồn、源 Nguồn 等字，由於它們來自鐘、陽以外的韻，有可能古漢越語的發音是-ươn 之類的音，但是因為與-uôn 較為相近，所以才混入。本文之所以這麼認定是因為源字在越南語裏還有另一個少用的 Nguơn 音。

〔註47〕阮文康：《越南語裏的外來詞》（河內：教育出本社，2007 年），頁 241。越南語原文是："Trong một số trường hợp khó xác định trước sau mà chính Maspero và Vương Lực cũng không nhất trí với nhau. Ví dụ: 鐘 Chung-Chuông. Nếu Chuông là cổ Hán Việt thì Chuông có trước Chung, còn nếu Chuông là HVVH thì Chuông sẽ phải có sau Chung. Theo Maspero, vần -uông có sau cách đọc Hán Việt, nên Chuông là HVVH, còn Chung là Hán Việt. Trong khi đó, Vương Lực lại cho rằng, -uông là vần Hán Việt cổ, nên Chuông phải là Hán Việt cổ."

六、古漢越語韻母-ong 來自中古漢語東、鐘韻

表 4.73

漢字	古漢越語	漢越語	擬音	學者
中	Trong [tʂɔŋ¹]	Trung [tʂuŋ¹]	ťĭuŋ	阮才謹
烘	Hong [hɔŋ¹]	Hồng [hoŋ²]	hɔŋ＞huŋ	阮才謹
弓	Cong [kɔŋ¹]	Cung [kuŋ¹]	kĭuŋ	本文
終	Đóng [dɔŋ⁵]	Chung [tʂuŋ¹]	tɕĭuŋ	本文
凍	Động [dɔŋ⁶]	Đống [doŋ⁵]	tɔŋ＞tuŋ	本文
蓉	Dong [zɔŋ¹]	Dung [zuŋ¹]	ʎĭwɔŋ＞ĭiwoŋ	本文
蓯	Thong [tʻɔŋ¹]	Thung [tʻuŋ¹]	tsuŋ	本文
扛	Cõng [kɔŋ⁴]	Giang [ʑaːŋ¹]	keɔŋ＞kɔŋ	本文

中、烘、弓、終、凍五字都是東韻合口字，古漢越語都保留其合口韻-ong。其中，上古漢語（先秦時期）的烘、凍兩字，王力將它們的古韻擬為／ɔŋ／，與古漢越語的讀音相符。

蓯與蓉雖然不同韻，但都屬於通攝字，在語音上只有微小的差別，古漢越語都表現為-ong 韻。「蓯蓉」是一種草藥，目前仍然保留 Thong Dong 的讀音。

至於扛字的古漢越語唸為 Cõng 的原因，本文在上一節討論過，江韻在《切韻》時期具有圓唇的讀音，後來有一小部分混入東韻，剩下的則與唐韻合流。因此，古漢越語 Cõng 一方面保留江韻的圓唇性質，另一方面也保留見母在晚唐以前的讀法。

七、古漢越語韻母-ia、-ay、-ây 來自中古漢語支韻

（一）古漢越語韻母-ia 與中古漢語支韻對應

表 4.74

漢字	古漢越語	漢越語	擬音	學者
姨	Dì [zi²]	Di [zi¹]	ji	王力
匙	Thìa [tʻie²]	Chùy [tʂwi²]	ʑie	王力
義	Nghĩa [ŋie⁴]	Nghĩa [ŋie⁴]	ŋie	王力
地	Địa [die⁶]	Địa [die⁶]	di	王力
紫	Tía [tie⁵]	Tử [tɯ³]	tsie	王力

碑	Bia [bie¹]	Bi [bi¹]	p̆ie	王力
離	Lìa [lie²]	Li [li¹]	l̆ie	王力
支	Chia [tʂie¹]	Chi [tʂi¹]	tɕie	阮才謹
池	Đìa [die²]	Trì [tʂi²]	ɖie	阮才謹
其	Kia [kie¹]	Kì [ki²]	ɡ̆iə	本文
期	Kia [kie¹]	Kì [ki²]	ɡ̆iə	本文
欺	Khịa [xie⁶]	Khi [xi¹]	kʰiə	本文
詖	Bịa [bie⁶]	Bí [bi⁵]	p̆ie	本文
蒔	Thìa [tʼie²]	Thì [tʼi²]	ʑ̆iə	本文
皮	Bìa [bie²]	Bì [bi²]	b̆ie	本文
匙	Dìa[zie²]＞Thìa [tʼie²]	Chùy [tʂwi²]	ʑ̆ie	本文

　　古漢越語韻母-ia 的表現較爲明顯，有很多字是生活常用語。在本文的統計裏目前仍然有義 Nghĩa、地 Địa 兩字混入漢越語的詞庫內。

　　值得留意的是，王力認爲匙字的古漢越語是 Thìa，是沒有問題。但是本文發現，在聲母方面可以繼續往上推，匙最早的讀音應該是 Dìa（詳見上文）。

　　本文所發現的其、期、欺三字是個很好的證據，因爲它們之間有一貫性。越南語的 Kia（其）代表與這邊相對的另一方，例如：Bên kia 是那邊的意思。越南語的 Xưa kia 就是初期的直譯。Khịa 則是以強勢欺負弱勢的行爲，其中，欺是溪母字，對應於漢越語聲母 kh-。

　　詖和皮兩字的韻母諧音。《說文解字・言部》：「詖：辯論也。古文以爲頗字。從言皮聲。」越南語的 Bịa 是不實話的意思。Bìa sách 是書皮的直譯，而 Bìa rừng 指的是森林與曠野交接的一帶。

　　越南語的 Thìa là 就是蒔蘿的直譯。上文曾經講過，時字的最早的古讀是 Giờ，其實與蒔字無異，王力都擬爲 ʑ̆iə。只不過，蒔字的古漢越語沒有時字有更早的讀音而已。

（二）古漢越語韻母-ay、-ây 與中古漢語支韻對應

　　支韻字更深一層就是上古漢語的讀音。王力、高本漢、周祖謨等語言學家都給中古漢語支韻的前身韻尾擬爲-i、-r 等。這就是古漢越語-ay 或者-ây 韻的來源。之所以有兩個韻是因爲唇越南語裏，-ay、-ây 兩韻可以相通。例如：

Cầy / Cày	犁田	Chầy / Chày	錘子	Chẩy / Chảy	流水	Chậy / Chạy	奔跑
Dầy / Dày	厚	Dậy / Dạy	起床，教	Rẩy / Rảy	灑水	Đậy / Đạy	蓋住
Gầy / Gày	瘦	Bầy / Bày	群；陳列	Gậy / Gạy	棍子	Gẩy / Gảy	彈
Giầy / Giày	鞋子	Đẩy / Đảy	推動西	Giẫy / Giãy	掙扎	Gẫy / Gãy	折斷
Lậy / Lạy	禮拜	Khẩy / Khảy	挑（食）	Mầy / Mày	你	Nầy / Này	這，此
		Bảy / Bảy	七			Vẫy / Vãy	揮手

需要注意的是以上-ay[ai]裏的-a 並不是[a:]而是-ă[a]，如果是真正的-a 就要寫成-ai[a:j]。這是越南語書寫的規則，發音時沒有發生混淆。

因為-ay、-ây 兩韻來源於中古漢語支韻的前身，所以下面的例子，本文加上王力的上古漢語擬音系統以便參考。

表 4.75

漢字	古漢越語	漢越語	擬音（隋唐音）	擬音（先秦音）	學 者
眉	Mày [maj²]	Mi [mi¹]	mi	mǐei	阮才謹
飛	Bay [baj¹]	Phi [fi¹]	pǐwəi	pǐwəi	王力，王祿
紙	Giấy [ʑɤj⁵]	Chỉ [tʂi³]	tɕǐe	ťǐe	阮才謹
圍	Vây [vɤj¹]	Vi [vi¹]	ɣǐwəi	ɣǐwəi	阮文山
癡	Say [ʂaj¹]	Si [ʂi¹]	ťʰǐə	ťʰǐə	阮文山
灑	Rẩy [ʑɤj²]	Sái [ʂa:j⁵]	ʃie	ʃe	本文
篩	Rây [ʑɤj¹]	Si[ʂi¹], Sư [ʂɯ¹]	ʃi	（未明）	本文
師	Thầy [tˤɤj²]	Sư [ʂɯ¹]	ʃi	ʃǐei	本文
帷	Vây [vɤj¹]	Duy [zwi¹]	ɣwi	ɣǐwəi	本文
規	Quay [kwaj¹]	Quy [kwi¹]	kǐwe	kǐwe	本文
歸	Quay [kwaj¹]	Quy [kwi¹]	kǐwəi	kǐwəi	本文
屍	Thây [tˤɤj¹]	Thi [tʰitʃ⁷]	ɕǐei	ɕǐe	本文
遲	Chầy [tʂɤj²]	Trì [tʂi²]	ɖi	ɖiei	本文

值得注意的是，王力認為飛字的古漢越語是 Bay，但是卻將屍 Thây、眉 Mày、紙 Giấy、遲 Chầy 視為漢語越化。由於阮才謹已經認為眉 Mày、紙 Giấy 是古漢越語，因此本文只將王力所否定的屍 Thây、遲 Chầy 兩字列入古漢越語部分。

八、古漢越語韻母-iêng、-iêc 來自中古漢語梗攝各韻

古漢越語韻母-iêng、-iêc 兩韻主要來源於中古漢語梗攝的清、庚、青及其入聲韻。基本上其來源都得到各語言學家的共識。

表 4.76

漢字	古漢越語	漢越語	擬　音	學　者
亦	Diệc [ziek⁸]	Diệc [ziek⁸]	ǰiɛk	王力
席	Tiệc [tiek⁸]	Tịch [tiʧ⁸]	zǐɛk	王力
隻	Chiếc [tṣiek⁷]	Chích [tṣiʧ⁷]	tɕǐɛk	王力
惜	Tiếc [tiek⁷]	Tích [tiʧ⁷]	sǐɛk	王力
役	Việc [viek⁸]	Dịch [ziʧ⁸]	ǰiwɛk	阮才謹
碧	Biếc [biek⁷]	Bích [biʧ⁷]	pǐɛk	阮才謹
錫	Thiếc [tʼiek⁷]	Tích [tiʧ⁷]	siek	阮才謹
聲	Tiếng [tien⁵]	Thanh [tʼaːɲ¹]	ɕiɛŋ	阮才謹
璧	Biếc [biek⁷]	Bích [biʧ⁷]	pǐɛk	阮才謹
鉦	Chiêng [tṣien¹]	Chinh [tṣiɲ¹]	tɕǐɛŋ	王祿
呈	Chiềng [tṣien²]	Trình [tṣiɲ²]	ɖiɛŋ	王祿
驚	Kiềng [kien²]	Kinh [kiɲ¹]	kǐɐŋ	本文
鏡	Kiếng [kien⁵]	Kính [kiɲ⁵]	kǐɐŋ	本文
正	Chiếng [tṣien⁵]	Chính [tṣiɲ⁵]	tɕǐɛŋ	本文
敬	Kiêng [kien¹]	Kính [kiɲ⁵]	kǐɐŋ	本文
景	Kiểng [kien³]	Cảnh [kaːɲ³]	kǐɐŋ	本文
聖	Thiêng [tʼien¹]	Thánh [tʼaːɲ⁵]	ɕiɛŋ	本文
靈	Liêng [lien¹]	Linh [liɲ¹]	lieŋ	本文
檠	Kiềng [kien²]	Kềnh [keɲ²]	ɡǐɛŋ	本文

王力先生認為鏡字的漢語越化是 Gương，但是沒有找到對應的古漢越語 Kiếng。值得注意的是，古漢越語就如純越南語一樣，可以單獨使用，相反的，漢越語則主要用於兩個音節以上的詞語。但是，「聖靈」兩個字卻讀為 Thiêng Liêng 而沒有人用漢越語講 Thánh Linh，也就是說 Thiêng Liêng 被越南人認為是純越南語了。

至於驚、正、敬、景、檠等字，在古漢越語聲母部分本文已經討論過，在此不贅言。

九、古漢越語韻母-ay、-ây 來自中古漢語蟹攝三四等韻

從上所述，古漢越語韻母-ay、-ây 來自中古漢語支韻，現在又講來自中古漢語蟹攝三四等韻，是否有重復或矛盾？本文認為支韻的古讀可能是古漢越語的-ay 或者-ây 韻，相對的，蟹攝三四等韻的古讀就是古漢越語的-ây 或者-ay 韻。問題的是傳入越南時，踫到越南語本身-ay、-ây 兩韻相通的語音現象就變成混看了。到底-ay、-ây 兩韻出於哪個上中古漢語韻母，對本文來講實在是一個大謎語。語言學家也沒有解釋清楚，只提出例子而已。唯有阮才謹學者認為以-i 韻收尾漢越語主要來自唐代漢語的蟹攝字，但是也有一些-i 韻字來自上古漢語，如齋 Chay＞Trai（皆韻字）、追 Đuổi＞Truy（脂韻字）、餌 Mồi＞Nhị（志韻字）等。〔註48〕

阮氏的說法至少也讓我們知道-ay、-ây 兩韻的來源是很早的，並不是只發生在中古漢語的初期。本文從這一點出發，繼續進行多方面的尋查，結果找到了好幾個更深一層的古漢越語，大多來自齊、祭韻字。從王力上古漢語（先秦時代）的擬音，我們可以看出-ay、-ây 兩韻的來源了。

表 4.77

漢字	古漢越語	漢越語	擬音（隋唐音）	擬音（先秦音）	學 者
齋	Chay [tʂaj¹]	Trai [tʂa:j¹]	tʃɐi	tʃei	阮才謹
底	Đáy [daj⁵]	Để [de³]	tiei	tiei	花玉山
袋	Đãy [daj⁴]	Đại [da:j⁶]	dɒi	də	花玉山
禮	Lạy [laj⁶], Lậy [lɤj⁶]	Lễ [le⁴]	liei	liei	花玉山
制	Chay [tʂaj¹]	Chế [tʂe⁵]	tɕĭɛi	ɕĭat	本文
抵	Tẩy [tɤj³]	Để [de³]	tiei	tiei	本文
砌	Xây [sɤj¹]	Thế [tʼe⁵]	tsʰiei	tsʰiei	本文
替	Thay [tʼaj¹]	Thế [tʼe⁵]	tʰiei	tʰiei	本文
西	Tây [tɤj¹]	Tây [tɤj¹], Tê [te¹]	siei	siei	本文

王力先生可能沒注意到這個線索，所以直接將齋 Chay 視為漢語越化。本文接受阮才謹先生的觀點就將此字列入古漢越語詞庫裏。此外，Tây（西）目前還留痕於漢越語裏，其實 Tê 才是西的漢越語，也符合於同攝內的語音規律，

〔註48〕阮才謹：《越南語語音歷史教程（初稿）》（河內：教育出版社，1995 年），頁 208。

但是大家習慣唸 Tây 而都不知道 Tê 的存在了。

　　值得一提的是，在第三章第二節談及漢越語聲母 x-和 th-混用的現象時，本文曾引用王力的說法，其中他曾指出砌字的古漢越語唸 Xây，但是這個字他只放在刮號裏，表示不是很重要的，因爲他的主要論證是說明聲母 s-、x-和 th-的關係。正因爲如此，王力忽略了一個寶貴的線索，沒有觀察到古漢越語韻母-ây 來源於上古漢語的齊韻，眞的很可惜。

十、古漢越語韻母-ơi 來自中古漢語蟹、止兩攝字

　　從-ay、-ây 兩韻的來源，我們知道蟹攝和止攝字的讀音較爲接近。-ay、-ây 兩韻主要來自中古漢語止攝（三等字）和蟹攝（三四等字），那麼古漢越語的-ơi 韻則主要來自中古漢語蟹攝（一二等字）和一部份止攝字。

　　這也可以解釋爲何漢越語的-ơi 韻主要源於止攝和蟹攝（怪韻），共 17 個字。其實這都是古漢越語混入漢越語的遺跡。

表 4.78

漢字	古漢越語	漢越語	擬　音	學　者
待	Đợi [dɤːj⁶]	Đãi [daːj⁴]	dɒi	阮才謹，花玉山
移	Dời [zɤːj²]	Di [ziˈ]	jĭe	王力，花玉山
解	Cởi [kɤːj³]	Giải [ʑaːj³]	kai	王力，阮才謹
代	Đời [dɤːj²]	Đại [daːj⁶]	də	阮才謹
泰	Thới [tʼɤːj⁵]	Thái [tʼaːj⁵]	tʰɑi	本文

　　王力先生也沒有注意這個深遠的原因，所以將待 Đợi、代 Đời 等字視爲漢語越化。他卻沒有發現漢越語本來就有一些-ơi 韻字，怎麼可能說是漢語越化呢？也許主要的原因是他所統計的語料不夠多，所以沒有看得出來。但有趣的是，他卻認爲移 Dời（支韻字）、解 Cởi（蟹韻字）都是古漢越語。

　　阮才謹則發現王力的矛盾之處，所以認爲待 Đợi、代 Đời 兩字不是漢語越化，而是古漢越語。

十一、其它韻

　　此外還有學者們所提出的一些例子，其中古漢越語和漢越語的聲韻相同，只有聲調的不同。這是古漢越語還是漢語越化，本文目前不敢下結論，先列出

來供爲參考。

表 4.79

漢字	古漢越語	漢越語	擬 音	學 者
連	Liền [lien^2]	Liên [lien^1]	ĭɛn	王力，阮才謹
鐮	Liềm [liem^2]	Liêm [liem^1]	ĭɛm	王力，阮才謹，花玉山
研	Nghiền [ŋien^1]	Nghiên [ŋien^1]	ŋien	阮才謹

　　總而言之，古漢越語的韻母與聲母的部分一樣，可以讓我們從另一個角度來觀察中古漢語韻母的相貌，例如外轉二等韻的主要元音大多數唸爲與／ɛ／相近的讀音，中古漢語的侵、眞兩韻讀爲-im、-in，鐘、燭兩韻讀爲-uông、-uôc，梗攝各韻讀爲-iêng、-iêc 等等。除此之外，研究古漢越語的韻母也可以讓我們窺見上古漢語的一些特徵，例如支韻和蟹攝三四等韻的古音有-i 收尾，對應於古漢越語的-ay 或者-ây 韻。也就是說，古漢越語的韻母再次肯定這就是研究上古漢語的一個重要的語料，值得讓語言學界鑽研的有趣題目。

第五章　漢越語和漢語聲調之層次對應關係

第一節　漢越語和現代漢語聲調的對應關係

如上所述，本文收錄一共 8091 個漢字，其中漢越語聲調的比例如下：

表 5.80

序號	漢越語聲調		數量（字）	比例（%）
1	平聲	Ngang	2501	30.91%
2	弦聲	Huyền	904	11.17%
3	問聲	Hỏi	845	10.44%
4	跌聲	Ngã	536	6.62%
5	銳聲	Sắc	1798	22.22%
6	重聲	Nặng	1507	18.62%
合　計			8091	100%

我們可以看到，平聲字的數量最多，其次是銳聲；數量最少是跌聲，接著是問聲。如果按照調組來計算，平聲－弦聲和銳聲－重聲兩組數量相當，而問聲－跌聲一組數量最少。下面本文針對漢越語每一個聲調與現代漢語聲調進行統計和分析。

一、漢越語平聲與現代漢語聲調的對應比例

據本研究的統計，漢越語的平聲所對應於現代漢語各調的比例如下：

表 5.81

序號	漢越語聲調	漢語的聲調	數 量	比 例
1	平聲	第一聲	1569	62.73%
2		第二聲	836	33.42%
3		第三聲	44	1.75%
4		第四聲	52	2.07%
合　　計			2501	100%

統計結果顯示漢越語的平聲與現代漢語第一聲的對應比例最高，可達
62.73%，其次是平聲－第二聲的對應關係，佔總平聲詞的三分之一。平聲－第
三聲和平聲－第四聲的對應關係最小，依次為 1.75% 和 2.07%，可以算是例外。
例如：

漢字	漢越語	IPA	聲調	拼音	漢字	漢越語	IPA	聲調	拼音
刀	Đao	[da:w^1]	平聲	dāo	吞	Thôn	[tʻon^1]	平聲	tūn
川	Xuyên	[swien^1]	平聲	chuān	文	Văn	[van^1]	平聲	wén
心	Tâm	[tɤm^1]	平聲	xīn	牙	Nha	[ɲa:^{1}]	平聲	yá
加	Gia	[ʐa:^{1}]	平聲	jiā	名	Danh	[za:ɲ^1]	平聲	míng
充	Sung	[ʂuŋ^1]	平聲	chōng	男	Nam	[na:m^1]	平聲	nán

二、漢越語弦聲與現代漢語聲調的對應比例

漢越語的弦聲和現代漢語各調的對應比例如下：

表 5.82

序號	漢越語聲調	漢語的聲調	數 量	比 例
1	弦聲	第一聲	81	8.96%
2		第二聲	786	86.94%
3		第三聲	9	0.99%
4		第四聲	28	3.09%
合　　計			904	100%

可見，弦聲和現代漢語第二聲的對應關係最為顯著，高達將近 87%。剩下

的對應關係只能算是例外，其中弦聲和第三聲的關係最爲薄弱，僅有 1%的對應關係。例如：

漢字	漢越語	IPA	聲調	拼音	漢字	漢越語	IPA	聲調	拼音
才	Tài	$[ta:j^2]$	弦聲	cái	完	Hoàn	$[hwa:n^2]$	弦聲	wán
田	Điền	$[dien^2]$	弦聲	tián	求	Cầu	$[kɤw^2]$	弦聲	qiú
池	Trì	$[tʂi^2]$	弦聲	chí	胡	Hồ	$[ho^2]$	弦聲	hú

三、漢越語問聲與現代漢語聲調的對應比例

下表是問聲和現代漢語各調的對應關係。

表 5.83

序號	漢越語聲調	漢語的聲調	數　量	比　例
1		第一聲	31	3.66%
2	問聲	第二聲	9	1.06%
3		第三聲	700	82.84%
4		第四聲	105	12.42%
合　計			845	100%

由統計結果可見，問聲和第三聲之間具有很密切的關係，其對應關係高達將近 83%。問聲－第四聲的對應關係雖然只佔 12.42%，但是高於問聲－第一聲（3.66%）和問聲－第二聲（1%）兩組。若看問聲－第四聲這一組的實例的話，數量也不少，所以此例外不能忽略。例如：

漢字	漢越語	IPA	聲調	拼音	漢字	漢越語	IPA	聲調	拼音
口	Khẩu	$[xɤw^3]$	問聲	kǒu	犬	Khuyển	$[xwien^3]$	問聲	quǎn
井	Tỉnh	$[tiɲ^3]$	問聲	jǐng	史	Sử	$[ʂɯ^3]$	問聲	shǐ
手	Thủ	$[tʼu^3]$	問聲	shǒu	古	Cổ	$[ko^3]$	問聲	gǔ
比	Tỉ	$[ti^3]$	問聲	bǐ	倒	Đảo	$[da:w^3]$	問聲	dào
止	Chỉ	$[tʂi^3]$	問聲	zhǐ	菌	Khuẩn	$[xwɤn^3]$	問聲	jùn

四、漢越語跌聲與現代漢語聲調的對應比例

漢越語的跌聲和現代漢語各調的對應比例如下：

表 5.84

序號	漢越語聲調	漢語的聲調	數　量	比　例
1	跌聲	第一聲	6	1.11%
2		第二聲	11	2.05%
3		第三聲	341	63.61%
4		第四聲	178	33.2%
合　計			536	100%

　　跌聲的數量最少，只有 536 個字，但是其對應關係比較特別，明顯分成兩大類。其一，跌聲－第三聲的對應關係爲 63.61%，算是較高的比例。其二，跌聲－第四聲的對應比例爲 33.2%，佔跌聲統計數字的三分之一，完全具有統計意義。這一組的對應關係雖然這麼高，但是前人的文章未曾提及過。學者一般都認爲問聲和跌聲只能與上聲（即第三聲）發生對應關係而忽略跌聲－第四聲的顯著。從另一個角度來看，現代漢語第四聲與漢越語各聲調的關係之間，最爲顯著的只有第四聲－銳聲和第四聲－重聲兩組關係，並沒有看到第四聲－跌聲的對應關係。其實，此組的實例不少。在此，筆者不妨提出一些例子爲證。

漢字	漢越語	IPA	聲調	拼音	漢字	漢越語	IPA	聲調	拼音
引	Dẫn	[zɤn⁴]	跌聲	yǐn	士	Sĩ	[ʂi⁴]	跌聲	shì
耳	Nhĩ	[ɲi⁴]	跌聲	ěr	幻	Huyễn	[hwien⁴]	跌聲	huàn
卵	Noãn	[nwa:n⁴]	跌聲	luǎn	右	Hữu	[huɯw⁴]	跌聲	yòu
乳	Nhũ	[ɲu⁴]	跌聲	rǔ	社	Xã	[sa:⁴]	跌聲	shè
猛	Mãnh	[ma:ɲ⁴]	跌聲	měng	朕	Trẫm	[tʂɤm⁴]	跌聲	zhèn

五、漢越語銳聲與現代漢語聲調的對應比例

　　下表爲銳聲和現代漢語各調的對應關係。

表 5.85

序號	漢越語聲調	漢語的聲調	數　量	比　例
1	銳聲	第一聲	176	9.78%
2		第二聲	232	12.9%
3		第三聲	156	8.67%
4		第四聲	1234	68.63%
合　計			536	100%

　　在四個對應組中，只有銳聲和第四聲的對應度最高，其比例達 68.63%，佔銳聲總數字的三分之二。前人的文章都認爲他們之間的關係相當密切。其餘的三個對應組的比例較相同，大約是 10%左右。此百分比與 68.63%相比，只算是例外，但是與其他組的對應關係來說，此比例其實不小，因爲其絕對值相當高。銳聲與一、二、三聲之間的對應結果多因中古漢語入聲派入平、上、去的現象所致（詳細的分析請看下文）。例如：

漢字	漢越語	IPA	聲調	拼音	漢字	漢越語	IPA	聲調	拼音
化	Hóa	[hwa:^{5}]	銳聲	huà	色	Sắc	[ʂak^5]	銳聲	sè
欠	Khiếm	[xiem^5]	銳聲	qiàn	赤	Xích	[sitʃ^5]	銳聲	chì
世	Thế	[tʰe^5]	銳聲	shì	刻	Khắc	[xak^5]	銳聲	kè
再	Tái	[ta:j^5]	銳聲	zài	妾	Thiếp	[tʰiep^5]	銳聲	qiè
告	Cáo	[ka:w^5]	銳聲	gào	刹	Sát	[ʂa:t^5]	銳聲	chà

六、漢越語重聲與現代漢語聲調的對應比例

　　漢越語的重聲和現代漢語各調的對應比例如下：

表 5.86

序號	漢越語聲調	漢語的聲調	數　量	比　例
1	重聲	第一聲	27	1.79%
2		第二聲	290	19.24%
3		第三聲	78	5.17%
4		第四聲	1112	73.78%
合　　計			1507	100%

　　統計結果指出重聲和現代漢語第四聲的對應關係很高，其比例達到接近74%說明他們之間的關係非常密切。這個結果反映著學者們對此對應關係的共識完全正確的。佔第二高的比例就是重聲和第二聲的對應關係，達到19.24%，也就是重聲總數字的近五分之一，足以確定是有統計意義。更有趣的是，這麼顯著的比例，學者們向來很少注意到。其實，重聲和第二聲之間的關係還有剩下的兩組大部分起因於中古漢語入聲派入平、上、去的現象，只不過重聲－第二聲的關係最爲顯著而已（詳細的分析看下文）。筆者在下表可以提供一些例子爲證。

漢字	漢越語	IPA	聲調	拼音	漢字	漢越語	IPA	聲調	拼音
下	Hạ	[ha:⁶]	重聲	xià	白	Bạch	[ba:tʃ⁶]	重聲	bái
內	Nội	[noj⁶]	重聲	nèi	佛	Phật	[fɤt⁶]	重聲	fó
戶	Hộ	[ho⁶]	重聲	hù	協	Hiệp	[hiep⁶]	重聲	xié
代	Đại	[da:j⁶]	重聲	dài	直	Trực	[tʂɯk⁶]	重聲	zhí
共	Cộng	[koŋ⁶]	重聲	gòng	俗	Tục	[tuk⁶]	重聲	sú

總而言之，漢越語聲調和現代漢語聲調的對應關係可以歸納成下面幾個規律：

表 5.87

漢越語聲調	現代漢語聲調	對應比例
平聲	第一聲	62.73%
	第二聲	33.42%
弦聲	第二聲	86.94%
問聲	第三聲	82.84%
	第四聲	12.42%
跌聲	第三聲	63.61%
	第四聲	33.2%
銳聲	第四聲	68.63%
重聲	第四聲	73.78%
	第二聲	19.24%

對於一些對應比例比較小的規律，本文在此就補充說明如下：

據本文的統計數字，中古漢語平上去入數量和比例分別爲 3351（41.41%）、1519（18.77%）、1773（21.91%）、1448（17.89%）個字。其中，入聲派入現代漢語第一二三四聲的數量和比例分別爲 178（12.29%）、478（33%）、64（4.4%）、728（50.27%）。這樣，我們可以看出來入聲派入陽平（第二聲）的比例佔第二位，僅次於入派去聲（第四聲）的比例。

從上文所述，我們知道重聲和第二聲的對應關係共有 290 個字。統計結果顯示有 27 個字來自中古漢語平上去三聲，剩下的 263 個字來自入聲字，其中有 235 個字是全濁入聲，佔入聲總數的 89.35%。

銳聲和第一二三聲的對應關係也有類似的狀況。現代漢語第一聲讀成銳

聲共有 176 個字，其中有 152 個字來自入聲字，佔 86.36%。現代漢語第二聲讀成銳聲共有 232 個字，其中有 213 個字來自入聲字，佔 91.81%。現代漢語第三聲讀成銳聲共有 156 個字，其中有 56 個字來自入聲字，佔 35.89%。這裡所講的入聲大部分都是中古漢語清音聲母字。入聲字清濁的分配不是一個偶然現象，而是與越南語聲調有密切的關係。這個問題在下一節會加以討論。

問聲和第四聲的對應比例雖然不高，但是視為例外中的小規律，因為這個對應關係的比例僅次於問聲和第三聲的對應比例，而且可以解釋其原因。根據本文的統計，問聲和第四聲的對應關係共有 105 個字，其中主要來自中古漢語上聲和去聲，其數量分別為 57 個和 45 個字，只有 3 個字來自平聲，純為例外。問聲和上聲具有密切的關係，在下一節談及中古漢語聲調時，本文會進一步講解。此外，我們也知道在中古漢語，上聲和去聲常常相混。若去聲單獨使用，在現代漢語，它主要表現為第四聲，在漢越語，如上文所述，它主要表現為銳聲和重聲。若去聲和上聲相混時，雖然在現代漢語仍然表現為第四聲，但是在漢越語裏則往上聲的方向走，表現為問聲。

上文已經講過跌聲和第四聲的對應比例較為顯著，達 33.2%。發生這種情況的原因與問聲和第四聲對應的情形一樣，只不過對應比例頗高而已。跌聲和第四聲的對應關係共有 178 個字，分別來自中古漢語 88 個上聲字、87 個去聲字和 3 個平聲字（平聲字視為例外）。上聲傳入漢越語時，表現為問聲和跌聲（看下一節）。既然上聲和去聲容易混在一起，那麼上去二聲在現代漢語表現為第四聲，在漢越語裏則表現為跌聲就容易理解了。

其實這是一種三角關係，所以一開始不好形容。中古漢語與漢越語密切相關，不過自從第十世紀以後各奔前程。漢越語主要保留原來的面貌，但漢語裏本身發生了較大的變化，使得聲調換了新的面目。因此，現在將漢越語和現代漢語進行直接的比較，觀察其對應關係就有一定的難度。但是這種做法在表面上的結果對漢語初學者來說會有一定的幫助。掌握兩種語言之間的一些語音規律就有助於漢字發音的記憶。

對於漢越語和現代漢語聲調的對應關係，目前也有幾位學者研究過。但是由於沒有做大規模的統計，主要依靠自己的經驗所以他們所提出的結論並不完整，與本文的研究結果有一些不同之處。

花玉山在其博士論文《漢越音與字喃研究》裏雖然對漢語聲調演變過程作得很細心，但對於現代漢語普通話與漢越音聲調的對比卻提出較爲簡單的結論。花氏認爲，「現代漢語普通話的陰平和漢越音的陰平相一致」、「漢語的陽平在漢越音裏表現爲陽平、陰平兩類」、「漢語普通話的上聲和漢越音的上聲基本聲對應」、「漢語普通話的去聲和漢越音的銳聲和重聲幾乎對應。」〔註1〕因花玉山學者只舉幾個例子來證明自己的觀點，所以沒有完整地反映這兩種語言的聲調的對應關係。甚至，他還將越南語的跌聲和問聲混在一起，變成「越南語的上聲」。花氏也完全沒有注意到跌聲和第四聲的對應關係。此外，他基本上沒有解釋出來對應關係的原因。其實，這些對應規律如果往上推到中古漢語時期，與清濁聲母具有密切的關係。

另外，還有范宏貴和劉志強學者從現代漢語的角度，曾在《越南語言文化探究》一書提出漢語普通話和漢越語聲調對應規律。他們的做法也許是先列出一些例子，再對每一對聲調進行比較，找出其間的對應規律（幾乎都接受，少量也不認爲是例外）。最後，兩位雖然沒有說明哪一對是例外，但也按照數量多少而分主次。范、劉二氏對聲調對應規律所得到的結論如下：

> 第一組，漢語的陰平調 → 漢越語雖然有越南語的平聲、玄聲、銳聲，但以對應平聲爲主。

> 第二組，漢語的陽平調 → 漢越語的五個調，沒有問聲，其他聲調都有，以對應玄聲爲主。

> 第三組，漢語的上聲調 → 漢越語六個聲調都有，但以對應問聲爲主。

> 第四組，漢語的去聲 → 漢越語六個聲調都有，但主要對應銳聲，其次爲重聲。〔註2〕

這個結論與本文的研究結果有較大的落差。也許范宏貴和劉志強二位所提出的例子大多出於個人的經驗所以一方面誤以爲有一些例外是對應規律，另一方面又忽略了一些眞正的對應關係。有一些例外，因爲舉例較多所以他以爲是對應關係。其實，如果好好的作統計，我們可以觀察出來這些例子的

〔註1〕花玉山：《漢越音與字喃研究》（南京師範大學博士學位論文，2005 年），頁 73～74。

〔註2〕范宏貴、劉志強：《越南語言文化探究》（北京：民族出版社，2008 年），頁 410。

比例很小。值得一提的是，他們對第四組的主次下了顛倒的結論。范、劉二氏以爲第四聲和銳聲的對應爲多，第四聲和重聲的對應次之，但是本文的統計數據明顯指出相反的結果，即重聲和第四聲的對應比例（73.78%）勝過銳聲和第四聲的對應比例（68.63%）。

第二節　漢越語和中古漢語聲調的對應關係

　　眾所周知中古漢語共有平上去入四個聲調。根據《南史》的記載，沈約（公元 441～513）是第一學者發現漢語有四調：「沈約爲文皆用宮商將平上去入四聲以此制韻。」《梁書‧沈約傳》還記載梁武帝問周舍何謂四聲的故事，周舍回答說：「天子聖哲」，表示四聲的不同。到了隋朝，陸法言撰寫《切韻》時（601 年）才將四聲命名爲「平上去入」。

　　至於四聲的實際發音如何，至今卻沒有人知道。《康熙字典》曾描寫四聲的發音情況爲：「平聲平道莫低昂，上聲高呼猛烈強，去聲分明哀遠道，入聲短促急收藏」，還是令人搞不清楚各調眞正的發音。

　　後來，學者們發現從晚唐開始，因爲聲母輕唇音化〔註3〕、濁音清化〔註4〕等情形，中古漢語的每一個聲調又可以分成陰陽兩類，具有辨音功能，因此可以說中古漢語共有八個聲調。根據日本僧人安然所著的《悉曇藏》（880 年～僖宗廣明元年）曰：「承和之末，正法師來…聲勢太奇，四聲之中，各有輕重。」我們知道早在唐代，四聲已經分化成八調了。而這種變化是有規律性的，即中古聲母中的全清、次清變爲陰平、陰上、陰去、陰入；全濁、次濁則變爲陽平、陽上、陽去、陽入。這種聲調的分化目前在一些方言裏可以找到八調的痕跡，不同的方言就有不同分化程度。例如：閩南鶴佬話有 7 個聲調（上聲不分），客家梅縣話有 6 個聲調（上去不分），廣州粵語有 9 個聲調（入聲分 3），南寧平話有卻 10 個聲調（入聲分 4）等。王力先生對漢語方言聲調也曾經做過統計。他在《漢語史稿》指出：「湘北方言有五聲（包括入聲），

〔註 3〕竺家寧、林慶勳：《古音學入門》（臺灣學生書局，1989 年），頁 16：「重唇與輕唇的聲母，原來只讀重唇一組，晚唐以後輕唇聲母才由重唇中分化。」

〔註 4〕竺家寧、林慶勳：《古音學入門》（臺灣學生書局，1989 年），頁 126～127：「全濁聲母大約在北宋邵雍（1011～1077）撰《皇極經世聲音唱和圖》中就開始『清化』」

客家方言有六聲，閩方言有七聲，吳方言有七至八聲，粵方言有八至十聲（廣州九聲）等等，其中要算八聲最合古音發展的系統，其他如五、六、七、九、十聲，都是按照八聲來增減的。」〔註5〕

　　因爲漢越語來自唐代漢語，所以也受到了中古漢語四聲變化的影響，自然也可以分成八個聲調，其中銳聲和重聲有兩個主要來源，即中古漢語去聲和入聲。目前，王力、馮玉映、劉亞輝、阮才謹等學者都一致認爲中古漢語去聲分化成漢越語的陰去和陽去，入聲則分化成陰入和陽入。因爲陰去和陰入的調值相近，難以分辨所以在漢越語合併爲銳聲，同樣地，陽去和陽入合爲重聲。

　　王力先生在〈漢越語研究〉〔註6〕一文提出了漢越語聲調的來源，也可以算是一種簡單的對應關係：

陰平＝bAng^2（譯成平聲）〔註7〕

陽平＝huyen^2（譯成弦聲）

陰上＝hɔi^3（譯成問聲）

陽上＝nga^4（譯成跌聲）

陰去＝以元音或鼻音收聲的 sAc^5（譯成銳聲）

陽去＝以元音或鼻音收聲的 nAng^6（譯成重聲）

陰入＝以破裂音收聲的 sAc^5（譯成銳聲）

陽入＝以破裂音收聲的 nAng^6（譯成重聲）

　　至於調名，王力等學者用陰去、陽去、陰入、陽入等名稱來代表銳聲和重聲的來源。爲了避免與中古漢語八調名稱混在一起，難以說明，所以本文將採納阮才謹學者的說法〔註8〕，以銳去、重去以及銳入、重入來代表銳聲和重聲，一方面指明其來源，另一方面與中古漢語八調形成對立。越南語其他

〔註5〕王力：《漢語史稿》（北京：中華書局 1980 年），頁 195。

〔註6〕王力：〈漢越語研究〉（《嶺南學報》第九卷，第一期，1948 年），頁 53。

〔註7〕王力將越南語的平聲和弦聲都寫成第二聲（2）導致混肴。其實，平聲應該寫成 ngang^1。

〔註8〕阮才謹：〈漢越讀音的起源與形成過程〉（《漢喃工程選集》，河內：越南教育出版社，2011 年），頁 530～536。

調名不變。當以國際音標來表示銳入和重入時，本文將分別使用數字 7 和 8
來說明。

一、漢越語平聲與中古漢語平聲的對應關係

　　據本文的統計，漢越語的平聲數量最多，佔聲調總量的 30.9%。主要的原
因是漢語的平聲也是最多〔註9〕，而中古漢語平聲就是漢越語的主要來源。從下
面的統計結果，我們可以看出漢越語的平聲與中古漢語平聲相對應。

表 5.88

漢越語聲調	中古漢語聲調	清　濁	數　量	比　例
平聲	平聲	全清	1046	41.82%
		次清	533	21.31%
		全濁	66	2.6%
		次濁	770	30.78%
	上聲		44	1.7%
	去聲		37	1.4%
	入聲		5	0.19%
合　　計			2501	100%

　　此對應比例高達 96.56%，明顯指出其間的密切關係而且又可以細分到清
濁的關係。其中，全清聲母的比例最高，佔 41.82%，次濁和次清聲母次之，
分別為 30.78%和 21.31%。全濁聲母平聲字並沒有對應漢越語的平聲，所以它
所佔的比例很小，只能算是例外。

　　漢越語的平聲根本沒有對應於中古漢語其它聲調，因此所發生的對應比例
完全被認為例外。下面是漢越語平聲和中古漢語平聲對應的一些實例。

漢字	漢越語	IPA	聲調	清濁	拼音	漢字	漢越語	IPA	聲調	清濁	拼音
加	Gia	[ʑa:¹]	平聲	全清	jiā	呼	Hô	[ho¹]	平聲	次清	hū
包	Bao	[ba:w¹]	平聲	全清	bāo	坤	Khôn	[xon¹]	平聲	次清	kūn
司	Tư	[tɯ¹]	平聲	全清	sī	侵	Xâm	[sɤm¹]	平聲	次清	qīn
多	Đa	[da:¹]	平聲	全清	duō	云	Vân	[vɤn¹]	平聲	次濁	yún
朱	Chu	[tʂu¹]	平聲	全清	zhū	牙	Nha	[ɲa:¹]	平聲	次濁	yá
沙	Sa	[ʂa:¹]	平聲	全清	shā	奴	Nô	[no¹]	平聲	次濁	nú

〔註 9〕《廣韻》按照漢字聲調編排，其中平聲有兩卷，其餘聲調各一卷。

二、漢越語弦聲與中古漢語平聲的對應關係

　　漢越語的弦聲數量為 904 個字，佔聲調總數的 11.1%。從統計結果，我們可以斷定漢越語的弦聲來自中古漢語平聲。上面已經講過，漢越語的平聲不與中古漢語全濁平聲字對應，這裡的結果剛好可以彌補這個空缺，即漢越語的弦聲對應於中古漢語全濁平聲字，對應比例高達 90.7%。換句話說，漢越語的所有平聲和弦聲基本上都從中古漢語的平聲而來。

表 5.89

漢越語聲調	中古漢語聲調	清 濁	數 量	比 例
弦聲	上聲		6	0.66%
	去聲		16	1.76%
	平聲	全清	31	3.42%
		次清	19	2.1%
		全濁	820	90.7%
		次濁	12	1.3%
合　計			904	100%

　　統計結果也顯示出沒有任何一個中古漢語入聲字導致漢越語弦聲的產生。漢越語弦聲與中古漢語上聲和去聲字的對應比例極少，明顯只是例外。下表是漢越語弦聲和中古漢語全濁平聲字的一些例子：

漢字	漢越語	IPA	聲調	清濁	拼音	漢字	漢越語	IPA	聲調	清濁	拼音
奇	Kì	[ki^2]	弦聲	全濁	qí	型	Hình	[hiɲ^2]	弦聲	全濁	xíng
朋	Bằng	[baŋ^2]	弦聲	全濁	péng	盆	Bồn	[bon^2]	弦聲	全濁	pén
松	Tùng	[tuŋ^2]	弦聲	全濁	sōng	神	Thần	[tʻɤn^2]	弦聲	全濁	shén

三、漢越語問聲與中古漢語上聲的對應關係

　　漢越語的問聲共有 845 個，佔聲調總數的 10.4%。據統計結果，我們發現漢越語的問聲對應於中古漢語的上聲，其中主要是來自全清和次清聲母上聲字，其對應比例分別為 60.7%和 22%。這個現象比較容易理解，因為漢越語的問聲和中古漢語的上聲都有曲折性的仄聲。

表 5.90

漢越語聲調	中古漢語聲調	清　濁	數　量	比　例
問聲	平聲		16	1.8%
	入聲		1	0.1%
	上聲		60	7.1%
		全清	513	60.7%
		次清	186	22%
		全濁	49	5.7%
合　計			845	100%

　　漢越語的問聲不與中古漢語其它聲調對應，統計結果所顯示的比例很小，與上聲濁聲母字一樣純爲例外。下面是漢越語的問聲與中古漢語清聲母上聲字對應的一些例子。

漢字	漢越語	IPA	聲調	清濁	拼音	漢字	漢越語	IPA	聲調	清濁	拼音
稿	Cảo	[ka:w^3]	問聲	全清	gǎo	吐	Thổ	[t'o^3]	問聲	次清	tǔ
隱	Ẩn	[ɤn^3]	問聲	全清	yǐn	取	Thủ	[t'u^3]	問聲	次清	qǔ
鎖	Tỏa	[twa:^{3}]	問聲	全清	suǒ	品	Phẩm	[fɤm^3]	問聲	次清	pǐn
錦	Cẩm	[kɤm^3]	問聲	全清	jǐn	苦	Khổ	[xo^3]	問聲	次清	kǔ
譜	Phổ	[fo^3]	問聲	全清	pǔ	海	Hải	[ha:j^3]	問聲	次清	hǎi

四、漢越語跌聲與中古漢語上聲的對應關係

　　漢越語的跌聲的數量最少，只有 536 個字，佔聲調總量的 6.6%而已。跌聲和問聲同爲一組，都是曲折性的仄聲，因此跌聲與問聲的情況一樣，主要對應於中古漢語的上聲。差別在於漢越語的問聲與中古漢語清聲母上聲字對應，跌聲則與中古漢語濁聲母上聲字對應，形成一個圓滿的分配。其中，來自次濁上聲字的跌聲最多，佔 54.1%，全濁次之，佔 18.65%。換句話說，中古漢語上聲字到越南時，按照清濁聲母的不同以及越南語本有的聲調系統分別融入漢越語的問聲和跌聲。這與中古漢語平聲分入漢越語的平聲和弦聲之情況較爲相似。可見，聲母的清濁在聲調的形成上佔有一個非常重要的地位。

表 5.91

漢越語聲調	中古漢語聲調	清 濁	數 量	比 例
跌聲	平聲		7	1.3%
	上聲	全清	27	5%
		次清	10	1.86%
		全濁	100	18.65%
		次濁	290	54.1%
	入聲		1	0.18%
	去聲	全清	10	1.86%
		次清	4	0.74%
		全濁	50	9.32%
		次濁	37	6.9%
合 計			536	100%

漢越語跌聲有一部分來自中古漢語的去聲，共有 101 個字，佔 18.8%。雖然對應比例有點高，但是如果看清濁的分配就會發現它們的比例相當雜亂、零星，主要發生在全濁去聲（9.32%），其再來是次濁去聲（6.9%），不足以堪稱一個眞正的對應關係。但是，我們需要注意到中古漢語的一個特點，即上聲和去聲常常混在一起，後來還有相當的部分全濁上聲變爲去聲。因此，我們可以臨時接受跌聲和濁音去聲相對應的一個小規律。至於漢語平聲、入聲和漢越語跌聲，根本沒有關係可言，只存在幾個例外而已。

值得一提的是，全濁上聲字在現代漢語裏一律改讀去聲，但是漢越語仍然保留中古漢語上聲的面貌，並體現爲跌聲。也就是說，中古漢語傳入越南語，成爲漢越語之後就會穩定下來，變音、變調等情況比較少出現。因此漢越語才成爲研究中古漢語寶貴的一種語料。下面是漢越語跌聲與中古漢語上聲對應的一些例子：

漢字	漢越語	IPA	聲調	清濁	拼音	漢字	漢越語	IPA	聲調	清濁	拼音
鵡	Vũ	[vu^4]	跌聲	次濁	wǔ	互	Hỗ	[ho^4]	跌聲	全濁	hù
友	Hữu	[hɯw^4]	跌聲	次濁	yǒu	汗	Hãn	[ha:n^4]	跌聲	全濁	hàn
引	Dẫn	[zɤn^4]	跌聲	次濁	yǐn	稚	Trĩ	[tʂi^4]	跌聲	全濁	xùn
臼	Cữu	[kuw^4]	跌聲	全濁	jiù	義	Nghĩa	[ŋie^4]	跌聲	次濁	yì
社	Xã	[sa:^{4}]	跌聲	全濁	shè	浪	Lãng	[la:ŋ^4]	跌聲	次濁	làng

五、漢越語銳聲與中古漢語去聲的對應關係

銳聲的數量較多，共 1025 個字，佔聲調總量約 12.66%，僅次於平聲的數量。透過統計結果，本文發現漢越語的銳聲主要與中古漢語去聲相對應，其中對應比例最高者爲全清聲母去聲字，佔將近 57%，其次是次清聲母字，佔約24.1%。

表 5.92

漢越語聲調	中古漢語聲調	清　濁	數　量	比　例
銳聲	平聲		19	1.85%
	上聲		88	8.58%
	入聲		5	0.48%
	去聲	全清	584	56.97%
		次清	248	24.19%
		全濁	53	5.1%
		次濁	28	2.7%
合　　計			1025	100%

中古漢語去聲濁聲母字幾乎沒有對應於漢越語的銳聲，因爲它們所佔的比例很少。同樣，中古漢語平上入三調所佔的比例也不多，只能算是例外。下面是漢越語的銳聲與中古漢語清聲母去聲對應的一些例子：

漢字	漢越語	IPA	聲調	清濁	拼音	漢字	漢越語	IPA	聲調	清濁	拼音
世	Thế	[t‘e⁵]	銳聲	全清	shì	肺	Phế	[fe⁵]	銳聲	次清	fèi
句	Cú	[ku⁵]	銳聲	全清	jù	破	Phá	[fa:⁵]	銳聲	次清	pào
告	Cáo	[ka:w⁵]	銳聲	全清	gào	訃	Phó	[fɔ⁵]	銳聲	次清	fù
貝	Bói	[bɔj⁵]	銳聲	全清	bèi	庫	Khố	[xo⁵]	銳聲	次清	kù
信	Tín	[tin⁵]	銳聲	全清	xìn	氣	Khí	[xi⁵]	銳聲	次清	qì

六、漢越語重聲與中古漢語去聲和上聲的對應關係

漢越語的重聲共有 837 個，佔聲調總數的 10.3%。統計結果明顯指出漢越語的重聲和中古漢語去聲有對應關係。重聲主要來自去聲的全濁和次濁聲母字，對應比例分別爲 36.7% 和 36.3%。

此外，還有一部分漢越語的重聲與中古漢語全濁上聲發生對應關係，所佔的比例爲 16.2%。雖然這個比例不是很高，但是與剩下的聲調及其清濁比起來，

它最爲顯著，僅次於濁音聲母的去聲字。這是因爲漢語本身的濁上歸去之規律所致。筆者在下文會進行詳細的分析。

表 5.93

漢越語聲調	中古漢語聲調	清　濁	數　量	比　例
重聲	平聲		12	1.43%
	上聲	全清	10	1.19%
		次清	3	0.35%
		全濁	136	16.2%
		次濁	36	4.3%
	入聲		1	0.1%
	去聲	全清	17	2%
		次清	10	1.1%
		全濁	308	36.79%
		次濁	304	36.32%
合　　計			837	100%

值得注意的是，在漢越語裏，重聲和銳聲同爲一組，都源於中古漢語的去聲。只不過，中古漢語去聲傳入越南語時有明顯的分配，清音聲母表現爲銳聲，濁音聲母則表現爲重聲，其間也有混肴的情況發生，但爲數不多，可視爲例外。下面是漢越語重聲與中古漢語去聲和部分上聲對應的一些例子：

漢字	漢越語	IPA	聲調	清濁	拼音	漢字	漢越語	IPA	聲調	清濁	拼音
戶	Hộ	[ho⁶]	重聲	全濁	hù	示	Thị	[tʼi⁶]	重聲	全濁	shì
拒	Cự	[kɯ⁶]	重聲	全濁	jù	自	Tự	[tɯ⁶]	重聲	全濁	zì
限	Hạn	[ha:n⁶]	重聲	全濁	xiàn	夜	Dạ	[za:⁶]	重聲	次濁	yè
柱	Trụ	[tʂu⁶]	重聲	全濁	zhù	勵	Lệ	[le⁶]	重聲	次濁	lì
步	Bộ	[bo⁶]	重聲	全濁	bù	怒	Nộ	[no⁶]	重聲	次濁	nù
共	Cộng	[koŋ⁶]	重聲	全濁	gòng	胃	Vị	[vi⁶]	重聲	次濁	wèi

七、漢越語銳入與中古漢語入聲的對應關係

在本文的語料裏，漢越語的銳入（今混入銳聲）共有 773 個，佔聲調總數的 9.5%。根據統計結果，本文發現漢越語的銳入與中古漢語的入聲具有密切的關係，其中有 65.7%銳入來自中古漢語全清入聲字，26.6%銳入來自中古

漢語次清入聲字。只有少數濁聲母的入聲字傳到越南語時變成銳入，所以算是例外。漢越語的銳入根本沒有與中古漢語平上去三聲對應，例外極少，屈指可數。

表 5.94

漢越語聲調	中古漢語聲調	清　濁	數　量	比　例
銳入 （銳聲）	上聲		1	0.1%
	去聲		5	0.6%
	入聲	全清	508	65.7%
		次清	206	26.6%
		全濁	33	4.2%
		次濁	20	2.5%
合　　計			773	100%

　　眾所周知，中古漢語發展到近代漢語時，入聲字完全消失。目前我們只能在漢語方言找得到入聲字的痕跡。但是，中古漢語傳入越南語以後，從宋代開始，越南脫離了中國的統治並宣佈獨立，因此在語言方面基本上不再受漢語的影響，所以至今仍然保留唐代漢語的特徵。漢越語所保留的入聲讀音是一個很好的實例，證明一千多年以來唐代漢語-p、-t、-k 塞音韻尾在漢越語完全不變。下面是漢越語銳入與中古漢語入聲對應的一些例子：

漢字	漢越語	IPA	聲調	清濁	拼音	漢字	漢越語	IPA	聲調	清濁	拼音
甲	Giáp	[ʐaːp⁷]	銳聲	全清	jiǎ	察	Sát	[ʂaːt⁷]	銳聲	次清	chá
吉	Cát	[kaːt⁷]	銳聲	全清	jí	塔	Tháp	[tʼaːp⁷]	銳聲	次清	tǎ
竹	Trúc	[tʂuk⁷]	銳聲	全清	zhú	測	Trắc	[tʂak⁷]	銳聲	次清	cè
谷	Cốc	[kok⁷]	銳聲	全清	gǔ	策	Sách	[ʂaːʧ⁷]	銳聲	次清	cè
骨	Cốt	[cot⁷]	銳聲	全清	gǔ	漆	Tất	[tɤt⁷]	銳聲	次清	qī

八、漢越語重入與中古漢語入聲的對應關係

　　漢越語的重入（今混入重聲）共有 670 個，佔聲調總數的 8.2%。統計結果告訴我們漢越語的重入與中古漢語濁音入聲相對應，其中有 44.6%全濁和44.9%次濁入聲字變成漢越語的重入。和漢越語銳入的情況一樣，漢越語的重入完全不與平上去三聲對應。換句話說，中古漢語入聲傳入漢越語時，幾乎100%得以保留下來。

表 5.95

漢越語聲調	中古漢語聲調	清 濁	數 量	比 例
重入 （重聲）	去聲		2	0.2%
	入聲	全清	36	5.3%
		次清	32	4.7%
		全濁	299	44.6%
		次濁	301	44.9%
合　計			670	100%

　　和中古漢語的其他聲調一樣，入聲傳入越南語時也按照清濁的不同分別分配到調值高低不同的銳入（銳聲）和重入（重聲）。其間也有一些混肴的現象，但爲數不多，視爲例外。下面是漢越語重入與中古漢語入聲對應的一些例子：

漢字	漢越語	IPA	聲調	清濁	拼音	漢字	漢越語	IPA	聲調	清濁	拼音
石	Thạch	[tʼaːʧ⁸]	重聲	全濁	shí	律	Luật	[lwɤt⁸]	重聲	次濁	lǜ
合	Hợp	[hɤːp⁸]	重聲	全濁	hé	疫	Dịch	[ziʧ⁸]	重聲	次濁	yì
舌	Thiệt	[tʼiet⁸]	重聲	全濁	shé	匿	Nặc	[nak⁸]	重聲	次濁	nì
服	Phục	[fuk⁸]	重聲	全濁	fú	粒	Lạp	[laːp⁸]	重聲	次濁	lì
直	Trực	[tʂuk⁸]	重聲	全濁	zhí	祿	Lộc	[lok⁸]	重聲	次濁	lù

　　透過以上的統計結果和分析，本文將漢越語聲調和中古漢語四聲的對應關係製成如下的表格：

表 5.96

四聲＼聲母	全清	次清	全濁	次濁
平聲	陰平－平聲	陰平－平聲	陽平－弦聲	陰平－平聲
上聲	陰上－問聲	陰上－問聲	陽上－跌聲 陽上－重聲	陽上－跌聲
去聲	陰去－銳聲	陰去－銳聲	陽去－重聲	陽去－重聲
入聲	陰入－銳入	陰入－銳入	陽入－重入	陽入－重入

　　這個研究結果與前人所研究的結果大同小異。雖然是小異，但是它可以反映出一些重要的、有趣的訊息。因此，本文就小異的問題進一步的討論。

　　馮玉映女士在〈從『切韻』入手尋找漢越語聲調與中古漢語聲調的對應關

係〉〔註10〕寫道：

> 漢越語的聲調音系若按漢語的四聲來分析是較簡單的，大致說來，四聲可分陰陽兩類，再按調類分下去，會有陰平、陽平、陰上、陽上、陰去、陽去、陰入、陽入共八聲。（中略）。在收音於-p、-t、-ch、-c 的入聲的前提下，銳聲（第五聲）可分陰去和陰入兩類，重聲（第六聲）也可分陽去和陽入兩類，連同前面的第一、二、三、四等聲，一共是八聲。令人感興趣的是，若把漢越語聲調與中古漢語聲調相提並論，兩者似乎存在著一種很整齊的對應關係。

馮玉映提出的漢越語和漢語聲調的對應表如下〔註11〕：

表 5.97

中古四聲	平		上		去		入	
調類	陰平	陽平	陰上	陽上	陰去	陽去	陰入	陽入
調值	33	31	214	545	35	121	35	121
越南語調	Bằng 第一聲	Huyền 第二聲	Hỏi 第三聲	Ngã 第四聲	Sắc 第五聲	Nặng 第六聲	Sắc 第七聲	Nặng 第八聲
特點	平	平	仄、折	仄、斷續	仄、以元音或鼻音收聲	仄、以元音或鼻音收聲	仄、以破裂音收聲	仄、以破裂音收聲
例子	今 Kim	談 Đàm	解 Giải	晚 Vãn	對 Đối	電 Điện	百 Bách	白 Bạch

　　這樣的整齊的對應關係其實很容易令人懷疑。越南語和漢語不是親屬語言，難道會有如此「漂亮」的聲調對應關係。漢語從漢代到唐代傳入越南的時候，不一定像外語一樣在越南語直接扎根而是要經過越南語語音的篩選，接受越南語發音的特點才可以在越南語中生根發芽。也許馮玉映也這麼認為，所以她才發現了一個不對稱的地方。馮玉映在此文寫道：

此外，還有些不規則的現象，例如《廣韻》裏屬於全濁上聲的字讀入去聲，下面這些字可以為例證：

〔註10〕馮玉映：〈從『切韻』入手尋找漢越語聲調與中古漢語聲調的對應關係〉《東南亞縱橫》，2003 年）。

〔註11〕本表中略「調形」部分。

道 Đạo	動 Động	墮 Đọa	父 Phụ	巨 Cự	戶 Hộ
件 Kiện	紂 Trụ	部 Bộ	受 Thụ	篆 Triện	伴 Bạn
善 Thiện	範 Phạm	旱 Hạn	近 Cận	腎 Thận	項 Hạng

劉亞輝先生的看法與馮玉映的則有所不同。他除了從漢語四聲和現代漢語聲調的角度以外還兼顧中古漢語清濁聲母的特點來看兩種語言聲調的對應關係。劉亞輝在〈越語中的漢語音與漢語的語音對應規律淺談〉〔註12〕所提出聲調的對應關係如下：

表 5.98：聲調的對應規律

聲 調			漢越音	漢 語
平	清	詩天	平聲 44（Ngang）	陰平 55
	次濁	麻龍		陽平 35
	全濁	時同	弦聲 21（Huyền）	
上	清	史口	問聲 35（Hỏi）	上聲 214
	次濁	女老	跌聲 325（Ngã）	
	全濁	近談	重聲 11（Nặng）	
去	清	試太	銳聲 43（Sắc）	去聲 51
	次濁	帽漏	重聲 11（Nặng）	
	全濁	事病		
入	清	出節	銳聲 43（Sắc）	派入陰平、陽平、上聲、去聲
	次濁	熱六	重聲 11（Nặng）	
	全濁	舌白		

劉亞輝先生還對此表加以說明：

1‧漢越音和漢語的聲調歸類和調值都不相同。

平聲（越文是 Ngang 或 Bằng）：相當於陰平和次濁陽平（以元音或鼻音收聲）。

弦聲（越文是 Huyền）：相當於全濁陽平（以元音或鼻音收聲）。

問聲（越文是 Hỏi）：相當於陰上（以元音或鼻音收聲）。

〔註12〕劉亞輝：〈越語中的漢語音與漢語的語音對應規律淺談〉（《梧州學院學報》，第 17 卷，第 1 期，2007 年），頁 79。

跌聲（越文是 Ngã）：相當於次濁陽上（以元音或鼻音收聲）。

銳聲（越文是 Sắc）：相當於陰去（以元音或鼻音收聲）和陰入（以塞音收聲）。

重聲（越文是 Nặng）：相當於全濁陽上（以鼻音收聲），陽去（以元音或鼻音收聲）和陽入（以塞音收聲）。

2・古漢語的入聲字在漢越音裏歸銳聲和重聲兩類。

我們可以很明顯地看出兩個學者之間的差別。劉亞輝認爲漢越語的平聲（Ngang 或 Bằng）可以讀入現代漢語的陰平和陽平（即第一聲和第二聲）而馮玉映學者並沒有這個看法。其他的地方，他們的看法都相當一致，包括全濁上聲字在現代漢語裏都變成了去聲（第四聲），對應於漢越語的重聲之觀點在內。

花玉山學者在他的博士論文《漢越音與字喃研究》中也將漢越語和中古漢語聲調進行了較爲全面性的研究與分析。他的結論是：

漢越音的八個聲調與中古漢語的四聲有著較爲整齊的對應關係。總結以上的論述，我們將把由中古漢語「四聲」到漢越音八個聲調的演變過程列表如下：〔註13〕

表5.99：中古漢語四聲與越南語八聲對照表

聲母 四聲	全清	次清	全濁	次濁
平	陰平（平）	陰平（平）	陽平（玄）	陰平（平）
上	陰上（問）	陰上（問）	陽上（跌）	陽上（跌）
去	陰去（銳）	陰去（銳）	陽去（重）	陽去（重）
入	陰入（銳入）	陰入（銳入）	陽入（重入）	陽入（重入）

花玉山的研究結果基本上同於劉亞輝的結論，但有異於馮玉映的結論，差別在於花氏發現中古漢語次濁平聲在漢越語讀爲平聲而馮氏所無。

阮才謹學者在這方面的研究更爲全面。他在〈漢越讀音的起源與形成過程〉所製的聲調對應表都涵蓋了以上諸學者的結論。

〔註13〕花玉山：《漢越音與字喃研究》（南京師範大學博士學位論文，2005年），頁72。

表 5.100

	全清	次清	全濁	次濁
平	平聲	平聲	弦聲	平聲
上	問聲	問聲	跌聲 重去	跌聲
去	銳去	銳去	重去	重去
入	銳入	銳入	重入	重入

　　本文所製的對應表完全與阮才謹先生的研究結果相一致，換句話說，透過統計法本文可以證實了阮先生的研究結果。現在的問題是怎麼能解釋這個結果。

　　阮才謹先生認為在《切韻》時期，四聲裏面的每個聲調都還沒有明顯地分成高調和低調。後來，這個趨勢越來越分明，清音聲母屬於高調，濁音聲母屬於低調，慢慢形成了中古漢語四聲之陰陽。換句話說，中古漢語的八調主要依靠於聲母清濁的高低。但是，中古漢語在中唐傳入越南語時，由於越南語發生了濁音清化的語音現象，使得清音和濁音沒有分別，所以中古漢語八調的清濁在越南語的影響下，就留痕於聲調上，就如本文以上的表內所示，即清音的平上去入分別對應於平聲、問聲、銳聲和銳入，濁音的平上去入分別對應於弦聲、跌聲、重聲和重入。

　　至於中古漢語全濁上聲對應於漢越語重聲的現象，我們知道在漢語本身一直存在著上聲讀入去聲的趨勢。《韻鏡》的凡例有一節談及「上聲去音字」。根據本文的語料，中古漢語上聲讀入現代漢語去聲共有 306 個字，其中全濁上聲數量最多，共 234 個字，佔 76.47%。

表 5.101

中古漢語上聲	現代漢語去聲	漢越語聲調	比　例	例　子
全清	34 字			苑垢紀賑蘊
次清	19 字			去忿跪嚮卉
次濁	19 字			右飪瘉繞潊
全濁	234 字	問聲（26 字）	11.1%	奉菌棒誕獬
		弦聲（1 字）	0.4%	婢
		重聲（126 字）	**53.84%**	動婦紹善禍

	跌聲（71 字）	30.34%	痔崢舅憤蕩
	平聲（6 字）	2.5%	爸棍瘞渦蘄
	銳聲（4 字）	1.7%	茨匯頑撼

這些全濁上聲字傳入越南語時，主要讀爲重聲〔註14〕、跌聲和問聲，其對應比例分別爲 53.84%、30.34% 和 11.1%。可見，中古漢語全濁上聲讀入現代漢語去聲是早在唐代所發生的一個大趨勢。因爲傳入漢越語之前已經讀成去聲，所以到漢越語之後，去聲與重聲對應是符合當時語音變化的規律，因此全濁上聲和重聲的淵源關係就可以容易了解了。

至於中古漢語的次濁平聲爲何讀成漢越語的平聲而不讀爲弦聲呢？阮才謹先生在〈漢越讀音的起源與形成過程〉曰：

> 在《切韻》時期，漢語有四聲以及四種聲母。全清、次清聲母的平上去入讀成高調，全濁、次濁聲母的平上去入讀成低調。平上入的情形明顯地留痕於漢越語聲調，若是全清、次清聲母就讀爲問聲、銳聲和銳入，若是全濁、次濁聲母就讀爲跌聲、重聲和重入。對於全濁、次濁聲母讀爲漢越語的平聲而不是弦聲，我們要在白話才能找得到《切韻》時期的痕跡。在白話裏，全濁、次濁聲母都讀爲陽平，與全清、次清聲母讀爲陰平相對立。〔註15〕

阮氏還發現，古漢越語的語料也能反映出《切韻》時期，清濁平聲字還保留著陰陽對立的特徵，即次濁平聲字讀爲與越南語弦聲對應的陽平，到了漢越

〔註14〕上文說明全濁上聲對應於重聲共有 136 個字是因爲包括現代漢語四個聲調，其中，上聲去音字有 126 個字。

〔註15〕阮才謹：〈漢越讀音的起源與形成過程〉（《漢喃工程選集》，河內：越南教育出版社，2011 年），頁 534。越南語原文是："Thời Thiết vận, tiếng Hán có bốn thanh và bốn cột phụ âm. Sau phụ âm toàn thanh, thứ thanh thì "bình thượng khứ nhập" xuất hiện dưới biến thể cao. Sau toàn trọc, thứ trọc thì "bình thượng khứ nhập" xuất hiện dưới biến thể thấp. Tình hình này còn lưu vết tích khá rõ trong ba trường hợp "thượng khứ nhập" ở Hán Việt: Ở toàn thanh, thứ thanh chúng ta có "hỏi, sắc, SẮC", ở toàn trọc thứ trọc chúng ta có "ngã, nặng, NẶNG". Đối với trường hợp nhập một toàn trọc thứ trọc ở thanh "bình" thì lại phải tìm ở Bạch thoại mới thấy vết tích thời Thiết vận: Trong cách đọc Bạch thoại, ở toàn trọc thứ trớc ta đều có thanh dương bình, đối lập hẳn với thanh âm bình ở toàn thanh và thứ thanh."

語才變成與平聲對應的陰平。下面，本文在阮才謹先生所提出的語料基礎上（只有古漢越語和漢越語資料），補充其清濁和字母等其他相關資料。

漢字	漢越音（平聲）	古漢越音（弦聲）	四聲	清濁	字母	漢字	漢越音（平聲）	古漢越音（弦聲）	四聲	清濁	字母
麻	Ma	Mè	平	次濁	明	饒	Nhiêu	Nhiều	平	次濁	日
磨	Ma	Mài	平	次濁	明	離	Li	Lìa	平	次濁	來
眉	Mi	Mày	平	次濁	明	鐮	Liêm	Liềm	平	次濁	來
貓	Miêu	Mèo	平	次濁	明	爐	Lô	Lò	平	次濁	來
棉	Miên	Mền	平	次濁	明	驢	Lur	Lừa	平	次濁	來
媒	Môi	Mồi	平	次濁	明	樓	Lâu	Lầu	平	次濁	來
紋	Văn	Vằn	平	次濁	微	連	Liên	Liền	平	次濁	來
蛾	Nga	Ngài	平	次濁	疑	籠	Lung	Lồng	平	次濁	來
銀	Ngân	Ngần	平	次濁	疑	簾	Liêm	Rèm	平	次濁	來
疑	Nghi	Ngờ	平	次濁	疑	龍	Long	Rồng	平	次濁	來
研	Nghiên	Nghiền	平	次濁	疑	梁	Lương	Rường	平	次濁	來
源	Nguyên	Nguồn	平	次濁	疑	藍	Lam	Chàm	平	次濁	來
牙	Nha	Ngà	平	次濁	疑	園	Viên	Vườn	平	次濁	云
南	Nam	Nồm	平	次濁	泥	椰	Da	Dừa	平	次濁	以
泥	Nê	Nề	平	次濁	泥	姨	Di	Dì	平	次濁	以
農	Nông	Nùng	平	次濁	泥	移	Di	Dời	平	次濁	以
娘	Nương	Nàng	平	次濁	娘	油	Du	Dầu	平	次濁	以

　　阮才謹認為在晚唐時期已經發生了濁音清化的語音現象：平聲的全濁音變為送氣的次清音，仄聲的全濁音變為不送氣的全清音。剩下的次濁音失去了對立的全濁音，所以如果保留低調還是變成高調也無意義，因此中古漢語次濁音的平聲較為自由性的發展。到了漢越南語，阮先生對語料再進行一番調查與分析指出，之所以中古漢語次濁平聲字念成平聲是為了避免與純越南語發生同音的危機。

　　本文認為這個看法可信，但我們要注意其背後的一個特點。那就是中古漢語次濁平聲共 770 個字的字母都是鼻音和邊音，即云以來日泥娘疑微明 9 母。這些中古字母的發音方法不同於其他聲母，合為一組，自成一家，所以不受其他聲母的影響而靈活性的發展。

小結論

中古漢語四聲因有清濁之分，所以後來演變成八調。傳入越南時，由於越南語當時沒有清濁之分，因此直接反映在漢越語的聲調上，形成了八個聲調。原則上，清音的平上去入就念成平聲、問聲、銳聲（銳去）、銳入，濁音的平上去入就念成弦聲、跌聲、重聲（重去）和重入。但是在傳入的過程中，因受到中古漢語本身的音變以及越南語語音特點，次濁平聲字則破例地念成漢越語的平聲。另外，還有全濁上聲在漢越語分別念成跌聲和重聲。全濁上聲之所以念成重聲是因為在中古漢語本身發生了濁上歸去，然後傳入漢越語時，去聲就念成重聲，符合一般的規律。

本文的研究結果可以再次證實阮才謹先生的說法。馮玉映學者的研究並沒有談到漢語次濁平聲和漢越語平聲的對應關係。花玉山學者的研究則沒有提及漢語全濁上聲和重去（重聲）的對應關係。

第三節 古漢越語和上中古漢語聲調的對應關係

要確定哪個字是古漢越語是一個困難的事情，需要透過一系列的分析，採納各語言學家的語音理論以及參考前人所發現的古漢越語等等才可以大概斷定某字是否古漢越語。其中，每一個字不一定都可以確定聲母和韻母兩個部分都是古漢越語，只能判斷或是聲母或是韻母而已。例如，方字 Vuông 的韻母-uông 是古漢越語的成分，但是其聲母 v-則需要斟酌一些，因為古無輕唇音，古漢越語並沒有 v-聲母，只有 b-，m-而已。

至於古漢越語的聲調部分則更加困難。據本文的觀察，幾乎沒有一個規律可循。王力先生也只發現一兩個線索而已。他在〈漢越語研究〉一文曰：

> 關於古漢越語的聲調，只有一件事值得討論的。就是次濁字的平聲。
> 如上文所述，漢越語次濁字平聲讀作陰平，這和全濁字並不一致，
> 和中國各地的方言也不相同。依照中國各地的方言，次濁字的平聲
> 是讀陽平的。現在我們試從古漢越語來觀察，就可以發現，次濁的
> 平聲字在古代也並不讀陰平，而是和中國一樣地讀陽平。例如：
>
> （1）明母：眉 may^2。
>
> （2）來母：連 lien^2　樓 lau^2　鐮 liem^2　籠 long^2　離 lia^2。

（3）疑母：疑 nge²。

（4）喻四：姨 zi²　　移 zei²。

此外，像『歎』讀平而不讀去，『刺』讀入而不讀去，『館』讀去而不讀上，『過』（經過）讀平而不讀去（寫作『戈』）都比現代中國語爲比較地靠近古音。

其他像陽去往往讀入陽平之類，只能認爲不規則的現象，而不必認爲古漢越語的特徵了。〔註16〕

在討論漢越語的聲調時，本文也曾引用了阮才謹先生所發現的 34 個古漢越語字，只是爲王力的說法做補證而已。

另外，花玉山學者在其博士論文《漢越音與字喃研究》對王力所說的「其他像陽去往往讀入陽平之類，只能認爲不規則的現象，而不必認爲古漢越語的特徵了」也有異議。他說：

> 漢越音裏的一部分去聲字在古漢越音卻變爲平聲，譬如：嘆 thán 過 quá 散 tán 等陰去聲在古漢越音裏分別念爲 than, qua, tan。王力認爲，去聲讀平聲的現象反映古漢越音「比現代漢語爲比較靠近古音。其他像陽去往往讀入陽平之類，只能認爲不規則的現象。」王力承認，陰去聲讀爲陰平聲證明古漢越音保留漢語古音的痕跡。然而卻否定了陽去聲變爲陽平聲的問題。眾所周知，語音演變是有規律性、系統性的。既然陰去能變爲陰平，那麼陽去也應該演變成爲陽平，例如：

漢字	古漢越音	漢越音	漢語中古音
代	Đời2（陽平）	Đại5（陽去）	去聲
座	Tòa2（陽平）	Tọa5（陽去）	去聲
味	Mùi2（陽平）	Vị5（陽去）	去聲
望	Mòng2（陽平）	Vọng5（陽去）	去聲〔註17〕

本文認爲既然我們找到了幾百個古漢越語，當然各個都有聲調。問題的

〔註16〕王力：〈漢越語研究〉（《嶺南學報》第九卷，第一期，1948 年），頁 70。

〔註17〕花玉山：《漢越音與字喃研究》（南京師範大學博士學位論文，2005 年），頁 82。

是，我們現在所讀的古漢越語，其聲調並不是原來的面貌。目前我們所認識的古漢越語當中，六個聲調具足，加上入聲，總共八個聲調，看起來與漢越語聲母系統無別。但是從語言、歷史等方面來講，我們不能把握這都是古漢越語的聲調。本文提出以下幾個理由來證明：

第一，漢越語出現之前，古漢越語已有一千年的歷史。但由於古漢越語不成系統地傳入越南，所以在聲韻調三個方面都不完整。越南人所講的古漢越語其實只是一種模擬外國語言的讀法而已，只求意義來溝通就好，不求正確的發音。

第二，上古漢語到晚唐以前的中古漢語傳入越南時，與漢語接觸最早的第一批越南人就是官吏階級、有錢人以及知識分子。爲了溝通、接受漢文化等，他們開始學會漢語。但是這種漢語傳到民間時可能就有點偏差，一傳二、二傳三等等，不能保留當時眞正的漢語了。

第三，以上兩個原因就包括聲韻調三個方面在內。就聲調來講，中古漢語只有四個聲調，在上古則更少或者混用。顧炎武學者（1613～1682）曾在《音論》一書說：「四聲之論，雖起於江左，然古人之詩，已自有遲疾輕重之分，故平多韻平，仄多韻仄。亦有不盡然者，而上或轉爲平，去或轉爲平上，入或轉爲平上去，則在歌者之抑揚高下而已，故四聲可以並用。」顧氏認爲上古漢語有四聲，但是沒有嚴格的區別，可以互諧不拘。此外還有段玉裁的「上古無去聲說」、黃侃的「上古無上去說」、王力的「舒促兩聲說」、董同龢的「四聲三調說」等等。語言學家對上古漢語的聲調，各持己見，但至少讓我們知道古聲調並沒有嚴格地區分開來。上古漢語開始傳入越南大約在公元前兩百年，如果要找到聲調的對應實在困難，先確定好古漢越語的各各層次才可以進一步辯證。

第四，從越南語聲調的本身來看，根據奧德里古爾的研究我們知道古越－芒語一開始（公元初）沒有聲調，到晚期（第十世紀初）只有三個聲調。〔註18〕這恰好是古漢越語形成與發展的時代。許多越南語言學家都贊同奧德里古爾的這個看法，並廣泛引用他的意見。如果我們都相信這個說法，那麼古漢越語哪有六個或者八個聲調可言？花玉山學者沒有注意到這一點，因此他接受了王力

〔註18〕奧德里古爾：〈越南語聲調的起源〉原題 *De l'origine des Tons en Viêtnamien*，載於《亞洲雜誌》（Journal Asiatique）1954 年，242 期，頁 68～82。

所說的「次濁的平聲字在古代也並不讀陰平，而是和中國一樣地讀陽平」之後才過於樂觀地說：

漢語的次濁平聲字和全濁平聲字在古漢越音裏同一表現為陽平聲。

由此可見，古漢越音聲調系統與漢語四聲八調形成非常整齊的對應局面，即陰陽二聲與聲母的清濁相對應。〔註19〕

總而言之，要討論古漢越語的聲調以及與晚唐以前中古漢語聲調的對應關係是一個非常困難的研究工作。直到現在我們所找到的古漢越語之數量並不是很多，所以本文不可下任何意見或看法。目前只能參考王力、阮才謹等學者對古漢越語聲調初步的發現而已。當我們能找到更多的古漢越語的時候才可以對古漢越語聲調進行下一步的研究。因此，這個部分仍然是一個很大的空白，有待於未來的研究提出妥當的論述。

〔註19〕花玉山：《漢越音與字喃研究》（南京師範大學博士學位論文，2005 年），頁 82。

第六章　結　論

　　漢越語長期以來是越南語不可分割的一部份。它源於中古漢語，但在越南語中生根發芽，沿用至今，成爲越南人口語、文學的一種特殊表達方式。本文針對漢越語和漢語聲韻調之間的各層次進行統計、分析、比較，最終梳理出了一些對應關係。在研究的過程中也參考了前人的文章，一方面繼承了他們的研究成果，另一方面對前人的一些說法以及沒有涉及的部分進行補充和更正，同時提出了本文的看法。

　　在語料方面，本文主要使用苕帚居士的《漢越字典》，經過整理之後，採納8091 個漢字，相當於 8091 個漢越語作爲研究對象。對於中古漢語部分，本文利用宋代的《廣韻》一書來觀察各字的中古聲韻調。在古漢越語部分，本文主要繼承了王力先生所寫的〈漢越語研究〉的研究成果。

　　現在，本文將研究結果作出如下的結論：

一、漢越語和現代漢語聲韻調之間的層次對應關係

　　本文主要參考范宏貴和劉志強所著的《越南語言文化探究》，並將之進行比較。在聲母部分，本文提出了較爲詳細的對應規律並按照統計比例確定主要和次要的對應關係。范、劉二位雖然也提出了相同的對應關係，但由於缺乏足夠的語料統計，成果難免有遺憾。

　　同樣地，在韻母方面，本文也提出了主次的對應關係同時也指出范、劉

二位的缺點，其中有-uru 與-ou、-iu，-uyêt 與-ue、-uo，-uê 與-ui、-i，-uân 與 -ün、-un，-oang 與-uang 等對應關係他們都沒有觀察到。

　　至於聲調的對應關係，各家說法不一。據統計結果，本文發現還有兩個小規律，即跌聲-第四聲和重聲-第二聲的兩個對應關係。這是因為前人的研究，主要靠個人語言經驗而判斷，或者限於統計數量不夠所致的差別。

二、漢越語和中古漢語聲韻調之間的層次對應關係

　　本文主要參考阮才謹的《漢越讀音的起源與形成過程》和王力所著的《漢語史稿》及其擬音系統。中古漢語在晚唐傳入越南時，漢越語除了保留較為完整中古漢語的語音系統以外，還令其遵守自己的一些語音特點。在聲母方面，由於濁音清化的作用，中古漢語的清濁聲母在漢越語全部合而為一，然而它們的差異還能留痕於聲調上。其規律是濁音在漢越語表現為低調（弦聲、跌聲、重聲），清音則表現為高調（平聲、問聲、銳聲）。漢越語中的中古漢語聲母也受到越南語元音的特點而有所改變。越南語系統裏只有一個元音／-a-／，沒有中古漢語那樣有前／a／和後／ɑ／的分別，因此傳入越南語時，為了保持等第的對立避免由前／a／和後／ɑ／合一造成同音的結果，所以需要改變其讀音，例如見母二等字就讀為 gi-，疑母二等字則唸成 nh-。本文也發現越南語 c-、k-、q-的音值只是[k-]，卻有三種書寫形式。這與所配的元音有關係，如 k-只能與-i、-e、-ê 等前高元音相配，q-與來自中古漢語的合口韻母相配，剩下的韻母則寫成 c-。此外，越南語裏還有 ng-與 ngh-都讀為[ŋ]，其間的差別與中古漢語疑母有密切的關係。疑母開三和疑母合口字脫落了介音／ǐ／，在越南語寫成 ng-，而還保留介音／ǐ／的疑母開三字則寫成為 ngh-。根據本文的觀察，未見學者對漢越語聲母書寫形式不同的原因提出解釋。

　　在韻母方面，本文的研究結果與阮才謹先生的結論基本上是大同小異。有所繼承，也討論了一些新問題，更論及一些特殊的例外。在解釋中古漢語梗攝各韻讀為漢越語的 nh-時，阮先生以舌根韻尾有-ŋ／-k、-wŋ／-wk、-iŋ／-ik 三個變體為出發點，認為梗攝曾存在一個齶化的舌根韻尾-iŋ／-ik，它出現在 ɒ、æ／ɛ、Ie 三個元音後面。所以阮氏用自己的擬音系統來說明梗攝各韻合一之後，擺脫了前／a／和後／ɑ／的對立（不令見母改讀為 gi-），促使梗攝舌根韻尾在漢越語讀為-nh／-ch。本文則以王力先生的擬音系統，從中古漢語梗攝各韻本

身的演變，來解釋它們唸成漢越語舌面韻尾-nh／-ch 的原因，爲學界進一解。除此之外，本文認爲有一些漢越語在某程度上就是直接從古漢越語演變而來的，還保留著古漢越語的一些痕跡，例如：義 Nghĩa[ŋie⁴]、地 Địa[die⁶]、許 Hứa [huɤ⁵]、狂 Cuồng[kwoŋ²]、況 Huống[hwoŋ⁵]、槐 Hòe[hwɛ²]等字。至於例外部分，本文分爲特殊和一般例外兩類。文中也盡量解釋造成各種例外的原因讓大家對兩種語言的對應關係有一個更全面的了解。

在聲調方面，本文的研究結果肯定了阮才謹先生所提出的結果，同時也指出馮玉映、花玉山等學者所未觀察到的一些對應規律。基本上，中古漢語的四聲八調傳入越南語時形成了較爲均勻的局面，依照清濁而讀爲漢越語的八個聲調，同時也說明漢越語聲調系統至今完美地保留中古漢語的入聲。唯有次濁平聲字念成漢越語的平聲是例外的（本應該讀成弦聲）。至於全濁上聲讀爲重聲（重去）的現象，這並不奇怪，因爲中古漢語本身在晚唐也發生了濁上歸去的趨勢，而漢語去聲唸成重聲是屬於正常的規律了。

三、古漢越語和中古漢語聲韻調之間的層次對應關係

本文主要採用王力的〈漢越語研究〉，其次是阮才謹的一些相關的文章。對於古漢越語的題材，直到現在仍然是一個冷門。因爲確定一個讀音是否古漢越語，事務上很不容易。從王力的〈漢越語研究〉一書，我們只能觀察到 113 個字被認爲是古漢越語。後來，國內的學者也開始討論，並提出新的發現。不過，他們的發現爲數不多且沒有系統化。在其他研究裏面，主要還是引用王力的研究成果。直到八十年代，越南學者王祿曾在〈古漢越詞考察的一些初步結果〉一文聲明他已經找到了 332 個古漢越語，但直到現在，他都未將自己的研究結果公佈出來。

本文承繼前人的成果，並提出自己的觀察與看法，前後對三百六十六個字進行分析，確定它們或多或少都帶有古漢越語的痕跡（聲母、韻母或兩者兼具）。再將古漢越語和中古漢語（晚唐以前）進行了初步的比較，提出對應關係。

本文運用了「古無輕唇音」、「古無舌上音」、「喻四古歸定」、「禪母古歸定」等曾得到語言學界的共識之理論來解釋古漢越語聲母的形成。通過前人和筆者積果的語料，本文明確指出古漢越語仍然完整地保留重唇音、牙音、齒頭音、

半舌音等特徵。透過古漢越語的研究，本文也發現古漢越語裏具有很多不同的層次，零星地從秦漢、魏晉、隋唐時代傳入越南，同時也讓大家了解上古漢語複輔音或 r-與 l-相混的情況。

在韻母方面，古漢越語也提供了很寶貴的線索，讓語言學家可以通過一個新的途徑來觀察中古以及上古漢語。例如，通過-ưa、-ua、-en、-et、-im、-in、-uông、-uôc、-iêng、-iêc 等韻，大家可以知道中古漢語魚、虞、麻、侵、眞、鐘、梗韻及其入聲的讀音大約有哪些元音或韻尾等。甚至，透過-ay、-ây 等韻母，大家可以了解中古漢語支韻以及蟹攝三四等韻字的更早讀音是以-i 收尾。很有趣的是，通過古漢越語的 Bước 字（步），還可以證明上古漢語傳入越南的時間很早，因爲它仍然保留「步」字的入聲讀音，而到了中古漢語時期此字已經讀爲去聲了。此外，本文也指出古漢越語到現在還留痕於漢越語裏面，如 Hứa（許）、Nghĩa（義）、Địa（地）、Tây（西）等，不知道的人就以爲那只是漢越語中的一般例外而已。

可惜的是，在聲調方面，由於古漢越語語料的限制，所以目前沒辦法觀察到聲調之間的各種對應關係。唯有王力發現在古漢越語裏，中古漢語次濁平聲字仍然讀爲陽平（到漢越語卻改讀爲陰平），後來阮才謹才以更多的實例來補正這個看法。本文認爲最大的困難是從現存所講古漢越語的讀音而言，古漢越語具足八個聲調，但是從奧德里古爾在〈越南語聲調的起源〉的研究，大家都知道晚唐以前越南語卻只有三個聲調之多。因此，對於這個難題，尚待更進一步的探索，希望未來的研究可以進一步補缺。

經過一番分析與討論，同時選擇性地接受前人的研究成果，本文基本上確定了約 366 個古漢越語，但是其中也有少部分只能接受聲母或韻母，例如：方 Vuông、徒 Trò、讀 Ngọc 等字只能接受韻母部分，打 Đánh、梗 Cành 等字只能接受聲母部分。數量雖然不是很多，但可以說是初步的進展，還需要有更多學者的分析和討論才能肯定其眞實性。

總而言之，本論文對漢越語和漢語的各層次，作了較爲全面的統計與分析，一方面肯定前人的貢獻，一方面提出新的論述，來補足空缺。在漢越語和現代漢語的對應關係部分，可以將此結果運用於教學方面，對漢語初學者提供有效的幫助。在漢越語和中古漢語的對應關係方面，尤其是古漢越語和中古漢語的部分，可爲語言學界提供值得參考的研究成果，包括語料部分。至於還沒完成

的部分以及本論文所存在的不足，歡迎各位學者不吝批評指正，讓筆者在未來的研究獲得更進一步的成果。

參考書目

一、專　書

1. 漢・許慎：1978，《説文解字》，北京：中華書局。

2. 宋本：2001，《廣韻》，張氏重刊，澤存堂藏板，台北：洪葉文化事業有限公司。

3. 王力：1980，《漢語史稿》，北京：中華書局。

4. 王力：1985，《漢語語音史》，北京：中國社會科學出版社。

5. 阮才謹（Nguyễn Tài Cẩn）：1995，《越南語語音歷史教程（初稿）》，河內：教育出版社。（「Giáo trình lịch sử ngữ âm tiếng Việt（sơ thảo）」, Nhà xuất bản Giáo Dục Hà Nội, năm 1995）

6. 阮才謹（Nguyễn Tài Cẩn）：2011，〈漢越讀音的起源與形成過程〉，《漢喃工程選集》，河內：越南教育出版社，頁 259～562。（「Nguồn gốc và quá trình hình thành cách đọc Hán Việt」, in trong 「Tuyển tập công trình Hán Nôm」, Nhà xuất bản Giáo Dục Việt Nam, trang 259-562, năm 2011 ）

7. 阮文康（Nguyễn Văn Khang）：2007，《越南語裏的外來詞》，河內：教育出版社。（「Từ ngoại lai trong tiếng Việt」, Nhà xuất bản Giáo Dục Hà Nội, năm 2007）

8. 李新魁：1991，《中古音》，北京：商務印書館。

9. 季旭昇：2010，《説文新證》，福州：福建人民出版社。

10. 周祖謨：1979，《問學集》，台北：河洛出版社。

11. 竺家寧：2002，《古音之旅》，台北：萬卷樓圖書有限公司。

12. 竺家寧：2010，《聲韻學》，台北：五南圖書出版股份有限公司。

13. 范宏貴、劉志強：2008，《越南語言文化探究》，北京：民族出版社。

14. 武春豪（Võ Xuân Hào）：2009,《現代越南語語音教程》,歸仁：歸仁大學出版社。（「Giáo trình ngữ âm tiếng Việt hiện đại」, Nhà xuất bản Đại học Quy Nhơn, năm 2009）

15. 段善術（Đoàn Thiện Thuật）：1999,《越南語語音》,河內：河內國家大學出版社。（「Ngữ âm tiếng Việt」, Nhà xuất bản Đại học Quốc gia Hà Nội, năm 1999）

16. 高春浩（Cao Xuân Hạo）：2001,《越南語－越南文學－越南人》,胡志明：年輕出版社。（「Tiếng Việt, văn Việt, người Việt」, Nhà xuất bản Trẻ TP HCM, năm 2001）

17. 陳智引（Trần Trí Dõi）：2011,《越南語歷史教程》,河內：越南教育出版社。（「Giáo trình lịch sử tiếng Việt」, Nhà xuất bản Giáo Dục Việt Nam, năm 2011）

18. 章太炎：1967,〈古音娘日二紐歸泥說〉,《國故論衡》,台北：廣文書局。

19. 梁遠、祝仰修、黎春泰：2012,《現代越南語語法》,廣州：世界圖書出版廣東有限公司。

20. 葛毅卿：2003,《隋唐音研究》,南京：南京師範大學出版社。

21. 錢大昕：1968,《潛研堂文集·卷十五·答問第十二》,台北：商務印書館。

22. 錢大昕：1968,《十駕齋養新錄·卷五·古無輕唇音》,台北：商務印書館。

23. 錢玄同：1969,《文字學音篇》,台北：學生書局。

24. 潘悟雲：2000,《漢語歷史音韻學》,上海：上海教育出版社。

25. 潘悟雲：2002,《著名中年語言學家自選集：潘悟雲卷》,合肥：安徽教育出版社。

二、期刊論文

1. 王力：1948,〈漢越語研究〉,《嶺南學報》,第九卷,第一期。

2. 王祿（Vương Lộc）：1985,〈古漢越詞考察的一些初步結果〉,《語言雜誌》,第一期,頁 27～31。（「Một vài kết quả bước đầu trong việc khảo sát từ Hán Việt cổ」, Tạp chí Ngôn ngữ, số 1, năm 1985）

3. 王祿（Vương Lộc）：1989,〈『安南譯語』中的第15～16世紀越南語聲母系統〉,《語言雜誌》,第一期,1～12 頁。（「Hệ thống âm đầu tiếng Việt thế kỷ 15-16 qua cứ liệu cuốn 「An Nam dịch ngữ」」, Tạp chí Ngôn ngữ, số 1, năm 1989）

4. 阮才謹（Nguyễn Tài Cẩn）：1971,〈歷史語音資料以及喃字出現時期問題〉,《語言雜誌》,第一期。（「Cứ liệu ngữ âm lịch sử với vấn đề thời kì xuất hiện của chữ Nôm」, Tạp chí Ngôn ngữ, số 1, năm 1971）

5. 阮才謹（Nguyễn Tài Cẩn）：1972,〈就有關喃字出現時期問題補充一些歷史語音資料〉,《綜合大學科學通報》,第五集。（「Bổ sung thêm một số cứ liệu ngữ âm lịch sử có liên quan đến vấn đề thời kì xuất hiện chữ Nôm」, Thông báo khoa học trường Đại học Tổng hợp, tập 5, năm 1972）

6. 阮才謹（Nguyễn Tài Cẩn）：1974,〈「雙日」兩個喃字的試讀〉,《文學雜誌》,第二期。（「Thử tìm cách đọc Nôm hai chữ "song viết"」, Tạp chí Văn học, số 2, năm 1974）

7. 阮才謹（Nguyễn Tài Cẩn）：1976，〈喃字構造情況之若干點評〉，《語言雜誌》，第二、三期。（「Điểm qua vài nét về tình hình cấu tạo chữ Nôm」，Tạp chí Ngôn ngữ, số 2, số 3, năm 1976）

8. 阮才謹（Nguyễn Tài Cẩn）：1981，〈喃字—李陳時代的文化成就〉，《李—陳兩朝時代越南社會的了解》，河内：社會科學出版社。（「Chữ Nôm, một thành tựu văn hoá của thời đại Lí – Trần」，in trong「Tìm hiểu xã hội Việt Nam thời Lí – Trần」，Nhà xuất bản Khoa học Xã hội, năm 1981）

9. 阮才謹（Nguyễn Tài Cẩn）：1983，〈喃字演變情形的若干評論〉，《語言雜誌》，第四期。（「Một vài nhận xét thêm về tình hình diễn biến của chữ Nôm」，Tạp chí Ngôn ngữ, số 4, năm 1983）

10. 阮才謹（Nguyễn Tài Cẩn）：1984，〈以喃字語音模型考察喃字演變過程〉，《漢喃研究雜誌》，第一期。（「Khảo sát quá trình diễn biến chữ Nôm thông qua mô hình ngữ âm của chữ」，Tạp chí nghiên cứu Hán Nôm, số 1, năm 1984）

11. 阮才謹（Nguyễn Tài Cẩn）：1985，〈讀喃字、拼音喃字等問題的一些想法〉，《漢喃研究雜誌》，第二期。（「Một số suy nghĩ về vấn đề đọc chữ Nôm, ghép chữ Nôm」，Tạp chí nghiên cứu Hán Nôm, số 2, năm 1985）

12. 阮才謹（Nguyễn Tài Cẩn）：1990，〈《國音詩集》時期的喃字〉，《Cahiers d』etudes Vietnamiennes》，第十期。（「Chữ Nôm thời kỳ「Quốc âm thi tập」」，Cahiers d』etudes Vietnamiennes, kỳ 10, năm 1990）

13. 阮才謹（Nguyễn Tài Cẩn）：1998，〈越南語 12 世紀歷史的試分析〉，《語言雜誌》，第 10 期。（「Thử phân tích lịch sử 12 thế kỷ của tiếng Việt」，Tạp chí Ngôn ngữ, số 10, năm 1998）

14. 阮才謹（Nguyễn Tài Cẩn）：2011，〈對阮忠彥詩中的詩法和語言之略考〉，《漢喃工程選集》，河内：越南教育出版社。（「Lược khảo về thi pháp và ngôn ngữ trong thơ Nguyễn Trung Ngạn」，in trong「Tuyển tập công trình Hán Nôm」，Nhà xuất bản Giáo Dục Việt Nam, năm 2011）

15. 阮文才（Nguyễn Văn Tài）：1980，〈越南語聲調形成的再探〉，《語言雜誌》，第 4 期，頁 34～42。（「Tìm hiểu thêm về sự hình thành thanh điệu trong tiếng Việt」，Tạp chí Ngôn ngữ, số 4, năm 1980）

16. 阮文康（Nguyễn Văn Khang）：1994，〈漢越語和初中校裏的漢越語教學之問題〉，《語言雜誌》，第一期，頁 24～41。（「Từ Hán Việt và vấn đề dạy học từ Hán Việt trong nhà trường phổ thông」，Tạp chí Ngôn ngữ, số 1, năm 1994）

17. 阮庭和（Nguyễn Đình Hòa）：1996，〈越南語法學〉，美國加州《越南文化雜誌》，第 16 期，頁 71～77。（「Ngữ pháp học Việt Nam」，Tạp chí Văn hóa Việt Nam, bang California Hoa Kỳ, số 16, năm 1996）

18. 阮庭和（Nguyễn Đình Hòa）：2000，〈越南語音系〉，美國加州《越南文化雜誌》，第 8 期，，頁 16～28。（「Âm hệ tiếng Việt Nam」，Tạp chí Văn hóa Việt Nam, bang California Hoa Kỳ, số 8, năm 2000）

19. 阮庭賢（Nguyễn Đình Hiền）：2007，〈從漢越語研究質疑漢語中古音有舌面音韻尾〉，《中國語文》，第 6 期，頁 554～557。

20. 阮庭賢（Nguyễn Đình Hiền）：2009，〈中古漢越音的韻尾〉，《河內國家大學科學雜誌》，第 25 期。（「Âm cuối của âm Hán Việt trung cổ」, Tạp chí Khoa học Đại học Quốc gia Hà Nội, số 25, năm 2009）

21. 李湘平：2006，〈越南留學生學習漢語的語音調查分析〉，《湖南科技學院報》，第 27 卷，第 6 期，頁 168～170。

22. 李連進：2007，〈平話的分佈、內部分區及係數問題〉，《方言》，第一期，頁 71～78。

23. 吳德壽（Ngô Đức Thọ）：2005，〈漢字對現在越南文化的影響〉，《漢字與全球國際學術研討會論文集》。

24. 武伯雄（Vũ Bá Hùng）：1988，〈喉塞現象和越南語聲調〉，《語言雜誌》，第 2 期，頁 40～48。（「Hiện tượng tắc họng và thanh điệu của tiếng Việt」, Tạp chí Ngôn ngữ, số 2, năm 1988）

25. 武伯雄（Vũ Bá Hùng）：1991，〈越南語聲調來源以及實驗考察的同時代之看法〉，《語言雜誌》，第一期，頁 60～66。（「Nguồn gốc các thanh điệu của tiếng Việt và cách nhìn đồng đại của sự khảo sát thực nghiệm」, Tạp chí Ngôn ngữ, số 1, năm 1991）

26. 武春豪（Võ Xuân Hào）：1994，〈越南語聲調的區別功能之探討〉，《語言雜誌》，第一期，頁 49～57。（「Tìm hiểu về chức năng khu biệt của các thanh điệu tiếng Việt」, Tạp chí Ngôn ngữ, số 1, năm 1994）

27. 范宏貴：2000，〈越南文字的替換與發展〉，《東南亞縱橫學術增刊》。

28. 陳智引（Trần Trí Dõi）：1991，〈關於越芒語一些土語的聲調之形成過程〉，《語言雜誌》，第一期，頁 67～72。（「Về quá trình hình thành thanh của một vài thổ ngữ／ngôn ngữ Việt-Mường」, Tạp chí Ngôn ngữ, số 1, năm 1991）

29. 陳智引（Trần Trí Dõi）：2006，〈越南一些方言中有五個聲調的試解釋〉，《語言雜誌》，第 8 期，頁 13～21。（「Thử giải thích hiện tượng có năm thanh điệu trong một vài phương ngữ Việt」, Tạp chí Ngôn ngữ, số 8, năm 2006）

30. 陳晨、馬琳琳：2007，〈漢語和越語語音對比研究〉，《解放軍外國語學院學報》，第 30 卷第 4 期。

31. 陳淵詩，阮友榮：2007，〈古越語的痕跡：雙音節詞和複輔音〉，美國加州《關於越南語的國際會議論文集》。

32. 莊潔：2009，〈越南留學生習得普通話塞音和塞擦音實驗研究〉，《菏澤學院學報》，第 31 卷，第 3 期，頁 114～118。

33. 黃高剛（Hoàng Cao Cương）：1986，〈越南語聲調之再思考〉，《語言雜誌》，第 3 期，頁 19～38。（「Suy nghĩ thêm về thanh điệu tiếng Việt」, Tạp chí Ngôn ngữ, số 3, năm 1986）

34. 曾運乾：1927，《喻母古讀考》，東北大學季刊二卷。

35. 馮玉映：2003，〈從『切韻』入手尋找漢越語聲調與中古漢語聲調的對應關係〉，

《東南亞縱橫》，頁 28～31。

36. 奧德里古爾：1954，〈越南語聲調的起源〉原題 *De l'origine des Tons en Viêtnamie*n，《亞洲雜誌》（Journal Asiatique）242 期，頁 68～82。

37. 潘悟雲：2002，〈『因』所反映的吳語歷史層次〉，《潘悟雲自選集》，安徽教育出版社。

38. 劉亞輝：2007，〈越語中的漢語音與漢語的語音對應規律淺談〉，《梧州學院學報》，第 17 卷，第 1 期，頁 68～79。

三、學位論文

1. 丘彥遂：2002，《喻四的上古來源、聲值及其演變》，國立中山大學中國文學系碩士論文。

2. 阮進立：2009，《漢字與喃字形體結構比較之研究》，國立屏東教育大學中國語文學系碩士論文。

3. 江佳璐：2011，《越南漢字音的歷史層次研究》，國立臺灣師範大學博士學位論文。

4. 花玉山：2005，《漢越音與字喃研究》，南京師範大學博士學位論文。

5. 竺家寧：1981，《古漢語複聲母研究》，中國文化大學中文研究所博士論文。

6. 廖靈專：2008，《雙音節漢越語及其對越南學生漢語詞彙學習的影響研究》，北京師範大學博士學位論文。

7. 嚴翠恆：2006，《漢越語音系及其與漢語的對應關係》，北京語言大學博士學位論文。

四、外文資料

1. Gérard Diffloth: "Proto-Austroasiatic Creaky Voice", *Mon-Khmer Studies* 15: 139-154（1989）

2. Laurent Sagart: "The origin of Chinese tones", *International Symposium on "Tone languages in the world"*, December 10-12, 1998.

3. Ferlus Michel: "The Origin of Tones in Viet-Muong" in Papers from the Eleventh Annual Conference of the Southeast Asian Linguistics Society 2001, Somsonge Burusphat, Ed. Tempe, Arizona: *Arizona State University Programme for Southeast Asian Studies Monograph Series Press*, 2004, pp. 297–313.

4. Jessica Bauman, Allison Blodgett, Anton Rytting, Jessica Shamoo: "The ups and downs of Vietnamese tones", *University of Maryland Center for Advanced Study of Language,* 2009, pp, 1-23.

5. Ferlus Michel: "Arem, a Vietic Language". *Mon-Khmer Studies* 43.1: 1-15（2013）

五、工具類

1. 阮麟（Nguyễn Lân）：《越南詞與語詞典》，胡志明市：胡志明市綜合出版社，2006

年（「Từ điển từ và ngữ Việt Nam」, Nhà xuất bản Tổng hợp TP HCM, năm 2006）

2. 亞歷山大・羅德：《安南－葡萄牙－拉丁詞典》，羅馬，1651 年。

3. 漢字古今音資料庫：http://xiaoxue.iis.sinica.edu.tw/ccr/

4. 語言學：http://ngonngu.net

5. 在綫喃字字典：http://nomfoundation.org/vn/cong-cu-nom/Tu-dien-chu-Nom

6. 在綫越葡拉字典：http://purl.pt/961/4/#/30

7. 東方語言學：http://www.eastling.org/